만당 시가와
사회문화

晚唐

만당시가와 사회문화

임원빈 지음

學古房

머리말

唐代는 중국의 고대 왕조 중에서 가장 강력한 힘을 가진 시대이다. 내적으로는 정치와 사회가 안정되었으며, 외적으로도 부강한 군사력을 바탕으로 견고하게 영토를 지키고 있었다. 이러한 배경이 있었기에 唐代의 문학도 흥성하게 되었으며, 시대를 대표하는 시인묵객이 등장하였다. 그러나 晚唐에 접어들면서 소위 왕조의 황혼기와 더불어 문학 역시 쇠퇴하게 된다. 그렇지만 어느 시대든 그 시대를 반영하는 문학이 존재하듯이 晚唐의 혼란한 시기에도 문학은 면면히 창작되어 사회를 반영하기도 하고, 개인의 감흥을 드러내고 있다. 이러한 문학작품 중에서 시가는 여전히 문학의 중심이 되어 晚唐의 사회면면과 개인의 情懷를 표현하고 있다.   1장은 晚唐시인들의 현실인식을 조명해본 연구이다. 唐代 末期인 晚唐의 사회문화를 가장 잘 표현하고 있는 것은 소위 杜甫의 '詩史'라는 개념처럼 시가창작을 통하여 현실을 반영하는 것이라고 할 수 있다. 杜甫가 安史의 난으로 야기된 사회의 다양한 혼란을 시가로서 잘 표현한 것처럼 晚唐의 시인들 역시 晚唐의 혼란한 사회의 면면을 잘 표현하고 있다. 특히 晚唐의 시인들 역시 청년시절 儒家의 경전을 학습하며 세상을 경영하고 사회를 위해 헌신하겠다는 큰 포부를 가지고 있었기에 늘 사회를 잊지 않고 있었다. 게다가 종종의 폐단으로 立身揚名의 기회를 얻지 못하던 懷才不遇한 시인들의 입장에서 晚唐의 현실은 개인감정 및 入世정신의 표출의 대상이 되었다고 할 수 있다.

이들의 현실인식은 주로 전란으로 폐허가 된 국토의 모습을 묘사하는 중에, 전란으로 야기된 백성들의 고통을 表現하는 중에, 백성들을 고통에 빠지게 한 통치 집단을 비판하는 중에 드러나고 있다. 또한 이러한 문제점을 폭로하는 가운데 저절로 생겨난 國運에 대한 우려와 걱정에서 그 현실인식의 정점이 표출되고 있다. 이는 晚唐의 시인들이 혼란한 사회를 반영하는 중에 국가운명의 쇠락을 자연스럽게 느꼈기 때문일 것이다. 晚唐시인의 현실을 반영하는 인식과 더불어 중요한 하나는 바로 이들의 심리이다. 이러한 혼란을 반영하는 시인의 심정은 당연히 침울하고 슬펐을 것은 자명한 일이지만 여기에서 그치지 않고 일부 시인들은 직접적이거나 혹은 간접적으로 통치 집단에 대하여 不滿과 嘲笑를 드러내고 있다는 점은 示唆하는 바가 적지 않다고 생각한다. 晚唐의 시인들 중에서 羅隱이나 皮日休, 杜荀鶴 등은 이미 많은 연구 자료에서 그들의 현실인식을 지적하고 있다. 그러나 陸龜蒙이나 韋莊 그리고 溫庭筠 같은 현실을 도외시했다고 평가 받는 시인들에 대한 연구가 미흡하며, 특히 이들의 현실인식에 대하여서는 극히 드물게 언급하고 있기에 이들의 시가를 통하여 이들이 가지고 있는 현실인식의 측면을 고찰해보았다는 점도 새롭다고 생각한다.

2장은 詠史懷古詩와 사회문화와의 관련성을 연구한 부분이다. 영사회고시는 詠史詩와 懷古詩를 묶은 개념이다. 고전시가 연구에 있어서 이 두 개념은 줄곧 분분한 견해를 남기고 있어 명확한 결론은 없지만 크게는 개인적인 감정위주와 현실사회에 대한 관심으로 나누고 있다. 詠史詩는 역사적 배경이나 사실을 바탕으로 하여 현실을 풍자하는 의도를 가지고 창작한 시가라는 점에서 이견이 없다. 또한 실제적으로도 晚唐의 많은 시인들이 晚唐 사회의 쇠락을 걱정하거나 우려하여 이전에 향락에 빠져 국가의 멸망을 초래한 황제들을 들어 현실을 풍자하였다. 懷古詩는 같은 역사적 배경을 바탕으로 하지만, 주로 역사적인 사실이나 인물을 회고하는 가운데 시인의 심리를 주로 표현하고 있다는 점에서 詠史詩의 풍자성과 차이점을 가지고 있다. 그러나 사실상 개인적인 情懷가 표현되고 있지만 적지 않은 부분에서는 詠史詩와 마찬가지로 풍자의 의도를 가지고 역사적 사실을 회고하고 있다. 또한 詠史詩 역시 작가의 심리를 분석해보면 懷古詩와 마찬가지로 농후한 감정이 드러나고 있다. 이에 이 두 개념을 묶어 詠史懷古詩로 하였으며, 이를 바탕으로 영사회고시의 구체적인 내용을 분석하였고, 더불어 영사회고시의 큰 특징을 諷刺性와 感傷적인 심리로 정리해 보았다.

3장은 詠物詩와 사회문화와의 연관성을 연구하였다. 詠物詩는 사물을 제재로 삼아 그 사물을 묘사하거나 그 사물을 빌어 시인의 심리나 사상을 표현하는 시가창작을 말한다. 晚唐시기에 있어서 詠物詩는 특이하게 성행했던 시기이다. 이 시기 詠物詩를 창작한 시인들의 작품을 보면 대개 晚唐이라는 혼란한 사회를 풍자적으로 표현하고자 하는 의도를 가지고 창작되고 있다. 그러나 친한 벗으로 유명했던 皮日休와 陸龜蒙은 詠物詩를 이용하여 자신들의 일상생활을 묘사하는데 중점을 두고 있다. 특히 이 일상생활에서의 사물들은 대부분 이들의 隱逸생활과 깊은 관련을 맺고 있다. 즉, 이들은 주변에 있는 평범한 사물들을 이용하여 이들만의 유유자적하고 한가로운 情趣를 주로 표현하고 있는데, 이는 이 시기에 있어서 상당히 특이한 부분이라고 할 수 있다. 또한 이들의 詠物詩에 보이는 특징은 아주 평범하고 세세한 제재를 이용하고 있다는 점이며, 특히 낚시나 술 및 차 등의 특정 사물에 있어서는 상당히 전문적인 지식을 가지고 그 사물을 묘사하는 한편 그 사물을 빌어 자신들의 여유로운 인생의 즐거움을 표현하고 있다. 이로써 이들의 詠物詩는 후대에 영물시의 제재를 확대시켜주고 있을 뿐만 아니라 영물시의 내용 범주를 넓혀주었다는 의의를 가지고 있다고 할 수 있다.

　4장은 晩唐 사회문화의 다양성이다. 晩唐 사회문화를 반영하는 시가창작은 다양한 내용을 내포하고 있다. 우선, 당시에 대부분의 지식인들이 입신양명의 꿈을 실현하기 위해 참여했던 科擧는 사회문화의 중요한 부분을 차지한다. 현재와 달리 科擧라는 관문의 통과는 인생의 전환점을 만들 수 있는 당연하면서도 중요한 것이었다. 그러므로 청년시절 자연스럽게 공부해야할 덕목이 되었으며, 科擧라는 시험 자체가 점차 한 문화로서 사회에 영향을 주었다고 할 수 있다. 특히 科擧의 시험 항목 중에는 詩賦가 있었기에 문학창작에의 영향은 매우 컸다. 이 시기의 시인들 대부분이 科擧를 준비하고 科擧를 본 경력이 있었기에 科擧文化와 연관된 용어나 내용 등은 자연스럽게 시가창작에 녹아들어 있다. 다음으로는 형식적인 측면에서 사회문화를 반영하는 시가창작이 있다. 樂府詩는 원래 漢代에 형성되어 성행하다가 唐代에 이르러 일반 시가와 혼합되어 점차 순수한 樂府詩는 소멸되어가는 형세였다. 그러므로 일반 학자들은 樂府詩의 연구에 있어서 中唐까지로 국한하는 경향이 있었다. 樂府詩가 가지고 있는 현실성과 통속성이 과연 晩唐의 樂府詩에도 존재하는 가를 연구의 대상으로 삼아 그 실질적인 면모를 고찰해 보았으며, 이에 晩唐의 樂府詩 역시 이전과 같은 현실성과 통속성을 계승하고 있다는 점을 알 수 있었다. 다음으로는 皮日休의 시가에 대한 전반적인 연구를 해보았다. 일반적으로 皮日休는 晩唐의 현실주의시인으로 널리 알려져 있다. 그러나 이러한 평가는 『皮子文藪』에 전하는 그의 현실주의시가만을 보았을 경우이다. 사실상 皮日休의 시가의 대부분은 그의 벗인 陸龜蒙과의 和答詩를 엮은 『松陵集』에 전하고 있다. 이 시집에는 皮日休가 추구했던 隱逸의 심정이 가장 많이 드러나고 있으며, 일부 현실주의시가창작도 보이고 있다. 특히 『皮子文藪』에도 隱逸을 추구하는 마음을 보여준 시가가 있다는 점을 감안하면 皮日休는 현실주의시인이라기 보다는 오히려 隱逸성향이 강한 시인이라고 할 수 있다. 다음으로는 聶夷中의 시가를 고찰하였다. 聶夷中은 비록 적은 양의 시가를 남겼지만 그 내용은 다양하며, 표현수법 역시 독특한 특징이 있다. 그의 시가창작을 보면 律詩의 창작이 극히 드물고 대부분 古詩와 樂府詩를 창작했는데, 그 내용은 애정과 관련된 시가, 현실과 관련된 시가, 인생과 관련된 시가이다. 이중에서 현실과 관련된 시가창작은 첨예하게 晚唐의 현실을 잘 반영하고 있다. 그의 창작수법을 보면 통속적인 언어의 사용이나 기발한 구상이 두드러진다.

중국시가에 대한 관심에서 시작된 연구에서 한 왕조의 末期라는 혼란한 시기에 창작된 시가를 연구하는 것은 의미가 있다고 생각하였다. 이 책에 수록된 글들은 唐代末期라는 혼란기에 창작된 시가에 대하여 社會文化라는 시각으로 가지고 연구한 결과물을 수합한 것이다. 끝으로 이 책이 나오기까지 힘써 주신 학고방 출판사 하운근 사장님과 수시로 연락하며 수고를 많이 하신 편집부의 박은주 팀장님에게도 심심한 감사를 드린다. 본인의 중국고전시가에 대한 연구는 진행형이기에 앞으로도 더욱 깊이 있고 의미 있는 연구를 해 나갈 수 있도록 많은 분들의 가르침을 바란다.

2015년 2월

좋은 물소리가 나는 마을, 吉音에서   任元彬

목차

一、晩唐시인들의 현실인식 ● 15

羅隱詩歌의 現實意義   17
Ⅰ. 序論   17
Ⅱ. 통치집단에 대한 비평   19
Ⅲ. 통치제도에 대한 비판   31
Ⅳ. 사회혼란에 대한 표현   39
Ⅴ. 사회불공정에 대한 폭로   43
Ⅵ. 結論   48

陸龜蒙시가에 나타난 현실성   51
Ⅰ. 들어가는 말   51
Ⅱ. 國運에 대한 憂慮   54
Ⅲ. 民生의 苦痛에 대한 反映   59
Ⅳ. 統治集團에 대한 批判   66
Ⅳ. 맺는 말   74

杜荀鶴詩歌의 現實性   79
Ⅰ. 序論   79
Ⅱ. 百姓에 대한 關心   80
Ⅲ. 戰亂에 대한 反映   87
Ⅳ. 統治集團에 대한 批判   94
Ⅴ. 結論   101

目次

溫庭筠 詩歌의 현실성   105

   Ⅰ. 들어가는 말   105

   Ⅱ. 政治에 대한 關心   107

   Ⅲ. 統治集團에 대한 批判   113

   Ⅳ. 百姓들의 苦痛 표현   124

   Ⅴ. 人才登用에 관한 批判   130

   Ⅵ. 맺는 말   136

韋莊 시가에 나타난 現實認識   139

   Ⅰ. 들어가는 말   139

   Ⅱ. 戰亂에 대한 反映   141

   Ⅲ. 統治集團에 대한 批判   146

   Ⅳ. 國運에 대한 憂慮   153

   Ⅴ. 맺는 말   159

二、詠史懷古詩와 사회문화 • 163

羅隱의 詠史懷古詩   165

   Ⅰ. 序論   165

   Ⅱ. 詠史懷古詩槪要   168

   Ⅲ. 詠史懷古詩에 나타난 諷刺意義   172

   Ⅳ. 詠史懷古詩에 표현된 作家心理   180

   Ⅳ. 結論   188

唐末 溫庭筠의 詠史懷古詩   191
  Ⅰ. 들어가는 말   191
  Ⅱ. 現實에 대한 諷刺   194
  Ⅲ. 國事에 대한 關心   204
  Ⅳ. 當代 인물에 대한 回想   210
  Ⅴ. 女人의 不幸에 대한 同情   216
  Ⅵ. 맺는 말   220

三、 詠物詩와 사회문화 • 225

皮日休의 詠物詩 研究   227
  Ⅰ. 들어가는 말   227
  Ⅱ. 詠物詩의 제재분석   229
  Ⅲ. 詠物詩에 나타난 작가의 의도고찰   232
  Ⅳ. 맺는 말   246

陸龜蒙의 詠物詩 고찰   249
  Ⅰ. 들어가는 말   249
  Ⅱ. 現實에 대한 關心   252
  Ⅲ. 人生에 대한 感慨   257
  Ⅳ. 隱逸生活의 情趣   261
  Ⅴ. 맺는 말   272

四、 晚唐 사회문화의 다양성 • 277

唐末詩歌와 科擧文化   279
  Ⅰ. 序論   279

Ⅱ. 科擧制度의 轉變과 文學   281

Ⅲ. 科擧文化와 詩歌創作   286

Ⅳ. 科擧文化와 文人創作心理   307

Ⅴ. 結論   320

晚唐 樂府詩의 내용고찰   325

Ⅰ. 들어가는 말   325

Ⅱ. 樂府詩의 內容分析   328

Ⅲ. 맺는 말   353

『松陵集』중의 皮日休 詩歌硏究   357

Ⅰ. 序論   357

Ⅱ. 『松陵集』중의 隱逸 詩風   359

Ⅲ. 『松陵集』에 나타난 浪漫的인 表現   369

Ⅳ. 『松陵集』에 보이는 現實意識   375

Ⅴ. 結論   382

晚唐詩人 聶夷中의 詩歌硏究   385

Ⅰ. 들어가는 말   385

Ⅱ. 聶夷中 시가의 내용고찰   387

Ⅲ. 聶夷中 시가의 특징   397

Ⅳ. 맺는 말   411

一、

晩唐시인들의 현실인식

羅隱詩歌의 現實意義

Ⅰ. 序論

羅隱(833~909)은 唐 멸망 시기까지 살았던 시인이다. 그의 생애는 바로 唐末의 혼란시기에 있었으므로 많은 시가창작을 통하여 이 시기의 사회현상을 반영하고 있다. 특히 이 시기에 있어서 나은은 화려한 생활을 영위한 것이 아니라 대부분의 일생을 科業생활에 바친 懷才不遇하며 不得志한 시인이다. 그의 인생에서의 좌절과 실의는 그의 시가로 하여금 沉鬱한 경향을 나타나게 하였지만 儒家思想에 영향을 받았기에 현실의의를 지닌 시가를 창작하고 있다.

羅隱은 원래 小品文으로 이름을 떨친 인물로 "羅隱의 『讒書』는 거의 전부 抗爭과 憤激한 말이다."[1]라는 평가를 받고 있다. 그의 小品文에서는 그가 儒家思想을 가진 문인임을 표현한 문장이 적지 않다. 그의 『讒書 · 重序』 중에 "대개 군자가 그 지위에 있을 때는 권력을 잡아 시시비비를 정한다. 그 지위에 있지 않을 때는 개인적인 서적을 저술하여서 선악을 분별한다. 이는 당시의 現世를 경계하고 장래를 훈계하기 위해서이다."[2]라고 언급하고 있는데, 이러한 내용은 바

---

1) 魯迅著, 『魯迅全集』 第四卷, 「小品文的危機」, 人民文學出版社, 1981, 575쪽. "羅隱的『讒書』幾乎全部是抗爭和憤激之談"
2) (唐)羅隱著, 『讒書 · 重序』 "蓋君子有其位, 則執大柄以定是非; 無其位, 則著私書而疏善惡. 斯所以警當世而誡將來也" (潘慧惠校注, 『羅隱集校注』, 浙江古籍出版社, 1995, 499쪽.)

로 그의 儒家入世精神을 알 수 있게 한다. 이러한 정신을 바탕으로
하였기에 小品文과 더불어 시가에서도 현실의의를 지닌 창작을 하
고 있다.

특히 그가 살았던 시기는 『資治通鑑』에서 "懿宗이래로 사치가 나
날이 극심해지고 병사를 모으는 것도 쉴 틈이 없었으며 세금징수는
갈수록 급해졌다. 關東에서 매년 수재와 가뭄이 들어도 州縣에서는
사실을 들으려하지 않고 위아래가 덮어 두려하였다. 백성들은 유랑
민이 되어 굶어 죽어도 하소연할 곳이 없으니 서로 모여 도적이 되
었다. 봉기가 일어난 까닭은 여기에 있다."3)라고 지적하듯 혼란시기
였다. 이러한 혼란시기에 이를 개조해보려는 사상을 가지고 있었지
만 뜻을 이루지 못하였다. 그러한 失意로 말미암아 唐 제국에 대한
희망은 점차 사라지게 되었다. 그는 결국 "唐 廣明시기에 난리로 인
하여 고향으로 돌아갔는데, 절도사 錢鏐가 불러 벼슬을 주어 종사하
게 했다."4)라는 기재를 통하여 알 수 있듯이 唐 제국을 배반한 것과
다를 바 없이 당시 지방 절도사인 錢鏐에게 기탁하게 된다.

唐末의 文風에 대한 기록 중에 "晩唐의 시는 綺靡하여 風骨이 부
족하였다 … 그러나 의기와 절개가 있는 사대부가 왕왕 이 시기에
나타났다 … 羅隱은 乾符 중에 科擧 進士시험을 보았지만 열 번 이
상 낙제하였다."5)라는 언급이 있다. 이는 일반적인 唐末의 文風을

---

3) (宋)司馬光撰, 『資治通鑑』卷二五二, 中華書局, 1956, 8174쪽. "自懿宗以來, 奢
侈日甚, 用兵不息, 賦斂愈急. 關東連年水旱, 州縣不以實聞, 上下相蒙, 百姓流
殍, 無所控訴, 相聚爲盜, 所在蜂起"

4) (宋)薛居正等撰, 『舊五代史』, 中華書局, 1976, 326쪽. "唐廣明中, 因亂歸鄕里,
節度使錢鏐辟爲從事"

5) (宋)羅大經, 『鶴林玉露』卷十二, 上海書店, 1990, 5쪽. "晩唐詩綺靡乏風骨 …
然氣節之士, 亦往往出於其間 … 羅隱乾符中擧進士, 十上不第."(涵芬樓影印本)

말하고 있지만 散文에 있어서 小品文의 현실의의를 중시하듯 역시 "氣節之士"라는 지적을 통하여 현실을 반영하며 개조하려는 의지를 표현한 시인들이 많이 있음을 알 수 있다. 羅隱은 바로 그런 시인들 중의 한 명으로 현실의의를 지닌 시가가 적지 않다.

羅隱의 창작 중에서 현실의의를 가진 시가를 통치집단에 대한 비평, 통치제도에 대한 비판, 사회혼란에 대한 표현, 사회불공정에 대한 폭로 등으로 나누어 고찰하고자 한다.

Ⅱ. 통치집단에 대한 비평

唐末의 혼란현실은 결국 통치집단이 만들어 낸 것이라 할 수 있다. 통치집단간의 黨爭이나 宦官과 朝官의 투쟁 등은 農民起義를 야기하였으며, 결국에는 唐 제국의 멸망을 초래했던 것이다. 羅隱의 생애는 제국의 멸망을 얼마 두지 않은 시기에 처해 있었다. 羅隱은 스스로 국가의 衰退를 우려하는 儒家入世精神을 가지고 있었으며 또한 자신의 "不得志"가 통치집단의 부패에 있다고 생각하였다. 그러므로 "스스로 당연히 크게 쓰일 줄 알았지만 낙제를 거듭하고 제후의 식객이 되어서 일을 하게 되니 唐 왕실을 극심하게 원망하였다."[6]라는 평가를 받고 있다. 즉 그의 창작은 우선 통치집단에 대한 비판으로 표현되었다. 통치집단에 대한 비평은 크게 황제에 대한 비평과 관리에 대한 비평으로 나뉠 수 있다.

---

6) (元)辛文房撰, 『唐才子傳』 卷八, "自以當得大用, 區區一第, 傳食諸侯, 因人成事, 深怨唐室."(《叢書集成新編》, 新文豐出版社, 1986, 101册, 279쪽.)

1. 황제에 대한 비평

　唐末의 황제는 정치적 혼란으로 권력을 가지지도 못했지만 황제
자신의 荒淫과 사치, 인재를 분별하지 못하는 昏庸과 우매함 등의
문제점도 있었다. 황제의 황음과 사치는『資治通鑑』중의 "황제는
음악과 연회를 좋아하여 궁전 앞에 항상 오백 여명의 樂工을 두어
매월 십여 차례이상 연회를 베풀었다 … 황제가 행차할 때는 따르
는 관리들이 십여 만 명이니 비용은 헤아릴 수 없었다."[7]라는 기재
를 보면 쉽게 알 수 있다. 羅隱은 이러한 측면을 직접적으로 혹은
완곡하게 시가를 통하여 드러내고 있다.

　황제의 주위에 있는 많은 간신들이 조정을 어지럽혔지만 사실상
이들을 현명하게 선발하지 못한 것은 황제의 책임이며 이러한 간신
들과 향락을 일삼은 것 역시 황제의 책임이다. 그의 시「中秋夜不見
月」[8]는 비유를 통하여 황제의 우매함을 지적하고 있다.

　　　날 저물자 어두운 구름이 허공을 덮으니, 저녁의 광채는 이미 가
　　려졌구나.
　　　오로지 날 개는 다른 때에 달이 여전히 두꺼비를 기를 까 저어된다.

　이 시는 다양한 사물을 빌어 황제와 간신을 비유하면서 국가를
우려하는 심정을 표현하고 있다. 즉 "陰雲"·"蟾蜍"는 간신을 지칭하

---

7) (宋)司馬光撰,『資治通鑑』, 中華書局, 1956, 8117쪽. "上好音樂宴遊, 殿前奉樂
　　工常近五百人, 每月宴設不減十餘, … 每行幸, 内外諸司扈從者十餘萬人, 所費
　　不可勝紀"
8) (唐)羅隱著, 潘慧惠校注,『羅隱集校注』, 浙江古籍出版社, 1995, 201쪽. "陰雲薄
　　暮上空虛, 此夕清光已破除. 只恐異時開霽後, 玉輪依舊養蟾蜍."

며, "淸光"·"玉輪"은 황제를 지칭하고 있다. 이 시는 실제적으로는 간신에 의해 어지럽혀진 황제의 우매함을 풍자하는 것이다. 그러므로 마지막 연 "玉輪依舊養蟾蜍."에서 "依舊"라는 표현으로 현재 간신배의 무리가 횡행하고 있음을 직접적으로 표현했다. 특히 "이는 숨겨진 화근이 아직 제거되지 않아 밝은 시절의 도래는 희망하기 어렵다고 말하고 있다. 僖宗과 昭宗이 여전히 간신을 옹호하는 것을 諷刺하고 있다."9)라는 평가는 바로 그러한 측면을 보여주고 있다. 이와 유사한 의미를 가진 시가에는 「酬丘光庭」과 「中秋不見月」 등이 있다.

다음에는 그의 시 「感弄猴人賜朱紱」10)을 보기로 하자.

십 여 년 줄곧 과거를 보느라 고향 五湖의 경치를 본 지 오래되었구나.
어찌 원숭이의 희롱으로 관직을 얻는 것과 같으랴만, 황제를 한 번 웃게 하니 곧 관복을 입는구나.

이 시의 전반부는 자신의 懷才不遇한 신세 한탄을 표현하고 있다. 후반부는 원숭이의 희롱으로 황제를 웃게 하여서 관직을 얻는 정황을 표현하고 있다. 이 시기 황제가 都城을 버리고 도피하는 상황은 「幕府燕閒錄」의 "唐 昭宗이 유랑하며 도피하는데 원숭이를 잘 다루는 기예인을 수행시켰다. 원숭이는 잘 훈련되어 보초를 서며 황제와

---

9) 富壽蓀選注, 劉拜山·富壽蓀評解, 『千首唐人絶句』, 上海古籍出版社, 1985, 836쪽. "此謂隱患未除, 難望淸明之至. 殆諷僖·昭之姑息養姦乎?"
10) 『羅隱集校注』, 368쪽. "十二三年就試期, 五湖煙月奈相違. 何如買取胡孫弄, 一笑君王便著緋."

함께 생활하였다. 昭宗은 관직을 주고는 號를 孫供奉이라 하였다. 羅隱의 시가 중에 기재되어있다.",[11]라는 기록을 통하여 알 수 있다. 그런데도 황제는 미물을 중시하기에 시인은 풍자수법으로 이러한 황제의 昏庸을 비판한 것이다. 특히 자신과 같이 능력 있는 인재가 인정받지 못하고 오히려 원숭이로 사람을 희롱하는 자에게 관직을 주는 인재등용의 현실을 개탄하고 있다. 그러므로 "羅隱은 懷才불우하여 열 번이나 낙제한 고로「弄猴人賜朱紱」을 빌어 분개하였는데, 언어가 특히 憤激하다. 當時의 인재를 중시하지 않는 기풍과 昭宗의 어리석음은 모두 말하는 裏面에서 그것을 볼 수 있다.",[12]라는 평이 있으며 역시 昭宗을 풍자하고 있음을 알 수 있다. 이러한 황제의 우매와 혼용은 결국 제국의 멸망을 초래하였기에 후인 역시 이 시에 대하여 "원숭이로 희롱하는 사람이 朱紱을 받으니 朱紱은 한 푼의 가치도 없구나. 唐末의 세태가 이러하니 어찌 망하지 않겠는가!"[13] 라는 평가하고 있다. 이는 唐의 멸망을 시사하는 것이다.

황제에 대한 비평은 羅隱의 咏史詩에서 매우 많이 나타나고 있다. 唐末의 咏史詩 창작에 대하여 "晩唐에 이르러 唐 帝國의 昌盛은 이미 과거의 꿈이 되어버렸다. 기대하는 중흥은 黨爭·宦官專權 및 藩鎭割據·農民起義 등이 심하여 물거품이 되어 버렸다. 이백 여 년의

---

11) 曾慥著,『類說』,「幕府燕閒錄」, "唐昭宗播遷, 隨駕伎藝人止有弄猴者, 猴頗馴, 能隨班起居, 昭宗賜以緋袍, 號孫供奉, 羅隱有詩云云"(『唐詩匯評』, 2816쪽. 재인용)

12)『千首唐人絶句』, 836쪽. "羅隱懷才而十試不擧, 故借弄猴人賜朱紱賜致慨, 語特憤激. 當時之不重人才及昭宗地昏憒, 均於言外見之"

13) (清)黃周星選評,『唐詩快』卷十六,「移人集」卷十三, 清康熙二十六年, 書帶草堂刊本, 21쪽. "弄猴人乃賜朱紱, 則朱紱亦不值一錢矣. 唐末時事至此, 安得不亡!"

唐 제국 繁華와 현실의 쇠퇴는 晚唐 사람에게 歷史·人生·生命意義
를 反思하는 思想意識의 土壤을 제공하였다. 바로 이렇기 때문에 晚
唐의 咏史懷古의 작품들이 대량으로 출현하여『全唐詩』중의 咏史
懷古作品을 형성하였으며, 晚唐에서 결국 7할 이상을 차지했다."14)
라고 언급하고 있다. 이는 바로 唐末 영사시의 창작원인과 이상적으
로 발전한 배경을 설명하고 있다. 나은 역시 적지 않은 咏史詩를 창
작하고 있다. 당시의 시인들이 대부분 儒家思想의 영향을 받아 국가
와 백성을 생각하듯이 나은 역시 儒家의 入世精神을 가지고 있었다.
羅隱은 이러한 정신을 바탕으로 직접적으로 현실을 반영하는 시가
를 창작했으며 동시에 간접적인 표현방법으로 현실을 諷刺하는 咏
史詩를 창작했다. 이러한 영사시의 풍자 역시 현실의의를 지닌 시가
라고 할 수 있다.

　나은 咏史詩의 현실의의는 바로 諷刺에 있다. 나은 咏史詩에 대한
평가에 "詩文을 짓는데 있어서 譏刺하기를 좋아했다."15)나 "詩로써
이름이 천하를 떨쳤고, 특히 咏史詩에 뛰어났지만 譏諷이 너무 많았
다."16) 등이 있다. 이러한 기재는 바로 나은 영사시가 역시 풍자를
위한 창작임을 지적하고 있다. 이러한 풍자는 바로 현실에 대한 우

---

14) 田耕宇著, 『唐詩餘韻』, 巴蜀書社, 2001, 159쪽. "時入晚唐, 大唐帝國的昌盛眼見
　　得已是昔日的夢景, 而期待的中興也隨黨爭·宦官專權, 藩鎭割據·農民起義的
　　愈演愈烈成爲泡影, 兩百多年的唐輝煌與現實的衰敗,爲晚唐人提供了反思歷史·
　　反思人生·反思生命意義的思想意識土壤. 正因爲如此, 晚唐的咏史懷古之作才
　　大量出現, 形成『全唐詩』中的咏史懷古作品, 晚唐竟占據了七成以上的現象"

15) (淸)余成敎撰, 『石園詩話』"作詩文, 好以譏刺爲主"(『淸詩話續編』, 郭紹虞編選,
　　富壽蓀校點, 上海古籍出版社, 1983. 1779쪽.)

16) (宋)薛居正等撰, 『舊五代史』卷二十四, 「梁書·羅隱列傳」, 中華書局, 1976, 326
　　쪽. "詩名于天下, 尤長于咏史, 然多所譏諷"

려와 개탄의 의도를 가지고 있기에 咏史詩 역시 현실의의를 지닌 시
가창작이다.

　영사시의 "托古諷今"의 수법을 이용한 시가들은 대부분 이전 황제
들의 荒淫을 빌어 現世를 풍자하고 있다. 羅隱은 秦始皇을 비롯하여
唐代의 玄宗에 이르기까지의 역대 황제 중에 자신의 국가를 멸망으
로 이끈 황제들을 빌어 咏史詩를 창작하고 있다.

　그의 시 「煬帝陵」[17]을 보기로 하자.

　　揚州城을 오고 갈 때 거대한 運河다리에서 龍船을 탔었고, 날마다
紅樓에서 즐기며 매년 運河 가의 버드나무를 감상했다네.
　　煬帝는 인내하며 文帝를 도와 陳을 평정하여 천하를 통일시켰건
만, 지금 煬帝에게 남은 것은 겨우 몇 평의 雷塘의 무덤뿐이네.

　이 시는 隋 煬帝의 荒淫과 사치가 결국 국가의 멸망을 가져왔음을
보여주고 있다. 첫째 연과 둘째 연은 백성을 동원하여 운하를 파고
거대하고 화려한 배를 만들고는 장기간 揚州에서 머물면서 향락에
빠진 생활을 했던 것을 묘사하고 있다. 셋째 연과 넷째 연은 煬帝가
文帝를 도와 천하를 통일하고 천하를 가졌지만 황음과 향락의 결과
로 국가가 멸망하고 현재는 겨우 조그만 무덤만큼의 땅만 남아 있음
을 표현하고 있다. 작가는 전반부의 향락과 초라한 무덤을 대비하면
서 풍자하기에 "對比하는 중에 譏諷이 보이며, 對比하는 중에 精妙
한 警戒가 보이니 뛰어넘는 힘이 있다."[18]라는 평가가 있다. 작가의

17)『羅隱集校注』, 99쪽. "入郭登橋出郭船, 紅樓日日柳年年. 君王忍把平陳業, 只換
　　雷塘數畝田."
18) 岳希仁編著, 『古代咏史詩精選點評』, 廣西師範大學出版社, 1996, 130쪽. "對比

의도는 역시 현재의 왕조에 대한 풍자의의에 있다고 할 수 있다. 아울러 "前半에는 放縱과 향락을 묘사하는데 매우 호화스럽다. 後半에는 싸늘한 어조로 힐난하니 諷刺가 뼈 속까지 들어온다."[19]라는 평가 역시 이 시의 풍자의의를 설명하고 있다.

다음에는 「秦紀」[20]를 보기로 하자.

긴 채찍으로 동쪽 바다 해뜨는 곳을 가려고 채찍질하고, 악어와 자라로 다리 삼고는 귀신처럼 분주히 내달리네.
가련한 진시황 沙丘에서 죽었으니, 長生不死의 말을 믿어도 죽지 않은 사람이 있었는가?

이 시는 진시황의 황당한 행위를 풍자하고 있다. 첫 연은 전설 중에 전해지는 내용으로 해뜨는 곳을 보기 위한 황당한 행위를 풍자하였으며, 둘째 연은 周 穆王의 전설을 빌어 巡幸할 때의 사치를 풍자하고 있다. 또한 넷째 연의 "肯信"이란 바로 方士의 不死之藥이 있다는 황당한 이야기를 믿는 것을 말하는 것으로 역시 진시황의 허황됨을 풍자하고 있다. 결국 시인은 진시황의 황당한 행위를 빌어 정사를 제대로 돌보지 않는 唐末의 황제를 풍자하고 있는 것이다. 羅隱의 「汴河」[21]중의 마지막 연 "진시황이 황당한 욕심으로 귀신을 내몰아 헛되이 일출 하는 곳을 가려하니 마땅히 웃음을 살만하구나."

中見譏諷, 對比中見精警, 超越有力"

19) 『千首唐人絶句』, 833쪽. "前半寫其恣意行樂, 極盡豪華; 後半以冷語詰問, 諷刺入骨"

20) 『羅隱集校注』, 103쪽. "長策東鞭極海隅, 鼉黿奔走鬼神趨. 憐君未到沙丘日, 肯信人間有死無?"

21) 『羅隱集校注』, 8쪽. "應笑秦皇用心錯, 謾驅神鬼海東頭."

의 내용 역시 위의 시와 같이 진시황의 황당함을 빌어 현세를 풍자
하고 있다.

2. 관리에 대한 비평

황제의 황음과 사치 그리고 무능은 唐 제국의 관리와 연관성이
깊다. 관리들의 탐욕이나 부패 그리고 무능 역시 당 제국을 멸망으
로 향하게 한 큰 원인중의 하나이다. 또한 관장에 있어서 이미 黨爭
으로 혼란, 宦官과 朝官과의 투쟁 그리고 절도사들의 專權 등은 이미
唐末에 극에 달했던 시기이다. 그러므로 이들의 부패와 무능 그리고
황음과 탐욕 등을 나은은 시가를 통하여 지적하며 폭로하고 있다.

우선, 그의 시 「塞外」[22)]를 보기로 하자.

변방 밖에서는 도둑이고 변방 안에서는 병사가 되는데, 聖君은 노
력하며 무사태평을 기원하는구나.
고관대작들은 조정에 훌륭한 계책을 내지 못하고, 변방에서는 오
랑캐들이 부녀들을 약탈하여 몽둥이로 부리는 구나.
오랑캐를 몰아낼 계책이 말하지 못하면서, 단지 나라를 근심하는
신음소리만 내는구나.
漢나라 황제의 집은 예전에 秦나라의 밭이거늘, 오늘 날 장군들은
자신의 부귀영화만을 추구하는 구나.

---

22) 『羅隱集校注』, 241쪽. "塞外偸兒塞內兵, 聖君宵旰望升平. 碧幢未作朝廷計, 白
梃猶驅婦女行. 可使御戎無上策, 只應憂國是虛聲. 漢皇第宅秦田土, 今日將軍已
自榮."

이 시는 변방의 환란이 일어나게 된 원인을 묘사하고 있다. 즉 시인은 변방의 정황을 구체적으로 묘사하기보다는 이러한 환란이 야기된 부분에 초점을 맞추고 있다. 시인은 오랑캐의 침략과 약탈은 관리들의 무능에서 비롯된 것이며, 실제적인 계책 없이 신음소리만을 내는 것을 질책하고 있다. 특히 마지막 연에서는 현재의 장군들이 자신만을 돌보는 세태를 직접적으로 폭로하고 있다.

다음에는 그의 시 「中元甲子以辛丑駕幸蜀」其四[23)]를 보기로 하자.

　白丁이 흥분하여 長安을 침범하니, 황제가 황망히 피신하는구나. 정 깊은 황궁은 먼지 속에 멀어져가고, 조심스러운 황제의 피신에 강가는 차갑구나.
　귀족들은 조용히 자신만 돌보는 것이 쉽다 생각하고, 두려워하며 당태종 같은 창업은 어렵다고 슬퍼하네.
　장군도 아니고 제후도 아니니 무슨 계책을 내랴? 배에서 고기 낚으며 눈물을 흩뿌릴 뿐이다.

제목에서 보이는 "駕幸蜀"이란 바로 黃巢起義로 말미암아 황제가 蜀으로 피난하는 것을 가리킨다. 역사서의 "도적들이 潼關을 점거하였다 … 이 날 황제와 왕 그리고 后妃들이 탄 수백 기가 子城에서 含光殿 金光門을 통하여 남쪽으로 향했다."[24)]라는 기록을 통하여 알 수 있다. 唐末의 황소기의는 황제가 도성을 떠날 수밖에 없는 지경

---

23)『羅隱集校注』, 253쪽. "白丁攘臂犯長安, 翠輦蒼黃路屈盤. 丹鳳有情塵外遠, 玉龍無迹渡頭寒. 靜憐貴族謀身易, 危惜文皇創業難. 不將不侯何計是? 釣魚船上漏闌干."

24) (後晋)劉昫等撰,『舊唐書』, 中華書局, 1975, 708~709쪽. "賊據潼關 … 是日, 上與諸王 · 妃 · 后數百騎, 自子城由含光殿金光門出幸山南"

까지 만들었다. 이 시에서 시인은 唐 제국의 입장에서 "白丁"으로 黃
巢를 비하함과 동시에 이러한 상황이 된 것은 통치집단 즉 조정관리
에게 책임을 있다고 생각하여 이들을 비평하고 있다. 즉 황제가 도
피하게된 것은 물론 黃巢의 亂 때문이지만 그러한 배경에는 조정관
리의 나약과 무능 및 부족한 충절 등이 있었기 때문이다. 그러므로
나은은 "靜憐貴族謨身易"라며 자신만을 돌보는 귀족들을 질책하고
있다. 또한 시인은 이 시를 창작한 당시에는 통치집단의 입장을 옹호
하고 황제의 피난에 슬퍼하며 자신의 충절을 표현하고 있다. 그러나
후에 지방절도사인 錢鏐에게 기탁하게 된 이유는 결국 당 제국에 대
한 실망과 황제와 조정관리가 보여준 실정과 부패 등에 있는 것이다.
　다음에는 唐末 혼란의 한 원인으로 지적되는 절도사에 관한 내용
을 보기로 하자. 절도사들이 비록 專權을 휘두르며 조정을 이탈하려
고 했지만 분명한 것은 여전히 이들도 唐 제국의 관리라는 점이다.
관리로써의 荒淫은 바로 통치집단의 문제점이라고 할 수 있다.
　그의 시「淮南高駢所造迎仙樓」25)를 보기로 하자.

　　仙境의 回音이란 아득하여 오기 어려운 것이고, 신선의 마차는 어
　느 때에 올 것인가?
　　仙境이 어느 곳인지 누가 알랴? 인간이 헛되이 樓臺를 지었구나.
　　구름이 난간에 오기 어렵고 창문은 영원히 열리지 않았구나.
　　깊이 무슨 일인가 생각하니, 이슬이 바람에 엉겨 먼지가 되어 있
　구나.

---

25)『羅隱集校注』, 89쪽. "鸞音鶴信杳難回, 風駕龍車早晚來? 仙境是誰知處所? 人
　間空自造樓臺. 雲侵朱檻應難到, 蟲網閑窓永不開. 子細思量成底事, 露凝風擺作
　塵埃."

高騈은 僖宗시기의 절도사이므로 역시 통치집단에 해당한다고 할 수 있다. 이 시는 唐末의 혼란기에 국가를 위하여 노력해야할 절도사가 오히려 미신에 심취된 허황된 측면을 풍자하고 있다. 仙境이라는 허황된 도사의 말을 믿어 화려한 樓臺를 짓고는 신선의 하강을 기다리는 唐末 국가관리의 망상을 통하여 당 제국의 멸망을 짐작할 수 있다. 『廣陵妖亂志』에 "高騈은 말년에 신선술에 미혹되었다 … 中和元年, 呂用之가 신선은 樓臺에 거하기를 좋아한다며 관아의 북쪽 강변에 迎仙樓를 만들기를 청했다."[26)]라고 기재되어 있는데 이를 통하여 그 허황된 측면을 알 수 있다.[27)] 이러한 唐末 절도사 高騈의 미신에 심취한 것을 나은은 「題延和閣」·「後土廟」 등에서도 질책과 풍자를 하고 있다.

다음에는 그의 시 「經故洛陽城」[28)]을 보기로 하자.

황폐한 장벽은 흔적조차 희미하니, 마치 여윈 말이 스러져 가는 빛을 조문하는 듯하다.

조정을 멋대로 하는 梁冀가 있으니, 문서는 杜喬에게 물을 수 없구나.

---

26) (唐)羅隱著,「廣陵妖亂志」"高騈末年惑於神仙之說 … 中和元年, 用之以神仙好樓居, 請於公廨邸北跨河爲迎仙樓."(『羅隱集校注』, 535쪽.)

27)「廣陵妖亂志」가 나은의 작품이라는 명확한 근거는 없으며 의견이 통일되어 있지 않다.(柳晟俊著,『唐代後期詩研究』, 푸른사상, 2001, 371~372쪽. 참고) 다만 중국에서 출판된『羅隱集校注』에「廣陵妖亂志」가 수록되어 있기에 나은의 작품으로 기재하였다. 또한「廣陵妖亂志」에 수록된 내용과 나은 시가의 내용이 합치하기에 인용하였다.

28)『羅隱集校注』, 122쪽. "敗垣危堞迹依稀, 識駐羸驂吊落暉. 跋扈以成梁冀在, 簡書難問杜喬歸. 由來世事須飜覆, 未必餘才解是非. 千載昆陽好功業, 與君門下作恩威."

옛날부터 세상일이 반드시 顚倒되는 것이니, 반드시 재능 있는 사람이 시시비비를 명백하게 하는 것은 아니구나.

劉秀가 어렵게 昆陽에서 공을 세웠지만, 梁冀의 무리에게 恩澤과 威嚴을 주었구나.

이 시는 前代의 역사사실을 빌어 現世를 풍자하고 있는 咏史詩이다. 나은의 대부분 영사시가 前代 황제의 荒淫을 빌어 現世를 풍자했다면, 이 시는 통치집단 내부의 정치적 혼란을 풍자하고 있다. 즉 東漢 말기에 조정을 장악하여 황제 위에서 專橫하는 梁冀와 賢良인 杜喬이 政事에 참여하지 못하는 정황을 묘사하고 있다. 이러한 묘사는 단순히 역사사실에 대한 묘사가 아니라 바로 唐末의 정치현실을 풍자하고 있는 것이다. 국가를 생각하던 시인의 입장에서 이러한 정치혼란은 慨嘆과 哀傷을 가져다 주었다. 그러므로 "唐末政局과 관련하여 후반 두 구의 感慨는 시대 역사로 말미암은 것뿐만 아니라 또한 시대 현실로 인하여 나타난 것으로 懷古와 傷今이다."[29)라는 평가가 있다.

다음에는 武將의 죄악을 풍자하는 咏物詩 「鷹」[30)을 보기로 하자.

벽진 곳에 가을이 오면, 가죽 자리를 떠나 들판으로 새를 잡으러 가네.

힘차게 司隶의 직무를 시행하고, 엄하게 軍人의 관직을 받드네.

눈은 흉악하지만 날카로움을 숨기고 있고, 성미는 난폭하지만 새

---

29) 『古代咏史詩精選點評』, 132쪽. "聯繫唐末政局, 後兩句的感慨不僅時代歷史, 也時代現實而發, 是懷古兼傷今"

30) 『羅隱集校注』, 145쪽. "越海霜天暮, 辭韜野草干. 俊通司隶職, 嚴奉武夫官. 眼惡藏鋒在, 心粗逐物殫. 近來脂膩足, 驅遣不妨難."

를 쫓는데 힘을 다하네.

근래에 기름진 음식이 족하지만, 쫓아버리기는 정말 어렵네.

이 시는 매의 특징을 묘사함으로써 唐末의 藩鎭세력를 풍자하고 있다. 즉 세 번째 연의 묘사는 바로 藩鎭세력의 흉악함, 음험함 그리고 끝없는 탐욕을 표현한 것이다. 또한 마지막 연에서는 唐 왕실의 입장에서 이미 거대한 세력을 갖춘 藩鎭을 어찌 할 수 없음을 표현하고 있다. 藩鎭은 원래 당 제국의 변방을 책임지는 관리들 이였지만 거의 독립을 하여 唐의 통치를 벗어난 상태였다. 시인은 이들의 專橫과 貪慾을 매를 빌어 폭로하였다.

III. 통치제도에 대한 비판

통치제도에 대한 비판이란 주로 인재등용제도인 과거제도에 대한 반영이다. 唐代의 대부분 사대부들이 그러하듯이 나은 역시 儒家思想의 영향을 받아 자신의 "兼濟"理想을 실현하고자 科擧에 매달렸다. 그러나 그의 科業생활은 너무나 길었고 또한 平坦하지 않았기에 科擧와 관련된 시가가 상당히 많다. 결국 과거에 급제하지 못했던 나은은 주로 실의에 찬 시가를 많이 창작했다. 그의 낙제는 개인적인 측면과 통치제도적인 측면이 있다. 개인적인 측면이란 바로 "羅隱은 과거 시험장에서 자신의 재주를 믿고 오만하기에 公卿大夫들이 싫어했다. 그런고로 여섯 차례 낙제했다."[31]의 기재로 그의 性格과 詩

---

31) (宋)陶岳撰, 『五代史補』卷一. "羅隱在科場, 恃才傲物, 尤爲公卿所惡, 故六擧不第." (『文淵閣四庫全書』, 407卷, 647쪽.)

風을 말한다. 또한 통치제도측면이란 科擧와 연관된 다양한 부패와 폐단 등을 말한다. 唐末 과거제도의 폐단에 대하여 "봉건시대의 과거제도는 이전부터 절대적인 공정함이 있을 수 없었다. 설령 初·盛唐시기라 해도 懷才不遇하며 실의에 찬 사람들이 적지 않았으니 하물며 晩唐에 이르러서야, 이 제도는 일찍이 폐단이 수없이 많고 부패가 극심하여 이로 말미암아 매몰된 인재가 헤아릴 수 없었다."[32] 라는 언급이 있는데, 이는 바로 唐末의 문인사대부들이 과거로 인하여 얼마나 고통을 받았는가를 짐작하게 한다. 唐末의 수많은 시인들이 과거로 인한 실의를 맛보았으며 그 원인이 위와 같았기에 이를 폭로하는 시가를 많이 창작하게 되었다. 그러므로 나은의 과거와 관련된 시가에는 단순한 슬픔만이 있는 것이 아니라 곳곳에 자신의 落第가 과거제도의 폐단에 있음을 지적하고 있다. 이러한 측면이 바로 현실의의가 있다고 할 수 있다.

나은은 과거에 자신의 일생을 바친 시인이며 과거로 인하여 대부분의 인생을 失意 속에 살았다. 자신을 싫어하는 귀족들과 자신의 "諷刺"가 바로 낙제의 원인 이였기에 작가는 과거와 관련된 시가를 창작하면서 과거제도의 폐단을 폭로하거나 풍자하였다.

예를 들어, 과거에 낙방한 후에 심정을 표현한 「下第作」[33]을 보기로 하자.

---

32) 董乃斌著, 『李商隱傳』, 陝西人民出版社, 1985, 33쪽. "封建的科擧制度從來就不可能是絶對公正的, 卽使在初·盛唐, 懷才不遇·落魄抑塞的人也有的是. 何況時至晩唐, 這一制度早已是積弊叢生, 腐朽不堪, 被它埋沒的人材就更是不計其數."
33) 『羅隱集校注』, 296쪽. "年年模樣一般般, 何似東歸把釣竿? 巖谷謾勞思雨露, 彩雲終是逐鵁鶄. 塵迷魏闕身應老, 水到吳門葉欲殘. 至竟窮途也須達, 不能長與世人看."

해마다 늘 낙제하니, 어찌하여 은거하여 낚싯대 드리우지 않는가?
신분이 미천한 자가 황제의 恩澤을 생각하는 것은 헛된 일이고,
신분이 고귀한 자가 결국은 관리가 되는구나.

관리에 미련을 두어 몸은 늙고, 물이 龍門에 다다르기 전에 잎새
는 시드는 구나. 결국 재능이 많더라도 마음을 열어야하니 오래도록
세상 사람을 보지 않으리라.

이 시는 계속되는 낙제의 슬픔을 표현하고 있다. 전체적인 정조는
시인의 처지가 그러하듯 哀傷으로 충만하다. 그러나 둘째 연의 내용
은 바로 唐末 과거제도의 폐단을 지적하고 있다. 신분이 미천한 자
가 과거를 통하여 관리가 된다는 것 자체가 쓸모 없는 일임을 언급
하면서 반대로 귀족들이 쉽게 과거에 登第되는 것에 대하여 분개하
며 비판하고 있다. 이 시에서는 주로 시인의 懷才不遇한 상황을 표
현하면서 은거하고픈 심정을 드러내고 있지만 그 이면에는 당시의
과거에서 일어나는 불합리한 측면을 폭로하고 있음을 알 수 있다.
근 10년 동안 과거에서 낙제한 후에 지은 「丁亥歲作」[34]에서도 역시
자신의 불우한 처지에 대한 슬픔과 더불어 과거제도의 不合理를 지
적하고 있다. 그 중 "온 성에 급제한 사람들은 한결같이 역시 옛 귀
족들이네."라는 표현은 역시 이 시에 자신을 "孤寒"이라고 하는 것과
대비하면서 이전부터 귀족집안에 해당하는 "舊處"들이 과거에 급제
하는 상황을 폭로하고 있다.

다음에는 그의 시 「題新榜」[35]을 보기로 하자.

34) 『羅隱集校注』, 296~230쪽. "滿城桃李君看取, 一一還從舊處開"
35) 『羅隱集校注』, 371쪽. "黃土原邊狡免肥, 犬如流電馬如飛. 灞陵老將無功業, 猶
憶當時夜獵歸."

　　황토 평원의 교활한 토끼는 살찌고, 개는 번개같이 빠르고 말은
나는 듯하구나.
　　灞陵의 장수는 공훈을 인정받지 못하고, 옛 날을 회상하며 사냥하
다가 밤이 되어 돌아가는구나.

　　이 시는 비유를 통하여 작가의 신세 한탄하고 있으며, 동시에 과
거에 대한 불만을 표현하고 있다. 전반부는 수렵하는 장소로써 과거
시험장을 비유하고 있다. "狡免肥"란 과거에서의 폐단을 은근하게
지적하는 것이며, "犬"과 "馬"로써 역시 권모술수가 난무하는 과거를
묘사하고 있다. 후반부는 西漢의 명장인 李廣을 빌어 자신을 비유하
면서 재능 있는 자가 뜻을 얻지 못하는 唐末의 현실을 드러내고 있
다. 후인은 이 시의 하반부에 대하여 "羅隱은 과거시험장에서 뜻을
얻지 못했기에 失意에 찬 말을 쓰는데 뛰어났다 … 모두 激昂하며
悲壯하다."[36]라고 평하고 있다. 시인의 실의는 자신의 "不得志"로 말
미암은 것이지만 그 원인이 과거의 폐단에 있기에 그 심정은 더욱
격앙되고 비장할 수밖에 없는 것이다.
　　다음에는 그의 시 「送灶」[37]를 보기로 하자.

　　한 잔의 맑은 차와 한 줄기 연기, 부뚜막 신은 황제가 있는 하늘
로 가네.
　　옥황상제가 만약 인간사를 묻거든, 학문은 돈만 못하다고 말할 것
이다.

---

36) (淸)賀裳撰, 『載酒園詩話又編』. "隱不得志於擧場, 故善作侘傺之言 …, 皆激昂
　　悲壯."(『淸詩話續編』本, 384쪽.)
37) 『羅隱集校注』, 383쪽. "一盞淸茶一縷煙, 灶君皇帝上靑天. 玉皇若問人間事, 爲
　　道文章不値錢."

　이 시는 민간에서 부뚜막 신에게 제사지내는 것을 빌어 현실에서
는 학문보다 돈이 더욱 중시되는 것을 풍자하고 있다. 시인은 자신
의 낙제를 과거제도의 폐단과 결부하여 금전으로 관직을 사는 정황
을 폭로하고 있다. 『堅瓠集』에서 이 시를 인용하면서 "최근의 選拔
은 돈이 아니면 안 된다. 唐부터 이러하였거니와 오늘날이야."[38]라
고 언급하고 있다. 이는 唐末의 과거현실을 보여주고 있는 것이다.
과거제도의 폐단으로서 금전과 관련된 시에는 「圍城偶作」[39]이 있
다. 그 중 "郭泰의 묘비명이후에는 오로지 황금을 볼 뿐 문장을 보지
않았다." 역시 상술한 시가와 유사한 의도로 창작되었다. 東漢의 박
학한 선비인 郭泰의 墓碑를 빌어 그 이후로는 학문보다 황금이 더
중요하게 되었음을 풍자하고 있다. 이와 유사한 내용을 가진 시가에
는 「東歸」・「江邊有寄」 등이 있다.
　다음에는 영물시의 표현된 통치제도에 대한 풍자를 살펴보기로
하자. 그의 시 「春風」[40]은 春風을 빌어 능력 없는 자가 관직에 가게
되는 현실을 교묘하게 풍자하고 있다.

　　의도적인 허풍의 중요성을 알지만, 어찌하랴 인간은 선악을 구분
　할 수 있으니.
　　그러나 볼 것 없는 미미한 자들은 쉽게 靑雲에 이르는구나.

---

38) (淸)褚人穫撰, 『堅瓠集』 甲集, "當今之選, 非錢不行, 自唐已然, 豈獨今日"
　　(『筆記小說大觀』 本)
39) 『羅隱集校注』, 182쪽. "自從郭泰碑銘後, 只見黃金不見文"
40) 『羅隱集校注』, 369쪽. "也知有意吹噓切, 爭奈人間善惡分. 但是秕糠微細物, 等
　　閑攙擧到靑雲."

이 시는 바람 부는 것과 허풍으로 雙關의 수사수법을 이용하여
관직에 나가게 되는 사회의 부조리를 풍자하고 있다. 시인은 현실사
회에서 허풍과 같은 부조리를 통하여 관직에 나갈 수 있음을 알지만
선악을 구분하는 것이 인간임을 묘사하면서 자신이 그렇게 하지 않
으리라는 것을 보여주고 있다. 그렇지만 쭉정이나 겨와 같은 하찮은
미물과 다를 바 없는 자들이 쉽게 관직에 나가는 것에 대하여 慨歎
하고 있다.

다음에는 그의 영사시 중에서 통치제도와 관련된 시가를 보기로
하자. 나은은 영사시의 창작에서 직접적으로 과거제도에 대한 폐단
을 표현하지는 않았지만 그의 과업생활을 생각하면 인재에 대한 중
시를 표현한 시가들은 관련이 있다고 할 수 있다. 특히 咏史詩의 한
특징은 "古人의 咏史詩에서 단지 서술만 하고 자신의 견해를 드러내
지 않는다면 즉 역사이며 시가 아니다. 자신의 견해를 드러내어 議
論을 나타내야 한다."[41]이다. 이는 바로 영사시의 창작에 있어서 작
가의 견해가 중요함을 지적하는 것이다. 즉 "己意"과 "議論"이란 시
인이 의도하는 바를 표현해야함을 말하는 것이다. 풍자의 의도도 이
러한 부분이지만 더욱 중요한 것은 풍자하는 중에 구체적으로 어떤
부분을 강조하는 것인가 중요한 것이다. 주로 제도의 不合理나 인재
등용의 문제점을 지적하고 있다.

우선, 그의 시 「籌筆驛」[42]을 보자.

---

41) 吳喬著, 『圍爐詩話』, "古人咏史, 但敍事而不出己意, 則史也, 非詩也; 出己意,
　　發議論"(『淸詩話續編』 本, 558쪽.)
42) 『羅隱集校注』, 85쪽. "抛擲南陽爲主憂, 北征東討盡良籌. 時來天地皆同力, 運去
　　英雄不自由. 千里山河輕孺子, 兩朝冠劍恨譙周. 唯餘巖下多情水, 猶解年年傍驛
　　流."

諸葛亮은 南陽에서의 은거생활을 포기하고 劉備를 도와 노심초사
하며, 천하 평정을 위해 교묘한 계책을 다 쏟았다네.

시기가 좋을 때는 천하가 모두 한 마음이더니, 운세가 다하니 영
웅은 자유를 잃네.

천하를 쉽게 넘긴 것은 後主 劉禪이 나약해서이고, 문무백관들은
老臣 譙周를 원망하네.

오로지 바위아래 다정한 강물만 남아 옛 일을 회고하며 籌筆驛을
끊임없이 흘러가는 듯하구나.

"籌筆驛"은 제갈량이 魏를 토벌하기 위해 계책을 세웠던 장소이
다. 시인은 이곳을 돌아보며 과거를 회고하는 형식으로 이 시를 창
작하고 있다. 이 시는 제갈량이라는 유능한 인재가 "不自由"하게 되
는 상황을 빌어 인재의 중요성을 강조하고 있다. 蜀의 쇠망은 제갈
량같은 인재를 중시하지 않았기 때문임을 풍자하고 있다. 아울러 셋
째 연은 군주의 나약과 통치집단의 중요성을 지적하고 있다. 이 시
는 인재의 중요성, 군주와 통치집단의 중요성을 지적하면서 현재를
풍자하는 것이다. 즉 인재에 대한 중시는 바로 과거제도와 관련되는
것으로 은근하게 자신의 낙제와 唐末 현실을 풍자하고 있다. 『石園
詩話』에서 "羅隱의 시가 「籌筆驛」은 역시 七言絶句 중에서 가장 뛰
어난 시이다. 議論 역시 李商隱과 매우 흡사하다"[43]라고 이 시를 평
하고 있다. 이는 나은 시가의 뛰어남을 묘사하면서 李商隱의 「籌筆
驛」과 마찬가지로 인재에 대한 중시, 통치집단의 중요성을 지적하
는 작가의 견해가 있음을 지적한 것이다.

---

43) 『石園詩話』 "昭諫「籌筆驛」詩, 亦七絶中最佳者, 議論亦頗似義山" (『清詩話續編』
本, 1779쪽.)

다음에는 「姑蘇臺」[44)]를 보기로 하자.

> 太伯은 황제의 자리를 양보한 후에도 吳나라의 시조로써 높이 받들
> 어졌고, 季札은 현명함으로 정세를 잘 살폈지만 闔閭를 인정하였네.
> 자손들은 무슨 연고로 西施를 위한 정자만을 높이 받드는 가를 알
> 수 없구나.

　이 시는 吳王 夫差가 西施에 현혹되어 국가를 멸망으로 이끌게 되
는 것을 諷刺하면서 아울러 人才에 대한 중요성을 강조하고 있다.
이 시에서의 인물은 사실 賢人으로 황제의 일속이지만 결국은 인재
를 뜻하고 있다. 인재에 대한 중요성은 바로 시인이 의도하는 부분
으로 唐末이라는 현재 인재를 중시하지 않는 통치집단을 지적하는
것이다. 이 시에서는 吳나라의 현인인 太伯과 季札은 국가를 위하여
양보하고 겸손하였지만 이들을 칭송하지는 않으면서 오히려 군주와
향락을 일삼아 결국 국가를 멸망하게 한 西施를 숭상하는 것을 질책
하고 있다. 이러한 질책은 결국 唐末의 현실을 풍자하는 것으로 특
히 작가는 인재에 대한 올바른 등용을 중시하고 있다.
　羅隱의 咏史詩에 나타난 현실의의는 諷刺와 諷刺 중의 議論이다.
기본적으로 이전의 황음한 황제나 통치집단을 빌어 唐末의 현재를
경계하고자 하는 의도로 풍자하고 있다. 또한 이러한 풍자의의와 더
불어 현실에 대한 개조를 목적으로 하는 시인 자신의 의도가 있으니
이러한 측면은 영사시 중에서 더욱 강한 현실의의라고 할 수 있다.

---

44) 『羅隱集校注』, 134쪽. "讓高泰伯開基日, 賢見延陵復命時. 未曾子孫因底事, 解
崇臺樹爲西施."

Ⅳ. 사회혼란에 대한 표현

羅隱은 833년에 태어났기 때문에 唐末 극도의 혼란기에 삶을 살았다고 할 수 있다. 즉 唐末 최고의 戰亂인 黃巢起義는 875년에 일어났으며 그 이전의 王仙之의 亂과 이전부터 계속되었던 혼란을 생각하면 대부분의 인생을 戰亂과 함께 했다고 할 수 있다. 즉 『資治痛鑑』 "王仙芝와 그 무리 尙君長은 濮州와 曹州를 공격하여 함락시켰으며 수만의 군중이 모였다 … 冤句사람 黃巢 역시 수천 명을 모아 仙芝에 호응했다."[45]라는 기록은 바로 이 시기의 戰亂의 격화정황을 보여주고 있다.

그의 시 「卽事中元甲子」[46]는 바로 황소기의로 말미암아 僖宗이 도성을 떠나 남쪽으로 피신하였던 사건을 가지고 쓴 시이다.

關中에는 피가 흘러 내가 되었고, 변방의 누런 구름아래 戰馬가 쉬고 있네.

오로지 여윈 병사들이 渭水를 메우고 있고, 결국 전쟁을 종식시킬 인재는 나타나지 않았네.

국토는 이미 홍진 속에 매몰되었고, 친지를 만나기가 날카로운 칼날에 있는 듯 위태롭네.

군주가 아직 돌아오지 못함에 슬퍼하며 흘린 눈물이 칼에 얼룩져 있네.

---

45) 『資治通鑑』, 8180쪽. "王仙芝及其黨尙君長攻陷濮州·曹州, 衆至數萬, … 冤句人黃巢亦聚衆數千人應仙芝"

46) 『羅隱集校注』, 195쪽. "三秦流血已成川, 塞上黃雲戰馬閑. 只有羸兵塡渭水, 終無奇士出商山. 田園已沒紅塵內, 弟侄相逢白刃間. 惆愴翠華猶未返, 淚痕空滴劍文斑."

시인은 우선 秦의 멸망 후에 關中에서 벌어진 전란의 정황을 빌어 唐末의 모습을 대신하고 있다. 셋째 연에서는 직접적으로 혼란을 표현하고 있다. "紅塵"이란 바로 黃巢起義로 야기된 전쟁터의 형상이다. 넷째 연에서는 황소기의 군대가 장안에 점령한 후에 황제가 남쪽에서 여전히 돌아오지 못하는 상황에 대한 哀傷을 표현하고 있다. 『資治通鑑』 "中和元年. 봄, 정월, 황제의 수레가 興元을 출발했다…황제의 수레가 成都에 도착했다."[47]라는 기록에서 僖宗이 長安을 떠난 후에 成都에 도착했음을 알 수 있다. 시인은 황제가 도성을 떠나는 사건으로 당시의 사회국면을 짐작하게 하면서 국토의 혼란을 묘사하였다.

다음에는 「亂後逢友人」[48]을 보기로 하자.

혼란이 아직 끝나지 않아 배에 몸을 실은 채 길을 물을 뿐이다.
백성들은 도적에 목숨을 잃는데 지방 절도사들은 빈번하게 바뀌는구나.
꿈속에서는 옛 날 갔던 곳이거늘 눈앞에는 새로운 귀인이네.
이전에도 세상일이 이러했으니, 그대여 홀로 눈물 적시지 말게나.

이 시는 시인이 눈앞에 보이는 현실에 눈물을 흘리며 지은 시이다. 제목에서의 "亂"이란 바로 王仙芝와 黃巢의 起義를 지칭하는 것이다. 첫 연은 바로 전란으로 인하여 자신이 방랑하는 모습을 표현하였다. 둘째 연은 바로 唐末의 현실에 대한 반영으로 국토는 전란

---

47) 『資治通鑑』, 8245쪽. "中和元年. 春, 正月, 車駕發興元 … 車駕至成都"
48) 『羅隱集校注』, 157쪽. "滄海去未得, 倚丹聊問津. 生靈寇盜盡, 方鎭改更頻. 夢裏舊行處, 眼前新貴人. 從來事如此, 君莫獨霑巾！"

으로 황폐해지고 백성들은 목숨을 잃지만 절도사들은 정권을 탈취
하느라 쉴새없이 바뀌는 唐末의 혼란을 묘사하고 있다. 셋째와 넷째
연은 벗을 만났지만 알아 볼 수 없을 정도로 변하였고, 벗이 흘리는
눈물은 다름 아닌 자신의 눈물임을 표현하고 있다. 이 시는 시인의
感慨가 잘 드러난 시이지만 사실상 唐末의 전란으로 말미암은 혼란
국면에 대한 폭로로 현실의의가 농후하다고 할 수 있다. 특히 첫 구
에 대한 "하늘의 반이 높이 돌출하였다."[49]라는 평은 바로 唐末 혼란
현실을 교묘하게 과장하여 설명하고 있다.

다음에는 그의 시「遁迹」[50]을 보기로 하자.

　　달아나면 편안할 줄 알았는데 눈물이 나니 어찌하랴?
　　조정에서는 오히려 禮樂을 중시할 뿐이고, 지방에서는 잔인한 전
쟁에 시달리네.
　　華馬를 누구에게 물어보랴? 오랑캐가 이렇게 빈번하게 전쟁을 일
삼는데.
　　漢 文帝가 한 밤중에 廉頗를 회상했던 것을 생각한다.

이 시는 전란에 대한 시인의 정회와 혼란에 빠진 국토 그리고 이
러한 혼란을 종식시킬 수 있는 인재가 없음을 안타까워하는 마음을
표현하고 있다. 시인은 "忍干戈"나 "胡塵"을 통하여 唐末의 전란 현
실을 묘사하면서 이로 말미암은 자신의 슬픔과 慨歎을 표현하고 있

---

49) (元)方回撰評, 李慶甲集評校點, 『瀛奎律髓匯評』. "聳擢天半"(『唐詩彙評』, 2810
　　쪽. 재인용)
50) 『羅隱集校注』, 192~193쪽. "遁迹知安住, 霑襟欲奈何? 朝廷猶禮樂, 郡邑忍干戈.
　　華馬憑誰問? 胡塵自此多. 因思漢文帝, 中夜憶廉頗."

다. 슬픔은 자신의 무기력이며, 慨歎이란 조정의 무기력이라고 할
수 있다. 또한 후반부에서는 이러한 혼란을 종식시킬 수 있는 유능
한 인재가 없음을 한탄하고 있다. 이러한 戰亂의 형상을 표현한 시
가에는 「秋江」·「秋日懷孟夷庚」·「秋晚」 등이 있다.

　羅隱의 시가 중에서 咏史詩는 풍자성이 농후하다. 그러한 咏史詩
는 정치적인 측면에 주안점을 두어 이전 황제의 실정으로 현세를 풍
자하는 것이 많지만 사실 그 내용을 살펴보면 사회적 혼란을 많이
언급하고 있다. 즉 前代의 사회혼란을 언급하는 것 역시 현세의 사
회혼란을 말하기 위한 의도가 있다고 할 수 있다.

　그의 시 「臺城」[51]을 보기로 하자.

　　그늘진 구름아래 노을 빛은 텅 빈 臺城을 비추고, 六朝의 여러 무
덤에도 내려왔네.
　　궁전에서는 국토를 일으킬 용이 일어나지 못하고, 국토는 폐허가
되고 효웅들은 서로 전쟁을 벌이는구나.
　　천하를 안정시킬 수 있는 인재는 얻기 어렵다지만, 도리어 황제가
피신하는 일이 가장 흔할 줄이야.
　　桑田碧海라며, 조정의 茂弘같은 무리들은 슬퍼하지도 않는구나.

　이 시는 황폐한 臺城을 보면서 지은 시로 南朝시기의 陳 後主의
망국행위를 풍자하고 있다. 이 시는 국가의 멸망에 대하여 황제의
황음과 인재에 대한 홀시 등을 표현하고 있다. 특히 "金甌雖破虎曾

---

51)『羅隱集校注』, 255~256쪽. "晚雲陰映下空城, 六代累累夕照明. 玉井已干龍不起,
金甌雖破虎曾爭. 亦知霸世才難得, 却是蒙塵事最平. 深谷作陵山作海, 茂弘流輩
莫傷情."

爭"의 정황은 唐末 현실과 흡사하기에 南朝시기의 혼란을 빌어 唐末의 혼란을 표현했다고 할 수 있다. 즉 咏史詩에 표현된 내용들은 단순히 멸망과 관련된 통치집단의 문제점에만 국한된 것이 아니며 그러한 혼란 현실로서 현재의 혼란을 표현하는 측면도 있음을 주지해야할 것이다.

唐末의 혼란 국면은 나은의 시가에 반영되어 있다. 그러기에 宋人은 "그 시에는 光啓이후부터 廣明이전까지에 있어서, 국토의 亂離, 황제의 피신, 재난과 고통스러운 험난한 일들을 많이 묘사하고 노래하고 있다."[52]라고 그의 시가에 대하여 평하고 있다. 그의 이러한 현실반영은 바로 唐末의 정황을 시로써 표현한 것이며 바로 현실의 의가 있는 창작이라고 할 수 있다.

Ⅴ. 사회불공정에 대한 폭로

사회의 혼란은 자연히 일반 백성들에게 다양한 어려움을 가져다 주었다. 戰亂으로 말미암아 많은 백성들은 집을 잃고 유랑하며 고통의 나날을 보내야만 했으며, 정치적 혼란으로 부역이나 과중한 세금으로 인한 착취를 받았다. 다만 羅隱의 시가에서는 이러한 측면을 직접적으로 묘사하기보다는 諷刺나 對比의 수법을 이용하여 사회에서 일어나는 불공정한 것을 폭로함으로서 백성들의 고통을 표현하고 있다.

우선, 그의 시가 「題磻溪垂釣圖」[53]를 보기로 하자.

---

52) (宋)劉克莊撰, 王秀梅校點, 『後村詩話·新集』, 卷四, 中華書局, 1983, 216쪽.
　　"其詩自光啓以後, 廣明以前, 海內亂離, 乘輿播遷, 艱難險阻之事多見之賦詠."

    姜太公은 당시에는 계책을 냈었고, 곧은 낚시바늘로 나라를 낚았
는데 누가 이렇게 하겠는가?
    만약 西湖에서 태어났다면 역시 반드시 물고기세금을 내어야 했
을 것이다.

이 시는 유우머와 풍자가 있다. 그러나 그 이면에는 시인의 백성
을 생각하는 마음과 더불어 이러한 관리로 인한 백성들의 고통을 보
여주고 있는 것이다. 절도사인 錢鏐가 杭州에 있을 때 백성들에게
물고기세금을 내도록 하였는데 이것은 바로 백성들을 착취하는 것
이었다. 『西湖遊覽志餘』 "錢鏐가 杭州를 통치할 때, 西湖의 어민들
은 매일 몇 근의 물고기를 내야했는데 이를 '使宅魚'라 하였다. 물고
기를 잡지 못한 사람은 물고기를 사서 바쳐야 했으니 그 지방 어민
의 큰 고통이 되었다 … 나은은 소리내어 이 시를 지었다. 錢鏐가
들은 후에 크게 웃고는 명령을 내려 '使宅魚'를 금하도록 하였다."54)
라는 기록은 절도사의 횡포로 백성들이 고통을 받았음을 지적하며
나은의 백성들을 생각하는 마음을 보여주고 있다. 그러므로 이 시에
대하여 "시로써 마침내 '使宅魚'를 멈추게 하니 이 시는 즉 없애서는
안 된다."55)라고 평하고 있다.
    다음에는 「秦中富人」56)을 보기로 하자.

---

53) 『羅隱集校注』, 369쪽. "呂望當年展廟謨, 直鉤釣國更誰如? 若敎生在西湖上, 也
    是須供使宅魚！"
54) (明)田汝成撰, 『西湖遊覽志餘』. "錢鏐統治杭州時, 西湖漁民須每日納魚數斤, 謂
    之'使宅魚'; 捕不到魚的人, 則須買魚繳納, 成爲當地漁民的一大禍害 … 隱應聲
    而作此詩. 錢鏐聽後大笑, 于是下令免證'使宅魚'"(『文淵閣四庫全書』, 本.)
55) (淸)陸次雲輯, 『五朝詩善鳴集』. "因是詩而逐停'使宅魚', 此詩逐不可廢"(『唐詩
    匯評』, 2817쪽. 재인용)
56) 『羅隱集校注』, 194쪽. "高高起華堂, 區區引流水. 糞土金玉珍, 猶嫌未奢侈. 陌

높디높은 화려한 집을 세우고, 굽이굽이 물을 흐르게 하였네.

비옥한 땅과 金玉이 모두 진귀하거늘 오히려 아직 사치스럽지 않다고 불평하네.

좁은 골목에는 쑥이 가득 차 있으니 누가 顔子가 있음을 알랴?

이 시는 부귀한 자와 가난한 자를 대비시켜 가난한 백성의 정황을 묘사하고 있다. 화려한 집과 정원 그리고 금은보화를 가지고 있지만 여전히 불평하는 부자와 황폐하고 비루한 좁은 골목에서 생활하는 백성을 비교하고 있다. 마지막 연에서는 孔子의 제자인 顔淵을 빌어 자신을 표현하면서 비참한 심정을 드러내고 있다. 이 시는 직접적으로 백성의 고통을 묘사하지는 않았지만 대비를 통하여 그 고통을 짐작케 하며 아울러 부자들의 끝없는 탐욕을 풍자하고 있다.

羅隱의 현실의의를 가진 시가의 종류에는 社會詩나 咏史詩 이외에도 咏物詩가 있다. 즉 "시에 잘 창작했으며, 咏物에 뛰어났다."[57] 라고 하듯 나은은 咏物詩에도 뛰어난 재능을 보였음을 알 수 있다. 또한 나은의 시가 중에 영물시의 창작 자체가 적지 않으며 그 의도가 諷刺에 있기에 "대개 시문은 풍자가 있어 단지 황폐한 사당이나 나무인형이라도 면할 수 없었다."[58]라고 평가하고 있다. 구체적인 내용으로서는 "스스로 세상에 대한 분개하는 심정의 토로 혹은 咏史나 托物로써 감정을 나타내는 완곡한 수법을 통하여 현실을 비판하는 것을 좋아했다."[59]라고 언급하고 있다. 이는 그의 咏物詩에 현실

巷滿蓬蒿, 誰知有顔子?"
57) (明)高棅編, 『唐詩品彙』, 上海古籍出版社, 1993, 73쪽. "工詩, 長於咏物"
58) 『唐才子傳』卷八, "凡詩文譏刺, 雖荒祠木偶, 莫能免者." (『叢書集成新編』, 101冊, 279쪽.)
59) 吳庚舜·黃乃斌主編, 『唐代文學史』, 人民文學出版社. 1995, 506쪽. "喜歡通過自

의의를 가지고 있는 창작이 있음을 알게 한다. 상술한 몇 편의 咏物
詩들이 그러하며 백성들의 고통 역시 咏物詩의 수법을 빌어 풍자로
써 표현하고 있다.

그의 시가 「金錢花」60)를 보기로 하자.

아름다운 이름을 얻고 향기에 에워싸여 서로 의지하며 가을하늘
을 향하고 있네. 만약 금전화를 거두어 쌓아둘 수 있다면, 응당 부
잣집들에 의해 모두 잘릴 것이다.

金錢花란 旋覆花(금불초)로 그 꽃이 금전을 닮았기에 金錢花라 불
렸다. 시인은 이러한 꽃을 빌어 귀족집단의 한없는 탐욕을 풍자하였
다. 그러므로 "이것은 豪門貴族의 탐욕을 풍자한 것이다."61)라는 평
가를 받고 있다. 이 시는 豪門의 탐욕을 풍자하고 있지만 그 반면을
본다면 거꾸로 백성들의 고통을 생각할 수 있다. 이들의 탐욕의 결
과는 백성들에 대한 착취를 뜻하는 것이기 때문이다.

상술한 시가와 유사한 제목의 「錢」62)을 보기로 하자.

志士는 재물을 쌓으면 禍根이 생긴다고 감히 말하지 않는다.
小人은 학문이나 재주가 없으니 거짓으로 재물을 쌓으려 하는구나.
마음에 생긴 근심을 해소하는 것은 잠자는 눈을 뜨듯이 수월하구나.

己憤世之情的宣泄, 或以咏史和托物寓志的曲折手法, 來批判現實"
60) 『羅隱集校注』, 69쪽. "占得佳名繞樹芳, 依依相伴向秋光. 若敎此物堪收貯, 應被
豪門盡斸將."
61) 劉永濟選釋, 『唐人絶句精華』, 人民文學出版社, 1981, 276쪽. "此譏豪門貪黷也"
62) 『羅隱集校注』, 164쪽. "志士不敢道, 貯之成禍胎. 小人無事藝. 假爾作梯媒. 解
釋愁腸結, 能分睡眼開. 朱門狼虎聲, 一半逐君回"

부잣집의 포악과 탐욕은 군주를 쫓아 움직인다.

이 시는 돈의 위력을 표현하면서 부귀한 자들의 탐욕 심지어는
군주의 탐욕스러움을 표현하고 있다. 이러한 표현은 이면에 있는 백
성들의 고통을 연상하게 한다. 즉 끊없는 탐욕의 희생물은 결국 백
성들의 몫이 되는 현실을 은근하게 묘사한 것이다.

다음에는 다른 咏物詩 「雪」63)을 보기로 하자.

　　瑞雪이 내리면 풍년이라 말하지만, 풍년이 되어도 사정은 어떠한
가?
　　長安의 가난한 사람들에게 상서롭다는 것은 참으로 마땅하지 않
구나

이 시는 부자와 가난한 자를 대비하여 가난한 일반 백성들의 고
통을 표현하고 있다. 일반적으로 瑞雪이란 풍년을 뜻하지만 唐末이
라는 혼란현실에서 부자들에게의 瑞雪과 가난한 자들에게 있어서의
瑞雪은 차이점이 있다. 즉 "雪"이란 늘 백성들에게 굶주림과 추위의
고통을 주었을 뿐이다. 시인은 이러한 현실적인 면을 지적함으로써
결국은 백성들의 실제적인 고난을 나타낸 것이다. 그러므로 이 시에
대하여 "이 어진 시인은 다른 생각이 있어서 일상적인 것이지만 雪
色과 寒氣가 다름을 묘사하였다."64)라고 평하고 있다.

---

63) 『羅隱集校注』, 168쪽. "盡道豊年瑞, 豊年事若何? 長安有貧者, 爲瑞不宜多!"
64) 『唐人絶句精華』, 274쪽. "此仁者別有用心, 與尋常但描寫雪色·寒氣者不同."

Ⅵ. 結論

羅隱은 비록 만년에 절도사 錢鏐에게 기탁하여 唐 제국을 떠났지만 항상 儒家入世精神을 잊지 않은 시인 이였다. 그의 시가에 나타난 현실의의는 바로 그의 入世思想의 실천이라고 할 수 있다. 唐末의 극단적인 혼란 속에 일생을 보낸 시인에게 있어서 국가의 안정에 대한 염원을 시가에 표현하고 있다. 낙제를 거듭하던 不得志한 생애에서 唐末의 현실은 그에게 비교적 객관적으로 보였으며 이를 비교적 완곡하게 표현하고 있다. 羅隱의 500여수가 되는 시가창작에서 현실을 반영하는 현실의의는 社會詩나 咏史詩 그리고 咏物詩의 창작에 모두 나타나고 있다. 이를 내용별로 분류하면 통치집단의 황음과 실정 및 국가와 백성을 생각하지 않는 면에 대한 비평이 있고, 통치제도에 있어서 과거제도나 인재등용의 폐단을 비판하고 있다. 또한 唐末이라는 사회혼란을 직접적으로 혹은 간접적으로 표현하였고, 사회의 불공정한 면을 폭로함으로써 백성들의 고통을 묘사하였다.

그의 현실을 반영하는 방법은 전투적이지 않고 오히려 感傷적인 면이 있다. 그러므로 폭로하고 있지만 거칠지 않으며 풍자로써 나타내고자 하는 의도를 표현하고 있다. 통치집단에 대한 반영은 주로 怨望으로 표현되었으며, 통치제도에 대한 반영은 失意로 표현되었으며, 사회혼란에 대한 반영은 哀傷으로 표현되었으며, 사회의 불공정한 측면에 대한 반영은 慨歎으로 표현되었다. 아울러 咏史나 咏物을 통한 諷刺의 수법은 그의 독특한 시가 창작으로 현실을 반영하는데 무기가 되고 있다.

일반적으로 羅隱의 창작에 있어서 주로 小品文에 관심이 집중되어 소품문의 현실성을 높게 평가하고 있다. 또한 그의 시가에 대한

평가에 있어서도 諷刺의 수법을 이용한 咏史詩나 咏物詩를 중시하
는 경향이 있다. 羅隱의 시인으로서의 지위와 창작수준은 小品文이
나 諷刺詩에 국한되어서는 안 되며 이들을 포함한 그의 전체시가에
나타난 현실의의로서 확정될 수 있다고 생각한다.

● 참고문헌 ●

(宋)司馬光撰,『資治通鑑』, 中華書局, 1956.

(後晉)劉昫等撰,『舊唐書』, 中華書局, 1975.

(唐)羅隱著, 潘慧惠校注,『羅隱集校注』, 浙江古籍出版社, 1995.

(宋)劉克莊撰, 王秀梅校點,『後村詩話·新集』, 中華書局, 1983.

『清詩話續編』, 郭紹虞編選, 富壽蓀校點, 上海古籍出版社, 1983.

(淸)余成敎撰,『石園詩話』(『淸詩話續編』本.)

(淸)吳喬著,『圍爐詩話』(『淸詩話續編』本.)

辛文房著,『唐才子傳』(『文淵閣四庫全書』本.)

(明)高棅編,『唐詩品彙』, 上海古籍出版社, 1993.

劉永濟選釋,『唐人絶句精華』, 人民文學出版社, 1981.

富壽蓀選注, 劉拜山·富壽蓀評解,『千首唐人絶句』, 上海古籍出版社, 1985.

岳希仁編著,『古代咏史詩精選點評』, 廣西師範大學出版社, 1996.

王茂福著,『皮陸詩傳』, 吉林人民出版社, 2000.

吳庚舜·黃乃斌主編,『唐代文學史』, 人民文學出版社 1995.

陳伯海主編,『唐詩彙評』, 浙江敎育出版社, 1996.

陳伯海主編,『唐詩論評類編』, 山西敎育出版社, 1993.

柳晟俊著,『唐代後期詩硏究』, 푸른사상, 2001.

田耕宇著,『唐詩餘韻』, 巴蜀書社, 2001.

陸龜蒙시가에 나타난 현실성

I. 들어가는 말

陸龜蒙은 唐代 말기의 주요한 시인 중의 한 사람이다. 陸龜蒙은 皮日休와의 우정과 왕래를 통한 시가창작이 많았기에 소위 '皮陸'이라는 명칭으로 널리 알려져 있다. 또한 이들의 小品文은 "결코 세상을 잊지 않았다."[1]라는 魯迅의 평가로 말미암아 학자들의 주목을 받았고 많은 연구가 있었다. 그러나 皮日休와 陸龜蒙의 시가에 대한 연구는 그다지 많지 않다. 그리고 대개는 皮日休의 시가에 대한 연구에 치중되어 있는데, 이는 皮日休의 『皮子文藪』에 수록된 시가가 가진 현실성 때문이다. 반면에 陸龜蒙은 『新唐書 · 隱逸傳』에 "이 때에 江湖의 散人이라고 일컬어졌으며, 혹은 天隨子나 甫里先生이라고 불렸다."[2]라는 기재가 있을 정도로 隱士로 알려져 있기에, 그의 시가는 마치 현실과는 거리가 있는 듯이 평가되었다. 실제로 陸龜蒙의 생애를 보면 대부분 隱居하여 시가를 창작했기에 진정한 隱士라고 할 수도 있다. 그러나 은일 자체가 단순히 현실과 동떨어져 있다고 해서 그곳에서의 시가창작이 무조건적으로 현실과 관련이 없는 시가만을 창작하는 것은 아니다. 실제로 唐末의 많은 시인들이 현실에

---

1) 魯迅著, 『魯迅全集』第四卷, 「小品文的危機」. 人民文學出版社, 1981, 575쪽. "并沒有忘記天下."
2) 歐陽修 · 宋祁撰, 『新唐書 · 隱逸傳』卷百九十六, 中華書局, 1975, 5612쪽. "時謂江湖散人, 或號天隨子甫里先生."

대한 관심과 더불어 은일심리를 가지고 있었으며, 어느 곳에서든 현실을 생각하는 시가를 창작하였다. 육구몽 역시 은거하였지만 이들과 같은 시대적 배경과 儒家의 사상적 기초를 가지고 있었기에 그의 시가에도 현실성이 있으리라는 것을 짐작할 수 있다. 우선, 시대적 상황을 고려해 볼 수 있겠다. 그가 살았던 시기는 "懿宗이래로부터 사치가 나날이 심해지고, 용병 역시 지속되었고, 賦稅를 거두는 것도 갈수록 독촉이 심해졌다. 關東에서는 매년 홍수와 가뭄이 들었지만 州縣에서는 진실을 들으려 하지 않고 윗사람과 아랫사람이 서로 덮어두려고만 했다. 백성들은 떠돌다 굶어죽어도 어디 하소연할 곳이 없으니 서로 모여서 도적이 되었고 이것이 봉기가 일어난 까닭이다."[3]라는 기록을 통하여 알 수 있듯이 이미 당의 쇠망을 알리듯 곳곳에서 반란이나 외적의 침입이 있었으며, 결국에는 875년 黃巢의 기의가 발생하였던 시기이다. 특히 "鄂州를 공격하여 그 외곽을 함락시켰으며, 돌이켜 饒州 · 信州 · 池州 · 宣州 · 歙州 · 杭州 등 十五州를 약탈했다."[4]라는 내용을 보면, 黃巢의 기의가 전국에 혼란을 가져다주었음을 알 수 있다. 또한 이러한 변화는 남방에서 생활하던 陸龜蒙에게까지 지대한 영향을 주게 되었음을 알 수 있다. 즉, 이전에 발생한 기타 지역에서의 반란이나 외적의 침입은 사실상 남방지역까지는 영향이 크게 미치지 않았기 때문이다. 그러나 반란의 영향이 직접적이든 간접적이든 陸龜蒙이 생활했던 시기가 혼란한 시기

---

3) (宋)司馬光撰,『資治通鑑』卷二五二, 中華書局, 1956, 8174쪽. "自懿宗以來, 奢侈日甚, 用兵不息, 賦斂愈急. 關東連年水旱, 州縣不以實聞, 上下相蒙, 百姓流殍, 無所控訴, 相聚爲盜, 所在蜂起."
4) 앞의 책,『資治通鑑』卷二百五十三, 8219쪽. "攻鄂州, 陷其外郭, 轉掠饒, 信, 池, 宣, 歙, 杭十五州."

라는 것은 자명한 사실이기에 시인의 창작에도 시대적인 상황이 영
향을 주었으리라고 생각한다. 陸龜蒙의 사상적 측면은 "나는 어려서
六經과 孟軻 그리고 揚雄의 서적을 읽었다."[5]나 "先生은 성정이 순
수하고 편안하여 얽매임이 없었고, 옛 성인의 서적을 읽기를 좋아했
다. 六籍을 찾았으며 大義를 알았다."[6]라는 내용을 통하여 알 수 있
다. 즉 陸龜蒙은 儒家적인 교육을 받았으며 儒家적인 사상을 가지고
있었음을 알 수 있는데, 이는 바로 그가 현실에 대한 관심을 가지고
있었으리라는 증거가 된다고 할 수 있다. 또한 그가 직접 편집한 시
문집 『笠澤叢書』에 수록된 小品文 중 소위 현실성이 강하다고 평가
받는 작품인 「禽暴」·「蠹化」·「雜說」 등을 보아도 함께 수록된 그
의 시가 역시 현실적인 의의가 있으리라는 추측이 가능하다.

　陸龜蒙의 시가는 皮日休와의 唱和詩로 엮은 『松陵集』과 만년에
직접 편집한 『笠澤叢書』에 전하며, 南宋시기 葉茵合이 이 두 시문집
과 여기에 없는 시문을 모아서 엮은 『甫里先生文集』에 수록되어 있
다. 또한 淸代에 이 시문집들을 바탕으로 다시 빠진 시문을 수집하
여 엮은 『全唐詩』에도 그의 시가가 전하고 있다.[7]

---

5) (唐)陸龜蒙撰, 宋景昌·王立群點校, 『甫里先生文集』, 「復友生論文書」, 河南大
　學出版社, 1996, 271쪽. "我自小讀六經, 孟軻, 揚雄之書."

6) 앞의 책, 『甫罔先生文集』, 235쪽. "先生性野逸無羈檢, 好讀古聖人書. 探六籍,
　識大義."

7) 『松陵集』은 869년에서 870년 간의 시가를 모은 것으로 크게 古體詩와 近體詩
　그리고 雜體詩로 나누어져 있으며, 陸龜蒙의 시가는 336首이다. 『笠澤叢書』은
　879년에 시문을 모아 엮은 것으로 일정한 기준이 없이 시와 문장이 섞여져 수
　록되어 있으며, 그의 시가는 84首가 있다. 『甫里先生文集』은 五言과 七言 그
　리고 雜體로 나누어져 있으며, 그의 시가는 586首가 있다. 즉, 앞 두 시문집보
　다 166首가 더 많다. 『全唐詩』에는 601首가 전하며, 역시 『甫里先生文集』보다
　도 15首가 더 많다. 결국, 『松陵集』과 『笠澤叢書』에 수록된 시가이외에도 181

본고는 陸龜蒙의 시가 중에서 현실성을 가진 시가를 대상으로 내
용에 따라 國運에 대한 憂慮, 民生苦痛에 대한 反映, 통치집단에 대
한 批判 등 세 부분으로 나누어 고찰해보고자 한다.

Ⅱ. 國運에 대한 憂慮

國運에 대한 憂慮는 어떤 폭로나 비판과는 달리 간접적인 현실성
을 가지고 있다고 할 수 있다. 그러므로 직접적으로 어떤 사실을 묘
사하기보다는 '借古諷今'의 수법을 주로 사용하는 詠史懷古詩에서
주로 표현되고 있다. 사실상, 詠史詩와 懷古詩는 엄밀하게 보면 다
르다. 그러나 懷古詩가 감정을 표현하는데 중점을 두기보다는 회고
하는 중에 시인 자신의 시각이나 역사적인 견해를 표현하는데 중점
을 둔다면 이는 詠史詩와 다를 바 없다고 말하고 있으며, 또한 詠史
詩는 歷史感과 現實性이 통일되어야만 비로소 생명력이 있으며 그
심미가치를 실현할 수 있다고 주장하는 견해가 있다.[8] 이러한 측면
을 보면 시인의 의도에 부합되는 詠史詩와 懷古詩는 같은 맥락의 시
라고 볼 수 있으며, 역시 현실성을 가지고 있음을 알 수 있다.

陸龜蒙의 시가 중 皮日休와 唱和한 「和襲美館娃宮怀古五絶」은 모
두 吳王 夫差를 빌어 현실을 풍자하는 시가이다. 이중 其四[9]를 보기
로 하자.

首가 더 전하고 있음을 알 수 있다. 본 고는 『松陵集』와 『笠澤叢書』 그리고
『甫里先生文集』을 底本으로 삼았다.

8) 岳希仁編著, 『古代詠史詩精選點評·前言』, 廣西師範大學出版社, 1996, 6·10쪽.

9) 皮日休等撰, 『松陵集』, 244쪽. (『四庫全書』, 1332冊)

江色分明練繞臺,　강 빛은 선명하고 하얀 비단처럼 누각을 감싸는데,
戰帆遙隔綺疏開.　전함을 저 멀리에서 두고 화려한 창문을 여네.
波神自厭荒淫主,　水神 역시 荒淫에 빠진 왕을 싫어하니,
勾踐樓船穩帖來.　越王 勾踐의 배가 쳐들어 올 만 한 것 이였네.

館娃宮이란 吳王 夫差가 西施를 위하여 지은 궁전인데, 바로 吳王
의 향락에 빠진 생활을 단적으로 표현한다고 할 수 있다. 越王 勾踐
은 吳王의 수모를 견디며 여러 방법으로 吳王을 향락에 빠지게 하였
는데, 그중 하나의 방법이 바로 미인계였다. 시인은 館娃宮을 유람
하면서 이 시를 창작했는데, 사실상 시인은 吳王의 향락이 결국 국
가를 멸망시켰다는 역사적 사실을 빌어 국가운명을 우려하는 의도
에서 이 시를 창작했다고 할 수 있다. 첫 연은 아름다운 강에서 향
락을 일삼는 모습과 향락에 젖어 적을 마주하기까지도 알지 못하고
있는 상황을 묘사하고 있다. 둘째 연에 대하여 "이것은 吳王이 하늘
과 땅의 용인도 받을 수 없다는 것을 비유하고 있다."[10]라는 해석이
있듯이, 여기에서는 吳王의 荒淫은 水神조차 노할 정도이니 국가의
멸망은 오히려 타당하다고 말하고 있는 것이다. 이 시는 皮日休의「
館娃宮怀古五絶」에 화답한 시가이지만 만약 陸龜蒙의 사상이 현실
도피적이며 무조건적으로 隱逸만을 추구했다면 이러한 시가의 창작
은 나오지 않았을 것이다.
　다음에는 「算山」[11]을 보기로 하자.

---

10) 李長路, 『全唐絶句選釋』, 北京出版社, 1987, 914쪽. "此喩吳王爲天地所不容."
11) 앞의 책, 『甫里先生文集』, 124쪽.

水繞蒼山固護來, 물이 푸른 산을 견고하게 둘러싸고 있었고,
當時盤踞實雄才. 당시에 盤踞에는 진실로 영웅이 있었네.
周郞計策淸宵定, 周瑜의 계책은 한 밤중에 나오고,
曹氏樓船白晝灰. 曹操의 배들은 白晝 대낮에 타오르네.
五十八年爭虎視, 五十八년 간 날카롭게 서로 싸우면서,
三千余騎騁龍媒. 三千余 번 천마가 내달렸다네.
何如今日家天下, 어찌하여 오늘 날 천하가 통일이 되었는데도,
閶闔門臨万國開. 궁문과 성문이 반란군에게 열렸는가.

이 시의 '算山'이란 원래 '蒜山'으로 周瑜와 諸葛亮이 曹操를 격파하기 위해 계략을 짜던 곳이라고 한다. 그러나 시인은 이곳에서 옛 전투를 회상하며 周瑜와 孫權을 영웅으로 칭송하고 있다. 첫 연에서는 周瑜와 孫權이 이곳에서 활약하며 영웅으로 칭송 받았음을 묘사하고 있고, 둘째 연은 周瑜가 赤壁之戰에서 조조와의 전쟁에서 승리한 사실을 표현하고 있다. 셋째 연에서는 긴 재위기간을 유지한 손권의 활약을 표현하였다. 여기에서의 두 영웅에 대한 칭송은 단순한 칭송이 아님은 마지막 구에서 드러나고 있다. 즉, 삼국시대라는 혼란시기라면 이해가 가지만 唐代라는 통일 국가에서도 어찌하여 지방에서 할거하는 藩鎭이나 반란세력들이 궁전에 들어올 수 있는가 하며 한탄하고 있기 때문이다. 이는 결국 혼란한 현실을 지적하는 것이자 당 왕조의 衰弱을 의미하는 것이라고 할 수 있기에 역시 國運에 대한 우려의 심정을 표현했다고 할 수 있다.

다음에는 「和襲美館娃宮怀古五絶」과 마찬가지로 吳王의 荒淫을 풍자하는 시가 「吳宮懷古」[12]을 보기로 하자.

---

12) 앞의 책, 『甫里先生文集』, 172쪽.

香徑長洲盡棘叢,　香徑과 長洲에는 가시나무가 무성하고,
奢云艷雨只悲風.　사치와 향락을 일삼던 곳에는 쓸쓸한 바람이 부네.
吳王事事須亡國,　吳王이 하는 일마다 모름지기 망국으로 치달렸고,
未必西施胜六宮.　西施가 꼭 다른 궁녀보다 나은 것도 아니라네.

이 시 역시 皮日休와의 唱和로 창작된 시이다. 그러나 내용에 있어서는 일맥상통하며 향락을 일삼던 吳王이 초래한 망국을 빌어 國運에 대한 우려를 표현하고 있다. 첫 연은 화려한 향락과 현재의 처참하고 쓸쓸한 분위기를 비교하여 묘사하고 있다. '香徑'이란 '采香徑'으로 吳王이 향기 나는 풀을 심고는 이를 캐면서 즐겼다는 것에서 유래하는 것이며, '長洲'란 동산의 이름인데 바로 吳王 闔閭가 사냥하던 곳이다. 이 둘은 모두 왕이 향락을 일삼았던 곳이며, 이로 말미암아 나라가 망하고 현재는 황량하게 변했다고 표현하고 있다. 둘째 연에서는 직접적으로 吳王의 망국행위를 지적하면서, 이 망국은 결코 西施때문이 아니며 오로지 吳王의 荒淫에 있음을 주장하고 있다. 그러므로 후인 역시 "확실하게 女禍가 망국을 초래했다는 오류를 깨뜨렸다."[13]라고 평가하여 이 시의 주된 의의를 지적하고 있다.
　다음에는 「京口」[14]을 보기로 하자.

江干古渡傷離情,　강가의 옛 나루터에서는 이별로 슬프고,
斷山零落春潮平.　산에는 봄기운이 사라져 버렸네.
東風料峭客帆遠,　東風은 천천히 차가워지는데 객선은 멀어지고,

13) 富壽蓀選注, 劉拜山・富壽蓀評解, 『千首唐人絶句』, 上海古籍出版社, 1987, 849쪽. "足以破女禍亡國謬說."
14) 앞의 책, 『甫里先生文集』, 109쪽.

落葉夕陽天際明.　낙엽 지는데 석양은 하늘 끝에서 환하네.
戰舸昔浮千騎去,　옛날에는 전함이 천 척이나 떠다녔는데,
釣舟今載一翁輕.　오늘날에는 낚시 배에 노인이 한 명 있을 뿐이네.
可憐宋帝籌帷處,　가련하구나, 송나라의 군대가 머물며 지휘하는 곳이,
蒼翠無煙草自生.　푸름은 사라지고 아스라이 풀만 저절로 자라있네.

이 시는 魏晉南北朝시기의 宋나라 건국과 관련하여 창작한 懷古詩이다. 劉裕는 원래 京口에서 자랐고, 전쟁을 하면서도 京口를 근거지로 삼아서 결국 송나라를 세웠다. 시인은 이곳을 유람하면서 劉裕를 생각하면서 이 시를 지었다. 첫째 연과 둘째 연은 京口의 쓸쓸한 정경을 묘사하고 있다. 셋째 연과 넷째 연에서는 직접적으로 京口의 변화를 설명하고 있다. 즉 수많은 전함이 움직이던 곳이 이제는 단지 낚시하는 노인 한 명만이 있을 뿐이고, 군대를 지휘하는 곳은 이제 풀이 무성하게 자란 황폐한 곳이 되어 버렸다고 묘사하였다. 이 시는 표면적으로는 桑田碧海가 된 상황을 표현하고 있지만, "時事에 대한 悲嘆이 깃들어 있으며, 劉裕같은 인물이 동란을 평정하지 못하고, 존망의 위기에서 구하지 못하는 것을 탄식하고 있다."[15] 라는 풀이로써 알 수 있듯이 이 시는 사실상 사회적 혼란으로 말미암아 멸망으로 향해 가는 현재의 국가운명에 대한 걱정과 우려를 표현하고 있는 것이다.

국가의 멸망을 언급하는 것은 상당히 어려운 부분이기에 唐末의 시인들은 이러한 내용을 시가에 담으면서 늘 직접적으로 표현하지 않았다. 당말에 이상하리만큼 많이 창작된 시가경향은 詠史詩인데

15) 王茂福著, 『皮陸詩傳』, 吉林人民出版社, 2000, 252쪽. "寄寓着對時事的悲嘆, 悲嘆時無劉裕式的人物來平定動亂, 挽救危亡."

이 역시 그런 연유와 무관하지 않다. 유가적인 교육을 받고 정치적 이상을 실현하려고 했던 당시의 시인들에게 唐末은 거대한 벽으로 존재하고 있었을 것이다. 그러나 대부분의 시인들은 이러한 다방면의 혼란과 불합리에도 늘 국가와 현실을 잊지 않았다는 것은 그들의 시가를 통해서 알 수 있다. 陸龜蒙 역시 비록 다른 시인보다 隱逸에 대한 관심이 더욱 강하고 실제로 생의 대부분을 은거생활로 보냈지만, 역시 다른 시인들과 마찬가지로 국가와 현실을 잊지 않고 있었기에 이렇게 국운을 우려하는 시가를 창작했을 것이다. 앞서 인용한 시가 이외에도 많은 시가들이 국가와 국운을 생각하고 있다. 예를 들면, 「鄴宮詞」·「和館娃宮古韻」·「和襲美新秋卽事次韻」·「開元雜題七首」·「連昌宮詞二首」·「奉和寄滑州李副使員外」 등이 있다.

Ⅲ. 民生의 苦痛에 대한 反映

陸龜蒙은 은거생활을 위주로 시를 창작했지만 혼란한 사회 속에서 고통 받는 백성들에게도 관심을 가지고 있었다. 이는 기본적으로 儒家적인 사상을 가지고 있었기에 가능했던 것이며, 이러한 사상을 바탕으로 고통 받는 백성들의 모습을 시로써 그려냈다. 일반적으로 시인의 시가에 나타난 현실성을 생각한다면 민생의 고통을 반영하고 동정하는 것이 가장 기본적인 내용일 것이며, 실제로 陸龜蒙의 시가에도 이런 내용의 시가가 적지 않다. 백성을 고통스럽게 만든 것은 주로 통치집단의 정치실정이나 전쟁 그리고 재난 등이 있다.

陸龜蒙이 皮日休의 「太湖詩」에 唱和한 시 「奉和襲美太湖詩」는 역시 皮日休가 유람하는 중에 다양한 내용을 표현한 것과 마찬가지로 단순히 유람하는 것만은 아니다. 여기에는 太湖의 기괴한 모습이나 은거하고픈 심정이 나타나 있기도 하며, 더불어 백성들의 모습이 보이기도 한다. 이중에서 「掩裏」16)의 일부분을 보기로 하자.

......

試招搔首翁,　시험 삼아 머리 긁는 노인을 불러,
共語殘陽邊.　함께 석양을 바라보며 이야기했는데 노인이 말하길,
今來九州內,　"오늘날 세상은
未得皆恬然.　아직 다 편안하지는 않군요.
賊陣始吉語,　반란군이 좋은 소식을 전하겠습니까,
狂波又凶年.　세상은 어지럽고 흉년이 들었지요.
吾翁欲何道,　이 늙은이가 무슨 말을 하겠고,
守此常安眠.　여기에서 어찌 편안히 잘 수 있겠소?"
笑我掉頭去,　웃으며 나는 고개를 숙이며 가는데,
蘆中聞刺船.　갈대 속에서 배 젓는 소리가 들리네.

......

掩裏는 지명으로 산 속에 있는 마을이다. 이곳은 이 시의 첫 연에서 "산을 가로지르는 길이 끊어진 후, 배를 돌리면 평평한 냇가를 만나게 된다. 냇가에는 물과 나무가 그윽하며, 위아래에 기름진 밭이 있다.(山橫路若絶, 轉楫逢平川. 川中水木幽, 高下兼良田)"라고 말하듯, 세상과 동떨어져 있으며 주민들이 편안하게 살고 있는 곳이다. 皮日休가 같은 제목의 시에서 "고생하여 부역과 세금을 다하지만, 이곳에서는 편안한 얼굴로 세월을 보내네.(苦力供徵賦, 怡顔過朝暝)"17)

---

16) 앞의 책, 『松陵集』, 198쪽. (『四庫全書』, 1332冊)
17) 앞의 책, 『松陵集』, 193쪽. (『四庫全書』, 1332冊)

라고 현실과 掩裏를 비교하는 것을 통하여 掩裏의 평화로움을 부러워했다면, 陸龜蒙은 노인의 말을 통하여 전쟁과 흉년으로 혼란해진 현실을 보여주고 있다. 또한 노인이 편안히 잘 수 없다는 것은 바로 일반 백성들이 고통 받고 있다는 사실을 의미하는 것이라 할 수 있다. 그러므로 고개 숙이며 가는 시인에게 들려오는 배 젓는 소리는 처량하고 쓸쓸할 수밖에 없을 것이다.

다음에는 「村夜」其二[18]을 보기로 하자.

> ……
> 纖洪動絲竹,　크고 작은 관악기와 현악기가 모두 다 있고,
> 水陸供膾炙.　물고기와 고기 등 좋은 음식이 가득하네.
> 小雨靜樓臺,　정자는 가랑비 속에서 고요하고,
> 微風動蘭麝.　미풍에 향내가 날아오네.
> 吹噓川可倒,　혹 불면 물이 거꾸로 흐를 듯 하고,
> 眄睞花爭姹.　주위를 둘러보니 꽃들이 아름다움을 다투네.
> 萬戶膏血窮,　만 호의 膏血을 다해도,
> 一筵歌舞價.　한 번 잔치하는 가무의 가치에 불과하다네.
> ……

이 시는 아마도 시인이 甫裏에 은거하기 직전에 잠깐 유랑할 때 쓴 시일 것이다. 이 시는 시인이 과거에 급제하지 못한 실의를 바탕으로 창작된 것이지만, 이 부분에서는 귀족들의 향락과 권세를 백성들의 고통과 대비시키고 있다. 첫 연은 바로 귀족들의 음주가무의 향락을 묘사했으며, 둘째 연은 가진 것이 많은 귀족들의 여유 있는

---

18) 陸龜蒙撰, 『笠澤叢書』, 260쪽. (『四庫全書』, 1083冊)

생활을 표현하였다. 셋째 연은 물을 거꾸로 흐르게 할 수 있을 정도
의 권세와 그 권세에 빌붙으려는 행위를 교묘한 비유로써 표현하였
다. 이러한 귀족들의 잔치가 만 호에 이르는 백성들의 고혈과 같은
가치가 있다는 비유는 바로 백성들의 고통이 어떠한 가를 선명하게
잘 표현하는 것이다. 그러므로 "統治集團의 향락은 백성들의 고혈을
짜낸 기초 하에 만들어졌음을 폭로했다."[19]라는 지적은 지극히 타당
한 것이라 할 수 있다.

다음에는 「南涇漁父」[20]의 일부분을 보기로 하자.

　　……

　　余觀爲政者,　　내가 정치하는 사람을 보니,
　　此意諒難到.　　그 의도가 믿을만하지 않네.
　　民皆死搜求,　　백성이 죽으니 찾아보기는 하지만,
　　莫肯興愍悼.　　불쌍히 여기려고 하지는 않네.
　　今年川澤旱,　　올해는 냇가와 연못이 가물었고,
　　前歲山源潦.　　작년에는 산에 홍수가 났었네.
　　牒訴已盈庭,　　고소장이 이미 조정에 가득하지만,
　　聞之類禽噪.　　듣는 무리는 떠들썩한 짐승뿐이네.
　　譬如死鷄鶩,　　예컨대 닭과 오리들도 다 죽었거늘,
　　豈不容乳抱.　　어찌 아이를 낳아 기를 수 있겠는가.

　　……

19) 吳庚舜·董乃斌主編, 『唐代文學史』, 人民文學出版社, 1995, 473쪽. "揭示了統
　　治集團的淫樂是建築在對人民的敲骨吸髓的基礎之上的."
20) 앞의 책, 『笠澤叢書』, 261~262쪽. (『四庫全書』, 1083冊)

　　이 시는 漁父의 입을 통하여 관리의 백성에 대한 무관심과 일반
백성들의 고통이 어떠한 가를 보여주고 있다. 첫 연과 둘째 연에서
는 비록 어부 이지만 위정자에 대한 불신을 드러내고 있는데, 그 이
유는 바로 이들이 백성을 사랑하지 않기 때문이라고 말하고 있다.
셋째 연에서는 작년에 이어 올해도 재해가 닥쳐 백성들이 고통받고
있음을 표현하고 있고, 넷째 연에서는 고통에서 구제 받고자 하지만
통치자들은 전혀 관심을 두지 않는다고 불만을 토로하고 있다. 마지
막 연에서는 하찮은 미물조차 기를 수 없는 데 어떻게 아이를 낳아
기를 수 있냐고 호소하면서 백성들의 고통스런 삶을 단적으로 보여
주고 있다.

　　『松陵集』에 전하는 시가 중 皮日休에 화답한 시가「奉酬襲美先輩
吳中苦雨一百韻」21)의 일부분을 보기로 하자.

　　……
　　尋聞天子詔,　천자의 조서를 찾아 받고는,
　　赫怒誅叛卒.　발끈 성내며 반란의 무리들을 주살 했네.
　　宵旰憫烝黎,　밤새도록 백성을 불쌍히 여기면서도,
　　謨明問征伐.　정벌하는 계책을 묻는다네.
　　王師雖繼下,　왕의 군사는 계속해서 싸우지만,
　　賊壘未卽拔.　적의 성채는 아직 빼앗지 못했네.
　　此時淮海波,　이 때 淮水가 파도치는데,
　　半是生人血.　반은 백성의 生血이라네.
　　霜戈驅少壯,　예리한 창으로 젊고 건장한 이를 전쟁에 보내니,
　　敗屋棄羸耊.　폐허가 된 집에는 여윈 늙은이가 버려져 있을 뿐이네.
　　……

---

21) 앞의 책,『松陵集』, 173쪽. (『四庫全書』, 1332冊)

이 시는 반란이 일어나자 조정에서 군사를 보내 진압하는 내용을
표현하고 있다. 그러나 시인의 시각은 백성들에게 주안점을 두고 있
다. 첫째 연에서는 반란군을 진압하는 전쟁을 표현했으며, 둘째 연
에서는 전쟁으로 말미암아 고통을 받는 백성을 가엽게 여긴다고 하
면서도 여전히 정벌에 힘쓰는 상황을 질책하여 백성을 생각하는 시
인의 심정을 보여주고 있다. 백성들에 대한 동정은 셋째 연과 넷째
연에서 직접적으로 드러나고 있다. 즉, 이러한 전쟁의 결과가 국토
를 백성들의 피로 젖게 했다며 울분을 토하고 있으며, 백성들의 생
활은 도탄에 빠지고 안정을 찾을 수 없다고 개탄하고 있다. 이 시는
皮日休와 唱和한 장편의 시가이지만 사실상 제목에서 보이는 '苦雨'
는 바로 고통받는 백성의 생활과 연관지을 수 있겠다

陸龜蒙의 시가 중에는 서문이 적지 않게 보이고 있는데, 그 서문
에서는 대개 시가창작의 동기를 설명하고 있다. 다섯 수로 된 그의
시 「五歌」의 "노동하는 자는 그 일을 노래하길 원한다.(勞者願歌其
事)"라는 서문이 있는 것을 보면, 이 시들은 노동하는 일반 백성과
관련된 시가임을 알 수 있다. 「五歌」중 세 번째 시가인 「刈獲」[22]을
보기로 하자.

......

我來愁築心如堵, 나는 근심이 쌓여 마음이 막혔거늘,
更聽農夫夜深語. 한층 나아가 농부의 진심 어린 말을 듣게 되었다.
凶年是物卽爲災, "흉년이라 온 세상이 재난이 휩싸였고,
百陣野鳧千穴鼠. 들오리가 무리 지어 곡식 먹고 사방에 쥐구멍이

---

22) 앞의 책, 『笠澤叢書』, 253쪽. (『四庫全書』, 1083冊)

뚫렸지요.

平明抱杖入田中,　새벽에 지팡이 짚고 밭으로 가니,

十穗蕭條九穗空.　벼이삭이 드문드문 있고 열 중 아홉은 죽었지요.

敢言一歲囷倉實,　감히 한 해에 곡식창고가 가득하다고 말할 수 있 겠습니까?

不了如今朝暮舂.　지금은 아침이든 저녁이든 찧을 곡식이 없답니다."

天職誰司下民籍,　하늘이 준 직책으로 누가 백성의 생사를 주관하는 가?

苟有區區宜恔恔.　만일 측은지심이 있다면 마땅히 애석해 할 것이네.

……

　이 시의 첫 구절인 "봄부터 가을까지 비가 내리지 않았다.(自春徂秋天弗雨)"라는 부분을 보면 이 시 전체의 내용을 짐작할 수 있다. 이 시는 가뭄으로 고통 받는 백성들의 모습을 묘사하고 있으며, 이를 동정하는 시인의 심리 역시 역력하게 드러나고 있다. 시인은 가뭄으로 인한 참상을 보았기에 이미 근심하고 있었는데, 흉년과 짐승들의 피해까지 겹쳐 굶주린다는 절절한 농부의 말에 어찌하지 못하는 심정으로 하늘을 향해 한탄하고 있다. 백성들의 고통은 이렇듯 통치집단의 실정이나 전쟁뿐만 아니라 자연재해로도 형성되고 있음을 알 수 있으며, 이런 시가를 통하여 시인의 애민정신은 역시 백성에 대한 단순한 관심을 넘어서 표현되고 있다고 할 수 있다.

　陸龜蒙의 시가 중에 보이는 민생들의 고통은 역시 다양하다. 이러한 고통이 야기된 이유는 우선 통치집단의 정치적 실정과 전쟁을 들 수가 있으며, 이와 더불어 자연재해를 들 수 있다. 그러나 이중에서 가장 직접적으로 민생들에게 고통을 가져다 준 것은 역시 반란군에 의한 전쟁이라고 할 수 있다. 이는 그만큼 이 시기에 전 국토가 혼

란했음을 보여주고 있는 것이며, 이 시대에 살았던 시인은 그 참상
이 백성에게 전달되는 상황을 보면서 자연스럽게 현실성이 농후한
시를 창작하지 않을 수 없었던 것이다. 이러한 시가들에 나타난 공
통점은 단순히 반영만을 하는 것뿐만 아니라 이런 상황에 대한 한탄
을 하고 있다는 점이다. 이는 시인이 현실을 변화시킬 수 없다는 자
괴감에서 나왔을 것이지만, 그만큼 민생들에 대한 관심이 깊다는 것
으로도 이해할 수 있다. 이러한 경향의 시가 역시 적지 않은데, 예를
들면 「奉酬苦雨見寄」·「讀黃帝陰符經寄鹿門子」·「水國」·「彼農」·
「祝牛宮辭」·「傷越」·「江墅言懷」 등이 있다.

Ⅳ. 統治集團에 대한 批判

陸龜蒙의 대부분의 생애가 隱逸과 관련되어 있기에 통치집단에
대한 비판을 담은 시가창작은 어려웠을 것으로 추측된다. 그러나 陸
龜蒙은 비록 급제하지는 못했지만 역시 과거에 응시했던 경력이 있
으며, 또한 관직생활도 했던 시인이다. 즉, "生計가 급박하여 할 수
없이 사람에게 의탁하여 막부에 들어갔으며 湖州刺史 張搏을 따랐
다. 張搏이 蘇州로 옮기자 그 역시 따라갔다. 전후로 湖州와 蘇州에
서 짧은 시간 종사했다."[23]라는 기재는 바로 그가 짧은 기간 할 수
없이 관직생활을 했다는 것을 설명하고 있다. 실제로 그는 872년부
터 875년까지의 3년 간 관직생활에 종사했다. 그렇지만 시인이 맡은

---

23) 呂慧鵑·劉波·盧達編, 『中國歷代著名文學家評傳·陸龜蒙』(續編一), 山東敎育
出版社, 1997, 876쪽. "爲生計所迫, 不得不依人作幕, 從湖州刺史張搏游, 張搏移
任蘇州, 他亦隨往, 先後在湖蘇二州做過時間不長的州郡從事."

관직은 소소한 관직이기에 정치적 이상을 실현할 수 없었으며, 또한
늘 스스로 은거를 갈구했기에 875년 이후 바로 은일 생활을 시작하
였다. 비록 이렇게 짧은 시간이지만 그로 하여금 현실정치의 모습을
볼 수 있게 하였기에 통치집단에 대한 비판의 시가창작이 가능했을
것이라고 생각한다. 또한 비록 시인이 은일 생활을 했다고 하더라도
현실과 완전히 격리된 것은 아니었으며, 다른 시인들과의 왕래도 있
었기에 현실의 변화를 전혀 모르는 것도 아니었다. 즉, 시인이 당시
의 혼란한 현실을 알고 있었기에 자연히 통치집단에 대한 비판도 가
능했으리라 생각한다. 陸龜蒙의 시가 중에서 통치집단에 대한 비판
이란 정치적 폐단이나 관리들의 탐욕이나 착취 등의 내용을 말한다.
　陸龜蒙의 시가 중에서 가장 직접적으로 통치집단에 대한 비판을
표현하고 있는 시가는「雜風九首」이다. 아홉 수 모두 다양한 내용으
로 현실을 반영하고 있는데 그중 其一[24]을 보기로 하자.

　　　紅蠶緣枯桑,　붉은 누에는 마른 뽕나무라도 기어오르고,
　　　青繭大如甕.　봄고치는 크기가 단지와 같으니 보물이라네.
　　　人爭捉其臂,　사람들이 어깨를 밀며 누에를 가지려고 다투는데,
　　　羿矢亦不中.　명사수 羿라도 맞추지 못할 정도로 소란스럽네.
　　　微微待賢祿,　작더라도 봉록을 받을 수 있다면,
　　　一一希入夢.　한결 같이 모두들 寤寐不忘 바란다네.
　　　縱操上古言,　진실하고 간절한 말을 가지고 있더라도,
　　　口噤難卽貢.　꾹 다물고 있으니 알 수 없네.
　　　……

24) 앞의 책,『甫里先生文集』, 30쪽.

陸龜蒙은 비유를 이용하여 통치집단의 사리사욕이 극에 달했음을 보여주고 있다. 첫 연에서는 마른 뽕나무라도 기어오른다는 표현을 '緣'이라는 단어를 이용했는데, 사실상 이 단어는 빌붙어 출세한다는 의미를 가지고 있다. 또한 크기가 단지같이 큰 고치는 바로 귀한 보물을 지칭하는 것이다. 둘째 연에서는 첫 연에 이어서 보물 같은 누에를 차지하기 위해 어깨를 미는 상황을 묘사하여 통치집단의 탐욕을 보여주고 있다. 특히 그 차지하기 위한 행위가 泥田鬪狗임을 명사수인 羿라도 화살을 맞히지 못할 정도라고 재미있게 표현하였다. 이러한 사리사욕의 추구는 봉록에 대한 욕심과 이로운 말이라도 자신에게 이익이 되지 않으면 말하지 않는 이기심으로도 표현되었다. 아홉 首의 「雜風」은 모두 통치집단에 대한 비판을 풍자적으로 표현하고 있다. 위와 유사한 내용의 시가는 「雜風」 其二와 其八이다. 「雜風」 其三과 其六 그리고 其九는 주로 인재를 합리적으로 선발하지 않는 것과 통치집단의 향락을 표현하고 있다.

다음에는 詠物詩의 형식을 이용하여 창작한 시가 「新沙」[25]를 보기로 하자.

渤澥聲中漲小堤, 바닷물 소리 들리더니 작은 제방이 만들어졌는데,
官家知後海鷗知. 관리가 먼저 알은 후에야 기러기들이 아네.
蓬萊有路敎人到, 신선이 사는 봉래산에 길이 있어 사람이 갈 수 있다면,
應亦年年稅紫芝. 응당 매년 紫芝를 세금으로 받을 것이네.

---

25) 앞의 책, 『甫里先生文集』, 176쪽.

이 시는 상당히 재미있는 비유를 통하여 통치집단의 착취를 표현하고 있다. 첫 연에서는 바닷물에 모래가 밀려 작은 제방이 만들어졌다면, 당연히 거기에 사는 기러기들이 먼저 알아야 하는데 오히려 관리들이 먼저 안다고 말하고 있다. 이는 바로 관리가 새로 세금을 징수할 곳을 늘 찾고 있다는 것을 풍자한 것이다. 둘째 연에도 유사한 비유이지만 정도가 더욱 심한 경우라고 할 수 있는데, 그 이유는 그만큼 지독하게 세금을 걷는다는 것을 폭로하고자 하는 의도가 있기 때문일 것이다. 이러한 의도는 陶淵明이 꿈꾸던 이상세계를 이용하여 이 시를 "陶淵明은 일찍이 세금이 없는 세상 밖 桃花源이 있으면 도피할 수 있다고 상상했는데, 작가는 도리어 관리가 만일 신선세계에 도달할 수 있다면 역시 거기에서도 세금을 걷을 것이라고 의미심장하게 말하고 있다."[26]라고 한 해석을 통해서도 쉽게 이해할 수 있다. 즉, 시인은 만약 신선이 사는 곳에 관리가 갈 수 있다면 그 곳에서 나는 신선초인 紫芝를 세금으로 걷었을 것이라고 풍자를 넘어 조소하고 있는 것이다.

다음에는 陸龜蒙의 대표적인 시가라고 할 수 있는 시가「江湖散人歌」[27]의 일부분을 보기로 하자.

......

四方賊壘犹占地,　사방은 반란군의 진지로 점령되었고,
死者暴骨生寒飢.　죽은 자는 뼈가 드러나고 산 자는 춥고 굶주렸네.

---

26)　中國社會科學院文學硏究所編,『唐詩選』下, 人民文學出版社, 1995, 334쪽. "陶淵明曾幻想有一個沒有賦稅的世外桃源可以去逃避, 作者却說官府如果能到達神仙世界, 也會在那裏收稅, 寫得很深刻."
27)　앞의 책,『笠澤叢書』, 232쪽. (『四庫全書』, 1083冊)

歸來輒擬荷鋤笠,   돌아와 호미 메고 갓 쓸 수 있을까 의심하는데,
詬吏已責租錢遲.   분노한 관리는 벌써 세금이 더디다고 책망하네.
興師十万一日費,   흥에 겨운 관리는 하루에 십만을 낭비하는데,
不嘗千金何以支.   단지 천금이라도 어떻게 나오는 것인가.
只今利口且箕斂,   다만 지금은 입에 이로운 것만 찾고 키로 세금만
                    거두려하니,
何暇俯首哀惸嫠.   어디 한가하게 머리 숙여 가련한 이를 불쌍히 여
                    기겠는가.
……

이 시의 전체를 보면 五言과 七言이 섞여있는 장편의 시가이다.
이 시에서 시인은 시인이 생각하는 이상사회와 혼란한 현실의 모습
을 그리면서 마지막에 가서는 이런 상황에서 다행인 것은 자신이 은
거할 수 있는 것이라고 말하고 있다. 시인이 말하고 있는 이상사회
의 모습이나 혼란한 현실에 대한 반영은 모두 시인의 유가사상에 입
각한 현실에 대한 관심에서 비롯되었다고 할 수 있다. 그중 인용한
부분은 통치집단이 만들어낸 폐해라고 할 수 있다. 첫 연은 인구에
회자하는 명구인 杜甫의 "길에는 얼어 죽은 뼈가 나뒹군다.(路有凍
死骨)"가 생각나는 부분이다. 시인은 여기에서 반란군이 사방을 점
령한 사실과 더불어 이로 인해 고통 받는 백성들을 묘사했다. 둘째
연은 혹 돌아와 농사짓는 농부가 되려하지만 이미 시작된 관리들의
수탈을 표현하고 있는데, 이 부분은 동시대의 시인 聶夷中의 "유월
이라 벼가 아직 익지 않았는데 관가는 벌써 창고를 고치네.(六月禾
未秀, 官家已修倉)"라는 시구가 연상된다. 셋째 연은 통치집단의 향
락을 질책하고 있고, 넷째 연은 탐욕과 수탈에 찬 통치집단이 어떻
게 가련한 백성들을 생각하겠는가하고 통렬하게 비판하고 있다.

다음에는 皮日休와 唱和한 시가로 詠史詩의 형식을 빌어 지은 「
和襲美泰伯廟」28)을 보기로 하자.

故國城荒德未荒, 옛 국가는 황량하게 변했지만 덕행은 남아있어서,
年年椒奠濕中堂. 매년 산초나무 술로 제사 지내며 사당을 적시네.
邇來父子爭天下, 근래에는 부자가 천하를 다투기에,
不信人間有讓王. 사람들은 왕위를 양보했다는 것을 믿지 않네.

이 시는 시인이 泰伯의 묘지를 유람할 때 지은 시이다. 泰伯은 周
나라 古公亶父의 장자인데, 황제의 자리를 동생에게 양보했던 사실
로 유명한 인물이다. 따라서 후대에 그의 고상한 덕행을 높이 평가
하였다. 첫 연에서는 왕위를 동생에게 양보한 태백의 덕행은 지금까
지도 전해지기에 제사를 지낸다고 표현하고 있다. 둘째 연에서는 오
히려 아버지와 아들이 천하를 다투는 상황을 언급하면서, 이제는 태
백의 덕행조차도 사람들이 믿지 못하게 되었다고 풍자하고 있다. 이
시에 대한 "泰伯이 季歷에게 양위하는 것은 美德으로 전해진다. 後世
의 封建王朝시기에 父子가 相爭하고 骨肉相殘했는데, 대대로 그런 사
람이 역사에 끊이지 않은 고로 시인은 개탄하며 말한 것이다."29)라
는 평가를 보면, 통치집단을 비판하며 견책할 수밖에 없었던 시인의
심정을 엿볼 수 있다.

陸龜蒙의 시가 중『樂府詩集』에 수록된 樂府詩는 20여 수가 있다.
내용은 대부분 민간생활과 관련된 것이지만 일부는 현실주의의 전

28) 앞의 책,『松陵集』, 234쪽. (『四庫全書』本, 1332冊)
29) 앞의 책,『千首唐人絶句』, 845쪽. "泰伯讓位季歷, 傳爲美德. 後世封建王朝, 父
子相爭, 骨肉相殘, 代有其人, 史不絶書, 故是認慨乎言之也."

통을 계승하고 있다. 그런 樂府詩인 「築城詞」30)을 보기로 하자.

其一
城上一培土,   성에 흙을 쌓는데,
手中千萬杵.   손에 수많은 공이를 가지고 있네.
築城畏不堅,   성을 쌓으면서 견고하지 않을 까 두려워하는데,
堅城在何處.   견고한 성이 어느 곳에 있단 말인가.

其二
莫嘆將軍逼,   장군이 핍박한다고 한탄하지 말아라,
將軍要却敵.   장군은 적을 쫓아 주니까.
城高功亦高,   성이 높으면 공 역시 높아질 뿐이고,
爾命何勞惜.   너희들 목숨은 어디 아까울 것이 있는가!

이 시는 『樂府詩集』의 雜曲歌辭에 편입되어 있다. 악부의 원제목
은 「築城曲」으로 秦始皇시기의 축성과 관련된 시가이다. 첫 수의 첫
연에서는 축성에 수많은 사람이 부역으로 동원되었음을 묘사하여
백성들의 고통을 은근하게 표현하고 있다. 둘째 연은 성이 견고한
것이 중요하지만 역대로 견고한 성 역시 전란으로 파괴되었음을 은
근히 드러내어 축성보다 중요한 무엇인가를 암시하고 있다. 둘째 수
는 통치집단에 속하는 장군의 폐악을 직접적으로 표현하고 있다. 첫
연에서는 축성하느라 고생하는 백성들에게 장군은 적을 물리쳐 준
다고 말하고 있다. 둘째 연에서는 성이 높아야만 적을 물리칠 수 있
고 자신의 공이 높아진다고 말하면서 백성들의 생명은 하잘 것 없음

---

30) 앞의 책, 『笠澤叢書』, 269쪽. (『四庫全書』, 1083冊)

을 표현하고 있다. 즉, 여기에서는 백성들의 생명을 돌보지 않고 자신의 공에만 집착하는 통치집단의 행위를 풍자하고 있는 것이다. 이 두 수의 시가에서 암시하고 있는 시인의 의도는 "첫 시는 축성이 덕을 쌓는 것만 못하다는 것을 말하고 있다. 두 번째 시는 축성이 단지 장군이 공을 세우려는 것임을 아주 명확하게 비방하고 있으며, 또한 백성의 생명을 아끼지 않는 것도 비방하고 있다. 직접적으로 올바른 것을 표현했으며, 정감도 아주 진지하다."[31]라는 해석을 통하여 알 수 있다.

소위 현실성을 가지고 있는 시가의 가장 직접적인 표현은 역시 폭로와 비판에 있다고 할 것이다. 陸龜蒙은 隱逸시인으로 그 성향이 그다지 전투적이라고는 생각되지 않겠지만 인용한 시가를 보면 꽤 날카로운 비판을 하고 있음을 알 수 있다. 특히 통치집단이 해야 할 것과 하지 말아야할 것을 정확하게 구분하여 비판을 가하고 있다. 즉 해야 할 것은 백성에 대한 관심이고, 하지 말아야 할 것은 백성들에 대한 착취나 사리사욕을 구하는 탐욕 그리고 향락에 빠진 것을 가리킨다고 할 수 있다. 전체적으로 본다면 陸龜蒙의 시가가 이 시기의 다른 현실주의 시인만큼 아주 직접적으로 폭로하고 조소하지는 않았지만 상술한 시가에 나타난 현실성은 역시 농후하다고 할 수 있다. 이런 경향의 시가에는 「雜風」其二·「雜風」其八·「感事」·「鶴媒歌」·「離騷」·「江南曲」·「白鷗詩」·「五歌·傳」 등이 있다.

---

31) 劉永濟選釋, 『唐人絶句精華』, 人民文學出版社, 1981, 257쪽. "前首言築城不知修德也, 後首更明譏築城只爲將軍立功, 何惜民命, 語不嫌直, 情最眞也."

Ⅳ. 맺는 말

陸龜蒙은 일반적으로 唐末 시단의 가장 진정한 隱逸시인이라고 평가되고 있다. 이러한 부분은 그가 관직생활이 극히 짧고 일생의 대부분을 은거하며 생활했기 때문일 것이며, 또한 그의 시가에 隱逸생활의 정취가 많이 드러나기 때문일 것이다. 그러나 한가롭게 하는 창작과 의도를 가지고 하는 창작에는 차이점이 있는데, 이는 의도를 가지고 창작하는 시가가 차지하는 분량이 상대적으로 많지 않다는 점이다. 현실성이 내포된 시가는 바로 의도를 가지고 있는 창작이라고 할 수 있으며, 역시 隱逸시풍의 시가보다는 많지 않다.

陸龜蒙의 시가에 보이는 현실성은 크게 세 가지로 나누어진다. 첫째는 詠史懷古詩의 형식을 이용한 國運에 대한 憂慮이다. 결과적으로 본다면 당의 멸망은 시인이 활동하던 시기로부터 약 30여 년이 남아있었다. 그러나 동시대의 시인들의 시가에 이미 國運을 우려하는 시가가 많음은 그만큼 국가가 위태롭다는 증거일 것이며, 이러한 분위기를 陸龜蒙도 느꼈기에 국가를 생각하는 시가를 창작했던 것이다. 둘째는 민생들의 고통에 대한 반영이다. 시인에게 민생을 생각하는 마음이 생기게 된 동기는 통치집단의 정치실정이나 전쟁 그리고 재난이 이미 이들을 고통에 빠지게 했기 때문일 것이다. 시인은 민생들의 고통을 단순히 반영만 하는 것뿐만 아니라 한탄도 하고 있는데, 이는 시인이 현실을 변화시킬 수 없다는 자괴감에서 생겨난 것이겠지만 역시 그만큼 민생들에 대한 관심이 깊다는 것도 알 수 있다. 셋째는 통치집단에 대한 비판이다. 사실상 앞의 두 내용은 모두 통치집단의 실정에서 야기된 것이라고 할 수 있다. 그러므로 시인은 이들에 대한 비판을 하면서 크게 통치집단이 해야 할 것은 민생들에 대한 관심이며, 하지 말아야 할 것은 민생들에 대한 착취나 개인적인 탐욕 그리고 향락이라고 지적하였던 것이다. 이러한 세 가지 분류의 내용을 보면 엄밀하게 구분되는 것은 아니다. 즉 한 시가에 오로지 한 가지 내용만 표현되는 것이 아니고, 몇 가지 내용이 함께 표현되기 때문이다. 다만, 전체적으로 이 세 가지 내용이 중심이 되기에 구분하여 보았던 것이다. 또한 이러한 세 가지 분류를 주의해서 보면 현실에 대한 관심의 정도가 점층적으로 강해지고 있음을 알 수 있는데, 이는 그만큼 현실이 더욱 혼란스럽게 변했음을 반증하는 것이라고 할 수 있다.

다시 陸龜蒙의 시가 중에서 현실성을 가진 시가가 나온 배경을 정리한다면, 역시 세 가지 측면을 들 수 있다. 첫째, 陸龜蒙 역시 唐代의 다른 隱逸시인과 마찬가지로 隱逸하면서도 현실을 잊지 않은 시인이라고 할 수 있다. 唐代의 대부분의 시인들은 짧게 든 길게 든 隱逸의 경험이 있지만 佛道에 귀의한 시인이외에 완전히 은거한 시인은 거의 없으며 隱逸하는 중에도 늘 현실을 생각했다. 이러한 창작태도는 아마 대부분의 시인들이 젊은 시절 과거를 준비하면서 익혀진 儒家의 入世精神을 완전히 떨칠 수 없었기 때문일 것이며, 실제로 唐末의 시인들의 양상이 그러했다. 그런 측면에서 陸龜蒙 역시 비록 隱逸에 대한 열망과 실제 은거한 시간은 길었지만 그럼에도 불구하고 唐末의 기타 시인들과 같은 양상을 보여준 것이라 할 수 있다. 둘째, 그의 小品文은 확실히 "결코 천하를 잊지는 않았다. 그야말로 지저분한 진흙탕 속에서의 광채이자 銳鋒이다."[32]라고 魯迅의

---

32) 魯迅著, 『魯迅全集』第四卷, 人民文學出版社, 1981, 575쪽. "幷沒有忘記天下. 正是一榻胡涂的泥塘裏的光彩和鋒鋩."

칭찬을 받을 만큼 현실을 잊지 않았다. 이러한 小品文은 주로『笠澤
叢書』에 보이며, 이런 小品文과 함께 수록된 시가가 이런 현실성을
가지는 것은 오히려 당연할 것이다. 실제로 그의 현실성이 두드러진
시가는 대부분이『笠澤叢書』에 수록되어 있다. 이는 陸龜蒙이 완전
히 은거한 후의 창작이기에 은거했지만 역시 현실을 잊지 않았다는
것을 증명한다고도 할 수 있다. 한 가지 아쉬운 것은 일단은 시가에
치중하고자 하는 의도로 시가에 나타난 현실의의를 소품문과 연관
시키지 못했다는 점인데, 이는 차후의 과제로 남겨두고자 한다. 셋
째, 陸龜蒙의 현실성 짙은 시가의 창작에 있어서 가장 기본적인 바
탕은 어린 시절의 儒家思想에 대한 훈독과 시인이 처한 혼란한 현실
이라고 할 수 있다. 이는 唐末의 시인들에게 일반적인 양상이지만,
역시 만약 시인 자신이 현실과 국가에 관심을 두지 않았다면 이런
시가는 창작되지 않았을 것은 자명한 것이다. 정리하면, 陸龜蒙은
분명 隱逸시인이지만 역시 '현실을 잊지 않은' 시인이라는 것을 소홀
히 해서는 안 될 부분이라고 여겨진다.

• 參考文獻 •

皮日休等撰,『松陵集』(『四庫全書』本).

陸龜蒙撰,『笠澤叢書』(『四庫全書』本).

陸龜蒙著(1996), 宋景昌・王立群點校,『甫里先生文集』, 河南大學出版社.

(宋)司馬光撰(1956),『資治通鑑』, 中華書局.

趙榮蔚著(2004),『晚唐士風與詩風』, 上海古籍出版社.

陳伯海主編(1996),『唐詩彙評』, 浙江教育出版社.

胡震亨著(1957),『唐音癸籤』, 古典文學出版社.

吳庚舜・董乃斌主編(1995),『唐代文學史』, 人民文學出版社.

陳伯海主編(2004),『唐詩學史考』, 河北人民出版社.

中國社會科學院文學研究所編(1995),『唐詩選』, 人民文學出版社.

富壽蓀選注, 劉拜山・富壽蓀評解(1987),『千首唐人絶句』, 上海古籍出版社.

岳希仁編著(1996),『古代詠史詩精選點評』, 廣西師範大學出版社.

劉永濟選釋(1981),『唐人絶句精華』, 人民文學出版社.

田耕宇著(2001),『唐音餘韻』, 巴蜀書社.

李定廣著(2006),『唐末五代亂世文學研究』, 中國社會科學出版社.

王茂福著(2000),『皮陸詩傳』, 吉林人民出版社.

賈晉華著(2001),『唐代集會總集與詩人群研究』, 北京大學出版社.

沈松勤・胡可先・陶然著(2006),『唐詩研究』, 浙江大學出版社.

王錫九著(2004),『皮陸詩歌研究』, 安徽大學出版社.

魯迅著(1981),『魯迅全集』, 人民文學出版社.

杜荀鶴詩歌의 現實性

Ⅰ. 序論

杜荀鶴은 唐代말기에 활동했던 시인이다. 그가 활동했던 시기는 바로 唐 제국이 멸망으로 향해가는 시기이다. 특히 杜荀鶴이 태어난 846년은 黨爭이나 宦官의 專橫 그리고 藩鎭의 跋扈 등 다방면의 혼란이 존재하고 있는 시기였으며, 그가 생을 마친 907년은 바로 唐 제국이 멸망한 해이다. 이렇게 시기상으로 본다면 杜荀鶴이야말로 어느 시인보다도 唐末이라는 시대를 확실하게 겪은 시인이라고 할 수 있다. 또한 시인으로써 가장 활발하게 활동하는 시기인 30세에는 黃巢起義가 일어났다. 『資治通鑑』에 기재된 "懿宗이래로부터 사치가 나날이 심해지고, 用兵이 끊이지 않았으며, 세금의 징수는 더욱 긴급해졌다. 關東은 매년 수재와 가뭄이 들었지만, 州縣에서는 사실이 아니라고 여기며 위아래가 가리려고 하였다. 백성들은 떠돌며 굶주려도 하소연할 곳이 없으니 서로 모여서 도적이 되었다. 그리하여 봉기가 일어난 것이다."[1]라는 내용을 보면 황소기의가 일어난 까닭을 알 수 있으며, 이 시기에 활동했던 杜荀鶴의 상황을 쉽게 짐작할 수 있다.

---

1) (宋)司馬光撰, 『資治通鑑』, (北京 : 中華書局, 1956), 8174쪽. "自懿宗以來, 奢侈日甚, 用兵不息, 賦斂愈急. 關東連年水旱, 州縣不以實聞, 上下相蒙, 百姓流殍, 無所控訴, 相聚爲盜, 所在蜂起."

산골의 빈한한 신분으로 태어난 杜荀鶴은 科擧에 여러 차례 도전
했지만 실패를 거듭하다가 45세에 이르러서야 급제하였다. 이러한
계속되는 실패는 개인적인 학업의 부족보다는 혼란한 사회라는 측
면이 강하게 작용하였다고 할 수 있다. 이렇듯 杜荀鶴은 개인적인
측면과 시대적인 측면에서 불우한 삶을 살아왔다고 할 수 있으며,
이러한 상황은 당연히 그의 시가창작에 영향을 주었을 것이다. 杜荀
鶴의 시가에 대한 많은 평가 중에서 胡震亨이 "쇠약한 어조로 쇠약
한 시대를 표현했으며, 그 내용 역시 진지하고 절절하다."[2]라고 지
적한 평가는 의미가 깊다. 여기에서 '衰代'란 바로 당시의 시대적 상
황을 말한다. '衰調'란 시인의 시가에 보이는 심리상태가 시가에 작
용된 것을 말한다. 즉 쇠약한 시대와 개인적인 불우로 말미암아 그
의 시가에 표현된 심리는 자연히 '强'하기보다는 '弱'할 수밖에 없었
을 것이다. 그렇지만 그 내용은 오히려 진지하고 절절하다고 말하고
있다. 이러한 진지함과 절절함은 바로 현실의 모습을 반영하는 측면
에서 나타난다고 할 수 있다.

杜荀鶴의 시야에 비쳐진 현실이 어떻게 묘사되고, 어떠한 심리상
태에서 표현되고 있는가를 百姓에 대한 觀心과 戰亂에 대한 反映 그
리고 統治集團에 대한 批判 등으로 나누어 고찰해보고자 한다.

Ⅱ. 百姓에 대한 關心

백성에 대한 관심의 표현은 이 시기 시인들의 공통점일 것이다.

---

2) 胡震亨著, 『唐音癸籤』, (上海 : 古典文學出版社, 1957), 68쪽. "以衰調寫衰代,
   事情亦眞切."

혼란한 시대가 만들어낸 백성들의 고통은 시인들에게 쉽게 반영되었기 때문일 것이다. 그러나 시인마다 그 표현은 조금씩 다른 것이 당연한 일이며, 杜荀鶴 역시 자신의 시각과 자신의 시가창작방법을 통하여 백성들에 대한 관심을 다각도로 표현하고 있다. 특히 그의 창작사상은 그의 시가 「與友人對酒吟」에 보이는 "共有人間事, 須懷濟物心"(모든 일이 인간 세상에 있는 것이니, 반드시 인간을 구제하는 마음을 품어야 하네)에서 찾을 수 있다. 소위 '濟物心'이란 다른 사람을 구제하는 마음을 뜻하는 것으로 바로 시인의 백성에 대한 관심을 표현한 것이다. 그의 시가 「送友人牧江洲」3)역시 백성에 대한 관심을 보여주고 있다.

　　本国兵戈後,　나라에 전쟁이 난 후,
　　难官在此时.　이러한 시대에 관리가 되는 것은 어려운 것이라네.
　　远分天子命,　천자의 명을 받아 멀리까지 왔으니,
　　深要使君知.　관리가 알아야 할 것을 잘 알기를 바라네.
　　但逢生靈愿,　오로지 백성이 원하는 것에 잘 알아서
　　當应雨露随.　응당 백성에게 은택을 베풀어야 하네.
　　江山勝他郡,　그 지역이 다른 지역보다 좋아지면,
　　闲赋庾楼诗.　한가롭게 庾樓에서 시를 짓게나.

　이 시는 벗이 관리가 되어 먼 곳으로 떠나는 것을 송별하며 지은 시이다. 비록 시인이 그런 관리가 된 것은 아니지만, 자신이 가지고 있던 정치사상을 피력한 시라고 할 수 있다. 그것은 바로 백성들에게 선정을 베풀어야 한다는 것으로, 시인이 평소에 가지고 있던 백

3) (唐)杜荀鶴撰, 『唐風集』, (北京：『四庫全書』, 1083冊.) 589쪽.

성들에 대한 관심을 벗에게 당부하는 형식으로 표현하였다. 이 시는
직접적으로 백성들의 고통을 반영한 것은 아니지만 시인의 애민사
상을 쉽게 알게 하고 있다. 이 시와 유사하게 관리로 부임 가는 벗
과의 송별을 통하여 자신의 백성들에 대한 관심 및 관리의 임무를
언급하고 있는 시가가 있다. 예를 들면, 「送人宰吳縣」의 "唯持古人
意, 千里贈君行"(오로지 옛 사람의 뜻을 받들면, 천리에 군자의 행위
가 행해지네.)는 바로 벗이 옛 사람이 했던 것처럼 백성을 사랑하는
뜻을 받들면, 그 지역 사방에 군자의 행위가 행해질 것이라고 당부
하고 있다. 또한 「送人宰德淸」의 "能依四十字, 可立德淸碑"(능히 四
十字인 이 시에 의거하면, 가히 덕성을 기리는 비석을 세울 수 있을
것이네.)에서는 이 시가의 전반부에 언급된 부세를 절감하면 백성이
떠나지 않는다는 내용을 가지고 벗에게 관리로써 덕행을 베풀기를
바라는 당부를 하고 있다. 이러한 시가는 모두 단순한 송별의 시가
가 아니며 역시 杜荀鶴의 백성들에 대한 관심을 보여준 시가라고 할
수 있다.

　백성들에 대한 관심은 상술한 백성을 사랑하는 사상에만 국한되
지는 않을 것이다. 이는 당시의 불안하고 혼란한 사회가 분명 백성
들에게 고통을 안겨주었을 것이기 때문이다. 그러므로 시인은 자연
스럽게 백성들의 고통을 보면서 이를 대변하며 동정하였다. 그의 시
가 『傷硤石縣病叟』[4]을 보기로 하자.

　　無子無孫一病翁,　아들도 없고 손자도 없는 병든 노인이,
　　將何筋力事耕農.　무슨 근력이 있어 농사를 지을 수 있겠는가?

---

　4) 앞의 책,『唐風集』, (北京 :『四庫全書』, 1083冊.) 617쪽.

官家不管蓬蒿地,　관가는 쑥대밭 황무지와는 상관없이,
須勒王租出此中.　이곳에서 왕의 세금을 걷는다네.

　백성들의 고통은 여러 가지 측면에서 만들어진다. 그러나 만약 그
것이 천재지변이라면 어쩔 수 없다고 할 수 있지만, 소위 人災라면
문제가 다른 것이다. 혼란한 사회에서 생존조차도 힘든데 관리들이
세금을 징수하니 그 고통은 이루 말 할 수 없을 것이다. 첫 연의 아
들과 손자가 없고 병든 노인은 그 현실을 대변하고 있으며, 좀 더
확대하면 사회의 모습이라고도 할 수 있다. 왜 아들과 손자가 없고
병들었을까? 왜 국토가 쑥대밭이 되었는가? 그것은 바로 전란으로
아들과 손자를 잃었던 것이며, 전란으로 논과 밭이 황폐한 땅으로
변한 것이다. 이곳에서는 衣食조차 해결하기 어렵기에 백성의 고통
을 쉽게 느낄 수 있는데, 이러한 와중에 세금을 걷는다면, "가혹하게
착취당하는 백성의 말로 다 할 수 없는 고통이다."5)라는 평가가 있
는 것은 너무나 당연하다.
　다음에는 누에치는 부녀자를 묘사한 시가 『蠶婦』6)을 보기로 하자.

粉色全無饥色加,　아름다운 빛깔 전혀 보이지 않고 굶주린 기색만
　　　　　　더하니,
岂知人世有荣华.　어찌 사람 사는 곳에 榮華가 있음을 알랴?
年年道我蠶辛苦,　매년 나는 누에치느라 고생스럽지만,
底事浑身着苎麻.　어찌 하여 온몸에는 거친 베옷만 걸치고 있어야
　　　　　　하나?

---

5) 劉永濟選釋, 『唐人絶句精華』, (北京 :人民文學出版社, 1981), 295쪽. "被惨重剝
削者之無告苦情也."
6) 앞의 책, 『唐風集』, (北京 : 『四庫全書』, 1083冊.) 616쪽.

이 시는 늘 노력하며 누에를 치지만 여전히 생활은 궁핍한 부녀
자의 불만과 고통을 보여주고 있다. 첫 연의 첫 구는 여자가 꿈꾸는
아름다움은 '全無'하며 오히려 굶주린다고 표현하고 있으며, 둘째 구
에서는 인간이 사는 곳에 부귀영화가 있는 가 반문하여 부녀자의 불
만을 교묘하게 드러내고 있다. 둘째 연은 오랫동안 노력해도 여전히
거친 베옷만 입어야하는 현실을 보여줌으로써 그 부녀자의 고생스
런 삶을 표현하고 있다. 시인은 부녀자의 입을 통하여 고통 받는 하
층민을 동정하며 대변하였으며, 역시 백성에 대한 관심의 한 측면임
을 알 수 있다. 그러므로 劉永濟는 杜荀鶴의 『山中寡婦』와 더불어
이 시를 "모두 鄕村의 婦女를 대신하여 호소하는 작품이다."[7]라고
평가하고 있다. 이렇듯 힘없는 일반 백성들의 호소를 대신하면서 백
성들에 대한 관심을 보여주고 있는 시가 중에서 가장 대표작은 『山
中寡婦』[8]일 것이다.

夫因兵死守蓬茅,　남편은 전란에 병사로 죽어 초가집을 지키고 있
　　　　　　　　　는데,
麻苧衣衫鬢髮焦.　삼베 모시옷 입고 있고 머리카락은 누렇다네.
桑柘廢來猶納稅,　뽕나무는 다 베어졌건만 오히려 세금을 내야만
　　　　　　　　　하고,
田園荒後尙徵苗.　논밭이 황무지가 된 후에도 여전히 논밭의 세
　　　　　　　　　금을 걷네.
時挑野菜和根煮,　수시로 야생풀과 뿌리를 가져다 삶고,
旋斫生柴帶葉燒.　임시로 잎 달린 생 땔나무를 잘라 때어야 하네.

7) 앞의 책, 『唐人絶句精華』, 295쪽. "皆代鄕村婦女呼吁之作也."
8) 앞의 책, 『唐風集』, (北京 : 『四庫全書』, 1083冊.), 602쪽.

任是深山更深處, 설사 심산유곡 더 깊은 곳이라도
也應無計避征徭. 역시 응당 세금과 부역을 피할 방법은 없으리라.

이 시는 바로 杜荀鶴의 소위 현실주의시가의 대표작이다. 여기에
서는 唐代 말기의 불안하고 혼란한 현실을 폭로하고 있는데, 특히
부세와 부역의 폐해를 중점적으로 지적하고 있다. 또한 이로 인하여
만들어진 백성들의 고통이 생생하게 표현되고 있다. 이 시에 대한
역대의 평가를 보면, 거의 대부분 "山中에 사는 寡婦의 고통스런 생
활에 대한 진실한 묘사로써 당시 농민의 비참한 운명을 반영했으며,
관부와 군벌이 가혹한 부역과 부세로써 노동자와 농민이 생존할 수
없을 정도로 핍박하는 죄상을 성토했다."9)라는 해석과 유사한 평가
를 하고 있다.

다음에는 詠物을 이용하여 백성에 대한 관심이 교묘하게 표현한
시가인 『雪』10)을 보기로 하자.

风撹长空寒骨生, 높은 하늘에 바람 불자 한기가 뼈까지 스며드는데,
光於晓色报窗明. 새벽빛은 창문을 밝게 하네.
江湖不见飞禽影, 강과 호수에는 나는 새의 그림자도 보이지 않고,
巖谷时闻折竹声. 골짜기에서는 때때로 대나무 끊어지는 소리 들리네.
巢穴幾多相似处, 둥지는 비슷한 곳 여기저기에 보이는데,
路岐兼得一般平. 갈림길은 모두 한결같이 평평하네.
拥袍公子休言冷, 솜을 두른 公子는 쉬면서 춥다고 말하지만,
中有樵夫跣足行. 그 속에서 樵夫는 맨발로 가고 있다네.

---

9) 吳庚舜・黃乃斌主編, 『唐代文學史』, (北京 : 人民文學出版社, 1995), 483쪽. 以
對山中寡婦的苦難生活的眞實描寫來反映當時農民的悲慘命運, 控訴官府軍閥以
苛重的徭役賦稅逼得勞農者無法生存的罪行."
10) 앞의 책, 『唐風集』, (北京 : 『四庫全書』, 1083冊.), 598쪽.

이 시는 많은 눈이 내린 후의 정경을 묘사하고 있는 시처럼 보인다. 그러나 시인이 표현하고자 했던 것은 바로 마지막 연에 있다. 공자와 나무꾼을 이용하여 그 상반된 정황을 대비시키고 있는데, 그 대비의 목적은 바로 일반 백성인 나무꾼의 모습을 표현하고자 했던 것이다. 즉, "이 대립되는 양 극단에서 그는 고통 받는 백성을 선명하게 동정했다."[11]라는 평가를 통하여 백성의 고통을 동정하는 시인의 창작의도를 엿볼 수 있다. 또한 이러한 창작의도를 가질 수 있는 것은 당연히 시인이 백성에 대하여 관심을 가지고 있었기 때문이다.

杜荀鶴의 생애가 비록 험난하고 실의에 차 있었지만 백성들을 생각하는 마음은 시가 곳곳에 나타나고 있다. 이는 시인이 백성에 대한 관심을 가지고 있었기에 가능한 것이며, 실제로 그러한 관심이 다양하게 드러나고 있다. 우선은 송별시를 통하여 자신의 애민사상을 드러내었다. 또 다른 백성을 생각하는 마음은 다양한 하층 백성들의 모습을 통하여 묘사되고 있다. 즉, 병든 노인·누에치는 부녀·산중의 과부·나무꾼 등이 그러한 백성들이다. 시인은 이들의 고통 받는 삶을 묘사하여 자신의 창작의도를 충족시키고 있다. 이것은 자신이 눈으로 본 사실을 직접적으로는 묘사하는 것이 아니라 무엇인가를 빌어 간접적으로 묘사하는 방법으로 시인의 독특한 창작방법이라고 할 수 있다. 이러한 방법은 杜甫가 일반 백성들의 입을 빌어서 현실을 표현해내는 방법과 흡사하다. 이렇듯 간접적인 방법은 송별시를 통하여 자신의 애민사상을 드러내는 것, 여러 하층의 백성을 이용하여 이들에 대하여 관심을 표명하고 이들의 고통을 동

---

11) 羅琴, 胡嗣坤著, 『杜荀鶴及其唐風集研究』, (成都 : 巴蜀書社, 2005), 290쪽. "在這對立的兩極中, 他明顯地同情窮苦人民."

정한 것 그리고 사물을 이용하여 백성에 대한 관심을 드러낸 것에서 일맥상통하게 관통되고 있다. 정리한다면, 백성에 대한 관심은 결국 백성들을 동정하고 백성들이 고통 받는 이유를 폭로하는 것이며, 그 창작방법은 직접적인 묘사라기보다는 간접적인 묘사라는 특징을 가지고 있다고 할 수 있다.

Ⅲ. 戰亂에 대한 反映

杜荀鶴이 30세 때인 僖宗 乾符 2년 875년에 黃巢기의가 발발했다. 이 기의는 10여 년간 지속되었기에 시인에게 있어서 창작의 황금기에 큰 영향을 주었다고 할 수 있다. 시인이 이 기간에도 비록 개인적인 功名에 여전히 과업에 몰두했지만 그가 본 참상이 그의 시가에 표현되지 않을 수는 없을 것이다. 실제로 그의 시가를 살펴보면, 唐末의 다양한 모순 중에서도 戰亂에 대한 묘사가 가장 많이 언급되고 있다.

우선, 그의 시가 「寄顧雲」[12]을 보기로 하자.

省得前年別,　재작년 이별을 기억하며,
蘋洲旅館中.　蘋洲의 여관에 들었다.
乱離身不定,　난리라 몸도 건사하기 어렵고,
彼此信难通.　서로 간에 서신도 왕래하기 어렵네.
侯国兵虽敛,　번진의 병사들이 세금을 걷으려고 하지만,
吾乡业已空.　나의 고향은 이미 비어버렸다네.

---

12) 앞의 책, 『唐風集』, (北京 : 『四庫全書』, 1083冊.), 591쪽.

秋来忆君梦,　가을되어 그대를 꿈속에서 그리워하느라,
夜夜逐征鸿.　밤마다 멀리 날아가는 기러기를 쫓네.

顧雲은 杜荀鶴의 벗으로 후에『唐風集』의 序를 써준 인물이다. 시인은 전란으로 피난 가 있는 벗을 그리워하며 이 시를 지었다. 두 번째 연과 세 번째 연에서 전란을 반영하고 있다. 우선 두 번째 연에서는 난리로 안정되게 기거할 수 없는 상황과 이로 인하여 안부를 묻는 편지조차 왕래가 힘들다고 표현하고 있다. 실제로 이때는 시인이나 벗이나 모두 피난을 떠나 있는 상황이었다. 또한 세 번째 연에서는 독립된 '侯國'이 세금을 걷는 것을 언급하여 그 폐해를 지적하고 있으며, 동시에 고향 역시 난리의 영향을 받았음을 말하고 있다. 네 번째 연에서는 벗을 그리워하는 애틋한 마음이 보이고 있다. 이 시는 戰亂으로 인한 벗과의 이별을 통하여 戰亂을 간접적으로 묘사한 것이라 할 수 있다.
　다음에는 戰亂의 모습과 戰亂이 멈추었으면 하는 심정을 표현한 시가「将入矣安陆遇兵寇」[13]을 보기로 하자.

家贫無计早離家,　집안이 가난하여 호구지책으로 일찍 집을 떠났는데,
離得家来蹇滞多.　집 떠난 후에 곤경이 많았다.
已是数程行雨雪,　이미 여러 차례의 여정 중에 눈과 비를 맞았는데,
更堪中路阻兵戈.　하물며 길 가는 중에 戰亂을 만났다.
幾州户口看成血,　몇 개 고을의 사람들이 죽음을 맞이하였는데,
一旦天心却許和.　하루라도 하늘이 전쟁 멈추고 평화롭게 할 수 있었으면 하네.

---

13) 앞의 책,『唐風集』, (北京 :『四庫全書』, 1083冊.), 600쪽.

四面煙塵少無処,　사방에 먼지가 없는 곳이 드무니,
不知吾土自如何.　내 고향 땅은 어떻게 되었는지 모르겠구나.

　이 시는 집을 떠나 새로운 생활을 찾아보려고 하지만 오히려 곤경이 더 많았음을 표현하고 있다. 그 곤경이란 바로 戰亂을 가리키고 있다. 둘째 연은 자신의 여정 중에서 눈과 비를 많이 맞았다고 표현하고 있는데, 이는 사실상 시인의 험난한 科業생활을 가리키는 것이다. 이미 계속되는 낙방으로 힘든 인생을 살아가고 있는데, 戰亂까지 겹쳤기에 고통스럽기만 하다. 셋째 연은 戰亂의 참상과 태평에 대한 갈망을 표현하였다. 마지막 연에서는 국토가 전란에 휩싸여 있음을 말하면서 고향 땅에 대한 걱정을 토로하고 있다.

　인용한 두 편의 시가를 보면 약간 특이한 점이 있다. 그것은 戰亂을 묘사하는데 있어서 그 자체를 묘사하기보다는 역시 개인에게 국한되어 있다는 점이다. 즉, 戰亂을 묘사하기 위한 목적보다는 자신의 행로에 대한 부분에 더 중점이 가있는 듯하다. 이는 국가와 사회를 생각하는 측면을 중점으로 전란을 반영하기보다는 벗과의 이별 속에서의 전란이나 자신의 처지 혹은 자신의 고향에 대한 우려라는 개인적인 측면을 위주로 전란을 반영하고 있다는 느낌이 강하기 때문이다. 이러한 측면이 시인의 시가 자체의 단점은 아니겠지만, 시대를 반영하는데 있어서 철저한 현실성을 담보하는 데에는 한계점이 있다는 생각이 든다.

　그의 시가 「旅泊遇郡中叛亂示同志」[14] 역시 전란을 반영하고 있다.

---

14) 앞의 책, 『唐風集』, (北京 : 『四庫全書』, 1083冊.), 598쪽.

握手相看谁敢言,   손을 잡고 서로 보지만 누구라도 감히 말을 못하
          는 것은,
军家刀劍在腰边.   군병의 칼과 검이 허리에 있기 때문이라네.
遍搜寶货無藏处,   여기저기 보화를 찾다가 쌓아둔 곳이 없으면,
乱杀平人不怕天.   일반백성을 함부로 죽이는데 하늘을 두려워하지
          않네.
古寺拆为修寨木,   옛 절을 부셔 성채의 나무로 사용하고,
荒坟开作甃城砖.   황폐한 무덤을 열어 성의 벽돌로 사용하네.
郡侯逐出浑闲事,   지방관리가 쫓겨나는 것은 다반사이니,
正是銮舆幸蜀年.   결국 황제의 수레가 蜀지방으로 가는 때에 이르
          렀네.

이 시는 戰亂의 정황을 상당히 직접적으로 묘사하고 있다. 첫 연
에서는 일반 백성들의 공포에 떠는 모습을 묘사하고 있는데, 그 이
유는 반란군의 칼과 검 때문이다. 여기에서 언급된 '軍家'란 바로 각
지의 군벌을 말하는 것이며, 이들은 황소기의 후에 국가가 불안정해
지자 각 지방에서 군벌들이 독립하여 생겼는데 서로 간에 전쟁을 일
삼았기에 백성들은 고통에 빠지게 하였다. 이는 결국 황소라는 농민
기의만의 문제가 아니라 군벌들에 의하여 전 국토가 혼란에 처하게
되었음을 보여주는 것이다. 둘째 연의 둘째 구는 백성의 목숨을 함
부로 죽이면서도 하늘을 두려워하지 않는다고 표현하여 그 참상을
상상하게 만들고 있다. 셋째 연에서는 심지어 '古寺'와 '荒坟'까지 훼
손하여 戰亂의 도구로 삼는 정황을 묘사하여, 그 전란이 극에 달했
음을 말하고 있다. 마지막 연에서는 이러한 상황의 결말로 결국은
황제가 도피하는 사실을 지적하고 있다. 실제로 唐 僖宗은 881년에
결국 四川지방으로 도피했다.

杜荀鶴의 시가 중에서 戰亂의 모습을 묘사하고 있는 시가 중에는 제목의 서두에 '亂後'로 시작하는 시가가 10首가 있다. 물론 이 시가들이 모두 전란의 상황을 반영하는 것은 아니지만 제목 자체로부터 어쨌든 전란과 관련 있음을 알 수 있다.[15] 우선 그중에서 전란의 모습을 표현하고 있는 시가 「亂後逢村叟」[16]를 보기로 하자.

經亂衰翁居破村,	전란으로 쇠약해진 노인이 황폐한 촌락에 사는데,
村中何事不傷魂.	촌락의 어떤 일이 혼을 슬프게 하지 않겠는가?
因供寨木無桑柘,	성채에 이용되는 나무를 대야 하기에 뽕나무가 없어졌고,
爲著鄕兵絶子孫.	지역 병사로 불려나가느라 자손을 잇지 못하네.
還似平寧徵賦稅,	또한 태평시절과 같이 여전히 賦稅를 걷으니,
未譽州縣略安存.	州縣에서 편안하게 있을 곳이 없다네.
至於雞犬皆星散,	지금은 닭과 개조차 다 흩어졌으니,
日落前山獨倚門.	앞산의 지는 해 바라보며 홀로 문에 기대어 서있을 뿐이네.

이 시에 보이는 '寨木'과 '鄕兵' 그리고 '賦稅'는 바로 전쟁을 수행하게 하는 것들이며, 또한 백성을 고통에 빠지게 하는 것이다. 전란

---

15) 「亂後逢村叟」·「亂後書事寄同志」·「亂後送友人歸湘中」·「亂後山居」·「亂後歸山」·「亂後再逢汪處士」·「亂後出山逢高員外」·「亂後逢李昭象敍別」·「亂後旅中遇友人」·「亂後宿南陵廢寺寄沈明府」등 10수가 있다. 이들 시가는 사실상 전란의 모습을 중점적으로 묘사하기보다는 그 전란을 겪은 후의 상황을 묘사하고 있다. 그러나 이들 중 일부는 자연스럽게 전란에 대한 언급을 하고 있기에 역시 전란에 대한 반영을 하고 있는 시가라고 할 수 있다. 또한 기타 전란이 언급되지 않은 시가라도 그 내용이 만들어진 동기는 결국 전란을 피하면서 만들어진 것이기에 전란과 상관있다고 할 수 있다.

16) 앞의 책, 『唐風集』, (北京 : 『四庫全書』, 1083冊.), 603쪽.

이 일어나면 이러한 것들이 필요하게 되며 일반 백성들이 이 일을 담당해야 하기 때문이다. 시인은 생업을 이을 수 있는 뽕나무가 잘리고, 병사로 불려나가 사망하여 대를 잇지 못하는 戰亂의 영향을 묘사하면서, 그럼에도 불구하고 여전히 세금을 걷는 현실을 폭로하고 있다. 그러한 결과는 첫 연과 마지막 연에 노출되어 있는데, 바로 '衰翁'·'破村'·'傷魂'·'星散'·'獨倚門' 등의 시어들이며 이러한 모습은 모두 戰亂으로 야기된 슬픈 모습들이다. 특히 석양을 바라보는 노인의 모습은 형용할 수 없는 슬픔이 밀려들게 만든다. 이 시가 비록 시인의 자신의 모습으로 현실을 표현하지는 않았지만, 그 내용과 절절한 심정이 그대로 잘 전달되고 있기에 이 시 자체에 드러난 내용에 대하여 毛水淸은 "그것은 唐末사회의 縮影이며, 史詩의 의의가 있다."[17]라고 평가하고 있다.

역시 戰亂과 관련된 제목을 가진 시가「亂後書事寄同志」[18]을 보기로 하자.

> 九土如今尽用兵,　사방 천지가 오늘날까지 병사를 모으고,
> 短戈长戟困书生.　짧고 긴 戰亂이 서생을 괴롭히네.
> 思量在世头堪白,　세상을 생각하느라 머리가 다 희어졌고,
> 画度归山计未成.　산으로 돌아가려는 계획은 아직 이루어지지 못했네.
> 皇泽正霑新将士,　황제의 은택은 새로운 장수에 베풀어지고,
> 侯门不是舊公卿.　관리들은 옛 공경들이 아니라네.
> 到头诗卷须藏却,　이전에 보낸 시가는 모름지기 창고에 싸여 있을

---

17) 毛水淸著,『隋唐五代文學史』, (南寧 : 廣西人民出版社, 2003), 501쪽. "它是唐末的社會縮影, 具有史詩的意義."
18) 앞의 책,『唐風集』, (北京 :『四庫全書』, 1083冊.), 605쪽.

　　　　　　　　　　　　것이고,
各向漁樵混姓名.　　어부나 나무꾼과 이름이 섞였을 것이네.

　이 시는 직접적으로 戰亂을 반영하고 있지는 않으며, 주로 戰亂으로 말미암아 시인의 목적이 어려워진 상황을 개탄하고 있을 뿐이다. 다만 첫 연은 전란의 일면을 묘사하고 있다. 즉, 한없이 병사를 모으는 상황에 여기저기에서 전란이 끊이지 않았음을 표현하였다. 시인의 개탄은 국토의 황폐와 백성들의 고통보다는 개인적인 과업생활에 영향을 주는 것에 초점을 맞추어져 있기에 일반 시인들이 전란을 보며 개탄한 것과는 약간 다른 측면이 있다. 특히 시인은 고관에게 자신의 시문을 미리 보내어 자신을 알리고 科擧의 합격을 도모하는 방법으로써 창작하고 바친 '干謁詩'가 관리가 바뀜으로써 물거품이 되는 것을 아쉬워하고 있다. 즉 후반부에서는 황제가 새로운 관리를 등용함에 따라서 옛 고관이 자리에 물러나게 되었고, 결국 시인이 바친 시문은 쓸모없게 되었다고 한탄하고 있는 것이다. 이러한 모습은 비록 이 시대에 관리가 되는 것이 얼마나 어려운 가를 알기에 이해가 되지만, 역시 진정한 현실주의시인의 모습은 아니라고 할 수 있다. 이러한 한계는 앞서 언급했듯이 현실을 반영하는데 있어서 대부분은 개인적인 범주를 벗어나지 못하는 점 그리고 직접적인 폭로나 비판보다는 간접적으로 표현되고 있는 점과 연관 지을 수 있을 것이다.
　杜荀鶴의 전란을 반영하고 있는 시가들이 비록 당시의 戰亂의 모습과 그 영향을 반영하고 있지만 일반적으로 戰亂을 반영하는 시인들과 다른 점이 있다. 이는 시인이 직접적으로 전란을 반영하기보다는 개인적인 내용을 가지고 간접적으로 반영한다는 점이다. 즉 戰亂

자체를 직접적으로 묘사하기보다는 送別詩를 통하여 전란을 언급하거나, 국가나 백성 전체를 생각하며 전란을 반영하기 보다는 고향이나 가족의 개인적인 측면을 위주로 전란을 반영하고 있다. 또한 '亂後'라는 제목으로 시작하는 시가 역시 일부는 전란을 반영하였지만, 대부분의 시가는 난리를 피하여 은거하면서 벗과의 왕래를 표현하거나 한적한 심리를 표현하고 있다. 심지어는 戰亂으로 말미암아 자신의 科業생활에 영향을 주었다고 개탄하고 있다. 이러한 측면을 보면 杜荀鶴의 시가는 비록 戰亂을 반영하고는 있지만 개인적인 테두리를 벗어나지 못하는 한계성을 가진 소극적이며 간접적인 반영이라고 할 수 있다.

Ⅳ. 統治集團에 대한 批判

統治集團이란 백성을 다스리는 집단을 가리킨다. 이들을 구체적으로 말한다면 관리를 지칭하는 것이며, 이들에 대한 비판은 당연히 이들의 행위에 대한 비판이라고 할 수 있다. 이 부분은 백성에 대한 관심을 가진 시가와 중복되고 있지만, 통치집단이 백성에게 행하는 정치적인 행위에 중점을 두어 분리해보았다. 그러한 정치적인 행위란 주로 관리들의 착취나 불합리한 행위를 말한다. 특히 관리들의 착취에 대한 비판은 杜荀鶴의 시가에서 적지 않게 언급되고 있다.

우선, 그의 「田翁」19)을 보기로 하자.

---

19) 앞의 책, 『唐風集』, (北京 : 『四庫全書』, 1083冊.), 617쪽.

　　白髮星星筋力衰,　백발이 성성하며 근력도 쇠퇴하였는데,
　　種田猶自伴孫兒.　농사는 오히려 손자와 함께 짓네.
　　官苗若不平平納,　관가의 靑苗錢은 균등하게 거두어지지 않으니,
　　任是豊年也受飢.　설령 풍년이 들어도 역시 굶주릴 뿐이네.

　시인은 이 시를 통하여 일반 백성들에게 세금이 얼마나 큰 고통을 주고 있는 가를 보여주고 있다. 더욱이 노인과 어린 손자만이 살아남아 가까스로 농사를 지어 간신히 연명해가는 상황에서 세금의 징수가 있는 것도 힘든 일인데, 하물며 그 조차도 불합리하게 징수되니 역시 시인이 말한바와 같이 풍년이 들어도 굶주릴 것이다. 이러한 착취는 혼란한 唐末에 더욱 심해졌기에 백성들은 더욱 살기 힘들었을 것이며, 그러므로 이 시기의 대부분의 시인들이 이러한 관리들의 착취를 시가에 반영하였다고 할 수 있다. 이러한 착취가 있고 이로 인한 백성들의 고통이 있었기에 劉永濟는 앞서 인용한 「傷硤石縣病叟」와 함께 "가혹하게 착취당하는 백성의 말로 다 할 수 없는 고통이다."[20]라고 평가하였던 것이다.
　다음에는 그의 시가 「題所居村舍」[21]을 보기로 하자.

　　家隨兵盡屋空存,　집에 있는 사람은 병사가 되어 죽고 빈 집만 남았
　　　　　　　　　　　는데,
　　稅額寧容減一分?　세액은 어찌하여 한 푼도 감해지지 않았는가?
　　衣食旋營猶可過,　옷과 음식을 임시로 장만하여도 오히려 죄가 되고,
　　賦輸長急不堪聞.　세금을 내라고 항상 재촉하니 듣는 것조차 감당할

---

20) 앞의 주5)
21) 앞의 책, 『唐風集』, (北京 :『四庫全書』, 1083冊.), 608쪽.

　　　　　　　　수 없네.
蠶無夏織桑充寨,　누에가 없어지니 여름에 옷감 짜는 뽕나무가 성
　　　　　　　　의 울타리가 되고,
田廢春耕犢勞軍.　논이 황폐해지니 봄에 농사짓는 소가 군대를 위하
　　　　　　　　여 수고하네.
如此數州誰會得?　이러하니 여러 州에서 누가 이해할 수 있으랴?
殺民將盡更邀勳.　백성을 모두 죽이는 것이 공을 세우는 것이 되다니.

　　이 시는 唐末에 보이는 종종의 모순을 집약적으로 표현하고 있다.
그중에서 백성들에 대한 착취는 역시 가장 중요한 내용이 되고 있
다. 첫 연 역시 전쟁으로 말미암아 집안에 사람이 없는 상황이지만,
그 고통은 집안사람이 전쟁에 나가 죽은 것에만 있는 것이 아니며
오히려 그럼에도 불구하고 여전히 이전과 같은 세금을 내야하는 현
실에서 생긴 것이다. 둘째 연에서는 목숨을 연명하기 위하여 임시로
마련한 옷과 음식이 있으면, 오히려 세금을 내지 않은 것이라 하여
죄를 지은 것이 되는 상황을 표현하고 있다. 셋째 연에서는 생업을
이어나가게 하는 뽕나무와 소가 전란의 소모품이 되는 현실을 폭로
하고 있다. 마지막 연에서는 이러한 상황이 바로 백성들을 죽이는
것이라며 통치집단의 행위를 질책하고 있다. 그러므로 후인 역시 이
시의 마지막 연에 대하여 "백성들은 이미 살 수도 없는데, 貪官汚吏
들은 도리어 백성들의 사활을 도외시하며, 그들이 터무니없는 세금
을 징수하는 것은 단지 조정에 공적을 쌓아 상을 바라서이다."[22]라
고 백성을 돌보지 않는 관리들을 비판하면서, 동시에 관리들이 백성

---

22) 앞의 책, 『杜荀鶴及其唐風集硏究』, 287쪽. "老百姓已經活不下去了, 貪官汚吏却
　　不顧人民死活, 他門橫徵暴斂的目的, 只是爲了向朝廷邀功請賞."

을 착취하는 이유가 자신의 영달을 위해서라고 개탄하고 있다.

관리들의 착취가 극에 달했음을 표현한 시가 「再經胡城縣」[23]을
보기로 하자.

　　去歲曾經此縣城,　작년에 일찍이 胡城縣을 지났는데,
　　縣民無口不冤聲.　현의 백성들이 입을 열면 원성이 가득했었네.
　　今來縣宰加朱紱,　오늘 와보니 縣令들이 붉은 관복을 입었는데,
　　便是生靈血染成.　이는 백성들의 피가 물들어 만들어진 것이라네.

이 시는 비록 짧은 칠언절구이지만 그 의미는 아주 깊다. 특히 붉
은 관복으로써 지위가 높아진 것을 의미하면서, 그 붉은 색이 백성
들의 피가 물들어서 된 것이라는 표현은 통치집단의 착취를 선명하
게 보여주고 있다. 이 시가가 가진 諷刺性이 강력하기에 "이 시는 唐
末 地方官吏가 백성을 학대하며 자신의 공을 세우려는 것을 폭로하
였다. 필봉이 예리하며 비난하는 힘이 강력하다."[24]라는 해석과 평
가를 하고 있다. 또한 劉永濟는 "三句와 四句는 꾸짖는 의도가 엄중
한 까닭에 諷刺에 멈추지 않는다. 이와 같은 縣官은 실제로는 바로
백성의 도적이다. 唐末에는 전란이 빈번했으며 따라서 착취도 더욱
극심해졌다. 縣令은 곧 백성들의 직접적인 관리이니 백성을 착취하는
것은 바로 그들의 손을 통해서 이루어진다. 착취가 심할수록 즉 윗사
람의 환심을 더욱 얻을 수 있었고, 그래서 붉은 관복을 상으로 받을
수 있는 것이다."[25]라고 하여 그 의미를 더욱 상세히 설명하였다.

---

23) 앞의 책, 『唐風集』, (北京 : 『四庫全書』, 1083冊.), 615쪽.
24) 富壽蓀選注, 劉拜山·富壽蓀評解, 『千首唐人絶句』, (上海 : 上海古籍出版社,
　　1985), 897쪽. "此詩揭露唐末地方官吏虐民邀功, 筆鋒銳利, 抨擊有力."

관리들의 착취가 가장 두드러진 것은 통치집단의 폐해이겠지만 그와 못지않은 폐해는 바로 불공정하며 불합리한 행위일 것이다. 그러한 행위는 바로 인재를 등용하는데 있어서의 불공정이나 논공행상에 있어서의 불공정한 측면에서 나타나고 있다. 우선, 그의 시가 「御沟柳」[26)]을 보기로 하자.

> 律到御沟春,　궁전의 수로에 봄이 오자,
> 沟边柳色新.　물가의 버들 빛이 새롭다.
> 细笼穿禁水,　가늘고 자욱한 버들이 궁전의 물길을 지나는데,
> 轻拂入朝人.　빠르게 조정관리가 있는 곳으로 들어가네.
> 日近韶光早,　해에 가까우니 봄빛이 일찍 오고,
> 天低聖泽匀.　하늘이 낮아지니 은택이 두루 전해지네.
> 谷莺棲未稳,　낮게 나는 꾀꼬리는 편안하게 깃들지 못하고,
> 宫女画难真.　궁녀는 진짜 그림을 그리기 어렵네.
> 楚国空摇浪,　초나라 버들은 헛되이 파도에 흔들리고,
> 隋堤暗惹尘.　수나라 제방의 버들은 암암리 진흙만을 모을 뿐이네.
> 如何帝城里,　어떻게 황제가 있는 성에 들어가나,
> 先得覆龙津.　먼저 궁중의 연못을 덮어야 한다네.

이 시는 시인이 나타내고자 하는 의도를 버들을 통하여 비유적으로 표현하고 있는 詠物詩이다. 비록 杜荀鶴의 시가에서 영물시가 드물지만 사실상 唐代말기의 시인들이 현실을 반영하기 위한 방편으

---

25) 앞의 책, 『唐人絶句精華』, 294쪽. "三四句所以斥責之意嚴矣, 非止於諷刺也. 如此縣官, 實乃民賊. 蓋唐末兵禍頻繁, 因而剝削加劇, 縣令乃直接人民之官, 剝削人民卽由其經手, 剝削愈甚, 則愈得上級之歡心, 於是有朱紱之賜."
26) 앞의 책, 『唐風集』, (北京 : 『四庫全書』, 1083冊.), 597쪽.

로 많이 애용했으며, 시인 역시 버들이라는 사물을 이용하여 통치집
단의 불합리한 측면을 교묘하게 비판하고 있다. 첫 연은 궁전의 수
로에 있는 버들을 묘사하였다. 둘째 연에서는 버들이 물길을 따라
조정관리가 있는 곳으로 들어간다고 표현하고 있는데, 이는 사실상
버들이기에 조정의 관리를 만날 수 있다고 비유한 것이다. 다시 말
하자면 아무나 들어갈 수 없는 궁전에 들어갔다는 의미로 관리가 되
었다는 것을 말하는 것이다. 그러므로 넷째 연에서 궁전에 가 있기
에 황제로 비유되는 '日'이나 '天'의 은택을 볼 수 있다고 설명하고
있다. 다섯째 연에서는 楚나라의 버들과 隨나라의 버들을 들어 물가
에 있지 않은 버들은 궁전에 들어갈 수 없다고 말하고 있다. 이는
물가에 있어야 만이 조정에 접근할 수 있다는 것을 말하는 것이다.
마지막 연에서는 관리로 나가려고 한다면 우선 물가의 버들처럼 물
길 따라 궁전에 들어가야 한다고 하여 관리가 되는 길을 비유하고
있다. 결국 이 시는 버들을 빌어서 일단 궁전에 가까이 해야 만이
황제의 은총을 받을 수 있다는 현실을 질책하고 있으며, 또한 자신
과 같이 빈천한 사람은 관직에 나가기 힘들다는 것을 토로하면서 統
治集團에 대한 비판을 가하고 있는 것이다.

다음에는 「塞上」27)을 보기로 하자.

草白河冰合,　풀이 하얗게 되어 하천의 얼음과 합해지고,
蕃戎出掠頻.　오랑캐 蕃戎이 나와 수시로 약탈하네.
戍楼三號火,　변방의 전망대에서는 여러 차례 봉화가 보이고,
探马一条尘.　연락하는 말의 한 줄기 먼지가 보이네.

27) 앞의 책, 『唐風集』, (北京 : 『四庫全書』, 1083冊.), 592쪽.

战士风霜老, 병사는 풍상에 늙어 가는데,
将军雨露新. 장군은 은택을 받아 새로워지네.
封侯不由此, 제후로 봉한 것이 이것 때문이 아니거늘,
何以慰征人? 어떻게 병사들을 위로할 수 있을까?

이 시는 변방에서의 불공정한 논공행상을 폭로하고 있다. 첫 연은 변방의 모습과 수시로 약탈을 감행하는 오랑캐를 언급하고 있다. 둘째 연에서는 오랑캐의 약탈로 인한 접전이 자주 있음을 말하면서 앞에 나가 살펴보고 오는 말의 먼지가 마치 한 줄기 실처럼 이어져 있음을 묘사하였다. 셋째 연은 이 시의 핵심부분이다. 고통 속에 늙어가는 병사와 황제의 혜택을 받으며 새로워지는 대비를 통하여 불공정한 논공행상을 하는 統治集團을 비판하고 있다. 마지막 연에서는 불공정 속에 고통 받는 병사들을 동정하고 있다.

통치집단에 대한 비판은 주로 이들의 백성들에 대한 착취와 불공정한 행위에서 비롯되었다. 唐末이라는 혼란한 상황 속에서 이러한 착취와 불공정한 행위는 부지기수였을 것이다. 다만, 杜荀鶴의 시가 중에서 통치집단에 대한 과감한 질책과 비판을 하고 있는 시가가 많지 않은데, 그 이유는 아마도 시인이 급제하기 전까지 늘 功名에 대한 추구를 한시도 버리지 않았기 때문일 것이다. 예를 들면, 앞서 인용한 「亂後書事寄同志」와 같이 전란 때문에 자신의 과거참여에 영향이 있었다고 토로하는 시가가 있고, "杜荀鶴은 늙어서도 급제하지 못하자 자신을 알리는 글쓰기를 아주 심하게 하였다."[28]라는 평가가 있듯이 늘 고관을 찾아다니며 자신의 급제를 기원하는 소위 '干謁'의

---

28) (宋)葛立方著, 『韻語陽秋』, (北京 : (淸)何文煥輯, 『歷代詩話』, 中華書局, 1981.)
   633쪽, "杜荀鶴老而未第, 求知己甚切."

시가를 적지 않게 창작했으며, 또한「題嶽麓寺」·「山中寄友人」·「秋宿山館」등의 시가에서는 은일생활을 구가하면서도 늘 功名을 추구하는 심정을 드러내고 있다.

Ⅴ. 結論

杜荀鶴의 시가에 보이는 현실성은 당연히 현실을 반영하는 데에서 나타나고 있다. 그의 시가는 백성들의 고통 받는 모습을 반영하거나 동정하고 있으며, 戰亂의 모습과 그로 인한 국토의 파괴와 백성들의 고통을 드러내고 있으며, 統治集團의 착취와 불공정성을 묘사하고 있다. 이렇듯 그 내용만을 본다면 杜荀鶴은 역시 唐末의 皮日休와 陸龜蒙 등의 시인과 마찬가지로 현실주의시인인 것은 명백하다. 그러나 杜荀鶴의 시가는 이러한 현실을 반영하는데 있어서 다른 시인들과 다른 몇 가지 특이한 점이 있다.

전반적으로 杜荀鶴의 시가에 표현된 현실성을 분석하면, 시인이 직접적으로 겪은 내용을 가지고 표현하기 보다는 간접적인 방법을 취하고 있으며, 또한 대부분 시가가 국가와 사회를 생각하는 마음에서 시작하여 현실을 반영하기보다는 개인적인 측면이 더욱 강조됨을 알 수 있다. 백성에 대한 관심을 표현한 시가를 보면, 그 관심은 벗과의 송별하는 과정 중에 언급되고 있으며, 혹시 직접적으로 백성들의 고통을 묘사하는 시가라도 역시 시인 자신의 시각보다는 고통 받는 하층민의 입을 빌어 표현하는 간접적인 방법을 취하고 있다. 또한 戰亂을 반영하는데 있어서도 국가와 사회를 생각하는 의도로 반영했다기보다는 자신의 일이나 가족 등을 우선적으로 생각하면서 반영하고 있다. 그러므로 개인적인 테두리를 벗어나지 못하는 소극적인 경향을 가지고 있다고 할 수 있다. 다음에 統治集團에 대한 비판에 있어서도 직접적이지 못하다. 즉 통치집단을 비판하는데 있어서도 다른 사람의 입을 빌어 표현하거나 영물시의 방법을 취하고 있기에 자신이 직접적으로 비판한 것보다는 역시 강렬하지는 않다. 그 이유는 역시 앞에서 언급했듯이 杜荀鶴 스스로 자신의 개인적인 功名에 더 심혈을 기울였기 때문일 것이다. 특히 이러한 개인적인 功名에 대한 추구가 바로 그의 시가가 가진 현실성을 나약하게 만들었다고 할 수 있다.

　정리하면, 杜荀鶴의 시가에 나타난 현실성은 인정할 수 있다. 그러나 평생 개인적인 측면을 중시하며 그 테두리를 벗어나지 못했기 때문에, 그의 시가가 가지고 있는 현실성은 그야말로 시인이 직접적으로 가슴 깊이 체득하며 자신의 절절한 심정을 표현했다고 하기에는 약간은 부족한 '裏'한 현실성이라고 할 수 있다.

● 참고문헌 ●

(唐)杜荀鶴撰, 『唐風集』, 北京 : 『四庫全書』本.

(宋)司馬光撰, 『資治通鑑』, 北京 : 中華書局, 1956.

(淸)何文煥輯, 『歷代詩話』, 北京 : 中華書局, 1992.

胡震亨著, 『唐音癸籤』, 上海 : 古典文學出版社, 1957.

劉永濟選釋, 『唐人絶句精華』, 北京 : 人民文學出版社, 1981.

富壽蓀選注, 劉拜山・富壽蓀評解, 『千首唐人絶句』, 上海 : 上海古籍出版
          社, 1985.

許總著, 『唐詩史』, 南京 : 江西敎育出版社, 1995.

吳庚舜・黃乃斌主編, 『唐代文學史』, 北京 : 人民文學出版社 1995.

陳伯海主編, 『唐詩彙評』, 杭州 : 浙江敎育出版社, 1996.

田耕宇著, 『唐詩餘韻』, 成都 : 巴蜀書社, 2001.

羅琴, 胡嗣坤著, 『杜荀鶴及其唐風集研究』, 成都 : 巴蜀書社, 2005.

毛水淸著, 『隋唐五代文學史』, 南寧 : 廣西人民出版社, 2003.

陳伯海主編, 『唐詩學史考』, 石家莊 : 河北人民出版社, 2004.

孫琴安著, 『唐詩與政治』, 上海 ; 上海人民出版社, 2003.

趙榮蔚著, 『晚唐士風與詩風』, 上海 ; 上海古籍出版社, 2004.

張興武著, 『五代作家的人格與詩格』, 北京 : 人民文學出版社, 2000.

溫庭筠 詩歌의 현실성

Ⅰ. 들어가는 말

溫庭筠은 唐末 시단에서 중요한 자리를 차지하고 있는 저명한 시인이다. 특히 그는 『東觀奏記』의 "詞賦와 詩篇이 가장 뛰어나 한때 李商隱과 함께 이름을 날렸으며, 당시에 溫李라고 불렸다."[1)라는 평가에서 보이듯 소위 李商隱과 쌍벽을 이루는 시인이다. 또한 "온정균은 이상은만 못하지만, 역시 때때로 서로 간에 나은 것이 있었다."[2)라는 평가를 보면 이상은보다 못할 수 있지만, 온정균의 시가 역시 높은 평가를 받고 있다는 것도 알 수 있다. 그런데 그의 시가를 평가할 때, '綺靡'나 '藻綺' 등 화려하거나 수식이 많다는 측면만을 강조하고 상대적으로 현실적인 측면에 대한 부분은 소홀히 하는 경향이 있다. 사실 "溫庭筠은 晚唐의 理想이 높고 권문세가에 굽히길 원하지 않는 문학적인 재능을 가진 사람으로, 평생 많은 억압을 받았으며, 관리가 되기 어려워 국가에 보답하고자 해도 방법이 없었다. 그러므로 자연히 울분과 불평이 생겨 불만이 가득했다."[3)라는 언급

---

1) 裵庭裕撰, 『東觀奏記』, (北京: 中華書局, 1994), 133쪽. "詞賦詩篇冠絶一時, 與李商隱齊名, 時號溫李."
2) 賀棠撰, 『載酒園詩話又編』, (郭紹虞編選, 『淸詩話續編』, 上海: 上海古籍出版社, 1983), 373쪽. "溫不如李, 亦時有彼此互勝者."
3) 吳庚舜, 董乃斌主編, 『唐代文學史』, (北京: 人民文學出版社, 1995), 647쪽. "溫庭筠作爲晚唐的一位志向高遠, 不肯苟合權貴的文苑才子, 畢生多遭摧抑, 入仕無途, 報國無門, 自然憤悶不平, 牢騷滿腹."

처럼 그의 시가에도 현실성을 가지고 있는 시가가 존재할 수 있는 배경이 있었음을 알 수 있다. 唐末은 혼란 시기였기에 현실과 완전히 동떨어진 시가만을 창작한 시인은 거의 존재하지 않는다. 唐末에 활동한 시인들은 개인적인 상황에 따라 현실과 관련된 시가를 창작하는데 있어서 다소의 차이가 있고 중심 내용이 무엇인가의 차이가 있을 뿐이다. 온정균 역시 혼란한 국가의 모습을 직접 보았고, 또한 불합리한 정치의 작태도 알고 있었다. 그는 당시의 일반 시인처럼 儒家적인 사상을 바탕으로 報國의 이상을 가지고 있었을 뿐만 아니라 권문세가에 굽히지 않는 기개를 가지고 있었고, 또한 정치적인 혼란으로 억울한 영향을 받았기에 자연히 현실과 관련된 시가를 창작했던 것이다. 온정균이 대량으로 현실성을 가진 시가를 창작한 것은 아니지만, 현재 전하고 있는 338首[4]중에 적지 않은 시가가 현실성을 가지고 있다.[5]

따라서 본고에서는 온정균의 시가 중에서 현실성을 가지고 있는 시가를 대상으로 그 면모와 특징을 고찰하고자 한다. 온정균의 시가 중에 나타난 현실성은 크게 정치에 대한 관심이나 통치 집단에 대한

---

4) 『溫庭筠全集校注』, (劉學鍇著, 中華書局, 2007)에 수록된 시가를 보면 제목만 전하는 8首를 포함하여 338首가 수록되어 있다.

5) 현실성을 가진 시가를 정리하면 「達摩支曲」·「鷄鳴埭歌」·「山中與諸道友夜坐, 聞邊防不寧因示同志」·「過孔北海墓二十韻」·「郊居秋日有懷一二知己」·「和友人題壁」·「奉天西佛寺」·「簡同志」·「彈箏人」·「夜宴謠」·「邯鄲郭公詞」·「春江花月夜詞」·「湖陰詞」·「過吳景齊陵」·「陳宮詞」·「馬嵬佛寺」·「華清宮和杜舍人」·「過華清宮二十二韻」·「華清宮二首」·「馬嵬驛」·「題望苑驛」·「龍尾驛婦人圖」·「洞戶二十二韻」·「題端正樹」·「太液池歌」·「偶成四十韻」·「燒歌」·「雉場歌」·「邊笳曲」·「遐水謠」·「塞寒行」·「回中作」·「蔡中郎坟」·「過陳琳墓」·「題李相公敕賜錦屏風」·「經五丈原」·「蘇武廟」·「謝公墅歌」 등 39首가 있다.

비판 그리고 백성들의 고통 표현과 인재등용에 관한 비판 등으로 나
눌 수 있다.

Ⅱ. 政治에 대한 關心

국가의 정치에 대한 관심은 바로 현실에 대한 관심에서 기인되는
것이며, 결국은 세상을 경영해보겠다는 자신의 정치적 이상 실현의
의지를 보여주는 것이다. 唐末의 국가적인 위기를 목도했던 시인들
이 자신의 정치적 이상을 실현한다는 것은 바로 현실에 대한 '經世'
나 '用世'의 정신을 실천하겠다는 의미이다. 그러므로 시를 통하여
현실사회를 반영하는 것은 그 정신의 구체적인 내용이 되는 것이다.
여기에서는 온정균이 가지고 있는 현실에 대한 '經世'나 '用世'의 정
신을 언급하고 있는 시를 고찰함으로써 그의 시가창작과 현실성과
의 관계를 연결시키고자 한다.

우선, 「山中與諸道友夜坐, 聞邊防不寧因示同志」를 보기로 하자.

龙砂铁马犯煙尘,	변방의 龙砂에 철마가 침략하여 먼지가 자욱하지만,
迹近群鸥意倍亲.	내가 머무는 곳에서는 많은 기러기들과 가까이 하며 친근감을 배가하네.
风卷蓬根屯戊己,	바람이 쑥 뿌리를 말아 올리는 곳에 병사들이 주둔하고 있지만,
月移松影守庚申.	나는 달이 소나무 그림자를 움직이는 산림을 지킨다.
韬钤岂足为经济,	병서로 어찌 족히 세상과 백성을 다스릴 수 있겠나?

　　巖壑何尝是隐沦.　산림 속에 있지만 언제 은둔한 적이 있었느냐?
　　心许故人知此意,　마음으로는 벗들이 이런 속내를 안다고 하지만,
　　古来知者竟谁人.　옛날부터 알아주는 이는 과연 누가 있었는가!

　이 시는 산속에 기거하며 쓴 시이지만 마음은 산에 있지 않음을
표현하고 있다. 전반부는 자신의 은거와 변방의 고통을 비교하고 있
다. 첫 연에서는 오랑캐의 침략을 말하면서 기러기와 함께 사는 자
신의 은거를 묘사하고 있다. 둘째 연 역시 같은 형식으로 변방에서
고생하는 병사들과 한적하게 지내는 자신을 비교하고 있다. 셋째 연
에서 자신의 깊은 뜻을 드러내고 있다. '韜'는 『六韜』의 병서이며,
'钤'은 『玉鈐篇』의 병서이다. 병서는 전쟁을 하는데는 필요한 것이겠
지만 세상을 다스리고 백성을 구제하기에는 부족하다. 여기에서 '經
濟'는 바로 시인의 이상과 포부를 가리키고 있다. 동시에 다음 구에
서도 은거하고 있지만 세상을 떠난 것은 아니라고 말하여 '經濟'의
이상실현을 위한 자신의 심정을 드러내고 있다. 마지막 연에서 말하
는 '此意'를 "五와 六연에서 표현한 經世濟民의 포부를 가리킨다."[6]
라고 해석한 것처럼 바로 '經濟'에 대한 자신의 포부를 직접적으로
표현한 것이다. 그러나 시인은 한탄하고 있다. 그 이유는 바로 자신
을 알아주는 사람이 없기 때문이다. 여기에서 관리가 되기 위해 과
거를 보며 오랫동안 노력했지만 좌절을 맛보았던 온정균의 탄식을
느낄 수 있다. 그렇지만 이 시에 보이는 '經濟'에 대한 추구는 바로
세상을 다스리고 백성을 구제하겠다는 儒家의 入世정신의 발양이
다. 그러므로 시인은 이 시가를 통하여 자연스럽게 정치에 대한 관

---

6) 劉學鍇著, 『溫庭筠全集校注』, (北京: 中華書局, 2007), 441쪽. "指五六一聯所表
　達之經世濟民抱負."

심을 드러낸 것이다.

다음에는 「過孔北海墓二十韻」의 일부분을 보기로 하자.

蘊策期於世, 책략을 품고서 세상에 기대하는 바가 있어서,
持權欲反經. 임시방편의 계략으로 도에 어긋난 것처럼 했다네.
激揚思壯志, 혈기 왕성할 때 큰 뜻을 생각했건만,
流落歎頹齡. 영락하고 나이 들어 쇠한 것을 탄식하네.

이 시는 원래 孔融의 묘지를 지나면서 감회를 쓴 시이다. 시인은
공융을 조문하면서 자신의 포부를 은연중에 비유적으로 드러내고
있다. 즉 첫 연에서는 세상을 위해 일하고자 했던 공융을 빌어 자신
도 그런 포부를 가지고 있음을 드러냈고, 둘째 연에서는 공융이 '壯
志'라고 언급한 정치적 이상을 실현하고자 했지만, 결국은 쇠락하고
영락하게 된 사실을 빌어 자신과 비유하고 있다. 이 시에서 시인은
표면적으로는 공융을 말했지만 결국은 자신을 말하고 있는 것이기
에 공융이 생각한 세상에 대한 기대와 '壯志'는 바로 앞 시에서와 같
이 세상을 경영하겠다는 자신의 정치적 이상을 가리키는 것이다.

이러한 시인의 국가 정치에 대한 관심은 「郊居秋日有懷一二知己」
와 「和友人題壁」에서도 보이고 있다. 「郊居秋日有懷一二知己」의
"自笑謾懷經濟策, 不將心事許煙霞(스스로 세상을 경영하겠다는 책략
을 품은 것을 비웃지만, 마음속의 뜻을 연기나 노을 속에서 사라지
게 하지는 않겠노라.)"에서는 스스로 세상을 다스려보겠다는 마음속
에 새겨둔 생각을 펼칠 것이며, 은거하지는 않겠다는 의지를 드러내
고 있다. 또한 「和友人題壁」의 마지막 연 "西州未有看棋暇, 澗戶何由
得掩扉(西州에서 아직 바둑 두는 한가함을 가지지 못했는데, 산간에

서 어찌 문을 닫을 이유가 있겠는가?)"의 의미는 자신은 아직 세상에 나가 이상을 실현하지 못했으니, 이미 공훈을 세운 謝安처럼 바둑 두는 한가로움을 즐길 수 없고 은거할 수도 없다는 것이다.

다음에는 그의 藩鎭割據에 대한 정치적인 견해를 피력함으로써 국가 정치에 대한 관심을 드러내고 있는 시가「奉天西佛寺」를 보기로 하자.

> 忆昔狂童犯顺年,　옛날 미친 아이가 반란을 일으킨 해에,
> 玉虬闲暇出甘泉.　황제의 수레가 한가하게 궁전을 나왔던 것을 추억한다.
> 宗臣欲舞千钧剑,　훌륭한 장군들은 千钧剑을 들고 춤추고자 했고,
> 追骑犹观七寶鞭.　추격하던 반란군은 오히려 七寶鞭을 보았을 뿐이다.
> 星背紫垣终扫地,　凶星이 궁전을 침범했지만 마침내 땅에서 휩쓸려 나갔고,
> 日归黄道却當天.　해가 갔던 길로 돌아와서는 하늘에서 만물을 비추었네.
> 至今南顿诸耆舊,　지금 南顿에는 많은 늙은이들이
> 猶指榛蕪作弄田.　여전히 거칠어진 황량한 땅에서 밭을 일군다네.

이 시는 唐 德宗 때에 일어난 반란에 대한 내용을 가지고 서술하고 있다. 涇原의 절도사였던 姚슈言이 반란을 일으키자 덕종은 奉天으로 피신하였다. 이어서 반란군은 朱泚를 우두머리로 삼아 奉天을 포위하여 공격했지만, 李晟과 渾瑊 등 장군이 반란군을 물리치고 덕종은 다시 長安으로 돌아갔다. 시인은 이러한 역사적 사실을 바탕으로 번진의 割據에 대한 자신의 견해를 은근하게 피력하고 있다. 우선, 첫 연에서는 반란을 일으킨 절도사를 '狂童'이라고 표현하여 경

멸하는 동시에 '閒暇'하게 궁전을 떠났다고 하여 황제의 피신을 조소
하고 있다. 둘째 연에서는 李晟과 渾瑊 같은 장군들이 반란군을 진
압하려 했고, 반란군들은 황제를 해할 수 없었음을 표현하고 있다.
셋째 연에서는 凶星을 이용하여 반란군을 지칭하면서 결국은 진압
되었음을 표현했고, 아울러 황제를 해로 비유하며 황제가 다시 황제
의 자리로 돌아와서 높은 하늘에서 만물을 비추는 것처럼 백성을 다
스린다고 말하고 있다. 마지막 연에서는 황제가 피신했던 奉天 부근
의 전쟁터가 이제는 황폐하게 변화되었고, 이곳의 늙은이들이 밭을
일구고 있을 뿐이라고 말하여 역사를 돌아보며 그 당시를 회상하고
있다. 이 시에서 시인이 '狂童'라고 말한 것은 절도사의 반란을 강렬
하게 비판한 것이며, 동시에 하늘에서 해가 두루두루 비치듯 황제는
바른 자리에서 백성을 잘 다스려야 함을 강조한 것이다. 이러한 견해
는 바로 모두 시인의 정치에 대한 관심에서 나타났다고 할 수 있다.
　다음에는 쉽게 관직을 얻는 부패한 정치 풍토에 대한 견해를 보
여주고 있는 시가 「簡同志」를 보기로 하자.

開濟由來變盛衰, 창업하여 잘 다스린 까닭에 쇠퇴에서 흥성하게
　　　　　　　　되고,
五車纔得號鎡基. 다섯 수레의 책을 읽어야 비로소 창업을 이룬 신
　　　　　　　　하 같다고 할 수 있다네.
留侯功業何容易, 留侯 張良이 공을 세우고 관직을 받는 것은 어찌
　　　　　　　　그리 쉬운지,
一卷兵書作帝師. 한권의 병서로 황제의 스승이 되었네.

　이 시 역시 저변에는 조소와 한탄이 숨겨져 있다. 원래 나라의 관
리란 바로 나라를 위해 헌신하거나 공을 세운 사람이 되는 것이거

나, 또는 나라를 잘 다스려서 국가를 흥성하게 한 사람이 되는 것이
어야 한다. 그러므로 시인 역시 다섯 수레의 책을 읽어야 비로소 창
업을 이룬 개국공신 같은 신하가 될 수 있다고 말하고 있다. 이것은
바로 시인이 가진 기본적인 정치적 견해이다. 후반부에서는 반대의
경우를 들어 쉽게 관직을 얻게 되는 정치적인 폐단을 지적하고 있
다. 시인은 간접적으로 劉邦을 도와 국가를 세운 張良의 경우를 들
어, 우연히 한 권의 병서로써 갑자기 황제의 스승이 되었던 역사적
사실에 대하여 조소를 드러내고 있다. 唐末의 정치적 혼란에서 나라
를 다스리는 관리가 되는 길은 아주 험난했는데, 사실 그 이유는 바
로 정치적인 부패 때문이었다. 조정의 정치를 좌지우지 하는 宦官의
專橫이나 黨爭의 소용돌이에서 진정한 지식인이 관리가 되기란 쉽
지 않았다. 그러한 영향을 받은 사람 중의 하나가 바로 온정균이기
에 바른 정치를 추구하는 마음으로 이러한 측면에 대하여 비판을 가
하며 개탄을 했던 것이다.

국가의 정치에 대하여 깊이 관여하여 자신의 견해를 피력할 수
없었던 온정균이지만, 그는 당시의 일반적인 儒家의 入世思想의 영
향을 받은 시인처럼 늘 국가를 생각하며 자신의 정치적인 이상 실현
을 위해 고심하고 있었다. 그러므로 이러한 현실에 대한 관심에서
비롯된 '用世'나 '經世'의 정치적 의지를 보여주는 시가들을 창작한
것이다. 다만, 당시의 다른 시인들과 달리 그의 정치적 관심은 직접
적인 폭로의 방식이기보다는 감정적인 부분이 강조되어 개탄하는
방식으로 드러나고 있다.

Ⅲ. 統治集團에 대한 批判

온정균의 시가에서 현실성이 가장 잘 드러나고 있는 내용은 바로
통치 집단에 대한 비판이다. 통치 집단에 대한 비판 역시 당연히 정
치에 대한 관심에서 비롯된 것이며, 온정균은 시가를 통하여 통치 집
단이 향락에 빠져 국정을 돌보지 않는 정황을 언급하며 이들을 비판
했다. 특히, 과거에 황제가 황음을 일삼으며 국가를 멸망으로 이끌었
던 역사적 사실을 빌어 현재를 풍자하는 수법을 많이 이용하였다.

우선, 국가의 흥망성쇠를 회상하며 회한에 잠긴 내용을 표현한 시
가「彈箏人」을 보기로 하자.

> 天寶年中事玉皇,　天寶 년간에 황제를 섬겼고,
> 曾将新曲教寧王.　일찍이 寧王에게 새로운 노래를 가르쳤다.
> 钿蟬金雁今零落,　매미 같고 기러기 같은 아름다운 장식이 이제는
> 　　　　　　　　 낡아졌는데,
> 一曲伊州淚萬行.　한결같이 伊州의 노래를 연주하니 눈물이 하염없
> 　　　　　　　　 이 흐른다.

이 시는 궁궐에서 쟁을 타는 사람의 심정을 표현하고 있다. 사실
상 시인은 그를 빌어 세태의 변화를 지적하고 슬퍼하고 있다. 첫 연
에서는 玄宗과 寧王을 모셨던 쟁을 타는 사람을 언급함으로써 국가
가 가장 번성했던 시기를 지적하고 있다. 세 번째 구의 아름다운 장
식은 쟁의 겉모습인데, 이것이 낡았다는 것은 바로 번성했던 당나라
가 쇠퇴되었다는 의미이다. 그럼에도 불구하고 여전히 번성했던 시
기에 주로 연주하던 음악을 또 다시 연주하며 쟁을 타는 사람이 하
염없이 눈물을 흘린다는 것은 바로 시인이 쇠락한 국가를 생각하는

마음과 일치한다. 그 눈물은 바로 시인의 눈물인 것이다. 이 시는
국가의 성쇠변화를 지적한 것이지만, 그 깊은 이면에는 이러한 쇠락
의 길을 걷게 만든 통치자에 대한 비판이 숨겨져 있다.

　다음에는 통치 집단의 사치를 묘사하면서 결국에는 이들을 비판
하고 있는 시가 「夜宴謠」의 후반부를 보기로 하자.

<blockquote>

亭亭蠟淚香珠殘,　　단단하던 초가 눈물을 흘리니 향기가 점점 사라지고,

暗露曉風羅幕寒.　　어두워지자 이슬 내리고 새벽바람 부니 비단 장막
　　　　　　　　　　에도 차가워진다.

飄颻戟帶儼相次,　　바람에 휘날리는 창의 깃발들이 정연하게 걸려있
　　　　　　　　　　는데,

二十四枝龍畫竿.　　스물 네 개의 창 깃대에는 용의 문양이 새겨져 있네.

裂管縈弦共繁曲,　　관악기와 현악기를 늘어놓아 화려한 음악을 연주
　　　　　　　　　　하고,

芳樽細浪傾春釀.　　화려한 술잔에는 봄에 담근 좋은 술이 찰랑거리네.

高樓客散杏花多,　　높은 누각에는 손님들이 흩어지고 살구꽃만 가득
　　　　　　　　　　한데,

脉脉新蟾如瞪目.　　새로 뜬 달이 눈을 부릅뜨고 지켜보고 있네.

</blockquote>

　이 시는 대부분 연회의 화려하고 아름다운 장면을 묘사하고 있다.
인용하지 않은 전반부에서는 연회에 온 기녀의 아름다운 모습을 주
로 묘사하고 있으며, 인용한 이 부분에서는 연회가 진행되는 과정과
연회 자체의 정황을 표현하였다. 첫 연은 시간의 흐름을 묘사하고
있다. 초가 눈물을 흘리고 향기가 사라진다는 것은 초가 많이 탔다
는 의미로 시간이 많이 흘렀음을 말하고 있다. 따라서 이슬이 내리
고 새벽이 되어 추워졌다고 묘사하고 있다. 둘째 연에서의 창들은

문에 걸린 것인데, 이 창들은 바로 권문세가의 집임을 표시하는 것이다. 또한 용 문양을 이용하여 지위가 높은 통치 집단의 집이라는 것을 다시 한 번 확인시키고 있다. 셋째 연에서는 술과 음악을 언급하여 향락에 빠진 통치 집단을 표현하고 있다. 넷째 연의 첫 구는 이러한 향락이 파하여 손님들이 돌아가자 보이는 것은 이미 만발했던 살구꽃이라고 말하고 있다. 둘째 구에서는 이러한 연회의 모습을 새로 뜬 달이 눈을 부릅뜨고 쳐다본다고 했는데, 이 표현이 의미심장하다. 전체 시가와 마지막 구에 대하여 "권문세가에서 연 잔치의 사치스런 정황을 자세히 묘사했다 … 눈앞의 사물을 의인화하여 풍자와 비판의 의미를 완곡하게 드러내었다."[7]라고 설명하듯이 이 시는 결국 달을 빌어 권문세가의 향락을 직시하며 비판을 하려는 의도로 지어진 것이다.

온정균의 시가 중에서 통치 집단에 대한 비판이 가장 잘 표현된 시가는 바로 과거에 향락을 일삼으며 국가를 멸망시킨 황제들을 이용하여 현재의 통치 집단을 풍자하는 詠史詩이다. 唐末 시기의 문학적인 부분의 한 특징은 바로 "李商隱과 杜牧의 다량의 詠史詩 창작의 선도로 晩唐 중후기 많은 시인들의 영사시 창작 열정이 활성화되었기 때문에, 溫庭筠·皮日休·陸龜蒙·羅隱 … 등 많은 영사시 작가가 출현했고, 따라서 晩唐 咏史詩와 懷古詩가 쌍벽을 이루고 찬란하게 빛나는 시 천지의 특이한 현상이 만들어졌다."[8]라는 언급과 같

---

7) 趙榮蔚著,『晩唐士風與詩風』, (上海: 上海古籍出版社, 2004), 345쪽. "極力描繪權貴夜宴的奢侈情景 … 將眼前景物擬人化, 曲折地表達了諷刺和批判之意."
8) 田耕宇著,『唐音餘韻』, (成都: 巴蜀書社, 2001), 170쪽. "由於在李商隱和杜牧大量創作詠史詩的帶動下, 激活了晩唐中後期一大批詩人創作詠史詩的熱情, 出現了溫庭筠, 皮日休, 陸龜蒙, 羅隱 … 等一大批詠史詩作者, 從而形成晩唐咏史詩

이 수많은 詠史詩가 창작되었다는 것이다. 온정균 역시 다량의 詠史詩를 창작한 시인으로, 대략 50여 수가 된다. 특히 詠史詩의 경우는 "詠史詩란 역사를 읽으면서 옛 사람들의 成敗를 알고서 느낌이 있을 때 그것을 쓰는 것이다."[9]라고 해석하고 있는데, 여기에서 '느껴지는 것을 쓴다.'라는 것은 바로 '托古諷今'의 수법을 말하는 것이다. '托古諷今'이란 바로 詠史詩의 가장 큰 특징이며, 동시에 시가가 가지고 있는 현실성을 가장 잘 보여주는 것이라고 할 수 있다. 아울러 이러한 영사시들은 내용상 영사시이지만 형태상으로 본다면 거의 모두가 樂府詩의 형식이다. 이 역시 악부시가 가진 현실주의창작수법을 계승한 것이라고 할 수 있다. 온정균의 시가에 보이는 이런 경향의 영사시에는 「達摩支曲」·「邯鄲郭公詞」·「春江花月夜詞」·「鷄鳴埭歌」 등이 있는데, 이 모두 『樂府詩集』에 수록된 악부시이기도 하다.

우선, 온정균의 대표적인 詠史詩인 「達摩支曲」을 보기로 하자.

搗麝成尘香不灭,	사향을 찧어 가루를 만들어도 향기는 사라지지 않고,
拗莲作寸丝难绝.	연을 꺾어 잘게 만들어도 안에 있는 실은 끊어지지 않네.
红淚文姬洛水春,	붉은 눈물 흘리는 蔡文姬는 낙수의 봄을 그리워하고,
白头苏武天山雪.	백발의 苏武는 천산의 눈 봉우리 생각하네.
君不见	그대는 보지 못했는가!
無愁高纬花漫漫,	無愁曲을 지은 北齊 後主 高纬의 호화로운 사치를,

與懷古詩雙壁輝映的詩苑奇觀."

9) 遍照金剛(日)著, 『文鏡秘府論』, (北京: 人民文學出版社, 1975), 135쪽. "詠史者, 讀史見古人成敗, 感而作之."

漳浦宴馀清露寒.　漳水 포구에서의 잔치는 맑은 이슬이 차가워질 때
　　　　　　　　까지 열렸다네.
一旦臣僚共囚虜,　하루아침에 신하들이 모두 포로가 되어,
欲吹羌管先汍瀾.　피리를 불려고 하면 눈물이 먼저 흘러내렸다네.
舊臣头鬓霜华早,　옛 신하들은 일찌감치 서리와 같이 백발이 되었고,
可惜雄心醉中老.　애석하게도 원대한 포부는 취중에 사그라져 갔다네.
萬古春归梦不归,　만고의 세월 속에 봄은 돌아오건만 꿈같은 세월
　　　　　　　　은 돌아오지 않고,
鄴城风雨连天草.　鄴城에는 비바람 몰아치고 하늘 맞닿은 풀이 가득
　　　　　　　　하네.

　이 시는 옛 역사적 사실을 빌어 현실을 비판하는 풍자수법을 이
용한 시이다. 황제의 사치가 결국은 나라를 망하게 하는 사실을 빌
어 현재의 통치 집단에 대한 비판을 가한 것이다. 北齊 後主의 ‘花漫
漫’한 결과는 신하들과 함께 포로가 되고 결국은 나라를 잃게 만든
것이다. 첫 연은 근본이 변함이 없음을 표현하고 있는데, 실상은 다
음 연과 관련되어 있다. 오랑캐에 잡혀 간 蔡文姬와 천산에 갇힌 苏
武는 모두 조국을 그리워하는 마음이 변함이 없는데, 바로 이렇게
변함없는 측면을 비유적으로 표현한 것이다. 이렇듯 조국을 생각하
는 사람들이 있는 반면에, 조국 땅에 사는 高纬는 사치스런 생활에
빠져 결국은 나라를 잃게 만든다. 이런 대비를 통하여 국가를 생각
하는 마음을 언급하면서 동시에 통치 집단에 대한 비판을 하고 있
다. 후반부는 이렇게 나라를 잃은 후에 노쇠해진 통치 집단과 황량
하게 변한 국토를 묘사하면서 지난날을 회고하고 있다. 이 시는 비
록 과거 황제의 황음과 사치를 직접적이며 장황하게 묘사하지는 않
았지만, 후반부의 회고를 보면 盛衰의 모습이 연상된다. 자연계에서

는 봄이 순환하며 돌아오지만 잃어버린 국가는 돌이킬 수 없다는 언
급과 비바람 몰아치는 황량한 현재의 모습은 바로 국가를 잃은 모습
이기에 이 부분에 대하여 "亡國의 일은 역사적 교훈이며, 또한 후인
에게 깊이 생각하게 할 만한 가치가 있는 것이다."[10]라고 그 의의를
지적하고 있다. 이러한 내용의 시가를 창작할 수 있었던 것은 바로
온정균이 가지고 있는 정치에 대한 관심이 있었기에 가능한 것이며,
그 목적은 풍자를 통하여 현재의 통치 집단에 대한 비판을 가하기
위한 것이라고 할 수 있다.

다음에는 「春江花月夜詞」를 보기로 하자.

玉树歌阑海雲黑,	玉樹後庭花 노래 그치자 바다 구름 검게 변하고,
花庭忽作青蕪国.	아름다운 정원에 갑자기 잡초가 우거졌다.
秦淮有水水無情,	秦淮에 물이 흐르지만 물은 감정이 없어서,
还向金陵漾春色.	여전히 봄빛을 발하며 金陵을 향해 출렁거리며 흘러간다.
杨家二世安九重,	隋나라 煬帝는 구중궁궐에서 안일하게 쉬며,
不御华芝嫌六龙.	화려한 마차를 타지 않고 여섯 필의 말에도 싫증을 냈다네.
百幅锦帆风力满,	수백 폭 비단으로 만든 돛에는 바람이 가득하고,
连天展尽金芙蓉.	하늘에 이어진 것처럼 금빛 연꽃이 온통 덮여 있다네.
珠翠丁星復明灭,	비취색 진주 반짝거리며 빛났다 사라졌다 하고,
龙头劈浪哀笳发.	배의 앞머리 용머리가 파도를 가를 때에는 슬픈 피리소리 내는 듯하다네.

---

10) 中國社會科學文學研究所編, 『唐詩選』, (北京: 人民文學出版社, 1995), 257쪽.
"亡國的事是歷史敎訓, 也是値得後人深思的."

千里涵空澄水魂,   천리 물길에 하늘이 비치니 물귀신도 가만히 있고,
萬枝破鼻飄香雪.   하얀 꽃이 핀 수많은 가지에서 뿜어내는 향기가
                  코를 찌르네.
漏轉霞高滄海西,   시간이 금방 흘러가 저녁노을이 창해의 서쪽에 높
                  이 걸리고,
玻璃枕上聞天鸡.   보석으로 만든 침상에서 아침 닭 우는 소리 듣네.
鸞弦代雁曲如语,   남방과 북방의 각종 악기소리는 마치 말하는 듯
                  하고,
一醉昏昏天下迷.   취하여 정신이 혼미하니 천하가 어지러워졌네.
四方傾动煙尘起,   사방에서 떨쳐 일어나 연기와 먼지가 날려도,
猶在浓香梦魂裏.   오히려 달콤한 꿈속에서 빠져 있다네.
後主荒宮有晓莺,   陳나라 後主의 황량한 궁궐에 있는 새벽 꾀꼬리가
飞来只隔西江水.   오로지 西江의 물을 건너 날아 온 것 뿐 이라네.

　이 시는 陳나라 後主의 황음과 隋 煬帝의 사치스런 생활이 결국은
국가의 멸망을 초래한다는 역사적 사실을 빌어 현재를 풍자하고 있
다. 전체적으로는 향락에 빠진 모습을 화려하게 표현하고 있으며,
일반적인 詠史詩와 다르게 陳나라 후주와 隋나라 양제의 두 역사적
사실을 예로 들고 있다. 그러나 사실 이 시기는 서로 이어져 있기에
그 시사하고 있는 측면이 다른 시가보다 더욱 강하다. 즉, 陳나라를
멸망시킨 것은 바로 隋나라인데 수나라 역시 진나라의 전철을 밟아
향락에 빠져 있다가 또다시 망했다는 사실이다. 이 부분은 唐나라의
상황과 밀접한 관련성이 있다. 특히 온정균의 현실성을 가진 영사시
에서 安史의 난을 대상으로 삼은 시가가 적지 않은데, 바로 이 부분
이 전체적으로 좋은 비유의 대상이 된다. 즉, 안사의 난으로 陳나라
의 멸망을 비유했다면, 현재 여전히 혼란에 빠진 통치 집단의 모습

은 바로 隋나라의 상황인 것이다. 첫 연에서는 陳나라의 향락을 대
변하는 '玉樹後庭花'라는 노래를 예로 들면서, 동시에 검은 구름과
잡초로 그 멸망을 표현했다. 마지막 연을 제외한 부분은 모두 수나
라 양제의 향락을 화려하게 표현하고 있으며, "四方傾动煙尘起, 猶
在浓香梦魂裏."라는 구절을 들어 수나라 멸망의 원인을 단적으로 지
적하고 있다. 마지막 연은 다시 陳나라의 멸망을 언급하고 있는데,
이는 교묘한 수법이라고 할 수 있다. 우선, 첫 연과 마지막 연에서
의도적으로 다시 陳나라의 멸망을 언급한 것이 강조를 위한 구성상
의 묘한 점이라고 할 수 있다. 다음으로는 멸망한 진나라에 있던 꾀
꼬리가 강을 건너 수나라로 갔다는 것으로써, 바로 멸망의 씨앗이
수나라에 이어졌다는 것을 암시하고 있다. 역시 李商隱의 시가와 비
교한 말 가운데 이 부분에 대하여 "溫庭筠의 말이 훨씬 더 함축적이
다."[11]라고 평가를 내릴 만하다.

온정균의 詠史詩를 보면 과거의 역사적 사실을 바탕으로 한 詠史
詩도 있지만, 사실상 동시대인 唐代 자체의 역사적 사실을 배경으로
한 詠史詩가 더 많다. 즉, 주로 安史의 難이나 楊貴妃와 관련된 영사
시가 대부분이다. 예를 들면, 「馬嵬佛寺」·「華淸宮和祉舍人」·「過華
淸宮二十二韻」·「華淸宮二首」·「馬嵬驛」·「題望苑驛」·「龍尾驛婦
人圖」·「偶成四十韻」 등이 있다.

먼저, 양귀비가 죽은 곳인 馬嵬와 연관시켜 창작한 시가 「马嵬佛
寺」를 보기로 하자.

11) 앞의 책, 『載酒園詩話又編』, 373쪽. "溫語含蓄多矣."

荒鸡夜唱战尘深,	한밤중 황량한 곳에서 닭 우는 소리만 나고 전란은 깊어만 가는데,
五鼓雕舆过上林.	다섯 개의 북이 달린 수놓은 금칠 수레가 上林을 지난다.
才信倾城是真语,	나라를 무너뜨릴 것이라는 것이 진실한 말임을 비로소 믿고,
直教塗地始甘心.	죽음을 당하도록 내버려 두고 있다는 것을 직접 알려주어야 하는가!
两重秦苑成千里,	안과 밖으로 된 長安성은 점점 천리나 되게 멀어가고,
一炷胡香抵萬金.	색정을 일으키는 향은 만금의 가치가 있다.
曼倩死来无绝艺,	아리따운 모습을 가져도 죽으면 신비한 능력도 소용없는 것이니,
後人谁肯惜青禽.	후대사람 중에도 누가 파랑새를 가엽다고 여기겠는가!

이 시의 첫 구는 玄宗이 궁궐에서 평소에 듣던 닭 우는 소리 내는 사람의 닭 우는 소리 듣지 못하고, 蜀으로 피난 가는 도중의 황량한 곳에서 한밤중에 닭 우는 소리를 듣는 것으로 전란이 심각해진 것을 표현했다. 둘째 구는 전란 속에 황제의 수레가 上林을 지난다고 했는데, 상림이란 원래 漢나라 시기의 궁궐에 딸린 정원이지만 여기에서는 唐나라의 궁궐에 속한 정원을 지칭한다. 또한 漢나라의 정원은 방대하여 馬嵬까지 연결되었기에 상림이란 작게는 궁궐을 떠났다는 의미일 수 있으며, 크게는 지명인 馬嵬를 가리킨다고도 할 수 있다. 셋째 구와 넷째 구는 현종이 피신을 가면서야 비로소 양귀비의 미색에 빠져 나라를 무너지게 할 것이라는 말을 믿고, 전란으로 백성들이 고통을 받는 것을 직접 알려주어야 하는 일이 아님에도 알려주어

야 하는가라고 반문하여 현종의 황음과 정사를 멀리한 사실을 풍자
하고 있다. 셋째 연에서는 피난을 가느라 화려하고 광대한 장안성은
점점 멀어져 간다고 표현했으며, 또한 이제는 그곳에서 다시 황음에
빠지기는 어렵다는 의미로 색정을 일으키는 '胡香'이 만금의 가치가
있다고 말하여 강한 조소를 드러내었다. 넷째 연에서는 양귀비가 아
무리 아름답다고 하여도 신비한 능력을 지녔다고 하는 방사가 양귀
비를 다시 불러온다는 것은 허황된 말이며, 또한 소위 소식을 전해
준다는 파랑새는 전설상의 이야기로 역시 허황된 것이니 오히려 파
랑새를 가엽게 여길 것도 아니라고 언급하고 있다. 이렇듯 황제의
황음이 국가에 혼란을 가져온다는 것을 조소로써 풍자하고 있기에,
후인 역시 李商隱의「馬嵬二首」와 비교하여 "풍자하는 것이 매우 지
독하다."[12]라고 설명하였다.

　다음에도 양귀비와 관련된 시가인「马嵬驿」을 보기로 하자.

穆满曾为物外游,　周나라 穆王 满은 세상 밖에서 노닐었는데,
六龙经此暂淹留.　여섯 마리 용이 이곳을 지나다 잠시 멈췄다네.
返魂無验青烟灭,　返魂樹의 향기는 효험이 없어 푸른 연기는 사라져
　　　　　　　　버렸고,
埋血空成碧草愁.　피 흘린 곳은 헛되이 푸른 풀만 자라 근심을 더한
　　　　　　　　다네.
香辇却归长乐殿,　향기 나는 수레는 도리어 양귀비 살던 장락궁으로
　　　　　　　　돌아갔고,
晓钟还下景阳楼.　새벽 종소리는 여전히 경양루에서 울리고 있네.
甘泉不復重相见,　甘泉宮에서도 다시 또 볼 수 없었거늘,

───────────
12) 앞의 책, 『溫庭筠全集校注』, 788쪽. "讥刺更毒."

誰道文成是故侯. 누가 文成將軍이 이전의 제후라고 하겠는가?

 첫 연은 당 현종이 촉으로 도피하는 것을 주나라 목왕이 '세상 밖
에서 노닐다.'라는 것으로 비유하여 표현했다. 또한 용이 멈춘 것은
바로 그곳이 양귀비가 죽은 곳을 비유하기 위함이다. 둘째 연에서는
반혼수의 향기를 맡으면 혼을 불러 죽은 자를 살릴 수 있다는 전설
도 소용이 없다는 표현으로, 죽은 사람을 살린다는 것은 허황된 일
임을 말하고 있다. 또한 양귀비가 죽은 곳도 결국은 황량하게 풀만
자랄 뿐으로 허망한 일임을 풍자하고 있다. 셋째 연에서는 양귀비가
죽었지만 비빈들이 타는 향기 나는 수레는 여전히 궁전을 오고가고
있고, 경양루에서는 변함없이 새벽 종소리가 울리고 있다고 표현하
고 있다. 여기에서는 궁전으로 돌아와 보니 모든 것이 변함이 없고,
다만 현종만이 양귀비를 잃었음을 지적하고 있는 것이다. 마지막 연
은 齊나라의 方士인 文成將軍을 빌어 현종이 양귀비를 회생하고자
하는 허황함을 풍자하고 있다. 즉, 漢나라 武帝가 죽은 李부인을 그
리워하여 甘泉宮에 이부인의 초상화를 걸어 놓은 것을 들어 현종이
양귀비를 그리워하며 되살리고자 한 허황된 작태를 풍자한 것이다.
 통치 집단에 대한 비판은 이들의 향락 때문에 나라가 쇠약해지고
멸망으로 이르게 된다는 것으로 표현되고 있다. 다만, 직접적으로
통치 집단을 비판하지는 않았고 詠史詩의 수법을 이용하여 과거의
사실을 빌어 현재를 풍자하고 있다. 이러한 통치 집단에 대한 비판
은 바로 온정균의 시가에 보이는 가장 선명한 현실성이라고 할 수
있다.

Ⅳ. 百姓들의 苦痛 표현

시인이 시를 통하여 일반 백성들의 고통을 동정하며 고통을 묘사
하여 드러낼 때, 그 시는 현실성을 가지고 있다고 할 수 있다. 溫庭
筠은 唐末에 활동한 皮日休나 羅隱 그리고 杜荀鶴 등과 같이 직접적
이며 다량으로 백성들의 고통을 묘사한 시가를 창작하지는 않았다.
그러나 청년시절 좌절하여 천하를 돌아다니면서 백성들의 고통 받
는 모습을 많이 보았으며, 또한 정치에 대한 관심과 이상을 가지고
있었기에 '用世'와 '經世'의 대상이 될 수 있는 백성들에게도 많은 관
심을 기울였다. 이러한 내용의 시가는 대개 樂府詩로써 창작되었다.
  우선, 그의 樂府詩에 해당하는 시가 중에서 「燒歌」의 후반부를 보
기로 하자.

新年春雨晴,　새해가 되고 봄비가 개어 맑아지니,
処処賽神声.　곳곳에서 다투어 제사지내는 소리가 들린다.
持钱就人卜,　돈을 들고 점쟁이에게 가서 점을 치느라,
敲瓦隔林鳴.　기와 깨지는 소리가 숲 넘어 들려온다.
卜得山上卦,　점괘에 산으로 올라가라고 하니,
归来桑枣下.　뽕나무 대추나무 있는 곳으로 돌아간다.
吹火向白茅,　불을 살려 하얀 풀을 불태우느라,
腰镰映赪藨.　허리춤의 낫에 붉은 수수 빛깔이 비친다.
风驱槲葉煙,　바람이 몰아치니 떡갈나무 잎에 연기가 나고,
槲树连平山.　떡갈나무는 평평한 산에 연이어져 있다.
迸星拂霞外,　불꽃이 튀어 노을 밖으로 흩어지고,
飞烬落阶前.　날아오른 재가 계단 앞에 떨어진다.
仰面呻復嚏,　얼굴을 들어 읊조리고 또 재채기를 하면서,
鸦娘咒豊岁.　무녀는 풍년을 기원했다네.

谁知苍翠容, 누가 무성한 농작물이
尽作官家税. 모두 다 관청의 세금이 될 줄 알았으랴!

　전체 시가 중에서 인용하지 않은 전반부는 주로 화전을 일구는 백성들의 고통스런 모습이 묘사되어 있는데, 바로 '倚鍤欲潸然(가래에 기대니 눈물이 나오려고 한다.)'의 구절을 통하여 그 심정을 알 수 있다. 농사가 잘되지 않기에 화전을 일구는 것은 분명 고통스런 일이다. 그런데 후반부에서도 역시 화전을 일구어야 하는 상황이 되었다. 고통스런 한 해가 지나고 봄이 되어 새로운 마음으로 농사일을 하려고 하여 우선 제사를 지낸다. 그런 연후에 다시 점쟁이에게 점을 치느라 이곳저곳에서 기와가 깨지는 소리가 들린다. 당시에는 기와를 깨어 그 깨진 모양을 보고 점을 쳤던 것이다. 그런데 그 점괘가 화전을 일구어야 한다는 것이기에, 다시 산으로 가는 것을 뽕나무 대추나무가 있는 곳으로 돌아간다고 표현했다. 떡갈나무의 연기나 불꽃 그리고 재로써 다시 화전을 하는 모습을 묘사하고 있다. 그리고는 다시 무녀를 통하여 풍년을 기원한다. 그런데 이렇게 고생하며 일군 화전의 농사가 점차 무성해지며 채 무르익지도 않았는데 이미 관가의 세금이 되어 "농민 자신은 도리어 얻은 것이 하나도 없다."[13]라는 사실에 백성들은 울분이 터지지 않을 수 없었을 것이다. 백성들이 농사짓는 고통은 사실 일반적으로 있을 수 있는 일이다. 그 이유는 자연의 영향이 많기 때문이다. 그러나 이 시의 마지막 부분에서 지적한 것처럼 세금 때문에 그 고통의 결실을 빼앗긴다면 백성들은 더욱 고통스러울 것이다. 그러므로 온정균은 이 시를 통하여

---

13) 앞의 책, 『唐詩選』, 249쪽. "農民自己却一無所得."

백성들의 고통을 드러내며 이들을 동정했던 것이다.

이어서 역시 樂府詩에 해당하는 시가인 「雉場歌」를 보기로 하자.

茭葉萋萋接烟曙,　무성한 당귀 잎사귀는 안개 낀 숲까지 이어져 있고,
鸡鸣埭上梨花露.　사냥터 鸡鸣埭의 배꽃에는 이슬이 맺혔다.
彩仗锵锵已合围,　울긋불긋한 방망이로 소리 내며 일찌감치 주위를
　　　　　　　　둘러쌌는데,
绣翎白颈遥相妬.　비단 같은 깃털과 흰 목을 가진 수꿩을 멀리서 시
　　　　　　　　기하는 듯하다.
雕尾扇张金缕高,　아름다운 꼬리를 부채처럼 펼치니 금실처럼 높이
　　　　　　　　일어나고,
碎铃素拂骊驹豪.　딸랑 딸랑 방울소리 내는 호기로운 사냥 말이 먼
　　　　　　　　지를 쓸고 간다.
绿场红迹未相接,　녹색의 사냥터에는 꿩들의 붉은 발자국이 연이어
　　　　　　　　져 있는데,
箭发铜牙伤彩毛.　활과 쇠뇌를 쏴 꿩 털을 상하게 한다.
麦陇桑阴小山晚,　보리밭 언덕과 뽕나무 숲 있는 작은 산이 어두워
　　　　　　　　지자,
六虬归去凝笳远.　여섯 마리 말이 끄는 수레가 돌아가고 피리소리
　　　　　　　　도 천천히 멀어진다.
城头却望幾含情,　성곽에 올라 정을 얼마나 품고 있는지 돌아보는데,
青亩春蕪连石苑.　푸르른 밭에 보이는 봄의 황량함이 궁전의 정원
　　　　　　　　까지 이어져 있네.

이 시는 南朝 齊나라의 東昏候가 사냥을 위해 만든 '雉場'을 가지
고 쓴 시이다. 이 치장은 바로 황제가 꿩 사냥을 수시로 할 수 있도
록 꿩을 기르는 넓은 정원이라고 할 수 있는데, 『南史』에 기재된

"東昏候置射雉場二百十六處.(東昏候는 꿩을 사냥할 수 있는 정원을 216개나 만들었다.)"라는 기록을 통해 알 수 있듯이 꿩을 기르고 사냥하는 정원을 매우 많이 만들었음을 알 수 있다. 이러한 역사적 사실은 바로 당시의 백성들이 농사를 지어 살아가는 땅을 황제의 향락과 사치로 말미암아 빼앗기게 되었다는 것을 말하고 있는 것이다. 이 시는 마지막 연을 제외하고 모두 사냥을 하는 정황을 상세하게 표현하고 있어서 마치 황제의 사냥하는 모습을 묘사한 시 같은 느낌이 든다. 그러나 마지막 연에서 백성들의 땅이 사냥터로 변하여 황량하게 되었다고 언급한 것은 바로 전체 시가의 내용을 반전시키는 작용을 하여 중심 주제를 강렬하게 부각시키고 있다. 이러한 수법은 바로 白居易가 그의 新樂府 중 「輕肥」에서 우선 통치 계급들이 잔치를 열며 호화스러운 생활을 하는 것을 묘사하다가 마지막 구에서 '衢州人食人(衢州에서는 사람이 사람을 먹는다.)'라고 표현하여 전체 시의 의미를 반전시키며 부각시키는 수법과 유사하다.

온정균의 樂府詩에 보이는 邊塞詩는 드물지만, 변새시를 보면 백성들의 대한 관심이 드러나고 있다. 그의 변새시는 변새지방의 모습을 묘사하는 동시에 수자리 하는 병사들의 고통스런 심리를 표현하고 있다. 그러므로 역시 넓은 의미로 본다면 백성들이 받는 고통을 표현한 것이라고 할 수 있다. 그러한 변새시에는 「邊笳曲」・「遐水謠」・「塞寒行」・「回中作」 등이 있다.

그중에서 「邊笳曲」을 보기로 하자.

朔管迎秋动,   오랑캐 피리소리 가을바람을 맞이하며 들려오고,
雕阴雁来早.   雕阴에는 기러기가 일찌감치 날아왔다.
上郡隐黄雲,   上郡은 누런 구름에 덮였고,

天山吹白草.　天山의 바람이 흰 풀에 불어온다.
嘶马悲寒碛,　말울음소리에 차가운 사막에서 더욱 슬퍼지는데,
朝阳照霜堡.　아침 햇빛은 서리 내린 보루를 비친다.
江南戍客心,　강남에서 수자리 온 병사는 마음속으로,
门外芙蓉老.　문밖의 부용이 시들었으리라고 생각한다.

　변방의 피리소리는 우선적으로 황량하고 처연한 분위기를 만들며, 동시에 수자리 하러 멀리 떠난 병사를 생각하게 한다. 이 시는 변방인 上郡과 天山으로 지역을 설명하며, 누런 구름과 흰 풀로 변방의 황량한 정경을 묘사하였다. 후반부에서는 시인의 심리가 엿보인다. 차가운 사막에서 듣는 말울음소리는 자연스럽게 슬픔을 만들고 있는데, 이 슬픔은 사실상 마지막 연과 연결이 된다. 특히 변방에 온 병사는 고향을 그리워하고 가족들을 생각한다. '芙蓉'이란 실제 연꽃일 수도 있지만 직접적으로는 사랑하는 아내나 가족을 말한다고 할 수 있다. 이러한 아내가 '老' 했다고 생각되니 슬프지 않을 수 없다. 황량한 변방에서 지내는 병사란 바로 백성을 가리키는 것이다. 변방에서의 힘든 생활과 가족을 그리워하며 만들어진 슬픔은 결국 백성의 고통을 말하고 있는 것이다. 국가의 혼란과 통치 집단의 폐단은 백성을 이렇게 고통 받게 하고 있는 것이다. 이 시에서 병사가 혹은 시인 자신일 수도 있지만, 이러한 고통을 받는 병사들이 한 사람이 아닌 이상 역시 일반 백성들의 고통을 말하고 있다고 할 수 있다.
　다음에는 「塞寒行」 중의 후반부 두 연을 보기로 하자.

　　心許凌煙名不滅,　마음으로는 凌煙閣에 초상화 그려져 오래도록 전

해지길 원하지만,
年年錦字傷離別. 해마다 쓴 편지에 이별의 슬픔이 더해진다.
彩毫一畵竟何榮, 가는 붓으로 그린 그림 한 장이 도대체 무슨 영광
이라고,
空使靑樓泣成血. 헛되이 고향의 아내에게 피눈물 흘리게 하는가.

이 시의 앞부분에는 변방의 모습들이 잘 묘사되어 있지만, 사실상
핵심은 변방에서 고통 받는 병사들의 심리적인 부분이다. 첫 연에서
凌煙閣에 초상화가 그려진다는 것은 공을 세우는 것을 말한다. 그렇
지만 그 염원 때문에 해마다 고향으로 돌아가지 못하고 떨어져 있는
슬픔을 그대로 토로하고 있다. 마지막 연에서는 한층 더 심리적인
부분이 격해졌음을 보여주고 있다. 공을 세우는 것보다는 고향의 아
내가 피눈물 흘리는 것이 더욱 가슴 아프기 때문이다. 그러므로 이
부분에 대하여 "작가가 보기에 '靑樓泣成血'의 대가는 凌煙閣에 초상
화가 그려지는 명예로 대신할 수는 없다는 것이다."[14]라고 해석하고
있는 것이다.

다른 변새시 「遏水謠」의 마지막 연 "麟閣無名期未歸, 樓中思婦徒
相望.(기린각에 이름을 올리지 못하여 돌아갈 길 기약 없는데, 고향
에서 남편을 기다리는 아낙은 헛되이 고대하고 있으리라.)"도 역시
변새에서 겪는 병사의 고통과 고향의 아내가 남편을 생각하는 심리
를 이용하여 전체적으로 백성들의 고통을 대변하고 있다. '麒麟閣'에
이름을 올린다는 것은 바로 공을 세웠다는 의미이다. 즉, 공을 세우
지 못하여 돌아가지 못하고 있는데 고향에서의 아낙은 남편이 돌아

---

14) 劉學鍇著, 『溫庭筠傳論』, (合肥: 安徽大學出版社, 2008), 189쪽. "在作者看來,
用'靑樓泣成血'的代價去換取凌煙圖像之榮是不值得的."

오길 고대하고 있다는 것이다. 또한 「回中作」에서는 직접적으로 백성들의 고통을 묘사하지는 않았지만, 마지막 연 "夜来霜重西风起, 陇水無声凍不流.(한밤중에 서리 내리고 다시 서풍이 부니, 陇山의 물은 소리도 없고 얼어서 흐르지 못하네.)"에 묘사된 변새지방의 자연환경을 보면 그 속에서 생활하는 병사들의 고통이 선연하다.

온정균의 시가 중에서 백성들의 고통을 동정하거나 묘사하는 시가는 주로 樂府詩에 보이고 있는데, 이는 악부시가 가진 현실주의시 가창작 수법을 계승한 것이라고 할 수 있다. 또한 樂府詩 중의 邊塞詩 역시 일반적인 현실주의시가의 한 모습인데, 특히 온정균은 변새지역에서 고생하는 병사들의 고통을 심리적인 부분에 주안점을 두면서 완곡하게 표현하고 있다.

V. 人才登用에 관한 批判

唐末이라는 혼란 시기에 온정균의 仕途는 매우 불행했으며, 실제로 젊은 시절 여러 차례 과거에 도전했지만 다양한 이유로 급제하지 못했다.[15] 이에 온정균은 실의에 빠져 자신의 신세를 한탄하면서 시를 통하여 자신의 울분을 표현하였다. 이러한 울분은 자신의 처지에 대한 비관의 표현이지만, 이런 울분 속에는 당시의 정치적 혼란으로 야기된 인재등용과 관련된 불합리성을 폭로하려는 의도가 오히려 더욱 강하게 내포되어 있다.

---

15) 溫庭筠이 지나치게 艷情적인 것을 좋아하고, 권문세가의 무뢰한과 어울리기 좋아했다는 의견 및 그의 능력을 시기한 권세가의 압력 그리고 그의 품성이 문제가 되었다고 분석하고 있다. (앞의 책, 『溫庭筠傳論』, 116~120쪽 참고.)

먼저, 자신의 재능을 펼치지 못하는 것에 대한 회한을 토로하며 현실을 풍자하고 있는 시가 「蔡中郞坟」을 보기로 하자.

> 古坟零落野花春,　고분은 황량하지만 들판에는 봄꽃이 피었고,
> 闻说中郎有後身.　전하는 말에 蔡中郞은 張衡의 후신이라고 하네.
> 今日爱才非昔日,　오늘날 인재를 아끼는 것이 이전만 못하니,
> 莫抛心力作词人.　심혈을 다해 문사에 능한 사람이 되지는 말게나.

蔡中郞은 東漢 말기의 저명한 문인이다. 동한 말기는 소위 나라가 멸망으로 향해가는 시기이기에 능력 있는 채중랑이라 하더라도 비극을 맞이했다. 그러나 온정균이 보기에 채중랑은 자신보다 낫다고 말하고 있다. 비극을 맞이하여도 이미 높은 관직에까지 이르렀고, 많은 사람들의 존경을 받았기 때문이다. 시인은 자신이 살고 있는 '今日'인 唐代 末期는 오히려 결국은 멸망한 '昔日'인 東漢 末期보다 못하다고 지적하고 있다. 즉, 동한 말기라는 혼탁한 말세에도 현재와는 달리 통치 집단에서 채중랑이라는 인재를 알아보기는 했기 때문이다. 이러한 지적이 자신을 알아주지 않는 통치 집단에 대한 개인적인 불만일 수도 있지만 唐代 말기의 혼탁한 사회현실을 생각한다면, "'今日'에 인재를 방치하고 훼멸하는 것에 대한 비판이 극에 이를 정도로 강렬하다고 할 수 있다."[16]라는 평가와 같이 오히려 통치 집단의 인재등용에 대한 강력한 비판인 것이다. 인재를 알아보지 못하는 것 역시 혼란한 시기의 대표적인 현상이다. 시인은 이러한 상황을 채중랑을 이용하면서 역으로 지금은 인재를 중시하지 않으니

---

16) 앞의 책, 『溫庭筠傳論』, 233쪽. "對'今日'棄才, 毁才的批判, 可謂强烈之至."

문인이 될 필요는 없다고 하며 비판의 강도를 높이고 있다. 또한 인재매몰의 정황을 말하면서 굳이 말세의 東漢 말기를 이용한 것도 역시 唐 제국의 운명에 대한 암시를 생각하는 의도에서 나왔을 것이다.

다음에는 「過陳琳墓」를 보기로 하자.

曾於青史见遗文,　일찍이 역사서에 남겨진 陳琳의 시문을 읽었는데,
今日飘蓬过此坟.　오늘 떠돌다 그의 무덤을 지난다.
词客有靈应识我,　문인 陳琳이 영통하다면 응당 나를 알아 볼 터인데,
霸才無主始憐君.　훌륭한 재능 가져도 주인이 없으니 그대를 가련케 생각한다네.
石麟埋没藏春草,　돌로 만든 기린은 봄 풀 속에 덮였고,
铜雀荒凉对暮雲.　铜雀臺는 황량한 가운데 저녁의 노을을 마주하고 있네.
莫怪临风倍惆怅,　바람 맞으니 슬픔이 더해지는 것을 책망하지 말게나,
欲将书剑学从军.　서적과 칼을 들고 陳琳을 배워 종군하려 한다네.

이 시는 建安七子의 한 사람인 陳琳의 묘를 지나면서 쓴 시이다. 진림은 曹操를 만나 자신의 시명을 떨칠 수 있었던 시인이다. 반면에 溫庭筠은 자신을 알아주는 사람을 아직 만나지 못했다. 그러므로 진림이 살아 있다면 자신의 처지를 이해할 것이라고 말하고 있다. 특히 '霸才無主始憐君'은 시인의 심정을 잘 보여주고 있다. 이 구절은 역사적 사실이 바탕이 되므로 이해하기 어려운 부분이다. 진림은 조조를 섬기다가 동한 말기의 혼란시기 冀州를 장악한 袁紹에게 잡혔다. 이때를 생각하며 "진림이 袁紹를 섬기게 되었는데, 원소는 제왕의 재목이 아니어서 보좌할 수 없었기에, 온정균 역시 그대를

가련하다고 여겼다."[17]라는 설명을 통하여 알 수 있듯이 시인은 원소가 패주의 재목이 아니기에 결국은 진림의 재능을 알아보지 못했을 것이므로 진림을 가련하다고 표현한 것이다. 즉, 재능 있는 사람을 알아보는 조조와 재능 있는 사람을 담을 그릇이 아닌 원소를 비교한 것이다. 이러한 언급을 통하여 시인은 자신의 처지를 말하고 있다. 현재의 자신은 진림이 원소에게 잡혔을 때의 상황과 다를 바 없기 때문이다. 결국 시인은 진림을 통하여 시인 자신의 감개도 표현하고 있지만 인재를 소홀히 하는 시대도 개탄했던 것이다. 이어서 인재를 알아주었던 시대의 건축물인 '石麟'과 '铜雀臺'가 풀에 덮여 황량해 보이는 것으로써 현실의 모습을 암시하고 있다. 이런 상황에서 시인은 슬프지 않을 수 없었기에, 차라리 현재를 벗어나 從軍 하겠다고 울분을 토로한 것이다.

유능한 관리에 대한 통치 집단의 박해를 통하여 현실을 비판하고 있는 시가인 「題李相公敕賜錦屏風」을 보기로 하자.

豊沛曾为社稷臣,　한 고조가 豊과 沛에서 개국할 때 사직을 책임지는 신하가 있었고,
賜书名画墨猶新.　하사하신 글과 그림의 먹이 아직도 새롭다네.
幾人同保山河誓,　몇 명이나 똑같이 산하를 지키겠다는 맹세를 유지하려나,
猶自栖栖九陌尘.　오히려 스스로 바삐 다니느라 장안의 길마다 먼지가 자욱하네.

17) (清)錢牧齋, 何義門評注, 韓成武等點校, 『唐詩鼓吹評注』, (河北: 河北大學出版社, 2004), 383쪽. "公之始事袁紹, 紹非覇才, 不堪佐補, 我亦當憐君也."

이 시는 원래 조정의 중요한 인물인 李德裕가 폄적 당한 사실을 가지고 쓴 시이다. 豊과 沛는 漢 고조가 개국을 시작한 곳을 말하며, '社稷臣'이란 바로 국가의 개국 공신 같은 신하를 가리킨다. 이 시에서는 '社稷臣'으로 이덕유를 지칭하고 있다. 이렇듯 국가를 위해 헌신했던 공신이 폄적을 당하자 온정균은 이 사실을 빌어 현명한 신하가 핍박받는 정치현실을 비판했던 것이다. 둘째 구는 개국 공신과 다름없는 이덕유가 황제의 인정을 받아 하사 받은 글과 그림이 오래되지도 않았다고 말하며, 급변하는 세태를 지적하고 있다. 셋째 구에서는 이덕유 같은 신하가 얼마나 되겠는가 하며 은근히 조소하고 있다. 넷째 구에서는 長安의 길마다 먼지가 자욱할 정도로 공명을 위해 분주히 뛰어다니는 사람들을 비꼬고, 또한 이런 상황을 만들고 있는 통치 집단에 대하여 개탄을 하며 당시의 정치현실을 비판하고 있다. 그러므로 특히 이 부분에서 표현된 의미는 "사실상 統治者의 각박하고 얄팍한 은혜 및 공신을 축출하는 것에 대한 강한 분개를 드러내고 있는 것이다."[18)

다음에는 「經五丈原」의 후반부를 보기로 하자.

下國臥龍空寐主,　蜀漢의 諸葛亮은 헛되이 주군을 위해 헌신했으니,
中原得鹿不由人.　천하에서 사슴을 얻는 것은 사람이 하는 일이 아니라 천명이라네.
象牀寶帳無言語,　상아로 만든 침상과 좋은 장막에서는 말소리 들리지 않더니,
從此譙周是老臣.　이로부터 譙周가 대신이 되었네.

---

18) 앞의 책, 『溫庭筠全集校注』, 464쪽. "實對統治者刻薄寡恩, 貶逐功臣頗寓憤慨."

이 시는 諸葛亮의 사당을 지나면서 감회가 일어 쓴 시이다. 단순
히 제갈량만을 생각한 것은 아니며, 제갈량의 인생을 생각하며 시인
자신의 견해를 드러내고 있다. 첫 연에서는 천하를 얻을 재능을 가
진 제갈량이 주인을 잘못 만나 뜻을 이루지 못한 사실을 바탕으로
천하를 가지는 것은 역시 천명이라고 말하고 있다. 그러나 이면에는
재능을 가진 신하를 알아보지 못하고 신하의 재능을 발휘시키지 못
한 주군인 劉禪에 대한 비판이 있으며, 이를 통하여 현재를 은근하
게 풍자하고 있는 것이다. 그러므로 마지막 연에서는 좋은 침상과
좋은 장막에 기거하던 제갈량이 사라지자 능력 없는 譙周가 그 자리
를 이어받았다고 묘사하고 있다. 이 부분은 제갈량을 이은 譙周가
蜀나라를 魏나라에 투항하게 하여 결국 나라를 망하게 한 것을 언급
하기 위한 것이며, 이를 통하여 재능 있는 인재가 얼마나 중요한 가
를 증명해 보이고 있는 것이다. 그러므로 이러한 역사적 사실을 바
탕으로 하여 시인은 "암암리에 譙周가 국가를 잘못 인도하여 魏나라
에 투항한 것을 諸葛亮이 세상을 바로잡고 후주를 도운 것과 비교하
여 譙周의 비열함과 後主의 우매함을 함축적이며 드러나지 않게 비
평하고 견책했다."[19] 즉, 시인은 이 시를 통하여 현실을 은근하게 풍
자하여 통치 집단이 인재 등용의 중요성을 실감하길 바라는 의도를
드러낸 것이다.

인재등용 상의 불합리를 비판한 시가들은 주로 역사적 인물이나
사건을 빌어 회고의 형태를 취하며, 풍자하는 詠史懷古詩[20]의 수법

19) 앞의 책, 『晚唐士風與詩風』, 352쪽. "暗將譙周誤國降魏, 與諸葛亮匡世扶主作對
比, 含而不露地諷刺, 譴責了譙周的卑劣及後主的昏庸."
20) 詠史詩와 懷古詩의 구별은 명확하지 않다. 일반적으로 역사 사실이나 인물을
이용하면서 풍자성을 가진 것을 詠史詩라 하고, 심리적인 부분이 강조되는 것

을 이용하고 있다는 것이 특징이다. 시인은 의도적으로 자신의 처지
와 유사하거나 혹은 과거 인재 등용과 관련된 사실을 이용하여 자신
의 불만을 토로하면서 인재를 제대로 대하지 못하는 불합리한 현실
을 비판했다. 이렇게 소극적이며 간접적인 수법을 이용한 이유는 자
신에게 끼칠 좋지 않은 영향을 우려했기 때문일 것이다.

Ⅵ. 맺는 말

　溫庭筠의 시가가 가지고 있는 현실성이 마치 그와는 어울리지 않
는 듯한 느낌이 드는 것은 그가 詞의 중요한 작가로서 이름이 나있
고, 또한 그의 화려하고 수식을 많이 하는 詞의 특징들이 詩에서도
보이고 있기 때문일 것이다. 그러나 사실 唐末이라는 혼란시기에 활
동했던 시인들 중에서 전적으로 艷情적이거나 화려하기만 한 시가
를 창작하며 현실과 완전히 멀어진 시인은 없다고 할 수 있다. 단지,
어떤 특징이 주류인가 주류가 아닌가의 구분이 있을 것이며, 그 시
인 생애의 어느 시기에 어떤 시가창작을 중심으로 하였는가의 구분
이 있을 뿐이다. 그러므로 온정균의 시가 역시 역대의 평가를 따라
그 중심이 현실주의시가가 아니라고 할 수 있겠지만, 그의 시가에도
현실성을 지닌 시가가 있으리라고 생각했으며, 실제로 그의 시가 중
에 현실성을 가진 시가가 적지 않음을 알 수 있었다.
　현실성이 보이는 다양한 시가 내용 중에서 정치에 대한 관심은

　을 懷古詩라 한다. 그러나 온정균의 영사시를 보면 심리적인 부분이 드러나고
있으며, 회고시 역시 풍자성을 가지고 있다. 그러므로 이 부분에서는 詠史懷
古詩라고 명명하였다. 다만, 앞에 인용된 시가 중에서 명백하게 詠史詩인 경
우에는 그대로 詠史詩로 지칭하였다.

온정균이 현실성을 지닌 시가를 창작할 수 있었던 바탕이 되었다고
할 수 있다. 즉, 온정균에게 '經世'와 '用世'의 理想이 없었다면 현실
성을 가진 시가를 창작할 수 없었을 것이다. 이러한 바탕으로 창작
된 현실성을 가진 시가의 내용은 통치 집단에 대한 비판과 백성의
고통 표현 그리고 인재등용에 관한 비판 등이 있었다. 온정균의 현
실성을 가진 시가들을 고찰해보니 몇 가지 특징이 있었다. 첫째는
唐末 시기에 성행했던 詠史懷古詩의 창작수법을 많이 이용했다는
점이다. 즉, 唐末 시인들은 현실 풍자의 수단으로 영사회고시를 많
이 사용하였고, 온정균 역시 이러한 기풍에 따라 현실을 풍자하며
현실성을 가진 시가를 창작했던 것이다. 둘째는 樂府詩의 창작이 많
았다는 점이다. 악부시의 전통 중의 하나가 바로 현실에 대한 관심
에서 시작하여 현실을 반영하는 측면임을 생각하면, 온정균 역시 이
러한 악부시의 전통을 계승하여 현실을 반영하고자하는 의도를 드
러낸 것이라고 할 수 있다. 셋째는 이러한 현실성을 가진 시가가 가
지고 있는 심리적인 부분과 표현방법에 있어서의 특징이다. 우선,
심리적인 부분에서 온정균은 嘲笑와 不滿을 토로하는 방식으로 현
실성을 가진 시가를 주로 창작하고 있다. 이는 그가 理想을 실현하
지 못하고 불행한 생애를 보냈기 때문일 것이다. 표현방법에 있어서
는 직접적으로 현실을 반영하며 폭로하기 보다는, 간접적이며 완곡
한 방법을 사용하고 있다. 이러한 이유는 온정균이 관직에 나가 입
신양명하겠다는 욕구를 평생 포기하지 않았기 때문일 것이다.

　溫庭筠의 시가에 나타난 현실성이 그의 대표적인 창작경향은 아
니지만 다양한 내용으로 현실을 풍자하고 폭로하고 있기에, 그 역시
완전히 현실을 멀리한 시인은 아니라는 것을 알 수 있었다. 아울러
溫庭筠의 시가에 나타난 현실성을 고찰해 보았듯이, 앞으로 溫庭筠

이라는 시인과 그의 시를 평가하는데 있어서도 좀 더 다양하고 새로
운 시각이 필요할 것이다.

● 참고문헌 ●

(唐)溫庭筠, (淸)曾益等箋注, 『溫飛卿詩集箋注』, 上海: 上海古籍出版社,
    1980.
劉學鍇, 『溫庭筠全集校注』, 北京: 中華書局, 2007.
劉學鍇, 『溫庭筠傳論』, 合肥: 安徽大學出版社, 2008.
吳庚舜, 董乃斌, 『唐代文學史』, 北京: 人民文學出版社, 1995.
毛水淸, 『隨唐五代文學史』, 南寧: 廣西人民出版社, 2003.
趙榮蔚, 『晚唐士風與詩風』, 上海: 上海古籍出版社, 2004.
田耕宇, 『唐音餘韻』, 成都: 巴蜀書社, 2001.
陳伯海, 『唐詩論評類編』, 山東: 山東敎育出版社, 1993.
_____, 『唐詩彙評』, 浙江: 浙江敎育出版社, 1996.
沈松勤, 胡可先, 陶然, 『唐詩硏究』, 浙江: 浙江大學出版社, 2006.
李定廣, 『唐末五代亂世文學硏究』, 北京: 中國社會科學院, 2006.
劉寧, 『唐宋之際詩歌演變硏究』, 北京: 北京師範大學出版社, 2002.
中國社會科學文學硏究所編, 『唐詩選』, 北京: 人民文學出版社, 1995.
諸章宦, 『溫庭筠 시 연구』, 한국외국어대학교대학원, 박사학위논문,
    2004.
(淸)錢牧齋, 何義門評注, 韓成武等點校, 『唐詩鼓吹評注』, 河北: 河北大學
    出版社, 2004.
裵庭裕撰, 『東觀奏記』, 北京: 中華書局, 1994.
郭紹虞編選, 『淸詩話續編』, 上海: 上海古籍出版社, 1983.

韋莊 시가에 나타난 現實認識

Ⅰ. 들어가는 말

韋莊은 약 836년에 태어나 910년에 세상을 떠났으며, 唐末과 五代에 활동했던 시인이다. 五代에 활동했다는 것은 위장이 901년 唐을 떠나 王建의 蜀에서 세상을 떠나기까지 활동했기 때문이다. 韋莊은 詩와 詞로 이름난 작가이지만, 사실상 唐에서는 주로 詩를 창작했고, 蜀에서는 주로 詞를 창작했다. 그의 시는 대략 320 여수가 전하고 있는데 그중 창작 시기를 알 수 없는 시는 36首이며, 蜀에서의 시가창작은 13首에 불과하다.[1] 韋莊의 시가는 "눈물이 나고 슬픔이 일어나는데, 많은 근심과 원망의 글들은 노래하며 술을 마시며 지은 것으로 모두 사람을 감동시켰다."[2]라는 평가에서 보듯 지나치게 感傷적인 경향이 많아 널리 인정받지 못했으며, 그의 시가에 대한 연구 역시 상대적으로 유사한 시기의 다른 시인들보다 적다. 그가 젊은 시절 지은 현실주의 시가 「秦婦吟」이 역대의 명편으로 인구에 회자되며 많이 연구 되었지만, 다른 전체 시가에 대해서는 언급이 많지 않다. 그러나 사실상 그의 시가를 분석해보면 매우 다양한 내용을 가지고 있으며, 「秦婦吟」만큼 직접적으로 현실을 반영하고 있

---

1) 齊濤 箋注, 『韋莊詩詞箋注』, (濟南: 山東教育出版社, 2002) 참고.
2) 傅璇琮 主編, 『唐才子傳校箋』(第四冊), (北京: 中華書局, 1990), 328쪽. "反袂興悲, 四愁九怨之文, 一詠一 觴之作, 俱能感動人也."

지는 않지만 내용상 현실성을 가진 작품들이 적지 않다. 또한 앞의
평가에서 그의 시가창작이 感傷적이지만 사람을 감동시킨다는 측면
은 오히려 그의 시가에 대한 칭송이라고 할 수 있다. 즉 "역시 唐末
시기의 대단한 시인이다."[3]와 "晩唐에서 韋莊이 가장 뛰어나다."[4]라
는 평가는 그의 시가가 뛰어나다는 점을 인정하는 것이라고 할 수
있다.

　韋莊의 시가에 나타난 현실인식은 唐末의 기타 시인들의 현실주
의 시가에 보이는 인식과 유사할 가능성이 많다. 그것은 바로 唐末
이라는 혼란한 시대가 시인들의 기풍을 유사하게 만들었기 때문이
다. 혼란한 시대 상황 속에 자신의 이상을 펼치지 못했던 시인들은
대부분 感傷의 심리를 드러내면서도 직접 혹은 간접적으로 현실을
반영했다. 위장은 특히 907년 당 제국의 멸망을 겪은 시인으로 가장
직접적으로 唐末 사회의 문제점을 목도했던 시인이라고 할 수 있다.
그가 비록 개인적인 感傷을 주로 표현했다고 하지만, 그 感傷情調의
형성은 바로 개인적인 측면에서 비롯되었을 뿐만 아니라 역시 혼란
한 국가와 사회에 기인한다고 할 수 있다. 또한 그는 몰락한 귀족
관료 집안에서 태어났지만 기본적인 교육을 받았으며, 당시의 기타
시인들과 마찬가지로 科擧를 준비하면서 儒家思想의 영향을 받은
시인이다. 그는 그의 시가 「關河道中」 중에서 "평생의 과업은 堯舜
의 도를 바로잡는 것이다.(平生志業匡堯舜)"라고 말하여 요순시대처
럼 태평시대를 구현하겠다는 經世의 이상을 가지고 있음을 피력하

3) 洪亮吉 著, 陳邇冬 校點, 『北江詩話』, (北京: 人民文學出版社, 1998), 100쪽.
　　"亦唐末一巨手也."
4) (明)周敬・周珽輯, 『唐詩選脈會通評林』, "韋莊於晩唐中最超." (陳伯海主編,
　　『唐詩彙評』, (杭州: 浙江敎育出版社, 1996), 2926쪽. 재인용)

였다. 그러나 혼란한 사회 속에서 여러 차례 낙제했기에 科擧를 통하여 자신의 이상을 실현하기는 어려웠다. 그렇지만 이러한 경력을 통해 알게 된 통치 집단의 부패와 모순, 그리고 당시의 戰亂에 휩싸인 현실은 그의 시가창작의 중요한 부분이 되고 있다. 따라서 위장의 시가에 대하여 감상적이며 나약하다는 평가 때문에 그의 시가 속에 보이는 현실에 대한 관심을 인정하면서도, 그의 시가에 나타난 현실인식에 대한 구체적인 고찰이나 그 특징에 대한 연구는 미흡하다고 할 수 있다.5)

본문에서는 그의 시가에 나타난 現實認識 측면을 戰亂에 대한 反映과 統治集團에 대한 批判 그리고 國運에 대한 憂慮로 나누어 고찰하고자 한다.

Ⅱ. 戰亂에 대한 反映

韋莊이 말하는 戰亂이란 唐 제국 내부의 전쟁이다. 즉, 875년에 일어난 농민기의인 王仙芝와 黃巢의 기의를 말하는 것이다. 이는 후에

5) 韋莊 시가에 대한 연구 자료는 많지만 그의 시가에 나타난 현실성에 대한 연구 자료는 의외로 적다. 근래 중국에서 발표된 석사논문에서 시가 내용에 대한 연구부분을 예로 들어 보면 다음과 같다. 2006년 東北師範大學의 석사논문 『韋莊詩歌硏究』(孔超)의 내용부분을 보면, 韦庄诗歌的进取精神·韦庄诗歌的隐逸情怀·韦庄诗歌的伤悼情怀 등으로 나누고 있다. 2008년 新疆師範大學의 석사논문 『韋莊詩硏究』(常盼盼)의 내용부분을 보면, 积极仕进的士大夫情怀·风格多样的景物描写·深切质朴的亲情吐露 등으로 나누고 있다. 2010년 西北師範大學의 석사논문 『韋莊詩歌硏究』(宋曉瑛)의 내용부분을 보면, 忧时伤世之作·体恤民情之作·羁旅思乡之作·感伤不遇之作 등으로 나누고 있다. 이러한 내용분석을 보면 위장시가에 나타난 현실인식 부분에 대한 고찰은 중점적이지 않으며 미흡하다는 것을 알 수 있다.

일반적으로 黃巢起義라고 말하고 있다. 시인은 고향을 떠나 長安에
와서 과거를 보았지만 수차례 낙제를 했는데, 그 시점이 바로 황소
기의가 전국으로 확대되면서 결국은 長安이 함락되었던 시기이다.
장안에서 전란을 겪고 또 장안을 떠나 피난하는 와중이기에 자신의
이상은 실현하기 어려웠다. 그렇지만 이러한 상황에서 시인은 전란
의 참상을 직접 목도했기에 이를 반영하는 시가를 많이 창작하게된
것이다.[6] 우선, 그의 대표작인 장편서사시「秦婦吟」은 부녀의 말을
통하여 黃巢起義라는 전란을 묘사하고 있는데, 그 중에서 전란의 참
상을 묘사하고 있는 일부분을 보기로 하자.

……

家家流血如泉沸,　집집마다 피가 흘러 내를 이루며 용솟음치고,
處處冤聲聲動地.　곳곳에서 원성이 땅을 울린다.
舞妓歌姬盡暗捐,　巫女와 歌妓들은 모두 사라져버렸고,
嬰兒稚女皆生弃.　영아와 어린 여아들이 산 채로 버려졌다네.
……

　전쟁의 결과는 참혹한 것이다. 시인은 그 모습을 집집마다 사람이
죽어 피가 흐르고 그 피가 냇가를 이룰 정도이며 용솟음치며 흘러간
다고 표현했다. 그러므로 살아 있는 사람들의 원성은 그야말로 땅을
울렸을 것이다. 또 다른 전란의 결과는 여자들이 잡혀가고 어린 아
이들이 버려지는 일이다. 어른들이 죽고 잡혀 갔으니 어떻게 아이들

---

6) 黃巢起義가 일어난 이후 長安에 있던 시기와 피난하던 시기에 주로 전쟁과
　관련된 시가를 창작했다.
　『韋莊詩詞箋注』의 卷二 黃巢起義時期詩作(879~883년)에 수록된 60首의 시가
　중에 23首가 직접 혹은 간접으로 전쟁을 언급하고 있다.

이 살 수 있겠는가? 시인은 이 짧은 두 연으로 우선 전란의 참상을 개괄한 후에, "또한 각각 동서남북 사방의 여인들 중에서 어떤 여인은 포로가 되었고, 어떤 여인은 피살되었고, 어떤 여인은 우물에 빠져 자진했음을 서술함으로써 기의군의 폭행을 두드러지게 묘사했다."[7]라는 설명처럼 그 개괄부분을 이어서 구체적으로 전란으로 야기된 참상을 묘사하였다. 다음에도 역시 黃巢起義와 관련된 시가인 「辛丑年」을 보기로 하자.

九衢漂杵已成川, 長安에는 가재도구들이 어지러이 흩어지고, 피가
　　　　　　　　　냇가를 이루었는데,
塞上黃雲戰馬閑. 누런 구름 가득한 변방에서는 戰馬들이 한가롭게
　　　　　　　　　돕지 않는구나.
但有羸兵塡渭水, 오로지 나약한 병사들의 시체로 渭水를 가득 메웠
　　　　　　　　　어도,
更無奇士出商山. 연약한 선비들이 商山에서 나왔을 뿐이다.
田園已沒紅塵裏, 산천은 이미 붉은 먼지 속에 매몰되었고,
弟妹相逢白刃間. 형제자매들이 칼날에서 만날 수 있을 뿐이다.
西望翠華殊未返, 서쪽을 바라보니 황제의 가마 아직 돌아오지 못
　　　　　　　　　했고,
淚痕空濕劍文斑. 뿌린 눈물은 헛되이 칼날에 얼룩지어 있네.

이 시에서 말하는 辛丑年은 唐 僖宗 中和 元年(881년)으로 黃巢의 군대가 장안으로 들어온 시기이다. 이때의 황폐하게 변한 정황을 시

---

7) 呂慧鵑 等編, 『中國歷代著名文學家評傳』(第二卷), (濟南: 山東敎育出版社, 1987), 738쪽. "又分別敍述東西南北四隣的女伴, 有的被虜, 有的被殺, 有的投井自盡, 以渲染義軍的暴行."

인은 집을 짓는 도구들이 사방에 어지러이 흩어져 있는 모습과 죽은
사람들의 피가 냇가를 이루어 흘러간다는 표현으로 설명하고 있다.
또한 변방의 戰馬들이 한가롭다는 것은 장안이 황소에게 장악되었
더라도 변방의 장수들이 이를 도우려 하지 않는 사실을 말하는 것이
다. 그러므로 둘째 연은 전란으로 병사들이 죽어갔지만 보충되는 병
사들은 선비일 뿐이라고 언급한 것이다. 이런 상황이라 황소의 기의
군은 토벌될 리가 없었을 것이다. 그러므로 국토는 더욱 황폐화되고
백성들은 더욱 고통을 받았을 것이다. 마지막 연에서는 황제가 아직
장안으로 돌아오지 않았다고 했는데, 이는 장안이 여전히 황소기의
군에게 점령당한 상태라는 것을 말하는 것이다. 그러므로 현재까지
싸우며 흘린 눈물이 헛된 것이 된 것이다. 특히 마지막 연에 대하여
"杜甫의 '황제 역시 피난을 갔다'라는 의미를 가지고 있다. 그래서 심원
하다."[8]라고 평가하고 있는데, 이는 이 시가 두보의 시가처럼 황제의
몽진에 대한 내용을 담고 있다는 것을 부각시키면서 다른 한편으로는
두보의 시가처럼 현실성을 가지고 있음을 보여준 것이라 하겠다.

韋莊의 시가「睹軍回戈」는 기의군과 관군의 교전 사이에 벌어진
참상 및 관군의 만행을 보여주고 있다.

> 關中群盜已心離, 關中의 수많은 도적들은 이미 마음이 떠났는데,
> 關外猶聞羽檄飛. 關外에서는 오히려 군대를 징집하라는 조서가 날
>   아왔다는 소식을 접한다.
> 御苑綠莎嘶戰馬, 임금계신 정원에서는 戰馬가 울고,
> 禁城寒月擣征衣. 궁성에서는 차가운 달빛 맞으며 군복을 다듬질한다.

---

8) (淸)陸次雲輯, 『五朝詩善鳴集』, "有少陵'至尊亦蒙塵'之意, 遂爾深遠." (앞의 책,
『唐詩彙評』, 2931쪽. 재인용.)

漫敎韓信兵塗地, 韓信의 병사처럼 헛되이 사방을 피로 물들였으니,
不及劉琨嘯解圍. 劉琨이 피리 불어 적을 흩어지게 한 것만 못하구나.
昨日屯軍還夜遁, 어제 주둔한 병사는 밤에 물러가는데,
滿車空載洛神歸. 수레 가득 쓸데없이 여인네들을 가득 실고 돌아
                 갔다네.

　첫 연에서 關中이란 長安을 가리키며, '群盜'란 황소기의군을 가리
킨다. 도적들이 이미 마음이 떠났다는 것은 관군이 장안을 공격하자
기의군이 도망갔다는 의미이다. 그러나 關外에서는 오히려 군대를
모으라는 조서가 급하게 전해진다. 이는 기의군이 장안을 떠났지만
아직 전란이 끝난 것이 아님을 시사한다. 둘째 연의 戰馬가 울고 군
복을 다듬질한다는 것 역시 여전히 전쟁이 끝나지 않았음을 말하고
있다. 셋째 연은 전쟁마다 승리했던 韓信을 언급했지만 오히려 사방
을 피로 물들이는 전쟁이 가져다 준 참상을 묘사하면서, 싸우지 않
고 승리했던 劉琨을 칭송하고 있다. 마지막 연에서 병사가 물러간다
는 것은 장안이 다시 기의군에게 점령되었음을 의미하는 것이다. 그
런데 관군은 도망가면서 여인네들을 가득 실고 갔다고 말하고 있는
데, 이는 바로 관군에 의한 백성들의 고통을 단적으로 표현한 것이
다. 백성들은 기의군에게든 관군에게든 전쟁의 소용돌이 속에서 희
생되었던 것이다. 다음에는 「憫耕者」를 보기로 하자.

何代何王不戰爭, 어느 시대 어느 왕조에 전쟁이 없었는가?
盡從離亂見淸平. 난리가 다 끝나면 태평세월이 온다네.
如今暴骨多於土, 오늘날 대지에 뼈가 드러났건만,
猶點鄕兵作戍兵. 오히려 마을 병사를 뽑아 변방 지키는 병사로 만
                 드네.

시인은 이 시에서 "수시로 천하태평의 외침을 드러내고 있는데,"[9]
이러한 갈구는 바로 전란으로 죽어가거나 고통 받는 백성들을 생각
하는 마음에서 비롯된 것이다. 둘째 연의 첫 구는 '暴骨'로써 전란의
참상을 개괄했다고 할 수 있으며, 둘째 구는 이미 많은 백성들이 전
란으로 죽었지만 조정에서는 여전히 백성들을 징집하여 병사로 만
들고 있음을 폭로하고 있다. 그러므로 후인 역시 둘째 연에 대하여
"唐末 藩鎭의 兼倂에 따른 전쟁의 격렬함과 농민이 받는 고통의 참
혹함을 극진하게 묘사했다."[10]라고 부연 설명하고 있다.

韋莊이 長安에 처음 간 것은 과거를 준비하고 시험을 보기 위해서
였다. 그런데 당시의 현실은 이미 黃巢起義가 일어나 혼란했고, 심
지어 그가 長安에 있을 때는 황소기의군에 의해 장안이 점령되었던
시기였다. 즉, 위장은 직접 戰亂의 참상을 목도했으며, 그 전란이 백
성들에게 가져다 준 고통을 체득하였기에 이를 시로써 표현했던 것
이다. 그러므로 그의 시는 杜甫의 시와 마찬가지로 '詩史'의 의미를
가진 현실성을 가진 창작이라고 할 수 있다.

Ⅲ. 統治集團에 대한 批判

韋莊 시가에 보이는 현실인식은 통치 집단에 대한 다양한 비판을
통하여 엿볼 수 있다. 唐 제국은 말기에 이르러 藩鎭跋扈, 宦官專橫,
黨爭 등 제반 분야에서 문제점을 가지고 있었다. 이러한 결과는 사

---

9) 吳庚舜·董乃斌 主編, 『唐代文學史』, (北京: 人民文學出版社, 1995), 662쪽.
"不時發出渴望天下太平的呼聲."
10) 富壽蓀 選注, 劉拜山·富壽蓀 評解, 『千首唐人絶句』, (上海: 上海古籍出版社,
1985), 858쪽. "極寫唐末藩鎭兼倂爭戰之激烈與農民受禍之慘酷."

실상 黃巢起義로써 극에 이르렀다고 할 수 있다. 위장은 이러한 결과의 원인을 통치 집단에서 찾고 있다. 그러므로 이들의 부패와 나약함 및 무능을 시가를 통하여 폭로하며 비판했던 것이다. 우선, 향락을 일삼으며 정사를 멀리하고 부패에 빠진 통치 집단을 비판하는 내용을 담은 시가를 보기로 하자. 그의 시가「陪金陵府相中堂夜宴」은 밤에 벌어진 잔치를 묘사하고 있다.

滿耳笙歌滿眼花,　귀에는 노래와 악기소리 가득하고 눈에는 꽃이 가득하며,

滿楼珠翠勝吳娃.　누대에는 吳나라 미녀보다 아름다운 미녀들이 가득하다.

因知海上神仙窟,　바다 위에 신선의 동굴이 있음을 안다지만,

只似人间富贵家.　단지 사람 사는 이곳 같은 부귀한 집과 흡사할 따름일 것이다.

绣户夜攒红烛市,　비단 같은 집은 밤에도 붉은 초로 밝힌 야시장 같고,

舞衣晴曳碧天霞.　춤출 때 입는 옷은 대낮에 푸른 하늘로 노을을 끌어온 듯하다.

却愁宴罢青蛾散,　슬픈 것은 잔치가 파하여 미녀들이 흩어지는 것인데,

揚子江头月半斜.　揚子江 강변에서 그믐달이 비스듬히 떠 있는 것을 바라본다.

금릉부상(金陵府相)이란 절서(浙西) 진해(鎭海) 절도사인 주보(周寶)를 말한다. 이 시는 절도사의 사치스런 잔치를 묘사하고 있다. 절도사는 아름다운 악기 소리와 아름다운 꽃들 그리고 아름다운 미녀들과 향락을 벌이고 있다. 그러므로 시인은 신선이 사는 곳이 있다

면 이곳과 별 다를 바 없다고 말하고 있다. 특히 셋째 연은 사치스
런 집에서 본 밤의 아름다운 정경과 가무를 즐기는 무녀들의 화려한
치장을 시각적으로 잘 묘사하고 있다. 마지막 연에서 시인이 언급한
'愁'는 앞 내용과 이어지기는 하지만 사실상 또 다른 의미를 가지고
있다. 또한 강변에서 보이는 기울어진 그름 달 역시 그 의미하는 바
가 있다. 즉, 달이 비껴 떠 있듯이 국가가 점차 스러진다는 것을 의
미하는 것이다. 그러므로 앞의 사치스런 정황은 결국 국가의 운명을
도외시하는 사치이며 향락이었던 것이다. 이 시는 中和 3년(883년)
에서 光啓 2년(886년) 사이에 지어졌는데11), 이때는 이미 僖宗이 蜀
으로 피신을 간 시기이다. 또한『新唐書·周寶傳』에 전하는 "周寶의
아들 璵가 '後樓部'를 통솔했는데, 나약하여 군대를 이끌 수가 없었
고 대오는 오만방자했다. 주보 역시 여색에 미혹되어 백성을 돌보지
않았다."12)라는 기록을 보면, 이 시의 진정한 의미를 파악할 수 있
다. 즉, 시인은 이 시를 통하여 통치 집단의 향락을 비판한 것이다.
그러므로 후인 역시 마지막 연에 대하여 "시인은 아부하고 칭송하는
말로 귀인을 기쁘게 하지 않고, 도리어 그 자리에서 야단쳐 정신을
차리게 하였다."13)라고 그 깊은 의미를 설명하고 있다. 다음에는 「咸
通」을 보기로 하자.

---

11) 앞의 책, 『韋莊詩詞箋注』, 239쪽.
12) (宋)歐陽修·宋祁撰, 『新唐書』卷一百八十六, 「周寶傳」, (北京: 中華書局, 1975),
    5416쪽. "寶子璵統後樓部, 孱不能馭軍, 部伍橫肆, 寶亦稍惑色, 不恤事."
13) 兪陛雲 著, 『詩境淺說』, (上海: 上海書店, 1984), 79쪽. "不爲諛頌語以悅貴人,
    而作當頭棒喝."

咸通时代物情奢,　함통(咸通)시대의 세속풍정은 사치스러웠고,

欢杀金张许史家.　사대 가문의 귀족들은 아주 즐겁게 향락을 즐겼
　　　　　　　　다네.

破产竞留天上乐,　재물을 헤프게 쓰며 경쟁하듯 천상의 즐거움을
　　　　　　　　누렸고,

铸山争买洞中花.　돈을 뿌리며 다투듯 기녀들을 샀다네.

诸郎宴罢银燈合,　귀공자들은 잔치가 파하자 화려한 등불을 따라
　　　　　　　　돌아가고,

仙子遊迴璧月斜.　기녀들이 즐겁게 돌아가는데 아름다운 달이 비껴
　　　　　　　　떠 있었네.

人意似知今日事,　사람들이 흡사 오늘의 난리를 알았는지,

急催弦管送年华.　서둘러 잔치를 열어 화려한 세월을 보냈네.　·

　이 시는 시인이 875년 황소의 난이 일어나 장안이 함락하자 낙양
으로 피신 갔을 때 지었다. 咸通은 懿宗시기의 연호로 860년에서
874년까지를 말한다. 즉, 아직 황소의 난이 일어나지 않은 시점이다.
첫 연에서는 함통 시기의 사치스런 기풍과 통치 집단의 향락을 지적
하였다. 둘째 연에서는 구체적으로 재물을 가볍게 여기며 방탕한 생
활을 하는 모습을 묘사했다. 셋째 연 역시 통치 집단의 향락에 빠진
정황을 표현하고 있다. 마지막 연에 언급된 오늘의 난리는 "黃巢起
義이래 唐 왕조의 사회는 혼란하고 불안했으며, 전쟁이 빈번하게 일
어났다."[14]라는 지적으로 알 수 있듯이 혼란한 사회 속의 전쟁을 가
리키는 것이다. 시인은 통치 집단이 오늘의 난리를 알기 때문에 미
리 이런 향락에 빠진 생활을 했다고 말했는데, 역시 시인의 통치 집

---

14) 앞의 책, 『韋莊詩詞箋注』, 190쪽. "黃巢起義以來, 唐朝社會動蕩不寧, 戰亂頻仍
　　也."

단에 대한 조소이며 질책인 것이다.

　통치 집단을 비판하는 이유는 다양하다. 앞에서 비판한 이유는 그들이 향락과 사치로 정사를 멀리하며 백성들을 돌보지 않음으로 하여 결국 전란을 불러 일으켰기 때문이다. 이와는 달리 통치 집단의 안이함과 나약함 그리고 무능함 등이 나라를 위태롭게 하고 백성들을 고통 받게 하였는데, 이 역시 위장의 시가에서 통치 집단에 대한 비판의 내용이 되고 있다. 우선, 「又闻湖南荆渚相次陷没」을 보기로 하자.

幾时闻唱凯旋歌,　언제 개선가 부르는 것을 들을까?
处处屯兵未倒戈.　곳곳의 주둔병은 아직 휴식할 수 없네.
天子只凭红斾壮,　천자는 단지 붉은 깃발의 장엄함에 의지하고,
将军空恃紫髯多.　장군은 헛되이 자줏빛 구레나룻 난 오랑캐가 많음을 믿네.
尸填汉水连荆阜,　시체는 汉水에서 荆나라 언덕까지 메워져 있고,
血染湘雲接楚波.　피는 湘江의 구름과 楚 땅의 강물을 물들이고 있다네.
莫问流離南越事,　떠돌아다니게 된 南越의 일을 묻지 말라,
战餘空有舊山河.　전쟁 후에는 헛되이 옛 산과 강만이 남아있을 뿐이니.

　이 시 역시 황소기의로 말미암아 여기저기에서 전쟁을 하는 상황 속에서 지어졌다. 첫째 연에서 한편으로는 고통 받는 병사들을 동정하고 있지만, 사실상 강렬하게 무능한 장군들을 비판하고 있는 것이다. 둘째 연은 더욱 직접적으로 통치 집단의 핵심인 황제와 장군들에 대하여 비판을 가하고 있다. 황제는 그저 장군들에게만 의지하려

하고, 장군들은 오랑캐의 힘을 빌어서 전쟁을 이기려고 하고 있음을
은근히 조소하고 있다. 자줏빛 구레나룻은 바로 돌궐족의 沙陀軍을
가리키는 것이다. 『資治通鑑』의 기록에 의하면 이들이 荊門에서 황
소기의군을 격파하고, 또한 황소기의군을 江陵으로부터 도망가게
했다고 한다.[15] 그러나 현재는 다시 또 황소기의군이 강릉을 점령하
고 있는 상황이므로 시인은 장군들이 헛되이 오랑캐만을 믿었다고
언급한 것이다. 마지막 연에서 南越의 일이란 기의군에게 광주를 점
령당한 상황을 말하는 것이며, 또한 이어서 시인은 통치 집단의 나
약함과 무능함 때문에 사람은 없고 원래 있던 강산만 남을 것이라는
탄식을 하고 있다. 다음에는 「聞官軍繼至未睹凱旋」을 보기로 하자.

嫖姚何日破重围,　武帝 때 장군이 언제 겹겹이 포위된 궁궐을 격파
　　　　　　　　　했던가?
秋草深来战马肥.　가을 풀만 깊어지고 戰馬만 살찌네.
已有孔明传将略,　이미 諸葛孔明이 전략을 알려주었고,
更闻王导得神机.　더욱이 장군은 신기한 계책을 얻었거늘.
阵前鼙鼓晴应响,　진영 앞에서의 북소리 울리지만 대낮이라도 응대
　　　　　　　　　하지 않고,
城上乌鸢饱不飞.　성 안의 흉맹한 새는 배가 불러 날지 않네.
何事小臣偏注目,　무슨 일로 나 같은 소인을 굳이 주목하겠는가?
帝乡遥羡白雲归.　장안에 흰 구름 같은 황제의 수레가 돌아왔던 것
　　　　　　　　　을 아득히 부러워하네.

15) (宋)司馬光撰, 『資治通鑑』卷二百五十三, (北京: 中華書局, 1956), 8195쪽.

이 시의 제목을 보면, 시인은 관군이 황소의 기의군을 토벌하려고 모였다는 말을 들었지만 승리했다는 것은 듣지 못했다고 말하고 있다. 그래서 첫 연부터 그러한 부분을 질책하고 있다. 嫖姚는 관직의 명칭으로 西漢 武帝 시기의 흉노족을 물리친 명장 霍去病을 가리킨다. 첫 연은 霍去病이 적을 물리친 것을 말하면서 그러지 못하고 있는 현재의 장군들을 질책하고 있다. 둘째 구의 가을 풀만 깊어진다는 것은 세월만 흐른다는 의미이며, 戰馬가 살찐다는 것은 전쟁을 하지 않고 있음을 말하는 것이다. 둘째 연은 이미 적을 공격할 준비가 되었다는 의미이고, 셋째 연은 성을 점령한 기의군이 응대하지 않고 있다는 표현이다. 실제로 비록 황소기의군을 토벌하기 위해 각 지방의 장군들이 모여들었지만 사실상 바로 기의군을 공격하지 않았다. 그러므로 시인은 적을 공격하지 않고 관망만하는 무능하고 무책임한 장군들을 비판했던 것이다. 마지막 연은 이러한 사실을 왜 시인만 깨닫고 있는가하며 통치 집단에게 비판을 던지며, 아직도 황제가 궁궐에 돌아오지 못하는 상황에 대하여 탄식을 토하고 있다.

韋莊의 통치 집단에 대한 비판은 주로 국가를 도탄에 빠지게 하고 그 위기를 극복하지 못하는 상황에 대한 부분에서 시작된다. 정사를 멀리하고 백성들을 돌보지 않는 국가는 시인이 생각했던 정치 이상과는 다르다. 그러므로 향락에 빠져 있는 동시에 나약하고 무능했던 통치 집단을 비판한 것이다. 또한 시인은 나날이 기울어가는 국가의 운명을 슬퍼했기에 통치 집단이 단결하여 하루 빨리 안정을 찾기를 바라는 마음에서 스스로 탄식하면서도 통치 집단을 질책한 것이다.

Ⅳ. 國運에 대한 憂慮

韋莊은 기본적으로 儒家의 훈독을 받은 시인이기에 국가나 사회에 대한 관심이 많았고, 그렇기 때문에 科擧를 통해 자신의 經世의 정치사상을 펼치고자 하였다. 이런 사상이 바탕이 되었기에 늘 국가의 운명을 생각하고 우려했다. 그의 시가에 보이는 국운에 대한 우려는 바로 혼란을 넘어서 기울어가는 국가의 운명에 대한 슬픔을 표현한 것이라고 할 수 있다. 이는 국가의 안위를 걱정하는 마음에서 비롯된 것이기에 역시 그의 시가에 표현된 현실인식의 한 측면이라고 할 수 있다. 이러한 경향을 가진 시가를 『石園詩話』는 "「憶昔」, 「陪金陵府相中堂夜宴」, 「題姑蘇凌處士莊」, 「過內黃縣」, 「南昌晚眺」, 「投寄舊知」, 「咸陽懷古」, 「長安淸明」, 「古離別」, 「立春日作」, 「寄江南逐客」, 「離筵訴酒」, 「臺城」, 「燕來」, 「令狐亭」, 「虎跡」 등 시가들은 시대를 느끼며 옛날을 회고하는 것인데, 杜甫의 필력과 아주 흡사하다."[16]라고 나열하며 평가하고 있는데, 특히 마지막 평가는 바로 杜甫를 빌어 이러한 시가들이 가지고 있는 현실의의를 함께 지적했다고 할 수 있다. 시인은 역사 속에 보이는 국가의 흥망성쇠를 언급하거나 태평시대를 회상하는 가운데 당 제국의 운명을 걱정하는 한편, 쇠락해가는 국운을 암시하는 시가를 창작함으로써 그의 시가에 담겨 있는 현실에 대한 인식을 보여주고 있다.

---

16) 郭紹虞 編選, 富壽蓀 校點, 『淸詩話續編』, 『石園詩話』, (上海: 上海古籍出版社, 1999), 1782쪽. "「憶昔」「陪金陵府相中堂夜宴」, 「題姑蘇凌處士莊」, 「過內黃縣」, 「南昌晚眺」, 「投寄舊知」, 「咸陽懷古」, 「長安淸明」, 「古離別」, 「立春日作」, 「寄江南逐客」, 「離筵訴酒」, 「臺城」, 「燕來」, 「令狐亭」, 「虎跡」 諸詩, 感時懷舊, 頗似老杜筆力."

우선, 그의 시가 「忆昔」을 보기로 하자.

昔年曾向五陵游,	옛날에 일찍이 長安의 五陵으로 가서 즐겼는데,
子夜歌清月满楼.	기녀의 노래 가락 달빛 가득한 누대에 울려 퍼졌었네.
银烛树前长似昼,	숲을 이룬 은촛대로 인해 누대는 오래 동안 낮과 같았고,
露桃华里不知秋.	도화 꽃에 맺힌 이슬 같은 미녀들 속에서 가을의 차가움을 몰랐네.
西园公子名無忌,	서원의 공자와 이름이 無忌라고 불리는 이들이 있고,
南国佳人號莫愁.	남국의 미녀는 莫愁라고 불렀네.
今日乱離俱是梦,	오늘날 전란이 일어나니 모든 것은 꿈이 되었고,
夕阳唯见水东流.	석양 아래에서 단지 물이 동쪽으로 흘러가는 것을 바라볼 뿐이네.

 이 시는 옛날을 회상하며 지은 것으로 마지막 연에서 비로소 현실로 돌아온다. 첫 연의 五陵은 漢代 다섯 황제의 무덤을 가리키지만, 이후 점차 번화한 유락지구를 지칭하는 곳이 되었기에 이곳에서 가무를 즐겼다고 말한 것이다. 둘째 연은 그 가무의 정황을 구체적으로 묘사하고 있다. 셋째 연의 인물들은 모두 과거 귀공자와 미녀를 대표하는데, 이것은 이곳이 향락적인 곳이 아니라 수준 높은 유락지구임을 보여주는 것이다. 여기까지는 모두 태평시대의 화려한 생활을 묘사한 것이라고 할 수 있다. 그러나 마지막 연에서는 이 모든 것이 꿈같다고 말하고 있는데, 이는 바로 난리 때문이다. 그 난리란 바로 黃巢起義를 가리킨다. 이어서 석양 아래에서 물 흘러가는 것을 본다고 말하고 있는데, "정말로 사람을 끊임없이 비탄에 빠지

게 만든다."[17]라고 말하듯이 한없이 슬픈 이미지를 만들어내고 있다. 특히 '夕陽'은 唐末의 많은 시인들의 시가에서와 같이 국운이 기울어 가는 것을 암시한다. 그러므로 마지막 구에 대하여 "唐 제국은 마치 석양이 서쪽으로 기울어가고, 강물 속으로 해가 들어가는 것과 같으므로 국세를 회복하기가 어렵다는 것을 암시하고 있다."[18]라고 해석하고 있는 것이다. 다음에는 「洛北村居」를 보기로 하자.

十亩松篁百亩田,　十亩의 소나무 대나무 숲과 百亩의 밭이 있었거늘,
归来方属大兵年.　돌아와 보니 전란에 휩싸여 있네.
巖边石室低临水,　절벽 옆 석굴 아래에는 물이 가까이 있고,
雲外岚峰半入天.　구름 밖 산봉우리의 절반은 하늘로 들어갔네.
鸟势去投金谷树,　세차게 날던 새는 낙양의 나무로 갔고,
钟声遥出上阳煙.　종소리는 멀리 낙양의 궁궐에서 전해져 오네.
無人说得中兴事,　나라를 중흥시키는 일을 말하는 사람 없으니,
独倚斜晖忆仲宣.　홀로 석양빛을 바라보며 王粲을 생각한다.

長安이 황소기의군에게 점령되자 시인은 이를 피하여 낙양의 북쪽 촌락에서 머물렀는데, 그때 이 시를 지었다. 첫째 연은 국토가 전란에 휩싸인 것을 묘사했다. 둘째 연에서는 자신이 피난 온 곳의 주위 환경을 묘사한 것이며, 셋째 연은 자신이 낙양에 와 있음을 말하고 있다. 마지막 연에서 시인은 직접적으로 國運을 다시 회복시키는 일은 어렵다는 것을 말하면서 탄식하고 있다. 여기에서의 '斜晖'는

---

17) (淸)黃叔燦輯,『唐詩箋注』, "眞令人悲嘆不盡也." (앞의 책,『唐詩彙評』, 2932쪽, 재인용)
18) 馬世一 編著,『歷代律詩三百首譯釋』, (長春: 吉林文史出版社, 1995), 159쪽. "在暗示大唐帝國如夕陽西墜, 如江河日下, 國勢難復了."

해질 무렵의 어두운 햇빛이므로 시간적으로 본다면 석양 무렵을 말한다. 즉, 앞 시와 마찬가지로 석양 무렵을 빌어 국운이 쇠퇴해가는 것을 암시했다고 할 수 있다. 또한 王粲을 생각한 것은 자신과 마찬가지로 전란을 피해 피난지로 갔던 왕찬의 처지가 유사하기 때문이기도 하지만, 사실상 왕찬이 피난지에서 국운을 염려하는 작품을 지었던 부분을 생각한 것이다. 그러므로 이 시 역시 국가의 운명에 대한 우려를 나타낸 시라고 할 수 있다.

　國運을 우려하고 있는 시가는 『石園詩話』에 언급된 시가에만 국한되는 것은 아니다. 다른 시가들 역시 '感時懷舊'의 심정으로 흥망성쇠를 말하면서 국운을 걱정하는 마음을 표현하고 있다. 「上元县」는 詠史懷古詩의 경향을 가진 시가이다.

南朝三十六英雄,	南朝의 많은 영웅들이,
角逐兴亡尽此中.	이곳에서 각축을 벌이며 흥하고 망했다네.
有国有家皆是梦,	국가든 집안이든 모두 꿈이 되어버렸고,
为龙为虎亦成空.	왕이나 신하도 역시 이룬 것이 없다네.
残花舊宅悲江令,	스러진 꽃과 오래된 집에서 江令을 동정하고,
落日青山吊谢公.	해지는 청산에서 谢公을 애도한다.
止竟霸图何物在,	도대체 패왕의 꿈은 어디에 있는가?
石麟無主卧秋风.	무덤 지키는 돌 기린은 주인 없이 가을바람 속에 누워있네.

　이 시에 보이는 역사 속의 인물은 사실상 현재의 인물을 대신한다. 南朝의 영웅들은 바로 현재의 장수들을 가리키는 것이다. 즉, 남조의 영웅들이 전쟁을 하면서 흥했다가 망한 역사 사실로써 현재의 장수들이 전란에서 이기고 지는 상황을 언급한 것이다. 그러나 둘째

연의 내용을 보면 쇠망을 표현하고 있다. 국가의 일이든 집안의 일이든 그것은 모두 꿈이 되어 버렸고, 국운을 회복하려는 황제와 관리의 노력은 물거품이 되었다고 표현했기 때문이다. 셋째 연 역시이전의 애국지사를 동정하고 애도할 뿐이다. 다만, '殘花'와 '落日'은그야말로 국운이 쇠퇴해가는 것을 단적으로 표현했다고 할 수 있다.그런 심정이기에 중흥을 이루지 못한 황제의 꿈을 애석해하며 과거의 역사 변천을 떠올리며 슬퍼하고 있는 것이다. 이러한 슬픔은 사회의 문제를 폭로하는 의의를 가진 것은 아니지만, 국가를 생각하는시인의 절절한 심정의 토로이며 역시 현실을 생각하는 것에서 나온것이라 할 수 있다. 다음에도 과거의 역사를 회고하는 형식으로 지은「金陵圖」를 보기로 하자.

誰謂傷心畫不成,　누가 슬픈 마음을 그릴 수 없다고 말하는가?
畫人心逐世人情.　화공의 마음이 세상 사람들의 마음과 같기 때문이라네.
君看六幅南朝事,　그대는 여섯 폭의 남조 6국의 흥망성쇠를 그린 금릉도(金陵圖)를 보았나?
老木寒雲滿故城.　고목과 차가운 구름이 옛 성궐에 가득 하다네.

金陵圖는 南朝 6국의 흥망성쇠를 그리고 있다. 시인은 이런 역사속의 흥망성쇠를 통해 현재의 쇠망을 슬퍼하고 있는 심정을 표현했다. 첫 연에서 '傷心'을 언급하면서 그림으로 그릴 수 없는 이유는화공 역시 슬프기 때문이라고 말하고 있다. 그런 연후에 다시 金陵圖를 빌어 흥망성쇠를 그렸다고 말하는데, 그 핵심은 바로 '老木'과'寒雲'에 있다. 이 역시 결국은 국가 운명의 향방을 보여주고 있기 때문이다. 그러니 시인이 어찌 슬프지 않겠는가? 후인 역시 "僖宗과 昭宗 시대에 장안이 누차 함락되었고 극심하게 파괴되었다. 여기에서는 남조의 옛 일을 빌어 시절을 슬퍼한 것일 뿐이지만 이렇듯 침통한 것은 당연하다."[19)라고 하여 그 전후 상황을 잘 설명하고 있다. 그렇다면 시인은 왜 침통한가? 그것은 스러져가는 국운이 슬프기 때문이다. 이렇듯 국운을 우려하는 마음을 가지고 있기에, 이 시는 역시 시인이 가진 현실인식의 한 측면을 보여주었다고 할 수 있다. 다음에는 「夜景」을 보기로 하자.

满庭松桂雨餘天,　정원 가득한 소나무와 계수나무에 비가 내리니,
宋玉秋声韵蜀弦.　宋玉의 가을 소리와 司馬相如의 거문고소리 들리는 듯하다.
乌兔不知多事世,　해와 달은 다사다난한 세상을 알지 못하고,
星辰长似太平年.　별자리는 태평세월과 마찬가지로 운행하고 있다.
谁家一笛吹残暑,　누구 집에서 더운 여름날 피리 불수 있겠고,
何处雙砧捣暮煙.　어느 곳에서 안개 낀 밤중에 다듬이질 하겠는가?
欲把伤心问明月,　근심을 명월에게 물으니,
素娥無语泪娟娟.　상아는 말없이 눈물을 흘리네.

이 시에는 전체적으로 시인의 슬픔이 배어 있다. 시인은 비가 내리는 소리를 宋玉의 슬픈 가을 소리와 司馬相如의 즐거운 연회에서의 거문고 소리 같다고 표현했는데, 역시 하나는 '衰'의 소리이고 하나는 '興'의 소리이다. 시인이 흥망성쇠를 말하기 위해 이런 복선을

---

19) 앞의 책, 『千首唐人絶句』, 855쪽. "僖昭之世, 長安屢陷, 殘破極矣, 此殆借南朝 舊事以傷時耳, 宜其沈痛如此."

깔았지만, 사실상 시인은 '多事世'라고 표현한 전란 때문에 슬퍼하고 있다. 그러기에 셋째 연에서 자유롭게 피리불지 못하고 자유롭게 다듬이질 못하는 현실을 지적한 것이다. 그런 슬픔을 해소할 수 없어 눈물이 저절로 흐르는 것을 상아를 빌어 대신하고 있다. 여기에서 근심이나 눈물을 흘리는 이유가 바로 국가에 대한 우려 때문이기에 이 시 역시 국가를 걱정하는 마음을 표현했다고 할 수 있다.

　國運에 대한 憂慮는 직접적으로 현실을 반영하여 어떤 사실을 폭로하거나 풍자하는 것은 아니다. 그러나 국가의 운명을 걱정하는 것은 분명 시인이 현실에 대한 관심을 가지고 있기 때문인 것이다. 자신이 처한 현실에 관심을 가지고 있기에 국운이 기울게 된 이유를 아는 것이다. 또한 스스로 쇠망을 암시하는 내용의 시가를 창작했으니 지극히 感傷적일 수밖에 없을 것이다. 그렇지만 그 슬픔만큼 애국의 정도도 깊다고 할 수 있다.

Ⅴ. 맺는 말

　韋莊의 시가는 약 320 여수로 많은 것은 아니지만 역시 적은 분량도 아니다. 그런데 위장은 詩人으로서 보다는 오히려 詞人으로서 많이 알려져 있다. 그것은 그의 시가 가진 특성이 感傷적이어서 唐末의 나약한 시가특징을 그대로 가지고 있다는 평가를 받았기 때문이다. 그러한 感傷적인 나약한 풍격이 분명 존재하지만 韋莊의 시가가 가진 특징은 그것에만 국한되지는 않으리라 생각했다. 그 역시 科擧를 준비하며 儒家經典의 훈독을 통해 經世의 이상을 품고 있었으며, 또한 혼란한 시대 속에 활동하면서 그 시대를 반영하지 않을 수는 없었을 것이라고 생각했기 때문이다.

韋莊의 시가에 나타난 현실인식 측면을 살펴보면 크게 戰亂에 대한 反映과 統治集團에 대한 批判 그리고 國運에 대한 憂慮로 나눌 수 있다. 특히 戰亂을 많이 표현하고 있는 것은 그가 長安에서 활동하며 전란을 직접 목도했기 때문이다. 위장은 전란을 묘사하는 중에 전란의 참상과 백성들의 고통을 주로 표현하였다. 그러므로 단순히 전란만을 묘사한 것이 아니라 현실에 대한 관심이 담겨 있는 것이다. 統治集團에 대한 批判은 더욱 현실적인 시가창작이라고 할 수 있다. 국가의 안정을 추구하는 이상을 품은 시인은 전란이 일어나고 혼란한 사회가 된 원인이 통치 집단에 있다고 생각했기 때문에 통치 집단의 사치와 향락 그리고 나약함과 무능함을 지적하면서 이들을 비판했던 것이다. 國運에 대한 憂慮는 사실상 전란을 반영하며 통치 집단을 비판하는 것의 바탕이라고 할 수 있다. 전란을 반영하고 통치 집단을 비판한 것은 모두 국가 운명을 회복하고자 하는 심정에서 비롯된 것이기 때문이다. 그러나 '夕陽'·'殘花'·'落日'·'老木'·'寒雲' 등으로 암시된 國運은 사실상 회복하기 어려운 것이었기에 시인은 슬플 수밖에 없었던 것이다. 이러한 슬픔의 이유가 바로 國運의 衰退에 있기에, 이러한 시가 역시 시인의 現實認識을 나타낸 것이라고 할 수 있다. 위장의 시가에 나타난 현실인식은 唐末의 현실주의 시인들처럼 강력하게 폭로하거나 직접적으로 풍자하는 방법을 택하지는 않았지만, 그의 시가 전체에 보여 지고 있는 傷感의 정조로써 반영하고 있는 현실의 모습은 오히려 위장 시가의 특징이라고도 할 수 있다. 이러한 현실성을 가진 시가들은 길게는 唐을 떠나기 전에 창작된 것이며, 짧게는 주로 長安과 그 주위에서 활동하던 중장년 시기의 창작이다. 그러므로 이 시기에 창작된 현실인식이 담긴 시가에 대하여 "韋莊의 前期 시가창작은 현실에 대담하게 직면하여 唐末의 중대한 사회문제를 표현했기에 詩史가 되고 있다."[20]라고 말하고 있는 것이다.

---

20) 앞의 책, 『唐代文學史』, 663쪽. "韋莊前期詩作敢於面對現實, 表現了唐末重大社會問題, 從而成爲詩史."

● 참고문헌 ●

齊濤 箋注, 『韋莊詩詞箋注』, 濟南: 山東敎育出版社, 2002.

聶安福 箋注, 『韋莊集箋注』, 上海: 上海古籍出版社, 2002.

郭紹虞 編選, 富壽蓀校點, 『淸詩話續編』, 上海: 上海古籍出版社, 1999.

傅璇琮 主編, 『唐才子傳校箋』, 北京: 中華書局, 1990.

陳伯海, 『唐詩彙評』, 杭州: 浙江敎育出版社, 1996.

吳庚舜・董乃斌, 『唐代文學史』, 北京: 人民文學出版社, 1995.

毛水淸, 『隨唐五代文學史』, 南寧: 廣西人民出版社, 2003.

呂慧鵑 等, 『中國歷代著名文學家評傳』, 濟南: 山東敎育出版社, 1987.

兪陛雲, 『詩境淺說』, 上海: 上海書店, 1984.

馬世一, 『歷代律詩三百首譯釋』, 長春: 吉林文史出版社, 1995.

洪亮吉, 陳邇冬校點, 『北江詩話』, 北京: 人民文學出版社, 1998.

富壽蓀 選注, 劉拜山・富壽蓀 評解, 『千首唐人絶句』, 上海: 上海古籍出版
      社, 1985.

趙榮蔚, 『晚唐士風與詩風』, 上海: 上海古籍出版社, 2004.

田耕宇, 『唐音餘韻』, 成都: 巴蜀書社, 2001.

沈松勤・胡可先・陶然, 『唐詩研究』, 杭州: 浙江大學出版社, 2006.

李定廣, 『唐末五代亂世文學研究』, 北京: 中國社會科學院, 2006.

孔超, 『韋莊詩歌研究』, 長春: 東北師範大學 碩士論文, 2006.

常盼盼, 『韋莊詩研究』, 乌鲁木齐: 新疆師範大學 碩士論文, 2008.

宋曉瑛, 『韋莊詩歌研究』, 兰州: 西北師範大學 碩士論文, 2010.

二、詠史懷古詩와 사회문화

羅隱의 詠史懷古詩

Ⅰ. 序論

唐末에 활동했던 羅隱(833~909)은 이 시기의 저명한 시인이다. 그가 살았던 시기는 바로 唐末의 혼란시기이다. 그는 그 혼란이 극에 달했던 황소기의(875년)의 발발과 그 이후 끊이지 않는 지방관의 할거가 가속된 시기에 활동한 시인이다. 그러한 혼란은 "懿宗이래로 사치가 나날이 심해지고 전쟁이 끊이지 않고 세금징수는 더더욱 많아졌다. 關東에서 매년 홍수와 가뭄이 들어도 州縣에서는 실체를 들으려하지 않고 위아래가 모르는 척하였다. 백성들은 유민이 되고 굶어 죽어도 하소연할 곳이 없으니 서로 모여 도적의 무리가 되었다. 이것이 봉기가 일어난 원인이다."[1]라는 역사서의 기록을 통하여 알 수 있다. 그는 결국 당 왕조를 떠난 것과 다를 바 없이 당시 지방의 절도사를 찾아가게 된다. 즉 "廣明년간에 난리를 만나 고향으로 돌아갔는데, 그 당시에 東南절도사였던 錢鏐가 羅隱을 받들어 중히 여기자 羅隱은 그에게 의지하고자 하였다."[2]라는 기재에서 알 수 있듯이 當時는 절도사였으나 후에 吳越을 세운 錢鏐에게 기탁하게 된다.

---

1) (宋)司馬光撰, 『資治通鑑』卷二五二, 中華書局, 1956, 8174쪽. "自懿宗以來, 奢侈日甚, 用兵不息, 賦斂愈急. 關東連年水旱, 州縣不以實聞, 上下相蒙, 百姓流殍, 無所控訴, 相聚爲盜, 所在蜂起"
2) 辛文房著, 『唐才子傳』卷九, "廣明中, 遇亂歸鄕里, 時錢尙父鎭東南, 節鉞崇重, 隱欲依焉"(『文淵閣四庫全書』, 451卷, 驪江出版社, 1988, 469쪽.)

그는 그곳에서 唐 제국의 멸망(907)을 목도하면서 909년 생을 마치
게 된다. 이렇듯 나은이 생존하였던 시기는 혼란시기로 그의 생애
역시 평탄하지 않았다. 理想적인 군주는 "고상한 品德으로 스스로를
수양하며 부드러운 仁으로 아래를 다스린다."[3]와 같아야 한다고 생
각하였던 나은은 唐末의 다른 시인들과 마찬가지로 儒家적인 思想
을 중시했다. 아울러 사회를 생각하는 儒家적인 入世情神을 가지고
있었다. 그러나 그의 사회와 현실을 생각하는 儒家入世情神은 자신
의 의지처럼 펼쳐지지 않았다. 그러므로 그는 자신의 이상을 실현하
지 못한 소위 "懷才不遇"의 지식인 이였다. 특히 "羅隱은 과거시험에
서 재주를 믿고 남을 업신여기니 특히 공경사대부들이 싫어하였다.
그런 연고로 여섯 번 낙방했다."[4]의 기재에서 알 수 있듯이 개인적
인 성격의 문제점이나 당시의 불합리한 과거제도로 말미암아 불우
한 생을 살았다. 이러한 다양한 원인은 그의 시가창작경향에도 영향
을 주었으며 한편으로는 직접적으로 현실을 반영하는 시가가 있지
만 또 한편으로는 점차 완곡하게 간접적으로 현실을 풍자하는 시가
를 창작하였다. 즉 "그의 시는 피일휴 등의 시인이 그러했듯이 구체
적인 사건을 묘사대상으로 삼지 않았으며, 스스로 세상에 대한 분격
한 심정의 토로를 통하여 詠史나 托物의 감정을 표현하는 완곡한 수
법으로 현실을 비판하는 것을 좋아했다."[5]라는 언급을 보듯 詠史詩

---

3) 羅隱著,『兩同書·强弱』"盛德以自修, 柔仁以禦下"(潘慧惠著,『羅隱集校注』,
   浙江古籍出版社, 1995, 506쪽.)
4) (宋)陶岳著,『五代史補』"羅隱在科場, 恃才傲物, 尤爲公卿所惡, 故六擧不第"
   (『文淵閣四庫全書』, 407卷, 647쪽.)
5) 吳庚舜·黃乃斌主編,『唐代文學史』, 人民文學出版社 1995, 506쪽. "他的詩不像
   皮日休等人那樣把具體事件作爲描寫對象, 而喜歡通過自己憤世之情的宣泄, 或
   以詠史和托物寓志的曲折手法, 來批判現實"

나 詠物詩를 창작하였다. 또한 唐末 번영에서 衰落으로 향해 가는 사회현상은 시인들로 하여금 "晚唐 詠史詩와 懷古詩는 서로 쌍벽을 이루며 찬란한 시 세계의 기이한 광경을 형성했다."[6]라는 지적과 같이 詠史詩와 懷古詩를 다량으로 창작하게 했다.

그러므로 그의 詠史詩와 詠物詩 중에서 우선 唐末에 다량으로 창작되었던 詠史詩에 관심을 갖고자 하며, 아울러 역사사실로 제재로 삼아 창작하는 측면에서 유사한 懷古詩를 함께 고찰하고자 한다. 詠史詩와 懷古詩는 공통되는 부분이 있으면서도 구분되는 측면이 있기에 하나로 묶거나 분리하여 연구해왔다. 일반적인 기준은 懷古詩는 과거의 遺跡이나 人物을 빌어 작가 개인의 감정을 표현하는 것을 위주로 하며, 詠史詩는 과거의 역사사실을 빌어 사회와 연관된 부분이 표현되는 것을 위주로 하고 있다. 그러나 이러한 기준은 명확한 것이 아니므로 영사시에도 감정이 드러날 수 있으며, 회고시에서도 자신의 감정을 표현하는 중에 사회나 국가를 걱정하는 부분이 있을 수 있다. 특히 나은 시가의 특징은 『石園詩話』에서 "詩文을 지으매 譏刺하기를 좋아했다."[7]라고 했기에 더욱 그러하다. 그러므로 비록 영사시와 회고시가 다른 측면이 있더라도 懷古詩적이면서 영사시의 특징을 지니기도 하고 그 반대의 경우가 있으므로 詠史詩와 懷古詩를 하나로 상정하여 고찰하고자 한다.[8]

나은의 시가는 대략 500여수가[9] 있는데 그 중에 詠史懷古詩에는

---

6) 田耕宇著, 『唐音餘韻』, 巴蜀書社, 2001, 170쪽. "形成晚唐詠史詩與懷古詩雙璧輝映的詩苑奇觀"
7) 余成教撰, 『石園詩話』"作詩文, 好以譏刺爲主"(『清詩話續編』 本, 郭紹虞編選, 富壽蓀校點, 上海古籍出版社, 1983. 1779쪽.)
8) 이후의 명칭은 詠史懷古詩로 간칭하기로 한다.

48首가 있다.[10) 본 고에서는 우선 詠史詩와 懷古詩에 대한 기본적인 의미를 살펴본 이후에 다시 詠史詩와 懷古詩를 詠史懷古詩의 諷刺意義와 詠史懷古詩에 나타난 作家心理로 나누어 고찰하고자 한다.

Ⅱ. 詠史懷古詩概要

詠史懷古詩란 명칭은 실제로 공식화되거나 확정된 명칭은 아니므로 본 장에서는 편의상 다시 분리시켜 서술하고자 한다.

詠史詩는 東漢 班固가 "詠史"라는 제목의 시가를 창작함으로써 시작되었다. 東漢 이래로 魏晉南北朝를 거치면서 詠史詩가 창작되었지만 질과 양적인 측면에서 성행하지 못하였다. 唐代의 이르러 영사시가 다량으로 창작되었는데 특히 唐末의 혼란시기에 더욱 성행하였다. 이 시기에 처한 시인들은 당시의 다양한 정치사회문제를 개선하고자 하였는데 정치적인 혼란으로 말미암아 직접적으로 폭로하기보다는 간접적인 詠史詩를 많이 이용하게 되었다. 그러므로 唐末은 "晩唐은 中國詩歌 역사상 詠史詩의 가을 즉 成熟되어 收穫을 거두는

---

9) 柳晟俊著, 『唐代後期詩研究』, 푸른사상, 2001, 365쪽.

10) 詠史詩나 懷古詩로 구분할 수 있는 것과 각각의 특징을 함께 가진 시가 있으므로 여기에서는 詠史懷古詩란 명칭으로 함께 예로 들었다. 「卞河」·「焚書坑」·「始皇陵」·「西施」·「籌筆驛」·「煬帝陵」·「馬嵬坡」·「隋堤柳」·「秦紀」·「臺城」·「臺城」·「詠史」·「故都」·「華淸宮」·「帝幸蜀」·「江南」·「江北」·「席上歌水調」·「早登新安縣樓」·「北邙山」·「建康」·「金陵思古」·「易水懷古」·「江都」·「游江夏口」·「題潤州妙善前石羊」·「早發」·「貴池曉望」·「吳門晚泊寄句曲道友」·「金陵夜泊」·「夜泊毗陵無錫縣有寄」·「中元夜泊淮口」·「西京道中」·「途中寄懷」·「自湘川東下立春泊口阻風登孫權城」·「城西作」·「武牢關」·「四皓廟」·「淸溪江令公宅」·「銅雀臺」·「渚宮秋思」·「經故洛陽城」·「姑蘇臺」·「王濬墓」·「錢塘府亭」·「春日登上元石頭故城」·「燕昭王墓」·「江南」로 48首이다.

계절이다."[11]이 되었다. 懷古詩는 漢代「古詩十九首」에 많이 창작되어 있기에 여기에서 시작한다는 것이 일반적인 견해이다. 이러한 懷古詩의 창작은 역시 唐末에 이르러 성행하게 되었는데 이는 같은 시대배경아래 시인들이 과거의 역사를 배경으로 詠史詩를 많이 창작했듯이 회고시를 많이 창작했기 때문이다.

『文境秘府論』에 "詩에서 覽古라는 것은 古人의 成敗를 겪고 그것을 노래하는 것이다. 詠史라는 것은 역사를 읽고 古人의 成敗를 보아 느껴지는 것을 쓰는 것이다."[12]라고 언급하는데 前者는 懷古詩를 지칭하며, 後者는 詠史詩를 지칭하고 있다. 이러한 견해는 가장 일반적으로 인정하고 있지만 후대로 가면서 변화가 생겼다. 詠史詩의 의미는 확대되고 전문화되어 魏晉南北朝시기에 左史의 "托古諷今"수법의 영사시가 창작되었으며 이러한 수법은 그 이후에도 가장 일반적인 영사시의 특징이 되었다. 이러한 "托古諷今"의 영사시 창작은 바로 현실의의를 지닌 시가창작인 것이다. 기본적으로 이러한 측면이 바로 "懷古詩"와 다른 점이라 할 수 있다. 다만 懷古詩 역시 창작상의 변화를 거치며 단순히 개인 불우에 대한 감정을 토로하는데 그치지 않고 점차 사회문제에 대한 풍자와 사회와 국가를 걱정하는 개탄을 하게 되었음을 역시 주지해야 한다.

역대의 많은 학자들은 詠史詩의 정의와 내용에 대하여 다양한 이론을 제기하고 있다. 그 구체적인 이론을 정리하면 대략 두 가지 방면으로 나눌 수 있다. 첫째는 영사시의 議論여부와 의론이 어떻게

---

11) 岳希仁編著, 『古代詠史詩精選點評・前言』, 廣西師範大學出版社, 1996, 3쪽.
    "晚唐是中國詩史上詠史詩的秋天--成熟收穫的季節"
12) 遍照金剛(日)著, 『文鏡秘府論』, 人民文學出版社, 1975, 135쪽. "詩有覽古者, 經
    古人之成敗詠之是也. 詠史者, 讀史見古人成敗, 感而作之"

드러내는가에 중점을 두고 있다. 영사시에는 의론이 있어서는 안 된
다는 견해로 "詠史詩는 議論을 드러내지 않는 것으로서 뛰어나다고
여긴다."13)라는 주장이 있다. 그러나 대부분 영사시에 대한 견해는
의론이 있어야 하며 아울러 의론을 표현하는데 있어서 완곡하게 드
러나야 함을 강조하고 있다. 淸人 吳喬는 "옛 사람의 영사시에서 단
지 敍事 만하며 자신의 견해를 표현하지 않는다면 즉 역사이며 시가
아니다. 자신의 견해를 표현하며 의론을 나타내야 한다 … 의도적
인 뜻이 은약하며 자연스러운 것이 가장 근본을 얻는 것이다."14)라
고 주장했다. "己意"란 시인 자신이 견해로 우선 자신의 의도를 표현
해야 하며 아울러 "議論" 즉 의도하는 바가 있어서 무엇인가를 밝히
거나 논하는 견해가 있어야 함을 강조했다. 또한 이러한 견해는 직
접적으로 드러나기보다는 "隱然"하여야만 함을 강조했다. 둘째는 詠
史詩의 감정표현문제이다. 일반적으로 작가의 감정을 중시하는 것
은 懷古詩로 영사시에 있어서의 감정표현문제는 중시하지 않은 경
향이 있다. 그러나 영사시가 비록 역사적 사실을 바탕으로 현실을
풍자하고 있지만 諷刺를 하고자 하는 작가의 심리는 당연히 그 속에
표현되고 있다. 그러므로 일부 영사시에 대한 이론에서도 이러한 부
분을 언급하고 있다. 즉 "詠史詩는 반드시 특별한 懷抱가 있어야 한
다."15)나 "詩人에게 詠史詩 가장 어렵다. 그 교묘한 것은 한 마디 말
을 첨가하지 않아도 정감이 저절로 깊어지는 데 있다."16)의 언급에

---

13) 薛雪, 『一瓢詩話』 "詠史以不著議論爲工" ((淸)王夫之等撰, 『淸詩話』, 上海古籍
    出版社 1963, 쪽.)
14) 吳喬著, 『圍爐詩話』, "古人詠史, 但敍事而不出己意, 則史也, 非詩也; 出己意,
    發議論 … 用意隱然, 最爲得體" (『淸詩話續編』 本, 558쪽.)
15) 喬億著, 『劍谿說詩』 "詠史詩須別有懷抱" (『淸詩話續編』 本, 1101쪽.)

나타난 "懷抱"와 "情感"은 詠史詩에서도 감정표현부분을 강조하고 있음을 알 수 있다. 비록 영사시가 역사사실을 빌린 딱딱한 창작이라고 하지만 역시 의도하는 목적과 더불어 그에 대한 감정의 표현 즉 심리가 다양하게 표출되고 있다. 즉 영사시는 주관 감정의 서발을 기초로 하며 현실을 풍자하여 개선하기 위한 의도로 창작되는 것임을 알 수 있다.

懷古詩에 대한 이론 역시 다양하여 단순히 개인 감정의 표현이라고 규정할 수 없다. 일반적으로 "懷古라는 것은, 古迹을 보고 古人을 생각하는 것으로 그 일에서 다른 것이 없고 興亡과 현명함과 어리석음이 있을 뿐이다."[17]라는 견해가 주를 이루고 있는 것은 사실이다. 옛 사적이나 옛 인물을 감상하거나 생각하면서 자신의 처지를 이에 상응시켜 작가의 심정을 표현한다는 의미이다. 그러나 이외에도 다른 각도의 견해가 있다. 즉 "懷古詩란 옛 일을 취하여 자신의 마음을 諷諭하는 것이다. 기교나 의론을 드러내지 않아도 훌륭하지만 역시 의론이 있어도 훌륭하다."[18]의 의미는 바로 영사시가 가진 "托古諷今"의 그것과 다를 바가 없는 "議論"을 언급함으로써 詠史詩의 특징과 유사하다. 그러므로 회고시 역시 단순히 옛 일이나 사건 혹은 인물에 국한되어 이를 빌어 작가의 감정을 표현하는데 그치는 것이 아

---

16) 胡震亨著, 『唐音癸籤』卷三, 古典文學出版社, 1959, 21쪽. "詩人詠史最難, 妙在不增一語, 而情感自深."

17) 納蘭性德, 『通志堂集』卷一八 「浸水亭雜識四」 "懷古者, 見古迹, 思古人, 其事無他, 興亡賢愚而已" (陳伯海主編, 『唐詩論評類編』, 山西教育出版社, 1993, 658쪽. 재인용)

18) 張謙宜, 『繭齋詩談』 "詠古體, 取古事而諷諭已懷, 不露聲色議論爲妙; 然亦有用議論而妙者." (陳伯海主編, 『唐詩論評類編』, 山西教育出版社, 1993, 655쪽. 재인용)

니며 작가가 의도하는 바가 들어 있음을 알 수 있다.

Ⅲ. 詠史懷古詩에 나타난 諷刺意義

　羅隱의 시가 특징은 諷刺에 있다. 『羅昭諫集序』에서 "羅昭諫詩에
는 말하는 중에 울림이 있으며, 『三百篇』이후로 諷諫의 의미를 많이
담고 있다."[19]라고 하거나 "詩로써 이름이 천하를 떨쳤고, 특히 詠史
詩에 뛰어났지만 譏諷이 너무 많았다."[20]라고 언급하듯 諷刺의 방법
으로 현실을 걱정하고 국가와 백성을 생각하는 의지를 드러냈음을
짐작할 수 있다.

　나은의 영사회고시는 이러한 儒家入世情神이 바탕이 되어 창작되
었으며 諷刺로서 자신의 견해 즉 議論을 표현하고 있다. 다만 만약
議論만 주장한다면 영사시의 예술적 가치는 없게 되기 때문에 시인
은 함축적이며 직접적으로 드러나지 않게 교묘하게 표현해야 한다.
즉 "詩人이 議論을 하는데 너무 겉으로 드러나서는 안 된다. 시가에
풍자하며 노래할 때에 그 의미로 하여금 여운의 맛이 있게 해야만
바야흐로 뛰어난 창작이라 할 수 있다."[21]이라고 표현했듯이 詠史詩
중에 표현된 의론 역시 완곡하게 여운을 가지고 있어야 한다.

　나은의 영사회고시의 내용은 전대의 황음무치한 황제들을 빌어

---

19)　戴京曾著, 「羅昭諫集序」 "羅昭諫詩, 言中有響, 『三百篇』後頗寓諷諫之意" (陳伯
　　海主編, 『唐詩彙評』, 浙江教育出版社, 1996, 2801쪽. 재인용)

20)　(宋)薛居正等撰, 『舊五代史』卷二十四, 「梁書·羅隱列傳」, 中華書局, 1976, 326
　　쪽. "詩名于天下, 尤長于詠史, 然多所譏諷"

21)　(元)方回編, 『瀛奎律髓』 "詩人議論, 不宜太露, 使意在詞中, 諷詠有餘味, 方是能
　　作" (陳伯海主編, 『唐詩論評類編』, 山西教育出版社, 1993, 730쪽. 재인용)

현세가 점점 멸망으로 향해 가는 것을 풍자하는 것이 있으며, 국가나 백성을 걱정하는 심정에서 비롯되어 자신의 견해를 주장하는 것이 있다.

우선, 前代의 황제들의 荒淫無恥를 들어 현재를 풍자하는 詠史懷古詩를 보자. 이러한 내용의 시가는 唐末에 가장 일반적으로 많이 창작되었기에 나은의 창작 역시 대부분의 시인들의 창작과 매우 흡사하다. 또한 懷古詩에 쓰였다기보다는 주로 詠史詩에 많이 표현되고 있다. 이러한 시가는 대부분 단순한 풍자를 목적으로 이전 황제들의 망국행위를 주로 서술하며 은근하게 풍자하기에 작가의 적극적인 議論은 부족하다. 秦始皇 이후에 陳 後主나 隋 楊帝 등이 대상이 되었으며, 唐朝의 현종과 관련된 제재도 적지 않다.

六朝시기 陳 後主의 망국행위를 제재로 삼은 시「臺城」[22)을 보기로 하자.

> 南京의 봄은 길어 臺城의 밤은 아직 차가워지지 않았다.
> 張麗華는 황제의 은총을 받았고, 江總은 술잔을 받들며 아첨하는구나.
> 연회는 明堂이 어지러워져서야 끝나고, 詩는 귀한 횃불이 다 스러질 때까지 만들어지는구나.
> 병사가 오자 계책이 있다 말하고는 옥으로 갈고리 모양장식을 한 우물에 숨을 뿐이다.

이 시는 六朝시기 陳 後主의 荒淫과 放蕩을 묘사하고 있다. 궁전

---

22) 潘慧惠校注,『羅隱集校注』, 浙江古籍出版社, 1995, 52쪽. "水國春長在, 臺城夜未寒. 麗華承寵渥, 江令捧杯盤. 宴罷明堂爛, 詩成寶炬殘. 兵來吾有計, 金井玉鉤欄"

에서의 연회는 밤새도록 이어지고 조정을 돌보는 明堂을 연회장소
로 이용하는 등 여색과 아첨꾼에 빠져 향락을 일삼은 망국행위를 표
현하였다. 이 시는 詠史詩로써 대표적인 시가이다. 시인은 시에서
진 후주의 망국행위만을 묘사하고 있지만 그 의도는 당연히 현세의
망국행위를 풍자하는 것이다. 唐末의 혼란은 자연스럽게 지식인으
로 하여금 망국에 대한 우려를 낳았다. 그러나 이 정황을 개인의 힘
으로는 개선할 수 없었기에 전대의 황제들 중에서 망국을 초래한 황
제를 빌어 시인의 창작의도를 보여주고 있다. 아울러 마지막 연에서
는 진 후주의 유치한 행위를 비웃고 있다.

　다음에는 그의 시「煬帝陵」23)을 보기로 하자.

　　揚州城으로 들어갈 때는 다리에 올라 성곽같이 거대한 배를 타고
　갔었고, 화려한 궁전에서 날마다 머물고 해마다 버드나무를 감상했
　다네.
　　젊어서 군왕은 인내하며 진을 평정하는 통일과업을 세웠지만 지
　금은 겨우 雷塘의 몇 평의 무덤으로 바뀌었네.

　이 시는 隋 煬帝의 사치를 묘사하고 있다. 전반부에서는 운하를
양주에까지 연결하고는 화려한 배로 양주의 궁전에서 가서 향락적
인 생활을 했던 것을 표현하였다. 후반부에서는 양제의 업적을 서술
하고는 부하에 의하여 죽음을 맞이하여서는 현재는 겨우 조금만 들
판의 무덤으로 남아있는 정황을 묘사하여 대비시키고 있다. 이 시가
역시 망국을 이끈 전대 황제를 빌어서 현재를 풍자하는 시이다. 그

---

23)『羅隱集校注』, 99쪽. "入郭登橋出郭船, 紅樓日日柳年年. 君王忍把平陳業, 只換
　雷塘數畝田."

러므로 "前半에는 방자함과 行樂을 묘사하는데 지극히 호화스럽다. 後半에는 냉랭한 어조로 힐난하니 풍자가 뼈 속까지 스며든다."[24]라고 평하고 있다. 시인은 침울한 심정으로 이러한 변화를 보면서 현재를 생각하고 있는 것이다.

다음에는 그의 시 「卞河」[25]를 보기로 하자

　　옛날 수 양제는 한가롭게 유람했지만 오늘 날 나그네는 한없이 슬프구나.

　　隋提의 버드나무는 무성했었지만 이제는 멸망한 나라를 꾸미고 있을 뿐이고, 배 지나가는 물소리가 양주까지 전해지지 않는구나.

　　천하에 뜻을 두었지만 끝내 깨닫지 못하고 백성들에게 무정하니 어찌 자유롭겠는가?

　　진시황이 허황된 욕심으로 헛되이 일출 하는 곳을 가려하니 마땅히 웃음을 살만하구나.

이 시는 영사시의 특징과 더불어 회고시적인 부분이 많다. 역사사실을 열거하면서도 자신의 정감을 함께 표현하고 있다. 전반부는 수 양제의 향락을 함축적으로 표현하고 있고, 후반부에는 진시황의 황당한 욕심을 지적하고 있다. 시인은 수대의 운하에서 국가를 멸망으로 만든 양제와 더불어 진시황을 회고하고 있다. 그러나 이 이면에는 역시 현세에 대한 풍자의의를 가지고 있다. 즉 수 양제의 향락으

---

24) 富壽蓀選注, 劉拜山·富壽蓀評解, 『千首唐人絶句』, 上海古籍出版社, 1985, 833쪽. "前半寫其恣意行樂, 極盡豪華; 後半以冷語詰問, 諷刺入骨"
25) 『羅隱集校注』, 8쪽. "當時天子是閑游, 今日行人特地愁. 柳色縱饒妝故國, 水聲何忍到揚州, 乾坤有意終難會, 黎庶無情豈自由, 應笑秦皇用心錯, 謾驅神鬼海東頭."

로 말미암은 망국과 진시황의 허황된 욕심으로 말미암은 망국으로 현재를 풍자하고 있는 것이다.

당 현종과 관련된 當代의 역사사실을 빌어 풍자하고 있는 시가를 보기로 하자. 예를 들면 「華淸宮」26)이 있다.

　華淸宮의 층층에는 향락이 가득하여, 開元시절 악기에 맞추어 즐겁게 노래했다네.
　堯舜시절의 도덕조차도 압도하니 어찌할까나 楊貴妃의 미소를 어떻게 헤아려야 하는가?

이 시는 唐 玄宗이 정사를 돌보지 않고 향락과 여색에 빠져 있는 사실을 묘사하고 있다. 前代의 역사사실은 아니지만 역시 唐末의 많은 시인들에 의해 영사시의 제재가 되고 있다. 예를 들면, 杜牧의 「過華淸宮」 중에 표현된 "一騎紅塵妃子笑"이 있는데 이 구절은 특히 나은의 시에 언급된 "笑"와 일맥상통하는 의미로 쓰여졌다. 비록 국가가 멸망하지는 않았지만 이 시기의 시인들의 창작은 현종의 황음으로 국세가 기울어진 상황을 빌어 唐末시기 나날이 쇠락해가는 세태를 풍자하였던 것이다. 즉 나은 역시 唐代의 현종을 통하여 唐末의 현실을 풍자하고 있는 것이다. 『唐詩紀事』의 기재인 "昭宗은 甲科에 나은을 급제시키려 했는데 대신들이 상소를 내어 '羅隱은 비록 재주가 있지만 先代의 聖德을 너무 가벼이 하여 비방하니 將相臣僚들이 어찌 업신여김을 당하지 않을 수 있겠습니까.'라고 말했다. 황제가 비방한 말이 무엇인지 묻자 '나은에게 「華淸宮」시 화청궁의 층

---

26) 『羅隱集校注』, 311쪽. "樓殿層層佳氣多, 開元時節好笙歌. 也知道德勝堯舜, 爭奈楊妃解笑何 !"

층에는 향락이 가득하여, 개원시절 악기에 맞추어 즐겁게 노래했다네. 요순시절의 도덕조차도 압도하니 어찌할까나 양귀비의 미소를 어떻게 헤아려야 하는가?'가 있다고 대답하였다. 그 일은 마침내 없던 일이 되었다."27)는 바로 나은 시의 풍자의의를 정확하게 지적하고 있다.

둘째, 풍자하는 가운데 국가나 백성을 걱정하는 심정에서 비롯되어 자신의 견해를 주장하는 시가가 있다. 이러한 시가는 주로 詠史詩에 나타나지만 懷古詩 역시 작가의 의도하는 바가 시가에 담겨있다.

그의 시 「始皇陵」28)을 보기로 하자

　　풀도 없고 나무에 나뭇가지도 없는 황폐한 흙무더기 무덤, 하릴없이 나그네에게 옛 시절을 묻는구나.
　　六國의 영웅은 헛된 일만 일삼았으니, 돌이켜보면 徐福이야말로 진정한 사내대장부일세!

이 시는 황폐해진 진시황의 능으로 시작하여 회고하는 형식을 취하고 있다. 그러나 그 회고하는 내용 중에는 바로 諷刺의의가 있다. 즉 후반부에서는 진에 대항하는데 있어서 힘을 제대로 합치지 못하고 無能했던 六國과 徐福에게 속아 不老長生을 꿈꾸던 어리석은 秦始皇을 諷刺하고 있다. 육국의 무능과 진시황의 어리석음은 이 시에

---

27) 王仲鏞著, 『唐詩紀事校箋』, 巴蜀書社, 1992, 1852쪽. "昭宗欲以甲科處之, 有大臣奏曰：'隱雖有才, 然多輕易, 明皇聖德, 猶橫遭譏謗, 將相臣僚, 豈能免乎凌轢.' 帝問譏謗之詞, 對曰：'隱有華淸宮詩曰：樓殿層層佳氣多, 開元時節好笙歌. 也知道德勝堯舜, 爭奈楊妃解笑何！'其事遂寢."
28) 『羅隱集校注』, 22쪽. "荒堆無草樹無枝, 懶向行人問昔時. 六國英雄謾多事, 到頭徐福是男兒！"

서 교묘하게 대비를 이루면서 묘사되어 있는데, 동시에 시인의 의도하는 바가 은연중에 드러나고 있다. 즉 六國의 영웅들의 無能과 秦始皇의 어리석음을 빌어 현세의 통치집단과 황제를 諷刺하면서 국가를 다스림에 유능해야하며 어리석어서는 안 된다는 자신의 견해를 말하고 있다.

그의 시「籌筆驛」[29]을 보자.

제갈량은 은거를 마치고 유비를 도와 노심초사하며 천하 평정시키려 훌륭한 계책을 다 쏟았다네.
때가 맞을 때는 천하가 모두 힘을 합하더니, 때가 맞지 않으니 영웅은 자유를 잃네.
천하를 잃은 것은 後主 劉禪이 나약해서이고, 문무백관들은 老臣 譙周를 원망하네.
단지 바위아래 정 많은 물이 남아있어 옛 일 생각하며 籌筆驛을 끊임없이 흘러가는 듯하구나.

이 시는 제갈량이 주둔하던 곳을 이용하여 회고하는 형식으로 전개되고 있다. 이 시는 표면상 蜀의 흥망성세와 그에 대한 감회를 묘사하고 있지만 사실상 멸망에 중점을 두고 있다. 즉 두 번째 연에 묘사된 제갈량의 "不自由"는 군주가 인재를 알아보지 못하는 측면을 풍자하는 것이며, 세 번째 연은 통치집단과 군주의 중요성을 풍자하고 있다. 이러한 풍자를 하는 이유는 당연히 시가에 시인의 견해를 피력하는 것으로 唐末이라는 혼란 속에 올바른 인재의 등용과 통치

---

29)『羅隱集校注』, 85쪽. "抛郤南陽爲主憂, 北征東討盡良籌. 時來天地皆同力, 運去英雄不自由. 千里山河輕孺子, 兩朝冠劍恨譙周. 唯餘巖下多情水, 猶解年年傍驛流."

자의 총명을 강조하고 있다. 『石園詩話』에서 "羅隱시 「籌筆驛」은 역시 七言絶句 중에서 가장 뛰어나다. 議論에 있어서도 李商隱과 흡사하다"[30]이라는 언급은 바로 나은 시의 탁월한 면을 강조하면서 동시에 李商隱의 "議論"과 같이 시인의 의도하는 바가 드러남을 지적하고 있다.

다시 그의 시 「西施」[31]을 보기로 하자.

　국가의 흥망은 時運을 따라서 변하는 것인데, 吳나라 사람들은 어찌하여 西施를 원망하는가.
　西施가 만약 정말로 吳나라를 멸망에 이르게 했다면, 越나라의 멸망은 또 누가 그렇게 했단 말인가?

吳나라가 멸망한 것은 단순히 西施때문이 아니라는 것을 강조하면서 越이 망한 원인을 은근하게 지적하여 현재의 唐末을 풍자하고 있다. 즉 국가가 멸망하는 원인은 "時"에 있는 것으로 단순한 女色이라는 한 가지에만 국한되는 것이 아니고 나은의 詠史詩에 언급되었듯이 前代의 황음무치한 황제와 통치집단의 문제점 등이 혼란을 만들었음을 지적하고 있다. 이는 한 국가가 멸망에 이르게 되는 과정에서 시인의 견해가 명백하게 드러난 시편이다. 특히 첫 구절에 대한 "사회 역사 발전의 객관규율을 제시하여 작자의 뚜렷한 인식을 표현하였다."[32]라는 평은 바로 나은의 議論적인 면을 알 수 있게 한

---

30) 余成教撰, 『石園詩話』 "昭諫「籌筆驛」詩, 亦七絶中最佳者, 議論亦頗似義山"（『清詩話續編』 本, 1779쪽.)
31) 『羅隱集校注』, 67쪽. "家國興亡自有時, 吳人何苦怨西施. 西施若解傾吳國, 越國亡來又是誰?"
32) 岳希仁編著, 『古代詠史詩精選點評』, 廣西師範大學出版社, 1996, 128~129쪽. "揭

다. 또한 이 시에 대하여 "翻案文章"[33]이라는 평가를 내리고 있는데 이 역시 작자의 견해를 나타내는 수법 중의 하나이다. "翻案"수법이 란 일반적으로 통용되는 의견에 대하여 반대의 의견을 제시하여 자 신의 주장을 강조하는 수법이다. 淸人은 唐末 溫庭筠과 徐寅의 詠史 詩를 소개하면서 "晚唐 시인은 翻案수법으로 창작하기를 매우 좋아 했다."[34]이라고 하였는바 "翻案" 수법은 자신의 견해를 드러내는데 唐末 시인들에 의해 자주 사용되었음을 알 수 있다.

羅隱 詠史懷古詩의 기본적인 특징은 諷刺意義를 가지고 있다는 점이다. 나은의 시가에서는 詠史詩에서도 개인 감정을 충실히 표현 하고 있으며, 또한 懷古詩에서도 풍자의의를 가지고 있다는 점이 특 징일 것이다. 또한 詠史詩와 懷古詩에서 모두 자기의 의도하는 바가 드러난 점 역시 특징이라 할 수 있다. 唐末이라는 혼란기에 불우한 생애를 살아가면서 좌절과 실의 그리고 국가와 백성을 위하는 마음 을 가진 시인인 나은은 前代의 혼란함을 懷古하면서 현재를 諷刺하 고 있지만 이는 사실상 현재에 대한 개선을 바라는 심정의 표현인 것이다. 그러므로 懷古와 諷刺 그리고 議論이 모두 함께 존재하게 된 것이라 할 수 있다.

Ⅳ. 詠史懷古詩에 표현된 作家心理

나은 詠史懷古詩의 내용 및 풍자의의와 더불어 그 시가 속에 표현

示出社會歷史發展的客觀規律, 表現了作者的淸醒認識"
33) 王茂福著, 『皮陸詩傳』, 吉林人民出版社, 2000, 333쪽.
34) 賀裳撰, 『載酒園詩話』 "晚唐人多好翻案" (『淸詩話續編』 本, 220쪽.)

된 작가의 감정 역시 중요하다. 시라는 창작에는 기본적으로 작가의 심리가 반영되기 때문이다. 혼란한 사회와 불우한 인생 그리고 이를 극복하려는 개인적인 의지의 좌절, 국가와 백성을 걱정하는 심정 등은 은연중에 그의 시가에 깃들어 있다. 그러므로 풍자하는 가운데 시인의 정감은 다양하게 드러나고 있다. 나은의 詠史懷古詩를 작가의 심리에 따라 感傷과 鬱憤 그리고 嘲笑로 나누어 살펴보고자 한다.

우선, 그의 詠史懷古詩에는 感傷적인 정조가 있다. 感傷이란 심리적 低沉이나 슬픔을 말하는 것이다. 일반적으로 詠史詩나 懷古詩는 밝은 면보다는 어두운 면이 주된 정조를 이룬다. 이는 즐거움을 표현하는 것이 아니고 좋지 않은 역사사실을 들어 자신의 심정을 기탁하기 때문이며, 이를 바탕으로 현재를 풍자하는 가운데 자신의 생활하고 있는 현실에 대한 불만족이 있기 때문이다. 또한 과거의 유적지나 과거의 황제들의 행위를 회고하면서 唐末의 혼란한 현실과 불우한 자신을 돌아보게 되면 자연히 感傷적이며 低沉적인 창작경향을 지닐 수밖에 없을 것이다.

그의 시가 「渚宮秋思」[35]는 옛 楚나라 지역의 궁전을 회고하면서 시인의 감회를 표현하고 있다.

楚나라 궁전 하늘에는 날 저물어 노을이 가득한데, 나그네는 가는 길 멈추고 다가갔네.
襄王臺 아래 물은 메말랐지만, 神女廟 앞 구름은 마음이 있는 듯하다.

---

35) 『羅隱集校注』, 118쪽. "楚城日暮煙靄深, 楚人駐馬還登臨. 襄王臺下水無賴, 神女廟前雲有心. 千載是非難重問, 一江風雨好閑吟. 欲招屈宋當時魄, 蘭敗荷枯不可尋."

천고의 시시비비를 다시 묻기는 어려우니, 강가에서 비바람에 맞
으며 한가로이 풍류를 즐길 뿐이다.
楚나라 때 屈原과 宋玉의 혼백을 부르고 싶지만 아름다운 꽃들이
다 스러져 부를 수가 없구나.

이 시는 懷古詩적인 경향이 강한 詠史詩이다. 시인은 楚나라 지역
사람으로써 戰國시대 楚 지역의 渚宮에 도착하여 느껴지는 자신의
감회를 시로써 표현하였다. 시가에 표현된 시점이 황혼이며, 시인
자신이 나그네이기에 우선 전체적으로 低沉적인 분위기임을 알 수
있다. 황혼 무렵 전설 속에 전해지는 神女나 신비한 구름 등은 황당
한 이야기이므로 생각하는 것을 체념하고는 當時의 대 문장가들의
혼과 교류하고 싶어한다. 그러나 이미 모든 것이 사라졌음을 느끼게
된다. 특히 마지막 구인 "蘭敗荷枯不可尋"에서 "敗"나 "枯"는 바로 시
인의 感傷적인 정조를 드러내고 있다.
다음에는 그의 시 「經故洛陽城」36)을 보기로 하자.

황폐한 담장은 자취조차 희미하니, 마치 가냘픈 말이 스러져 가는
빛을 추도하는 듯하다.
제멋대로 일어난 梁冀가 있으니, 조정문서를 현량인 杜喬에게 물
을 수 없구나.
원래 세상사가 늘 순환한다지만, 재능 있는 사람의 시시비비가 꼭
가려지는 것은 아니구나.
劉秀가 천하를 위해 昆陽에서 공훈을 세웠지만, 결국은 梁冀의 족

---

36) 『羅隱集校注』, 122쪽. "敗垣危堞迹依稀, 識駐羸驂吊落暉. 跋扈以成梁冀在, 簡
書難問杜喬歸. 由來世事須飜覆, 未必餘才解是非. 千載昆陽好功業, 與君門下作
恩威."

속에게 恩澤과 威嚴을 주었구나.

　이 시는 東漢 말기의 혼란시기에 國權을 專橫하는 梁冀와 반대로 杜喬같은 賢良이 주살 당하는 불합리한 역사사실을 묘사하고 있다. 이러한 역사사실은 바로 영사시의 일반적인 제재로 시인은 이를 빌어 唐末 조정의 부패와 인재가 제대로 등용되지 못하는 세태를 풍자하고 있다. 전반적으로 불합리한 일들이 자행되는 상황에서 이를 바꿀 수 없다는 허무감과 안타까움이 현실에서도 그대로 존재한다면 "由來世事須飜覆"라고 말하는 시인의 심정은 자연히 슬퍼질 수밖에 없다. 그러므로 이 시에 대하여 "唐末政局과 관련하여 후반 두 구의 感慨는 시대 역사로 말미암은 것뿐만 아니라 또한 시대 현실로 인하여 나타난 것으로 懷古와 傷今이다."[37]라는 평이 있다.

　둘째, 詠史懷古詩에 나타나는 작가의 심리적인 부분 중의 하나는 鬱憤이다. 나은은 역사사실에 대한 언급을 통하여 은근하게 자신의 감정을 표현하고 있다. 즉 어느 한 시대의 상황에 대하여 느끼는 憤慨하거나 沉鬱한 심정이 그대로 끝나는 것이 아니라 시인 자신이 현재의 사회나 자신을 생각하면서 鬱憤의 심정으로 시가를 창작하는 것이다. 그러므로 나은의 창작심리를 표현하는 중에 "七言律詩는 唐末에 이르러 창작되었는데 오로지 羅昭諫이 感慨가 가장 蒼凉하며 沉鬱하고 頓挫하다."[38]라는 평가가 있다.

　그의 시 「臺城」[39]을 보기로 하자. 詠史詩를 창작한 시인이라면

37) 『古代詠史詩精選點評』, 132쪽. "聯繫唐末政局, 後兩句的感慨不僅時代歷史, 也時代現實而發, 是懷古兼傷今"
38) 洪亮吉著, 陳邇冬校點, 『北江詩話』, 人民文學出版社, 1998, 99쪽. "七律至唐末造, 惟羅昭諫最感慨蒼凉, 沉鬱頓挫"

"臺城"으로 대부분 제재로 삼아 창작할 만큼 많이 애용되는 제재라고 할 수 있다.

> 암울한 석양빛은 텅 빈 臺城을 비추고, 六朝 각 나라의 무덤도 비추고 있네.
> 景陽宮井에서는 용이 일어나지 못하고, 국토는 오로지 천하를 넘보는 효웅들이 전쟁을 일삼아 폐허가 되었구나.
> 천하를 구제할 수 있는 인재를 얻기 어려운 것은 알지만, 도리어 황제가 도피하는 일이 가장 흔할 줄이야.
> 심산유곡이 무덤이 되기도 하고 산이 바다가 되기도 한다면서, 茂弘의 무리들은 슬픔조차 느끼지 못하는구나.

臺城은 南朝시기의 궁성으로 陳 後主의 망국행위를 풍자하는데 가장 자주 인용되고 있다. 시인은 폐허가 된 대성을 바라보며 凄凉한 심정으로 이 시를 창작하였다. 군주의 황음과 인재를 중시하지 않아 국가를 멸망으로 이끄는 상황을 그려보면서 시인은 現世를 풍자하면서도 침울한 어조의 분위기를 만들고 있다. 즉 국가의 안위를 가장 걱정해야할 군주가 가장 먼저 도피하는 형상을 생각하면서 시인은 무한한 울분을 느끼고 있음을 알 수 있다. 아울러 마지막에서는 국가의 멸망조차도 세상의 순환으로 여겨 슬퍼하지 않는 관료들에 대한 조소를 표현하고 있다.

다음에는 「燕昭王墓」40)를 보기로 하자.

---

39) 『羅隱集校注』, 255~256쪽. "晚雲陰映下空城, 六代累累夕照明. 玉井已干龍不起, 金甌雖破虎曾爭. 亦知覇世才難得, 却是蒙塵事最平. 深谷作陵山作海, 茂弘流輩莫傷情."
40) 『羅隱集校注』, 341쪽. "戰國蒼茫難重尋, 此中蹤迹想知音. 强停別騎山花曉, 欲

戰國은 아득하여 다시 찾기 어렵지만, 이 중에서 두루 살펴 인재를 얻고자하였다.

강성할 때는 말 타고 가고 머무르매 산 꽃들이 빛났건만, 혼백을 추모하려니 잡풀만 무성하구나.

부질없는 세상 근래에는 인재를 가벼이 여기니, 그 옛날 黃金臺 어느 곳에 황금이 있었는가?

생각해보니 郭隗는 昭王을 위해 평생 섬겼지만 결국은 소왕을 따르지 않고 배신하였네.

이 시는 戰國시대 燕 昭王을 생각하면서 창작한 시이다. 昭王은 망국행위를 한 군주가 아니라 국가발전을 위하여 노력했던 군주이다. 전 두 연은 인재를 등용하기 위해 노력하는 상황과 이제는 쓸쓸한 폐허로 변해버린 燕나라 땅을 묘사하고 있다. 후 두 연은 唐末 현재 오히려 인재를 가벼이 여기는 세태를 지적하며 자신의 懷才不遇한 비참함을 표현하고 있다. 또한 郭隗가 결국 昭王을 배신한 것을 질책하고 있다. 특이한 것은 일반적인 詠史懷古詩가 前代의 좋지 않은 역사사실을 들어 現世를 풍자하지만 이 시는 오히려 좋은 역사사실로 現世를 풍자하고 있다는 점이다. 이 시는 전반부의 쓸쓸함에서 當世의 혼란이 자신에게 불우함을 가져다 주었다는 침울한 심정을 표현하고 있다.

세 번째, 前代의 역사사실을 서술하여 現世를 풍자하는데 있어서 나은의 시가에는 嘲笑의 경향이 많이 드러나고 있다. 이는 아마도 그의 불우한 생애와 더불어 그의 특이한 성격과 연관성이 있을 것이

吊遺魂野草深. 浮世近來輕駿骨, 高臺下處有黃金? 思量郭隗平生事, 不殉昭王是負心."

다. 즉『唐才子傳』의 "성격이 단순하며 오만하다 … 나은은 재주를
믿고 남을 업신여겼다 … 성격이 편벽되고 사람들과 어울리는 것이
적었다."[41]의 기록은 바로 그의 성격을 알 수 있게 한다.

그의 시 「帝幸蜀」[42]을 보기로 하자.

> 馬嵬의 산색은 푸르고 은은한데, 황제의 수레는 또다시 蜀을 향하
> 는 구나.
> 황천의 楊貴妃는 '이번에는 다시 양귀비를 원망하지 말아라'라고
> 말하리라.

이 시는 安史之亂으로 인하여 蜀으로 도피했던 唐 玄宗을 빌어 唐
末 현재 또다시 서쪽으로 피신하는 僖宗을 풍자하고 있다. 희종은
황소기의를 피하여 촉 지역으로 피신하였는데 시인은 이 사실과 현
종이 이전에 安史之亂으로 도피하였던 것과 대비시켜 묘사하고 있
다. 두 황제가 수도를 버리고 도망가는 것을 풍자하면서 후반부에
양귀비의 말을 빌어 當今의 황제를 비웃고 있다. 이러한 조소는 봉
건사회에서 감히 표현할 수 없는 것이기에 『鑒戒錄』에서 "비록 시인
의 諷刺의 의미가 있지만 충실하고 어진 道가 부족하다"[43]라고 평하
고 있다. 그러나 이러한 평가는 오히려 나은 시가가 직접적이며 신
랄하게 현세를 풍자하며 조소하고 있음을 알게 한다.

---

41)『唐才子傳』, "性簡傲 … 隱恃才忽眤 … 介僻寡合." (『文淵閣四庫全書』, 451卷,
469~470쪽.)

42)『羅隱集校注』, 313쪽. "馬嵬山色翠依依, 又見鑾轝幸蜀歸. 泉下阿蠻應有語, 這
回休更怨楊妃."

43) (五代)何光遠撰,『鑒戒錄』"雖有風人諷刺之意, 而忠厚不足也"(潘慧惠校注,
『羅隱集校注』, 浙江古籍出版社, 1995, 314쪽. 재인 용) 총서집성초편본 참고

다음에는 그의 시 「馬嵬坡」44)를 보기로 하자.

佛堂 앞에 잡풀은 봄을 맞았지만, 楊貴妃의 유골은 먼지가 되었구나. 옛날부터 절색의 미인은 얻기 어렵다고 했지만, 중원을 멸망시키지 못했으니 절색의 미인은 아닌가 보다.

이 시는 楊貴妃에 대한 역사사실을 바탕으로 시작하면서 후반부에는 교묘하게 當世를 풍자하고 있다. 玄宗이 安史之亂으로 촉으로 도피하는 중 馬嵬에 이르러 할 수 없이 불당 앞에서 자진하게 한 사실과 더불어 현재에 이르러서는 모든 것이 없어졌음을 묘사하고 있다. 이 시는 諷刺를 목적으로 한 詠史詩이지만 작가의 심리는 感傷이나 鬱憤이 아니라 嘲笑의 경향을 가지고 있다. "馬嵬"는 唐末 詠史詩의 제재로 많이 쓰였지만 이러한 嘲諷의 경향은 나은시의 특징이라고 할 수 있다. 특히 후반부의 서술은 反語法을 이용하여 當世 황제에 대한 멸시와 조소를 교묘하게 표현하고 있다. 상술한 시가 이외에도 「臺城」·「卞河」·「始皇陵」·「西施」 등의 시가들 역시 미묘한 嘲諷이 있다.

나은의 詠史懷古詩는 작가의 심리에 있어서 다양한 경향을 가지고 있다. 感傷이나 鬱憤은 일반 영사시에 가장 두드러진 특징이라고 할 수 있다. 비록 다른 영사시가 嘲諷을 가지고 있지 않은 것은 아니지만 그의 괴팍한 성격과 당 제국에 대한 불만으로 후에 吳越의 군주가 된 錢鏐에게 기탁하였던 羅隱으로서는 더더욱 唐朝를 嘲笑

---

44) 『羅隱集校注』, 100쪽. "佛屋前頭野草春, 貴妃輕骨此爲塵. 從來絶色知難得, 不破中原未是人"

할 수 있었을 듯하다. 다만 그의 詠史懷古詩에서 이러한 感傷·鬱憤·嘲笑 등의 작가의 심리가 집중적으로 표현되기보다는 부분적으로 섞인 경우가 있음을 간과해서도 안될 것이다.

Ⅳ. 結論

羅隱의 詠史懷古詩는 詠史詩와 懷古詩를 지칭하는 것이다. 詠史詩는 諷刺위주이고 懷古詩는 작가의 개인감정을 표현하는 것을 위주로 하지만 羅隱의 詠史詩나 懷古詩는 한계가 불분명하다. 따라서 詠史懷古詩라는 명칭으로 정리하고, 우선 그 기본적인 특징을 諷刺意義로 규정하고 고찰해 보았다. 秦始皇 이후에 陳後主나 隋楊帝 그리고 唐朝의 玄宗과 관련된 내용들이 詠史懷古詩의 대상이 되었으며, 나은은 이들의 荒淫과 享樂이 망국행위가 된 것을 빌어 唐末의 現世를 풍자하고 있음을 알 수 있었다. 아울러 단순한 諷刺에만 그치는 것이 아니라 풍자하는 가운데 작가의 국가와 백성을 생각하는 견해인 議論이 표현하고 있음을 알 수 있었다.

羅隱의 詠史懷古詩에는 다양한 작가의 심리가 표현되고 있었다. 즉 低沉적인 정조인 感傷과 憤慨한 심정인 鬱憤 그리고 멸시하고 비웃는 嘲笑의 심리적 경향을 가지고 있었다. 感傷이나 鬱憤이 영사회고시에서 일반적인 특징이라고 한다면 嘲笑는 羅隱 詠史懷古詩의 특징이라고 할 수 있다. 儒家入世情神을 가진 나은에게 있어서 官路에의 꿈은 끝내 실현되지 않았으며, 결국 錢鏐에게 기탁하게 되었다. 이러한 그에게 唐 제국은 더 이상 理想의 대상이 되지 않았으며 동시에 그의 특이한 성격으로 말미암아 이러한 嘲笑가 가능했던 것

이다. 특히 唐末시가를 개괄하면서 "施政을 변혁하려는 격정은 크게
감퇴되었을 뿐만 아니라 왕왕 冷嘲로 열정적인 기풍을 대신했다."[45]
라는 지적이 있는 바 일정 부분에서 羅隱의 詠史懷古詩에 나타난 嘲
笑와도 관련이 있음을 알 수 있다.

　羅隱 詠史懷古詩의 고찰을 통하여 기본적으로 그 풍자성을 확인
할 수 있었다. 아울러 詠史詩 중의 諷刺와 감정표현 및 懷古詩 중의
감정표현과 諷刺 그리고 議論 등은 羅隱만의 새로운 시각과 다른 측
면이 있음을 알 수 있었다. 그러므로 이러한 고찰을 통하여 唐末시
가에서 羅隱 시가의 중요성을 다시 생각해 볼 수 있다.

45) 陳伯海著, 『唐詩學引論』, 東方出版中心, 1996, 132쪽. "不僅變革施政的激情大
　　爲減退, 往往用冷嘲代替熱風"

● 참고문헌 ●

『文淵閣四庫全書』, 驪江出版社, 1988.

柳晟俊著, 『唐代後期詩研究』, 푸른사상, 2001.

柳晟俊著, 『中國詩歌研究』, 新雅社, 1997.

潘慧惠著, 『羅隱集校注』, 浙江古籍出版社, 1995.

岳希仁編著, 『古代詠史詩精選點評』, 廣西師範大學出版社, 1996.

王茂福著, 『皮陸詩傳』, 吉林人民出版社, 2000.

岳希仁編著, 『古代詠史詩精選點評』, 廣西師範大學出版社, 1996.

胡震亨著, 『唐音癸籤』, 古典文學出版社, 1959.

王仲鏞著, 『唐詩紀事校箋』, 巴蜀書社, 1992.

辛文房著, 『唐才子傳』(『四庫全書』本.)

郭紹虞編選, 富壽蓀校點, 『淸詩話續編』, 上海古籍出版社, 1983.

賀裳撰, 『載酒園詩話』(『淸詩話續編』本.)

余成敎撰, 『石園詩話』(『淸詩話續編』本.)

洪亮吉著, 陳邇冬校點, 『北江詩話』, 人民文學出版社, 1998.

陳伯海主編, 『唐詩彙評』, 浙江敎育出版社, 1996.

陳伯海主編, 『唐詩論評類編』, 山西敎育出版社, 658쪽. 1993.

田耕宇著, 『唐音餘韻』, 巴蜀書社, 2001.

陳伯海著, 『唐詩學引論』, 東方出版中心, 1996.

張興武著, 『五代作家的人格與詩格』, 人民文學出版社, 2000.

賈晉華 · 傅璇琮著, 『唐五代文學編年史』, 遼海出版社, 1999.

唐末 溫庭筠의 詠史懷古詩

Ⅰ. 들어가는 말

溫庭筠이라는 문인을 생각하면 우선은 그의 詞 창작을 떠올리게 된다. 그것은 그의 詞 창작이 가진 가치가 높고, 그가 詞라는 창작 자체의 서막을 열었기 때문일 것이다. 따라서 상대적으로 그의 시가 창작에 대한 언급은 소략하며, 그의 시가에 대한 연구도 활발하지 않다. 이러한 상황에서 그의 시가 중의 한 형식만을 고찰한 것은 더욱 드물다. 그의 시가 전체는 약 330 여 首[1]인데, 그중 詠史懷古詩는 64首[2]에 이른다. 이러한 수량이 시사하듯이 그의 시가 중에서 영사

---

1) 『溫庭筠全集校注』(劉學鍇著, 中華書局, 2007.)를 참고하여 보면 338首가 수록되어 있지만, 이중에는 제목만 전하는 시가가 8首가 있기에 약 330여 首라고 표기했다.

2) 溫庭筠의 詠史懷古詩 64首를 권별에 따라 나열하면,「鷄鳴埭歌」·「生祿屛風歌」·「張靜婉採蓮曲」·「公無渡河」·「太液池歌」·「雉場歌」·「雍臺歌」·「湖陰詞」·「蔣侯神歌」·「漢皇迎春詞」·「故城曲」·「昆明治水戰詞」·「謝公墅歌」·「臺城曉朝曲」·「走馬樓三更曲」·「達摩支曲」·「蘇小小歌」·「春江花月夜詞」·「金虎臺」·「邯鄲郭公詞」·「齊宮」·「陳宮詞」·「法雲寺雙檜」·「馬嵬驛」·「奉天西佛寺」·「題望苑驛」·「過陳琳墓」·「經舊遊」·「老君廟」·「經五丈原」·「秘書省有賀監知章監知章草題詩筆力遒健風尙高遠拂塵尋玩因有此作」·「題裵晉公林亭」·「車駕西遊因而有作」·「傷溫德彝」·「題李相公敕賜屛風」·「蔡中郎墳」·「彈箏人」·「題端正樹」·「渭上題三首」·「經故翰林袁學士居」·「四皓」·「感舊陳情五十韻獻淮南李僕射」·「題翠微寺二十二韻」·「過孔北海墓二十韻」·「過華淸宮二十二韻」·「洞戶二十二韻」·「題豊安里王相林亭二首」·「過新豊」·「題西平王舊賜屛風」·「蘇武廟」·「題賀知章故居疊韻作」·「馬嵬佛寺」·「鴻臚寺有开元中锡宴堂楼台池沼雅为胜绝荒凉遗址有存者偶成四十韵」·「華淸宮和杜

회고시는 상당한 비중을 차지하고 있다. 일단, 이러한 수량을 차지
하고 있기에 영사회고시에 대한 고찰을 통하여 온정균의 시가창작
의 한 측면을 찾아볼 수 있다고 생각한다. 또한 비록 詠史懷古詩가
온정균의 시가 특징을 대표하는 것은 아니지만 "晚唐의 일부 작가들
은 왕왕 옛날 일을 생각하며 슬퍼하는 것을 빌어 감회를 표현하길
좋아했는데, 李商隱과 杜牧은 모두 많은 詠史 題材의 걸작을 지었다.
溫庭筠 역시 일부 詠史詩가 있는데 성취가 비교적 높고 명편들이 있
다."[3]라는 평가를 보면, 기본적으로는 詠史懷古詩가 가진 가치를 인
정하고 있음을 알 수 있다.[4]

　소위, 詠史懷古詩에 대한 정의는 모호하다. 일반적으로는 詠史詩
와 懷古詩를 분리하고 있지만, 사실 다양한 역대의 평가를 보면 그
구분은 명확하지 않다. 詠史詩는 과거의 역사 사실을 바탕으로 자신
의 견해를 드러내야 하며 주로 현실을 반영하는 측면을 중시하고,
懷古詩는 과거의 역사 사실을 비롯하여 역사적인 사적을 유람하거
나 인물을 회고하면서 개인의 감회를 드러내는 측면을 중시한다고
정의하는 것이 일반적이다. 그러나 사실상 영사시와 회고시 모두 과
거의 역사 사실이나 사물 및 인물과 관련되어 있다. 또한 영사시에

　　舍人」·「華淸宮二首」·「過吳景齊陵」·「龍尾驛婦人圖」·「題李衛公詩二首」 등
　　이다.
　3) (唐)溫庭筠著,　(淸)曾益等箋注,　『溫飛卿詩集箋注·前言』,　上海古籍出版社,
　　1980, 3쪽. "晚唐一些作家, 往往好借弔古以抒懷, 李商隱, 杜牧都寫有不少詠史
　　題材的傑作. 溫庭筠也有一部分詠史詩, 成就較高, 很有一些名篇."
　4) 溫庭筠의 詠史詩라고 칭하고 있는데, 앞부분에 언급된 '借弔古以抒懷'와 '詠史
　　題材'라는 의미는 詠史詩와 懷古詩가 혼합된 표현이다. 그러므로 여기에서 미
　　리 詠史懷古詩란 용어를 사용했으며, 이에 대한 상세한 설명은 본 1장의 하단
　　에 언급되어 있다.

개인적인 감정이 드러나지 않을 수 없는 것이며, 회고시 역시 시인이 의도하는 바에 따라 현실을 반영하는 측면이 없는 것도 아니다. 예를 들면, 喬億는 『劍谿說詩』에서 "詠史詩는 필히 별도의 마음속에 품은 정감이 있어야 한다."[5]라고 하여 영사시에 있어서의 감정의 중요성을 언급했으며, 또한 張謙宜는 『繭齋詩談』에서 "懷古詩란 과거의 사실을 가지고 자신의 마음속에 품은 것을 諷諭하는 것이다. 화려한 기교나 議論을 노출하지 않아도 묘하다. 그러나 역시 의도적으로 議論을 드러내도 묘한 것이라 할 수 있다."[6]라고 했는데, 이는 더 포괄적으로 범위를 넓혀 일반적인 詠史詩가 가진 특징을 懷古詩도 가지고 있음을 지적한 것이다. 또한 근인 역시 唐代의 詠史詩를 분류하면서 "사람들은 唐나라 時代에 회고하는 것, 옛 것을 서술하는 것, 옛 곳을 유람하는 것, 古迹을 술회하는 것 등 詠史詩의 새로운 영역을 개척했다고 생각하고 있다."[7]라고 하는 바, 그 詠史詩의 영역은 자연스럽게 懷古詩를 포함한다고 할 수 있다. 그러므로 본고에서는 詠史詩와 懷古詩를 합쳐 詠史懷古詩라고 칭했다.

唐代는 소위 詠史懷古詩의 황금시기이며, 그중 晩唐시기에 가장 많은 영사회고시를 창작하고 있다고 말하고 있다. 즉, 통계에 따르면 "唐代에는 詠史懷古詩가 모두 1424首가 있으며, 晩唐이 1014首를 차지하고 있다."[8]라고 하는데, 온정균 역시 시대적인 상황에 따라

---

5) 喬億著, 『劍谿說詩』 "咏史詩須別有懷抱." (郭紹虞編选, 富寿荪校点, 『淸詩話續編』, 上海古籍出版社, 1980, 1101쪽.)

6) 張謙宜, 『繭齋詩談』 "咏古體, 取古事而諷諭已懷, 不露聲色議論爲妙; 然亦有用議論而妙者." (陳伯海主編, 『唐詩論評類編』, 山西敎育出版社, 1993, 655쪽. 재인용)

7) 李曉明著, 『唐詩歷史觀念研究』, 人民出版社, 2009, 36쪽. "人們認爲唐代開拓了 '懷古', '述古', '覽古', '詠懷古迹'等詠史新領域."

자연스럽게 많은 詠史懷古詩를 창작했음을 알 수 있다. 또한 晚唐의
詠史詩의 특징을 정리하여 "옛 사람과 옛 일에 대한 언급과 의론 및
새로운 시각을 통하여 현실과 자신에 대한 감회를 표현했다."·"역
사적인 흥망의 경험과 교훈을 총결하였고, … 스스로 시국과 운명에
대한 사색을 드러내었다."⁹⁾라고 말하고 있는데, 여기에서도 詠史詩
의 특징이라고 언급하면서 역시 懷古詩의 특징을 포함하고 있음을
알 수 있다. 즉, 현실과 시국에 대한 견해만을 언급하는 것이 아니라
개인적인 감회도 함께 언급하고 있다.

　溫庭筠의 詠史懷古詩는 다양한 내용을 가지고 있는데, 이를 정리
하여 구분해 보면 現實에 대한 諷刺, 國事에 대한 關心, 當代 인물에
대한 回想, 女人의 不幸에 대한 同情 등으로 나눌 수 있다.

Ⅱ. 現實에 대한 諷刺

　시인이 굳이 과거의 역사적 사실을 빌어 시를 창작한 것은 그 자
체로도 어떤 의도가 있다고 할 수 있다. 시인이 가지고 있는 의도는
각 시대마다 다르고 각 시인마다 다를 것이다.

　그러므로 여기에서 말하는 현실에 대한 풍자란 바로 현실과 시국
에 대한 관심에서 만들어진 견해에 해당하며, 결국은 역사 속의 흥
망성쇠를 빌어 현재를 풍자하면서 현실을 비판하고자 하는 의도를

8) 田耕宇著, 『晚唐餘韻』, 巴蜀書社, 2001, 144쪽. "有唐一代共有詠史懷古詩1424
　首, 晚唐占據1014首."
9) 岳希仁編著, 『古代詠史詩精選點評·前言』, 廣西師範大學出版社, 1996, 4쪽.
　"通過對古人古事的吟詠, 議論, 生發, 抒寫對現實, 對自身的感喟."·"總結歷史興
　亡的的經驗教訓 … 抒寫自己對時局, 對命運的思索."

가지고 있는 것을 말한다. 이러한 내용은 다시 古代의 역사적 사실
을 이용한 것과 唐代의 역사적 사실을 이용한 것으로 나눌 수 있다.

　우선, 소위 古代 황제의 황음과 사치가 결국은 국가의 멸망을 초
래한 예를 들어 현재를 풍자하는 시가를 보기로 하자. 「鷄鳴埭歌」는
시집의 첫 부분에 수록된 시가로 온정균의 대표적인 시가이다.

南朝天子射雉时,	南朝의 제나라 황제가 꿩을 사냥할 때에,
银河耿耿星参差.	은하수가 빛나고 별들이 반짝였다네.
铜壶漏断梦初觉,	물시계의 물이 다 흐르자 사람들 꿈에서 깨어났 지만,
寶马尘高人不知.	준마가 뛰어 먼지 높이 날려도 사람들은 알지 못 했네.
鱼跃莲东荡宫沼,	물고기는 궁전 연못에 떠있는 연꽃의 동쪽에서 노닐고,
濛濛御柳悬栖鸟.	흐릿한 궁전의 버드나무에는 새가 앉아있네.
红妆萬户镜中春,	수많은 궁녀들은 거울을 마주하며 봄꽃처럼 화장 하는데,
碧树一声天下晓.	푸른 나무에서 닭이 울자 세상이 환해진다.
盘踞勢穷三百年,	반석 같은 기세는 3백년 만에 쇠퇴해지고,
朱方杀氣成愁煙.	朱方에서의 살기는 근심어린 연기로 변했다.
彗星拂地浪连海,	혜성이 땅을 쓸어내는 전란은 바다에 일렁이는 파도와 같고,
战鼓渡江尘涨天.	전쟁의 북소리가 강을 건너와 천지에 가득하다.
绣龙画雉填宫井,	황제와 궁녀들이 궁전의 우물로 뛰어들고,
野火风驱烧九鼎.	들판에 가득한 불꽃이 바람 타고 와 종묘사직을 태웠다.
殿巢江燕砌生蒿,	강가에 사는 제비들이 궁전에 둥지 틀고 계단에

　　　　　　　　는 쑥이 자랐고,
十二金人霜炯炯.　12개 금 동상은 서리 내려 하얗다.
芊绵平绿臺城基,　무성한 풀들이 臺城의 주춧돌과 함께 펼쳐져 있는데,
暖色春空荒古陂.　따뜻한 봄 하늘은 황량한 옛 언덕을 덮고 있네.
寧知玉树後庭曲,　「玉树後庭曲」이
留待野棠如雪枝.　눈 같이 흰 산앵도나무에 남겨져 있을 줄 어찌 알
　　　　　　　　았으랴!

이 시는 六朝 齊나라 武帝가 정사를 멀리하면서 꿩 사냥에 빠져
결국 나라를 잃어버리게 된 상황을 묘사하고 있다. 앞 4 연은 모두
제나라가 꿩 사냥을 할 때의 상황으로 이 당시에는 나라가 안정되었
기에 묘사된 내용 역시 모두 평화스럽다. 그러나 이 평화는 사실상
국가의 안정이 아니라 단지 황제가 황음에 빠져있었던 표면적인 모
습일 뿐이며, 이는 뒤에 묘사된 처참한 정황과 선명한 대비가 된다.
다섯째 연과 여섯째 연에서는 국운이 쇠퇴하고 전쟁이 일어난 상황
을 언급하고 있다. 일곱째 연에서는 그 전쟁으로 결국은 나라가 망
하게 되었음을 묘사하고 있다. 여기에서는 陳나라 後主가 妃嬪들을
데리고 우물에 숨었던 고사를 이용하여 황망하고 불쌍하게 된 제나
라의 상황을 대신 묘사하면서, 종묘사직이 탔다고 하여 국가의 멸망
을 시사하고 있다. 여덟째 연은 그러한 역사가 오래되어서 화려했던
궁전이 이제는 황폐하게 변했음을 표현하고 있다. 아홉째 연에서는
황폐한 궁정의 모습을 보면서 흥망성쇠를 회고하는 가운데 봄이 다
시 오는 것을 보며 감회에 젖은 심정을 드러내고 있다. 마지막 연에
서는 이렇게 황음무치한 통치자의 행위가 만들어낸 국가의 멸망에
대하여 은근하게 질책하고 있다. 소위 「玉樹後庭曲」란 바로 「玉樹
後庭花」로 陳 後主가 지은 노래이지만 진 후주 역시 향락에 빠져 국

가를 멸망하게 했으므로 역대로 이 노래는 망국을 의미하는 노래가
되었다. 온정균은 이 마지막 연에서 제나라 무제가 새하얀 산앵도나
무에「玉樹後庭花」가 남아있을 줄 어찌 알았으랴 라고 반어적으로
물으면서 '나라가 망할 줄 몰랐느냐?'하고 질책하고 있는 것이다. 이
러한 역사적 사실을 언급한 것은 당연히 현재를 풍자하기 위한 의도
가 있는 것이며, 온정균은 이 시를 통하여 唐末의 혼란한 현실을 만
들어낸 통치 집단을 비판했던 것이다.

「達摩支曲」역시 역사적인 사실을 빌어 혼란에 빠진 唐末의 통치
집단을 완곡하게 풍자하며 비판하고 있다.

搗麝成尘香不灭,	사향을 찧어 분처럼 만들어도 향기는 없어지지 않고,
拗莲作寸丝难绝.	연꽃을 잘라 가늘게 만들어도 속의 실은 쉬 끊어지지 않는다네.
红泪文姬洛水春,	蔡文姬는 피눈물 흘리며 洛水의 봄을 생각했고,
白头苏武天山雪.	백발이 된 苏武는 천산의 눈 봉우리를 그리워했다네.
君不见	그대는 보지 못했는가!
無愁高纬花漫漫,	無愁曲을 지은 高纬의 사치스런 생활을,
漳浦宴馀清露寒.	漳水 물가의 연회는 차가운 이슬이 내릴 때까지 열렸다네.
一旦臣僚共囚虏,	어느 날 하루아침에 황제와 신하들이 다 포로가 되어,
欲吹羌管先汍澜.	오랑캐 피리를 불려고 하면 먼저 눈물이 흘러내렸다네.
舊臣头鬓霜华早,	옛 신하들의 귀밑털은 이미 서리 같이 백발로 변했고,
可惜雄心醉中老.	안타깝게도 雄心은 취중에 사라졌다네.

萬古春归梦不归, 긴 세월에 봄은 다시 돌아오지만 꿈같은 세월로
　　　　　　　　돌아갈 수 없고,
鄴城风雨连天草. 비바람 몰아치는 鄴城에는 하늘에 닿을 듯한 풀만
　　　　　　　　가득하네.

　이 시의 첫 연은 추상적인 표현으로 둘째 연과 관련되어 있다. 첫
연에서 말하는 내용은 근본이 변하기는 어렵다는 의미인데, 바로 오
랑캐 땅에서 살았던 蔡文姬와 천산에 갇혀 양을 쳤던 苏武의 국가를
생각하는 마음이 변함이 없다는 것을 강조하기 위해 의도적으로 언
급한 것이다. 시인은 이러한 애국자를 언급하면서 이어서 제나라 후
주의 향락과 사치를 말하여 선명한 대비를 이끌어 내고 있다. 통치
자의 향락과 사치의 결과는 바로 국가의 멸망이므로 황제와 신하가
포로가 되었다고 하여 비유적으로 표현했다. 마지막 연에서 자연계
는 순환하여 봄이 다시 찾아오지만 나라가 평화스러웠을 때의 꿈같
은 세월은 다시 돌아갈 수 없다고 지적하며 황량하게 변한 鄴城을
바라보며 탄식하고 있다. 특히 이 마지막 연에서는 온정균의 의도하
는 바가 드러나고 있다. 즉, 잃어버린 과거의 영화는 다시 찾을 수
없는 것이니 현재를 잘해야 한다는 것을 강조하고 있는 것이다. 그
러므로 이 부분에 대하여 "나라를 잃어버린 사실은 역사적인 교훈이
되며, 또한 후대 사람들에게 심사숙고하게 할 만한 가치가 있는 것
이다."10)라고 해석하고 있다. 온정균이 이러한 시가를 창작할 수 있
는 것은 현실과 시국에 대한 관심이 있었기 때문이며, 그 의도는 역
시 唐末의 혼란한 현실을 비판하기 위한 것이라고 할 수 있다. 인용

---

10) 中國社會科學文學硏究所編, 『唐詩選』, 人民文學出版社, 1995, 257쪽. "亡國的
　　事是歷史敎訓, 也是値得後人深思的."

한 시가 외에 역사적 사실을 빌어 현재를 풍자하며 비판하는 詠史懷
古詩에는 「春江花月夜詞」·「邯鄲郭公詞」·「雉場歌」·「湖陰詞」·「奉
天西佛寺」·「過吳景齊陵」·「陳宮詞」 등이 있다.

   두 번째로는 唐代 내부의 역사적 사실을 빌어 현재를 풍자하고
있는 시가를 고찰해보고자 한다. 이러한 내용들은 대부분 安史之亂
과 관련되어 있다. 그 이유는 唐代 내부에서 安史之亂이 일어난 시
기가 가장 위급한 시기였기 때문이다. 安史之亂과 관련된 내용의 세
부적인 내용을 보면 玄宗과 楊貴妃가 많이 언급되고 있다. 우선, 그
의 시가 「過華淸宮二十二韻」의 후반부를 보기로 하자.

御案迷萱草,	황제는 萱草에 미혹되었고,
天袍妒石榴.	천자의 옷은 석류꽃의 질투를 받았네.
深巖藏浴凤,	깊은 산속에는 목욕하는 봉황이 숨겨져 있고,
鮮隰媚潛虬.	아름다운 습지에는 용이 아양을 부리고 있었네.
不料邯鄲蝨,	邯鄲의 이가 되고,
俄成即墨牛.	갑자기 墨牛가 될 것을 생각하지 못했네.
剑锋挥太皞,	太皞의 날카로운 칼을 휘두르고,
旗焰拂蚩尤.	蚩尤의 활활 타는 깃발을 치켜 올렸네.
内嬖陪行在,	사랑 하는 여인과 함께 가는데,
孤臣预坐筹.	충성스런 신하들은 미리 계획을 세웠네.
瑶簪遗翡翠,	아름다운 옥비녀는 비취빛 장식만을 남겼고,
霜仗驻骅骝.	서릿발 같은 부대의 준마들은 멈추어 나가지 않았었네.
艳笑雙飞断,	아리따운 미소 만발하다 그쳤고,
香魂一哭休.	향기로운 영혼 한 차례 울고는 멈췄다네.
早梅悲蜀道,	이른 매화꽃 촉나라 길을 슬프게 만드는데,
高树隔昭丘.	높은 나무는 昭丘의 무덤을 막고 있네.
朱阁重霄近,	궁전의 붉은 누각에 또다시 밤이 가까워지니,

蒼崖萬古愁.   푸른 벼랑을 바라보며 끊이지 않는 시름 속에 빠진다.
至今湯殿水,   지금까지도 湯殿의 물은
鳴咽县前流.   흐느껴 울면서 昭應縣 앞을 흘러가네.

이 시의 전반부는 玄宗시기의 성세를 언급하면서 楊貴妃와의 화
려한 생활을 묘사하고 있다. 후반부의 앞부분도 역시 같은 내용이
다. '萱草'란 양귀비를 가리키며, 첫 구의 내용은 현종이 양귀비에 미
혹되었다는 의미이다. '봉황'이란 양귀비를 지칭하는 것이며, 다음
구의 '용'이란 당시 현종의 신임을 받았던 安祿山을 말한다. 즉, 앞
두 구는 현종이 양귀비에 빠져있고, 안록산의 아부에 실체를 파악하
지 못했음을 언급한 것이다. 그러므로 안록산이 이가 되고 墨牛가
되어 반란을 일으킬 줄 몰랐음을 지적하고 있다. 太皞의 칼과 蚩尤
의 깃발이란 바로 반란이 일어났음을 비유적으로 표현한 것이다. 이
런 반란으로 말미암아 촉으로 피신하는 중 馬嵬에서 양귀비를 自盡
하게 하는데 다음 구가 바로 그 내용이다. 다음 구의 함께 간다는
의미는 현종이 양귀비와 蜀으로 피신하는 것을 말하며, 신하들의 계
책이란 바로 나라를 혼란케 한 장본인이 양귀비이므로 양귀비를 죽
여야 한다는 계책을 의미하는 것이다. 결국 양귀비는 마외에서 죽게
된다. 후에 나라가 안정이 되어 촉에서 다시 장안으로 돌아오는 현
종은 양귀비를 잃은 슬픔에 빠져 있는데, 그러한 내용이 마지막 연
까지 연속되고 있다. 앞부분에서는 현종이 양귀비에 미혹되어 정사
를 멀리한 것이 결국은 나라를 혼란케 만들었다는 것을 은근하게 풍
자하고 있다. 특히 '深巖'二句에 대하여 『中晚唐詩叩彈集』에서는 "은
근히 諷刺하고 있다."[11]라고 해석하고 있는데, 그 이유는 이 부분이
함축적으로 현실을 풍자하고 있기 때문이다. '深巖'이란 보이지 않는

깊은 곳으로 현종이 정사를 멀리한 것을 은근히 지적한 것인데, 그 원인은 봉황으로 비유된 양귀비 때문이다. 또한 '鮮隰'이란 향락에 빠진 상황을 비유적으로 표현한 것인데, 그런 상황이기에 반란의 주역인 안록산의 아부를 간파하지 못했던 것이다. 이렇듯 이 두 구는 이 시의 중심축인 양귀비와 안록산을 열거하고 있기에 이 시가 가진 풍자성을 함축하고 있다고 할 수 있다. 시인은 현종이 양귀비에 미혹되고 안록산이 반란을 일으켰던 역사적 사실을 빌어, 현재 당나라가 성세에서 쇠퇴로 향해가는 현실을 풍자하며 무한한 감개를 토로하고 있다. 그러므로 "이것은 바로 詩史이다. 성세와 쇠락 및 질서와 무질서의 감회가 그중에 있기에 보는 사람이 憤慨하게 된다."[12]라는 평가가 있는 것이다.

다음에는 「龍尾驛婦人圖」를 보기로 하자.

慢笑开元有倖臣,　开元 연간에 총애 받는 신하가 있었지만,
直教天子到蒙尘.　금방 천자를 蒙塵가게 한 것을 비웃었었네.
今来看画猶如此,　오늘 와서 그림을 보니 이와 같은데,
何况亲逢绝世人.　하물며 친히 절세가인을 만났음에야!

제목의 '龍尾驛'은 지명으로 양귀비가 수레를 타고 갔던 곳이며, '婦人圖'란 수레를 탄 양귀비의 모습을 그린 그림을 말한다. 역대로 많은 사람들이 이 양귀비의 그림을 보았고, 온정균도 이 그림을 보

---

11) (淸)杜詔, (淸)杜庭珠輯注, 『中晚唐詩叩彈集』, "隱含諷刺."(陈伯海主编, 『唐詩滙評』, 浙江敎育出版社, 1995, 2631쪽. 재인용.)
12) (淸)黃周星選評, 『唐詩快』, "此卽詩史也. 盛衰理亂之感, 無一不備其中, 令觀者慨當以慷."(『唐詩滙評』, 2631쪽. 재인용)

게 되었다. 첫 구에서의 '倖臣'은 총애 받는 신하를 뜻하는데, 여기에서는 양귀비를 현종에게 바쳤던 高力士를 말한다. 결국 총애 받던 고력사 때문에 현종은 정사를 멀리하게 되었고 나라가 혼란에 빠지게 되었던 것이다. 그러므로 시인은 황제가 쫓겨 가게 된 상황을 야기 시킨 고력사를 비꼬기 위해 그를 '총애를 받던 신하'라고 칭했던 것이다. 그런데 후반부에서는 양귀비의 아름다운 그림을 보니 현종이 양귀비에 미혹될 만하다고 말하고 있다. 그러나 이것은 표면적인 것이며 시인은 오히려 반어적으로 야유하고 있기에 "말에 약간의 조롱기가 있다."[13]라는 해석이 있는 것이다. 이런 조롱과 야유를 보면, 시인은 양귀비와의 향락에 빠져 나라를 혼란하게 만든 현종을 빌어 唐末이라는 현재의 상황을 풍자하기 위하여 이 시를 창작했음을 알 수 있다.

다음에는 양귀비가 自盡했던 장소인 馬嵬와 관련된 시가 「馬嵬佛寺」를 보기로 하자.

荒鸡夜唱战尘深,　황량한 밤중에 닭 우는 소리만 들리고 전쟁은 깊어 가는데,
五鼓雕輿过上林.　다섯 북을 수놓은 금빛 수레가 上林을 지나갔다.
才信倾城是真语,　국가를 멸망시킬 것이라는 말이 진실 됨을 비로소 믿고,
直教塗地始甘心.　죽도록 그대로 방치하고 있다는 것을 직접 가르쳐주어야 하는가!
两重秦苑成千里,　내외의 넓은 長安城을 천리가 넘게 벗어났고,
一炷胡香抵萬金.　색정을 불러오는 한 가닥 향은 만금의 가치가 있

___
13) 劉學鍇著, 『溫庭筠全集校注』, 中華書局, 2007, 845쪽. "語則略帶調侃."

게 되었다.

曼倩死来無絶艺, 아름다운 모습인들 죽으면 신비한 능력으로도 소
용없는 것이니,

後人谁肯惜青禽. 후인 중에 누가 파랑새를 불쌍하다고 생각하겠는가!

평소에 현종은 궁궐에서 닭 우는 소리를 들었는데, 이것은 닭 우
는 소리를 잘 내는 사람이 내던 것이었다. 첫 연에서 황량한 밤중에
닭 우는 소리를 듣는다는 것은 전란 때문에 궁궐을 떠났다는 의미이
다. 둘째 구는 촉으로 피신하는 현종의 노정을 설명한 것이다. 둘째
연에서는 양귀비에 미혹되어 정사를 멀리하지 말아야 함을 피신하
면서야 알아야 하며, 백성들이 죽어가는 사실을 직접 가르쳐 주어야
하는 일인가 하고 묻는 형식으로 분개하며 현종을 질책하고 있다.
셋째 연은 수도 장안을 멀리 벗어났음을 말하면서 색정을 일으키는
향을 빌어 조소를 보내고 있다. 현종이 이전에 양귀비와 향락에 빠
졌을 때 사용하던 향을 피신하는 지금은 사용할 수 없기에 만금의
가치가 있다고 하여 비웃은 것이다. 마지막 연 역시 조소를 띠고 있
다. 즉, 양귀비가 죽은 후에 양귀비의 영혼을 불러오기 위해 방사를
동원하거나 양귀비의 안부를 묻는다는 것은 모두 황당한 것이기에
이런 행위에 대하여 후대 사람들이 안타까워하지 않을 것이라고 말
하고 있다. 이 시는 전반적으로 현종의 행위를 강력한 조소로써 비
판하며 혼란한 唐末의 현재를 풍자하는 의미를 가지고 있기에, "시
중에 諷刺의 어기를 이용하여 조정이 위태로운 상황에 있음을 꾸짖
고 있다."[14]라는 평가가 있는 것이며, 李商隱이 창작한 유사한 시가

---

14) 앞의 책, 『唐詩歷史觀念研究』, 231쪽. "詩中用諷刺的語氣, 譏刺朝廷在'傾城'之際."

「馬嵬二首」와 비교하면서 "풍자가 아주 지독하다."15)라고 지적하고
있는 것이다.

安史之亂과 관련된 현종과 양귀비는 唐末의 시단에서 창작된 詠
史懷古詩의 대표적인 제재이다. 唐末의 대부분 시인들이 이와 관련
된 시가를 창작했으며, 온정균 역시 적지 않은 시가를 창작했다. 인
용한 시가와 유사한 내용의 시가에는「華淸宮二首」·「華淸宮和杜舍
人」·「馬嵬驛」·「題端正樹」·「洞戶二十二韻」·「太液池歌」 등이 있다.

Ⅲ. 國事에 대한 關心

國事에 대한 관심이란 국가정치에 대한 관심을 말한다. 온정균은
과거에 도전하여 많은 실패를 했지만 역시 유가의 入世精神을 가지
고 있었으며, 앞 장의 현실에 대한 풍자를 담고 있는 시가 역시 그
런 정신에서 비롯되어 창작된 것이다. 이러한 '經世'나 '用世'의 정신
은 그의 시가 중에서도 직접적으로 언급되고 있다. 예를 들어,「過
孔北海墓二十韻」 중의 "蘊策期於世(세상에 기대하는 책략을 품다.)"
에서 '策'이 그런 정신을 가리키는 것이며,「郊居秋日有懷一二知己」
중의 "自笑謾懷經濟策, 不將心事許煙霞(자신이 세상을 다스리겠다는
계획을 가진 것을 비웃지만, 마음속에 가진 의도를 연기나 노을처럼
사라지게 하지 않겠다.)"에서의 '經濟策'이 바로 그런 정신을 말하는
것이다. 우선,「蘇武廟」에 보이는 국가정치에 대한 관심을 엿보기로
하자.

---

15) 앞의 책,『溫庭筠全集校注』, 788쪽. "譏刺更毒."

苏武魂销汉使前,	苏武는 한나라 사신을 보며 혼이 사라질 듯이 격동했었는데,
古祠高樹兩茫然.	옛 사당과 높은 나무는 모두 망연하구나,
雲边雁断胡天月,	구름 가의 기러기는 오랑캐 땅에 뜬 달을 가로질러갔고,
陇上羊归塞草煙.	언덕 위의 양은 안개 가득한 변방의 초원으로 돌아갔었다.
回日楼臺非甲帐,	돌아오니 궁궐은 이미 漢武帝 때의 궁궐이 아닐 수밖에,
去时冠劍是丁年.	사신으로 갈 때에 장년이었으니.
茂陵不见封侯印,	茂陵에 묻힌 武帝는 봉작을 받은 것을 볼 수 없으니,
空向秋波哭逝川.	헛되이 가을 물을 바라보며 통곡하지만 물은 흘러만 갈뿐이네.

蘇武는 漢나라의 대표적인 애국지사이다. 흉노에 사신으로 갔다가 잡혀 투항하지 않고 19년을 흉노의 땅에서 목양을 하며 살았다. 후에 한나라로 돌아와 절개를 지킨 영웅으로 추대 받았다. 첫 연의 첫 구는 한나라 사신이 자신을 데리고 가려고 할 때의 격동을 표현한 것이며, 둘째 구는 현재 소무의 사당이나 사당 옆에 서 있는 높은 나무가 그러한 사실을 알지 못할 것이라며 망연하다고 말하고 있다. 이 부분은 바로 온정균의 감회가 드러난 부분이다. 즉, 국가를 배신하지 않은 애국자인 소무이지만 현재는 아무도 알아주지 않는다고 말하면서, 온정균은 은연중에 나라를 위하는 사람들을 알아주지 않는 현실의 작태를 비판하고 있는 것이다. 둘째 연은 소무가 겪은 흉노 땅에서의 생활을 묘사한 것이다. 셋째 연은 장년의 시기에 사신을 갔었는데 이제는 武帝가 이미 세상을 떠났다고 말하고 있는

데, 굳이 무제를 언급한 것은 바로 자신을 알아주었던 황제를 위해
긴 세월 절개를 지킨 것을 부각하기 위한 것이다. 그러므로 넷째 연
에서 자신이 봉작을 받은 것을 보지 못한 무제를 생각하며 더더욱
슬퍼하고 있는 것이다. 한나라로 돌아온 소무는 실제로 "漢 宣帝시
기에는 蘇武와 같은 절개를 지킨 老臣을 중시하여 우대하며 三百戶
의 食邑을 주었다."[16]의 설명처럼 봉작을 받았는데, 이 부분 역시 의
도하는 바가 있는 것이다. 나라를 위해 절개를 굽히지 않는 소무를
영웅으로 받드는 한나라를 빌어 唐末이라는 현실에서는 그렇게 하
지 않는 것을 은근히 비판하고 있기 때문이다. 이런 비판은 바로 국
가정치에 대한 관심에서 비롯되었다고 할 수 있다.

다음에는 「謝公墅歌」의 후반부를 보기로 하자.

> 四座無喧梧竹静,　사방은 소란함이 없고 오동나무와 대나무도 조용
> 　　　　　　　　　한데,
> 金蝉玉柄俱持颐.　금빛 매미장식 한 謝安과 옥장식의 자루 쥔 謝玄
> 　　　　　　　　　모두 턱을 괴고 있네.
> 対局含嚬见千里,　대국을 두면서 이마를 찡그리며 천리 밖을 내다
> 　　　　　　　　　보았기에,
> 都城已得长蛇尾.　도성에서 이미 흉악한 뱀의 꼬리를 잡은 것이라네.
> 江南王氣繋疏襟,　강남의 왕의 기운이 넓게 나라 위하는 마음을 얽
> 　　　　　　　　　매고 있기에,
> 未许苻坚过淮水.　아직 苻坚에게 淮水를 넘어오도록 허락하지 않은
> 　　　　　　　　　것이라네.

---

16) 앞의 책, 『唐詩選』, 257쪽. "漢宣帝時重視蘇武這樣的'著節老臣', 加以優禮, 食
邑三百戶."

謝公은 東晉시기의 신하로 국가를 위하여 심혈을 기울인 謝安을 가리킨다. 온정균은 사안을 빌어 국가를 생각하고 우려하는 심정을 은연중에 드러내고 있다. 첫 연은 고요한 분위기에서 동진의 두 충신이 정신을 집중하여 긴밀한 담화를 나누는 것을 묘사하고 있다. 다음 연을 보면 그 담화는 바로 바둑을 두는 것임을 알 수 있다. 그러나 단순히 바둑을 두는 것이 아니라 바둑을 두는 고심을 빌어 국가의 안위와 전쟁에서의 승리를 위하여 심사숙고하는 것을 보여주고 있는 것이다. 그러므로 멀리에서도 적을 격파할 수 있는 것이다. 마지막 연은 사안 같은 충신이 있기에 당시의 동진이 부강한 국가를 될 수 있었음을 표현한 것인데, 사실상 온정균은 이러한 언급을 통하여 "現實政治에 대한 感慨"17)를 보여준 것이다. 혼란한 唐末의 정치적 상황을 보면서, 온정균은 사안 같은 충신이 왜 없는 가하며 탄식하며 간접적으로 현실을 비판한 것이다.

다음에는 동한 말기에 활동했던 蔡邕의 무덤을 보면서 쓴 「蔡中郎墳」을 보기로 하자.

古坟零落野花春,　옛 무덤은 영락했지만 봄꽃은 들판에 피었는데,
闻说中郎有後身.　듣자하니 蔡中郎은 張衡의 후손이라네.
今日愛才非昔日,　작금에는 재능 있는 사람을 아끼는 것이 예전만
　　　　　　　　　못하니,
莫抛心力作词人.　문인이 되려고 마음 쓰지 말게나.

---

17) 劉學鍇著, 『溫庭筠傳論』, 安徽大學出版社, 2008, 115쪽. "現實政治感慨."

　　蔡邕은 혼란한 東漢 말기의 문인이다. 董卓이 그의 문재를 귀히
여겨 左中郞將에 임명했는데, 그 뒤로 蔡中郞이라 불렸다. 이 시의
첫 구는 채중랑의 무덤을 보면서 긴 세월이 흘러 황량하게 변한 모
습을 묘사하고 있다. 둘째 구는 그렇게 변했지만 張衡의 文才가 채
중랑에게 전해지듯이 재능을 가진 사람들이 후대로 계속 이어졌음
을 말하고 있는데, 사실상 은연중에 자신에게 이어졌음을 언급하는
것이다. 그런데 갑자기 현재는 동한말기라는 혼란기보다도 더 인재
를 중시하지 않으니 재능을 넓히려고 힘쓸 필요가 없다고 말하고 있
다. 그 이유는 바로 현재의 상황을 풍자하기 위해서이며, 온정균은
조소로써 현재의 상황이 오히려 동한 말기라는 혼란시기보다 못함
을 지적한 것이다. 즉, 재능을 이어받았다고 말하는 자신이 인정받
지 못하는 唐末이라는 현실에서 온정균은 이 시를 통하여 울분을 토
로하는 동시에 "統治者의 인재에 대한 억압과 말살을 폭로"[18]한 것
이다. 인재를 중시하지 않는 통치 집단에 대한 비판은 당연히 국가
를 위하는 마음에서 나온 것이기에 온정균의 憂國 심정을 엿볼 수
있다.
　　다음에는 역시 자신의 울분을 토로하며 국가를 생각하는 심정을
표현한 시가 「過陳琳墓」를 보기로 하자.

> 曾於青史見遺文,　일찍이 사서에 남아있는 陳琳의 글을 읽었는데,
> 今日飄蓬過此墳.　오늘 유랑하다 그 무덤을 지나게 되었다.
> 詞客有靈應識我,　陳琳이 혼이 있다면 당연히 나를 알아줄 것인데,
> 霸才無主始憐君.　탁월한 능력을 알아주는 이 없어서 그대를 가련

---

18) 앞의 책, 『古代詠史詩精選點評』, 107쪽. "揭露了統治者對人才的壓制, 扼殺."

하다고 여긴다네.

石麟埋没藏春草,　石麟은 봄 풀 속에 덮여 매몰되었고,

铜雀荒涼对暮雲.　铜雀臺가 저녁노을을 마주하니 황량하게 보이네.

莫怪临风倍惆怅,　바람이 다가오니 슬픔이 격해지는 것을 책망하지
　　　　　　　　않고서,

欲将书劍学从军.　책과 칼을 지니고 陳琳따라 從軍하리라.

陳琳은 建安七子 중의 한 사람으로, 曹操를 만나 자신의 능력을 펼칠 수 있었다. 온정균은 이 시를 통하여 진림이 능력을 알아주는 통치자를 만난 것에 대한 부러움을 표현하고 있다. 둘째 연에서 온정균은 진림이 '無主'의 상황이었던 시기를 생각하며 진림을 가련하다고 표현했다. 진림은 東漢末期의 혼란 속에 袁紹에게 잡혔는데, 원소는 황제의 그릇이 아니어서 진림의 능력을 알아보지 못했다. 그러므로 "진림이 袁紹를 섬기려고 했지만, 원소가 웅대한 능력을 가지지도 않았고 또한 도움을 감당하지 못할 것이기에 온정균 역시 진림을 가엽게 여겼다."[19]라는 해석을 하고 있는 것이다. 다음 연에 보이는 '石麟'과 '铜雀臺'는 모두 인재를 널리 받아들이는 것과 관련된 건축물인데, 이들이 황폐하게 되었다는 것은 결국 唐末이라는 현재에는 인재를 제대로 등용하지 못하고 있음을 비유적으로 표현했다고 할 수 있다. 마지막 연은 온정균의 울분을 그대로 표현하고 있는 것으로 차라리 진림처럼 종군하여 현재의 상황을 떠나겠다고 말하고 있다. 이 시의 이면에 표현된 인재를 중시여기지 않는 唐末의 현실에 온정균은 유감을 드러내고 있는데, 이런 유감은 바로 시인의

---

19) (淸)錢牧齋, 何義門評注, 韓成武等點校, 『唐詩鼓吹評注』, 河北大學出版社, 2004, 383쪽. "公之始事袁紹, 紹非覇才, 不堪佐補, 我亦當'憐君'也."

국가정치에 대한 관심에서 비롯된 것이라고 할 수 있다.

온정균이 이렇게 국가정치에 대하여 관심을 가지면서 현실을 풍자하고 비판할 수 있었던 것은 바로 "晚唐時代에 仕途는 대지주 계급이 독차지 하고 있었다. 정치적으로 출로를 얻으려면 오로지 권귀에 아부해야만 했다. 그러나 온정균은 그렇게 하지 않았으며 오히려 권귀를 질책하며 꾸짖고 풍자했으며 그들과 어울려 영합하지 않았다. 그의 시에 반영된 누적된 울분은 당시의 역사 조건아래에서는 일정 정도의 사회적인 의의를 가지고 있었다."[20]라는 지적을 통해서도 이해할 수 있다. 이런 언급은 혼란한 세태에서 그가 통치 집단에 아부하지 않으면서 시를 통하여 그들을 풍자하고 비판하고 있음을 말하고 있다. 또한 그가 단순히 실의에 빠져 개인적인 울분을 토로하는 데만 그친 것이 아니라, 그 속에 憂國의 심정과 현실을 생각하는 정신을 담은 시가를 창작했음을 지적한 것이다.

Ⅳ. 當代 인물에 대한 回想

溫庭筠의 詠史懷古詩에는 歷代나 當代의 인물을 생각하며 쓴 시가가 적지 않다. 추상적인 인물도 있지만 실제적인 인물이 대부분이며, 온정균은 이들을 회고하며 주로 자신의 '議論'이나 심리적인 측면 혹은 자신의 처지를 표현하고 하였다. 그중 어떤 '議論'을 가지고 쓴 詠史懷古詩에서는 주로 앞 절에서 인용한 바와 같이 역사 속의

---

20) 앞의 책, 『溫飛卿詩集箋注·前言』 3쪽. "晚唐時代, 仕途爲大地主階級所壟斷, 要想在政治上獲得出路, 只有取媚權貴, 但溫庭筠沒有這樣做, 而是譏刺權貴, 不顧同流合汚. 他詩中所反映的那種屢遭挫折的鬱憤, 在當時的歷史條件下是有一定的社會意義的."

황음에 빠진 황제나 특정 사건 속의 현종이나 양귀비 등이 언급되고 있다. 여기에서는 그런 의도를 표현하는데 중점을 두기보다는 當代의 다양한 인물에 대한 온정균의 回想을 살펴보고자 한다. 이런 인물들을 회상하는 내용을 보면 일부분 '議論'을 밝히거나 '諷刺'의 의도를 드러내는 부분도 있지만, 그것보다는 주로 溫庭筠 자신의 처지나 심리를 보여주고 있다. 우선, 裵度를 회상하는 시가「題裵晉公林亭」을 보기로 하자.

谢傅林亭暑氣微,	謝安의 숲에 있는 정자에는 더위 기운 잦아들었는데,
山丘零落阒音徽.	산 저편 언덕은 황량해졌고 말소리나 용모를 듣고 볼 수 없네.
东山终为苍生起,	東山에서 평생 백성들을 위해 일했거늘,
南浦虚言白首归.	南浦에서 한 말은 헛된 말이 되고 흰 머리로 세상을 떠났네.
池凤已传春水浴,	연못의 봉황이 되어 이미 봄물에 목욕했지만,
渚禽犹带夕阳飞.	물가의 새가 되어 석양 따라 날아가 버렸네.
悠然到此忘情处,	유유히 이런 世情을 잊을 수 있는 곳에 왔으니,
一日何妨有萬機.	하루쯤 바쁜 일이 있어도 어찌 방해가 되랴!

이 시는 裵度가 세상을 떠난 후에 쓴 시이다. 배도는 만년에 낙양에 '午橋'라는 별장을 짓고 한적한 생활을 보냈는데, 이 시에서의 林亭은 바로 이 별장을 가리킨다. 온정균은 후에 다시 이곳에 와서 배도를 회상하면서 이 시를 쓴 것이다. 첫 연에서는 배도와 인생의 행로가 유사한 인물인 東晉시기의 謝安으로 배도를 칭했는데, 그 이유는 배도가 사안과 같이 백성과 국가를 위해 노력했던 인물이기 때문이다. 배도의 별장에 와보니 더운 기운은 사라졌지만, 주위는 황폐

해졌고 배도의 자취를 찾아 볼 수 없다고 말하며 그를 회상하고 있다. 둘째 연은 배도가 평생 백성을 위해 헌신한 인물임을 부각시키는 동시에 한가한 생활을 구가하지 못하고 세상을 떠났음을 언급하고 있다. 셋째 연은 배도가 이곳에서 살다가 다시 백성을 위해 관직에 나아갔지만, 오래지 않아 세상을 떠난 것을 비유적으로 표현하고 있다. 여기에서의 '池鳳'은 배도가 '中書令'이란 관직을 받은 것을 말하며, 석양 따라 날아갔다는 것은 바로 그가 세상을 떠났다는 의미이다. 넷째 연은 교묘하게 온정균 자신의 일을 말하고 있다. 배도의 별장에 와서 세상일을 잊고 한가로우니 이제는 하루쯤 백성과 국가를 위해 일해도 좋다는 의미인데, 그 내면에는 배도와 같이 자신도 관직에 나가 '爲蒼生'하고 싶다는 기대가 숨겨져 있는 것이다. 온정균은 순탄하지 않았던 仕途에서 배도를 통하여 관직에 나가고 싶었기 때문에 그를 애도하면서도 자신을 이끌어 주지 못하고 세상을 떠난 배도가 원망스러웠을 것이다. 그러므로 마지막 연에 언급한 말들의 내면에는 사실상 시인의 침울한 심정이 담겨있다고 할 수 있다. 배도와 관련된 다른 시가 「中書令裵公輓歌詞二首」는 輓歌이지만 역시 배도를 회상하는 시가라고 할 수 있다.

다음에는 李德裕와 관련된 시가인 「題李相公敕賜屏風」을 보기로 하자.

豊沛曾为社稷臣,	豊과 沛에서 나라 세울 때 사직을 짊어진 重臣이 있었고,
賜书名画墨猶新.	하사받은 휘호와 그림의 이름을 쓴 먹이 지금도 새롭다네.
幾人同保山河誓,	몇 명의 신하가 늘 나라를 보위하겠다고 맹세하

려나,

猶自栖栖九陌尘. 오히려 알아서 총총망망 오가느라 길마다 먼지가
날리네.

이 시의 제목에 보이는 '李相公'은 李德裕를 가리킨다. 첫 연에서
'豊'과 '沛'는 바로 漢나라 高祖가 나라를 세웠던 곳을 말하며, '社稷
臣'이란 개국을 돕고 국가의 안위를 짊어진 중신을 말하는데 바로
蕭何를 지칭한다. 여기에서는 소하를 빌어 이덕유를 언급하고 있는
것이다. 온정균은 이덕유가 폄적 당하여 지방으로 가게 되자 이를
분개하며 이 시를 지은 것이다. 둘째 구에서 먹이 채 마르지도 않았
다는 것은 이덕유를 중신으로 인정한 武宗이 준 병풍의 먹이 아직
마르지 않았다는 것으로써 朝變夕改하는 통치자를 은근하게 비판한
것이다. 이어서 이덕유처럼 나라를 위하는 신하가 몇 명이나 되겠는
가하며 질책하면서, 나라보다도 개인의 입신양명을 위해 분주히 아
부하러 다니는 무리들을 조소하고 있다. 그러나 단순히 아부하러 다
니는 사람들을 조소하는 것에만 그치는 것은 아니며, 이러한 현실
속에서 진정으로 나라를 위하는 신하를 알아보지 못하는 통치자도
비판하고 있는 것이다. 그러므로 "공명과 이득에 급급한 이들을 깨
우쳐주는 말이지만, 실제로는 통치자의 각박하고 적은 은혜와 공신
을 쫓아내는 것에 대한 극심한 분개를 숨기고 있는 것이다."[21]라는
해석이 있는 것이다. 온정균이 창작한 이덕유와 관련된 시가에는 「感
舊陳情五十韻獻淮南李僕射」와 「題李衛公詩二首」가 있다.

다음에는 莊恪太子와 관련된 시가 「題望苑驛」을 보기로 하자.

---

21) 앞의 책, 『溫庭筠傳論』, 115쪽. "汲汲於功名利祿者作喚醒語, 實對統治者之刻薄
寡恩, 貶逐功臣甚寅憤慨."

弱柳千条杏一枝,　하늘하늘한 수많은 버들가지와 한 가지 살구나무,
半含春雨半垂丝.　한쪽은 봄비를 머금고 있고, 한쪽은 실을 드리운
　　　　　　　　　듯하다.
景阳寒井人难到,　景阳宮의 차가운 우물에는 사람들이 잘 다가가지
　　　　　　　　　않고,
长乐晨钟鸟自知.　长乐宮의 새벽 종소리는 새만 들을 뿐이다.
花影至今通博望,　아름다운 모습 지금까지 博望苑에 가득하지만,
树名从此號相思.　端正樹는 이로부터 相思樹로 불리게 되었네.
分明十二楼前月,　정말로 十二楼 궁전 앞의 달은
不向西陵照盛姬.　서릉에 묻힌 盛姬를 비추지 않는구나.

　이 시는 온정균이 漢 武帝의 애첩인 戚夫人이 자신의 아들인 趙王
을 태자로 삼고자하여 원래의 태자인 據를 폐하게 계책을 세우고 결
국 자살하게 만든 사실을 빌어, 唐 文宗의 애첩인 楊賢妃가 역시 자
신의 아들인 溶을 태자로 삼으려고 모의하여 원래의 태자인 莊恪태
자 永을 죽게 만든 사건을 언급하며 격분하는 심정으로 쓴 시이다.
이는 궁궐 내부의 암투이지만 온정균에게 있어서는 "溫庭筠은 일찍
이 莊恪太子를 따르며 왕래했다."[22]라는 지적처럼 자신의 입신양명
과 관련된 사건이었기에 십분 격동하여 이 시를 쓴 것이다. 다만, 온
정균의 입장에서 이러한 암투에 대하여 직접적으로 감정을 드러낼
수 없기에 漢나라의 戚夫人을 빌어 완곡하게 표현한 것이다. 첫 연
은 望苑驛의 아름다운 정경을 묘사한 것이다. 둘째 연은 태자가 죽
은 사건이 발생한 후에는 그 아름다운 궁전이 적막하게 변했음을 묘
사하여 은연중에 온정균의 울분을 표현하고 있다. 셋째 연은 相思樹

22) 앞의 책, 『溫庭筠全集校注』, 499쪽. "溫庭筠曾從莊恪太子游."

라고 하여 죽은 태자를 그리워하는 漢 武帝의 마음을 빌어 唐 文宗
이 죽은 태자를 생각하는 심정을 표현했다. 마지막 연에서의 盛姬는
戚夫人을 가리키는데, 궁전의 달이 그녀의 무덤을 비추지 않을 것이
라고 하여 격분한 심정을 대신하고 있다. 이와 유사한 내용을 표현한
시가에는 「唐莊恪太子輓歌詞二首」·「生禖屛風歌」·「雍臺歌」·「四皓」·
「洞戶二十二韻」 등이 있다.

온정균은 자신이 활동했던 시기인 當代의 인물을 회고하거나 회
상하는 가운데 사회를 비판하거나 자신의 울분을 드러내고 있다. 그
러나 사실상 회상의 대상이 된 인물들을 보면 모두 온정균 개인의
仕途와 관련이 있다. 즉, 계속해서 낙제했던 온정균은 배도나 이덕
유 및 장각태자의 추천을 통해 관직에 나가고 싶었기 때문이다. 그
러나 이들이 힘을 잃거나 세상을 떠났기에 온정균의 입장에서는 낙
심하지 않을 수 없었을 것이다. 그러므로 비판적으로 사회를 보게
되었을 것이며 동시에 자신의 처지에 대한 비관으로 처량함을 느꼈
을 것이다. 當代 인물을 회상하는 溫庭筠의 詠史懷古詩는 적지 않
다. 예를 들면, 劉禹錫을 애도하는 輓歌로 「秘書劉尙書輓歌詞二首」
이 있으며, 甘露之變의 희생자 王涯를 회상하는 「題豊安里王相林亭
二首」가 있으며, 賀知章을 생각하는 「秘書省有賀監知章監知章草題
詩筆力遒健風尙高遠拂塵尋玩因有此作」·「題賀知章故居疊韻作」 등이
있다. 또한 古代의 인물을 회상한 것이지만 역시 온정균의 처지와
관련된 시가들이 있다. 예를 들면, 이광을 빌어 온장군의 처지를 슬
퍼하며 자신을 비유하는 「傷溫德彝」가 있으며, 司馬相如를 생각하
며 불평을 드러낸 「車駕西遊因而有作」이 있으며, 악기를 연주하는
무명의 인물을 빌어 격세지감을 표현한 「彈箏人」이 있다. 언급한 시
들은 인용한 시들과는 시기적이나 내용적으로 차이가 있지만, 시가

에 나타난 情調를 보면 모두 온정균의 울분과 불우한 처지를 대변하
는 듯한 공통점을 가지고 있다.

V. 女人의 不幸에 대한 同情

온정균의 詞가 여인과 관련이 많다고 하지만, 사실상 그의 詩 역
시 여성을 제재로 삼은 창작이 적지 않다. 또한 여성 제재의 시는
다양한 형식을 가지고 있는데, 그중에서 詠史懷古詩의 형식을 가진
것도 있다. 온정균의 여인과 관련된 영사회고시에서 사랑이나 즐거
움을 표현한 것도 있지만, 대부분의 詠史懷古詩는 여인의 불행한 운
명을 묘사하며 그녀들을 同情하는 심리를 드러내고 있다. 우선, 妓
女와 관련된 시가「張靜婉採蓮曲」의 후반부를 보기로 하자.

秋罗拂水碎光动,	가을 빛 비단이 물을 쓸어내니 반짝반짝 빛나지만,
露重花多香不销.	이슬 가득한 꽃이 머금은 향기는 사라지지 않네.
鸂鶒交交塘水满,	연못 가득한 물에는 물새가 울고 있는데,
绿芒如粟莲茎短.	푸른 연꽃 가시는 좁쌀 같고 연꽃 줄기는 짧네.
一夜西风送雨来,	하루 밤새 서풍이 불어 비를 불러와,
粉痕零落愁红浅.	연꽃 흔적 사라지게 하여 붉은 꽃 옅어질까 근심스럽네.
船头折藕丝暗牵,	뱃머리에서 연꽃 잘라내도 실이 모르는 사이에 엉키는 것은.
藕根莲子相留连.	연꽃 뿌리와 연밥이 서로 연결되어 있어서 일 것이네.
郎心似月月未缺,	사내의 마음은 마치 달과 같은데, 그 달은 아직 일그러지지 않아,

十五十六淸光圓. 보름달처럼 맑고 둥글둥글하네.

이 시의 서문에 "靜婉, 羊侃伎也. (靜婉은 양간의 기녀이다)"라고
언급이 되어있듯이 靜婉은 梁나라 羊侃이라는 인물이 데리고 있는
기녀이다. 온정균은 영사회고시이외에도 기녀와 관련된 많은 시를
창작했는데, 대개는 시대와 상관없이 기녀의 아름다움이나 애정 또
는 애상을 표현했다. 이 시 역시 인용하지 않은 전반부에서는 양완
의 아름다움을 세밀하게 묘사하면서 '麒麟公子'와의 사랑을 언급하
고 있다. 후반부에서의 첫 연은 연꽃을 따는 기녀를 묘사한 것이다.
아름다운 옷을 입은 정완이 연꽃을 따느라 물속에 들어가 있는데 움
직이기에 옷이 물을 쓸고 있다고 한 것이며, 그 움직임에 따라 빛이
반짝거리는 것이다. 둘째 연에서는 '좁쌀' 같다든가 '짧다'든가 하는
말로써 은근하게 사랑이 멀어짐을 암시하고 있다. 셋째 연은 비가
내리면 꽃이 질 것이라고 근심하고 있는데, 이것은 바로 정완이 젊
음이 사라지면 사랑을 얻지 못하게 될 것을 근심하는 것을 말한다.
넷째 연에서는 현재의 화려함과 사랑을 잃고 싶지 않음을 연뿌리와
연밥이 서로 함께 있고 싶다는 말로 대신하고 있다. 마지막 연에서
달과 같은 낭군이라는 의미는 사실상 달이 일그러지고 다시 둥글어
지는 변화가 있는 것처럼 낭군의 마음이 쉽게 변한다는 말이다. 그
러나 아직은 보름달처럼 둥글다고 표현하여 낭군의 마음이 변하지
않았다고 말했지만, 앞 연의 의미와 연관시키면 결국은 '未'라는 단
어가 있듯이 아직은 변하지 않았을 뿐인 것이다. 그러므로 여인은
근심에 빠져 있는 것이다. 온정균은 이러한 기녀의 불행한 운명을
간접적으로 표현한 것이다. 유사하게 기녀의 불행을 同情하고 있는
시가에는 「蘇小小歌」가 있다.

다음에는 宮女의 불행을 同情하고 있는 시가 「金虎臺」를 보기로
하자.

碧草连金虎,   푸른 풀들은 金虎臺까지 이어져있고,
青苔蔽石麟.   파란 이끼는 石麟을 덮고 있네.
皓齿芳尘起,   아름다운 미녀가 감미로운 노래를 부르고,
纤腰玉树春.   봄날에는 가느다란 허리로 玉樹後庭花을 부르며 춤추
               었네.
倚瑟红铅湿,   거문고에 맞춰 연주하는데 화장이 젖었고,
分香翠黛嚬.   화장한 궁녀들의 비취빛 눈썹은 찡그러졌다네.
谁言奉陵寝,   누가 奉山陵에서 기거한다고 말하겠는가!
相顾復霑巾.   서로 돌봐주며 늘 수건을 적신다네.

金虎臺는 漢나라 말기에 세운 누대이고, 石麟은 황제의 무덤 앞에
세우던 석물이다. 첫 연에서 온정균은 이러한 건축물을 언급하면서
이제는 황폐하게 변화되었음을 보여주고 있다. 이렇게 과거의 건축
물이 황폐화 된 것을 먼저 언급한 것은 의도하는 바가 있기 때문이
다. 즉, 오랜 세월이 흘러 모든 것이 변화되지만 변하지 않는 불합리
한 제도를 지적하며 비판하기 위함이다. 둘째 연은 아름다운 궁녀들
이 노래하고 춤추는 모습을 묘사했는데, 이는 궁녀들이 아름다움을
잃지 않았을 때의 상황이다. 셋째 연은 세월이 흘러가면서 궁녀들이
자신의 운명을 생각하기에 눈물이 흘러 화장이 지워지고 눈썹이 찡
그러지는 것이다. 漢나라부터 시작된 궁녀에 대한 제도는 궁녀가 나
이가 들고 아이들 낳지 못하면 마치 '고려장'과 같이 '奉山陵'으로 보
내져 여생을 마쳐야 했다. 이런 제도는 漢나라 金虎臺가 황폐하게
변하듯 변해야 하는데 그대로 존속되었기에 唐末의 궁녀 역시 '奉山

陵'으로 보내졌다. 그러므로 마지막 연에서 궁녀들은 '奉山陵'에서 살고 있지만 그곳에서는 산다고 할 수 없는 것이라고 말하며, 비인 도적인 제도에 따라 눈물로 남은 생을 보낸다고 표현했다. 온정균의 시가에서 궁녀를 고통을 대변한 시가는 극히 드물지만, 궁녀 역시 여인이기에 이 시 역시 여인과 관련된 시가라고 할 수 있다. 위와 유사한 궁녀의 애상을 표현한 詠史懷古詩에는 「走馬樓三更曲」가 있다.

다음에는 궁궐 내부에서의 애절한 사랑을 표현한 시가 「古城曲」의 후반부를 보기로 하자.

> 白马金络头,　백마에는 금색 재갈이 물려있는데,
> 东风故城曲.　동풍이 故城의 모퉁이에 불어오네.
> 故城殷贵嫔,　故城의 殷贵嫔은
> 曾占未来春.　일찍이 봄 같은 미래를 간직하고 있었네.
> 自从香骨化,　허나 백골로 화하고 나서는
> 飞作马蹄尘.　말발굽 아래 먼지가 되어 날아다닐 뿐이네.

인용하지 않은 이 시의 전반부에는 한가로운 시골의 풍경을 묘사하고 있다. 중심 부분에 해당하는 이 후반부에서 온정균은 六朝의 宋나라 孝武帝와 殷貴嬪의 애절한 사랑을 빌어 세월이 흐르면 모든 것이 변한다는 사실을 언급하고 있다. 첫 연은 시인이 말을 타고 古城을 지나가는 상황을 묘사한 것이다. 古城은 바로 宋나라의 수도 建康을 가리킨다. 둘째 연은 고성에서 효문제의 총애를 받은 은귀빈이 미래에도 봄 같은 사랑을 받게 됨을 언급했는데, 그것은 바로 은귀빈에 얽힌 고사에서 비롯된 것이다. 효문제는 총애하는 은귀빈이 죽자 잊지 못해 시신을 늘 볼 수 있는 관에 두고 가까이 하면서 그녀를 貴妃로 삼아 격을 높여주었다. 이러한 고사가 있기에 봄날 같은 미래를 가지고 있다고 표현한 것이다. 그러나 세월이 흐르자 그 백골은 먼지처럼 날린다고 하여 아무리 애절한 사랑이라도 세상을 떠나면 다 허망한 것이라 말하며 여인의 입장에서 안타까움을 드러내고 있다.

여인과 관련된 詠史懷古詩는 이외에도 몇 편이 더 있지만, 내용을 분석해 보면 통일성이 없다. 예를 들면, 「漢皇迎春詞」의 일부분은 武宗과 趙飛燕의 애정을 묘사하고 있고, 「經舊遊」는 온정균이 이전에 사랑한 여인을 그리워하는 내용이며, 「公無渡河」는 여자의 입장에서 노부부의 인생비극을 표현하고 있다. 여인과 관련된 시가들이 가진 情調를 보면 기쁨보다 슬픔이 많다. 그 이유는 온정균 자신이 불우한 처지에 있었기에 유사한 처지를 가진 여인들에게 더욱 많은 관심을 가졌기 때문일 것이다.

Ⅵ. 맺는 말

溫庭筠의 시가에서 詠史懷古詩는 64首로 전체 시가 중에서 약 5분의 1을 차지한다. 영사회고시는 唐末에 성행했던 형식으로 온정균 역시 그런 조류에 편승했다고 할 수 있다. 일반적으로 唐末의 시인들이 詠史懷古詩를 창작했던 이유는 주로 현실에 대한 풍자를 통하여 현실을 비판하기 위해서였다. 온정균의 영사회고시를 고찰해보면 唐末 시인들이 영사회고시를 창작한 목적과 완전하게 일치하지는 않지만 많은 부분이 유사함을 알 수 있다. 즉, 영사회고시를 내용별로 구분한 부분 중에서 '현실에 대한 풍자'와 '國事에 대한 관심'은 바로 현실에 대한 풍자를 통하여 현실을 비판하며 개조하고자하는 의도가 선명하게 드러난 부분이다. 이러한 부분은 일반적으로 본다면 새로운 특징이라고 할 수 없겠지만, 온정균이라는 시인의 입장이라면 다를 것이다. 그 이유는 온정균의 시가가 늘 염정적인 내용과 화려한 수사를 가지고 있다는 평가로써 알려져 왔기 때문이다. 사실상 詠史懷古詩에 나타난 '현실에 대한 풍자'는 唐末 현실주의시가의 정형을 그대로 가지고 있는 시가이며, '國事에 대한 관심'에 보이는 영사회고시 역시 온정균이 가진 '經世'나 '用世'의 정신을 바탕으로 한 현실주의시가이다. 온정균의 영사회고시가 가진 특징 중의 하나가 상술한 풍자성과 현실성이라고 한다면, 다른 또 하나의 특징은 詠史懷古詩에 드러난 심리적인 情調에 있다. 온정균의 영사회고시는 전반적으로 感傷적인 情調가 바탕이 되고 있다. 즉, 현실을 풍자하면서도 한편으로는 황량한 정황을 묘사하거나 다시 돌이킬 수 없는 정황을 묘사하여 시름에 잠겨 있는 심리를 함께 보여주고 있으며, 國事에 대한 관심을 표명하여 현실을 비판하면서도 자신의 불행한 처지와 비교하며 비판하고 있기에 시 전체는 침울한 情調가 바탕이 되고 있다. 또한 當代 인물들을 회상하며 창작한 영사회고시도 그 인물들이 대부분 불행했던 인물들이기에 情調로 본다면 역시 침울하며, 여인의 불행을 同情하고 있는 詠史懷古詩도 그 이면에는 시인 자신의 불행한 처지를 비관하는 것이 은연중에 숨겨져 있기에 여인들을 동정하며 그녀들의 슬픔을 주로 표현하게 된 것이다.

溫庭筠의 詠史懷古詩가 온정균 전체 시가의 중심이 되는 것은 아니지만, 영사회고시에 보이는 풍자성과 현실성 그리고 영사회고시에 전반적으로 드러나고 있는 感傷적인 정조에 대한 고찰은 온정균의 시 세계를 평가하는데 새로운 시각을 제시했다고 할 수 있다. 아울러 詠史懷古詩뿐만 아니라 그의 전체 詩에 나타난 내용이나 정조를 보면, 그의 詞와 유사한 측면이 적지 않기에 차후에는 詩를 詞와 연관시켜 연구해보고자 한다.

◦ 參考文獻 ◦

(唐)溫庭筠著, (清)曾益等箋注(1980), 『溫飛卿詩集箋注』, 上海古籍出版社.

(清)錢牧齋, 何義門評注, 韓成武等點校(2004), 『唐詩鼓吹評注』, 河北大學
　　　出版社.

沈松勤・胡可先・陶然著(2006), 『唐詩研究』, 浙江大學出版社.

岳希仁編著(1996), 『古代詠史詩精選點評』, 廣西師範大學出版社.

吳庚舜・董乃斌主編(1995), 『唐代文學史』, 人民文學出版社.

劉學鍇著(2007), 『溫庭筠全集校注』, 中華書局.

劉學鍇著(2008), 『溫庭筠傳論』, 安徽大學出版社.

李定廣著(2006), 『唐末五代亂世文學研究』, 中國社會科學出版社.

李曉明著(2009), 『唐詩歷史觀念研究』, 人民出版社.

田耕宇著(2001), 『唐音餘韻』, 巴蜀書社.

趙榮蔚著(2004), 『晚唐士風與詩風』, 上海古籍出版社.

中國社會科學院文學研究所編(1995), 『唐詩選』, 人民文學出版社.

陳伯海主編(1993), 『唐詩論評類編』, 山西教育出版社.

陳伯海主編(1996), 『唐詩彙評』, 浙江教育出版社.

陳伯海主編(2004), 『唐詩學史考』, 河北人民出版社.

三、

詠物詩와 사회문화

皮日休의 詠物詩 研究

Ⅰ. 들어가는 말

皮日休(834?~881?)는 唐代말기인 咸通년간에 주로 활동했던 시인이다. 晩唐의 시인들 중에서 대표적인 시인은 아니지만, 일찍이 陸龜蒙과의 唱和詩로 이름나 소위 '皮陸'으로 불리었던 저명한 시인이다. 피일휴의 시가창작은 일반적으로 『皮子文藪』에 수록된 시가로서 널리 알려져 있다. 즉, 『皮子文藪』에 수록된 시가 「正樂府十編」에 대한 "확실히 백거이의 현실주의시가이론의 지속이다."[1]라는 평가를 통하여 알 수 있듯이 피일휴는 소위 현실주의시가를 창작한 시인으로 인식되고 있다. 그러나 사실상 『皮子文藪』에는 단지 35首의 시가가 수록되어 있을 뿐이기에, 이로써 그의 전체 시가 약 400여首를 대표한다고는 볼 수 없다.[2] 특히 陸龜蒙과의 唱和詩를 엮은 『松陵集』에 전하는 320여수는 주로 隱逸시풍을 가지고 있다.

본고에서는 皮日休의 전체 시가 중에서 詠物詩만을 선별하여 살

---

1) 游國恩等主編, 『中國文學史』, 人民文學出版社, 1992, 212쪽. "顯然是白居易現實主義詩歌理論的持續."
2) 皮日休의 시가는 『皮子文藪』에 35首가 있으며, 주로 陸龜蒙과 唱和한 시가집인 『松陵集』에 320여수가 전해진다. 또한 『全唐詩』는 『皮子文藪』에 수록된 시가와 『松陵集』에 전해지지 않는 기타 시가 및 『松陵集』에 수록된 시가를 엮었는데, 386首가 수록되어 있다. 여기에 『全唐詩補編』에 최근에 발굴된 9首의 시가가 전해진다. 결국, 이를 합하면 피일휴의 전체 시가는 약 400여首라고 할 수 있다.

펴보고자 한다. 周弼은『三體詩法』에서 "詠物詩는 … 唐末에 이르러
돌연 한 가지 형태를 형성 하였는데, 사물을 빗대어 노래하는 것에
만 구애받지 않고 별도의 새로운 다른 의미를 드러내었다."3)라고 말
하고 있다. 여기에서는 우선 唐末에 詠物詩가 성행했다는 것을 알
수 있다. 실제로 唐末을 대표하는 시인들은 적지 않은 詠物詩를 창
작하고 있다.4) 또한 그 詠物詩의 특징이 단순히 사물 자체만을 표현
하는데 국한되지 않고 시인의 의도를 표현하고 있음을 밝히고 있다.
소위 詠物詩란 사물을 빌어 시인의 의도를 기탁하는 창작수법이다.
王士禛은 "詠物詩의 창작은 반드시 소위 禪家에서 말하는 바와 같이
사물에 붙어있어도 안 되며 또한 떨어져서도 안 되는 것이며, 동시
에 사물을 너무 드러내서도 안 되며 또한 지나치게 벗어나서도 안
된다. 이렇게 하는 것이 최고의 경지이다."5)라고 말하고 있는데, 이
는 詠物詩창작의 가장 표준이 되는 정의이다. 특히 '不卽不離'의 의
미는 詠物詩의 창작에 있어서 사물 자체만을 말하여서도 안 되며,
또한 시인의 의도하는 바를 나타내고자 하여 지나치게 사물 자체를
벗어나서도 안 된다는 것이다. 다시 말하자면, 詠物詩의 창작은 사
물 자체만을 말하는 것과 사물을 빌어 시인의 의도를 나타내는 것으
로 나누어진다고 할 수 있다. 다시 周弼의 견해를 본다면, 唐末의 詠
物詩는 시인의 의도를 드러내는 역할을 하고 있음을 지적했다고 할

3) 周弼著, 『三體詩法』. "詠物 … 至唐末忽成一體, 不拘所詠物, 別入外意." (陳伯海
主編, 『唐詩論評類編』, 山東教育出版社, 1993, 재인용, 669쪽.)
4) 杜牧의 詠物詩는 40여首이며, 李商隱의 詠物詩는 100여首이고, 羅隱은 60여
首의 詠物詩를 창작하였다.
5) 王士禛著, 『帶經堂詩話』, 人民文學出版社, 1998, 305쪽. "詠物之作, 須如禪家所
謂不粘不脫, 不卽不離, 乃爲上乘."

수 있다.

　皮日休의 시가 중에서 詠物詩의 창작은 의외로 상당히 많아 121首에 달하며, 전체 시가의 약 4분 1 이상을 차지하고 있다. 그러므로 일단 수량 상에 있어서 연구할 가치가 있다고 생각한다. 아래에 피일휴의 詠物詩를 詠物詩에 대한 제재분석과 詠物詩에 나타난 작가의 의도고찰로 나누어 皮日休의 詠物詩가 가진 특징을 고찰하며, 아울러 이를 통하여 皮日休의 전체 시가의 경향성에 대한 평가도 새로이 정리하고자 한다.

Ⅱ. 詠物詩의 제재분석

　皮日休의 詠物詩는 제재에 있어서 아주 다양하다. 일부는 기타 시인들의 詠物詩와 다를 바 없는 사물들을 이용하여 창작하고 있지만, 또 다른 일부는 皮日休만의 독특한 사물을 제재로 하여 詠物詩를 창작하고 있다. 크게 식물이나 동물 그리고 일상생활속의 사물과 기타사물로 나눌 수 있다. 식물을 다시 분류하면 화훼류와 草木類로 나눌 수 있다. 동물인 경우에는 일반적으로 새와 짐승이나 곤충 그리고 물고기 등으로 많이 분류되고 있다. 일상생활속의 사물이란 주로 술과 차를 위주로한 다양한 사물들을 말한다. 기타 사물로는 날씨나 명승지 등으로 통일시키기 어려운 사물들을 분류하였다. 아래에 皮日休의 詠物詩 121首를 사물의 명칭에 따라 네 가지 항목으로 분류하고 다시 세부 항목으로 나누어 정리하였다.6)

---

6) 皮日休 詠物詩의 제목에서 사물에 해당하는 명칭만을 분류하였다.

1. 식물(27首)

화훼(14首)：白莲花　白莲2　樱桃花　菊　莲花　蔷薇2　木兰　白菊
　　　　　　　蔷薇　石榴花　辛夷花　野梅

초목(13首)：浮萍　芳草　桂子　松桂　竹　橘子　杏　古杉　青棵子
　　　　　　　石榴　小松　小桂　樱桃

2. 동물(13首)

새(9首)：　金鸂鶒　鹤2　鸳鸯2　白鸥　孔雀　喜鹊　惜乂鸟

짐승(1首)：鞠侯(원숭이)

곤충(1首)：蚊子

물고기(2首)：蟹　海蟹

3. 일상생활속의 사물(58首)

술 관련 사물(18首)：酒星　酒泉　酒筭　酒牀　酒墟　酒樓　酒旗
　　　　　　　　　　　酒樽　酒城　酒乡　酒池　酒龙　酒甕　酒船　酒鎗
　　　　　　　　　　　酒杯　酒2

차 관련사물(10首)：煮茶　茶瓯　茶鼎　茶焙　茶灶　茶舍　茶籯
　　　　　　　　　　　茶笋　茶人　茶坞

땔나무 관련(10首)：樵歌　樵火　樵风　樵担　樵斧　樵径　樵子
　　　　　　　　　　　樵叟　樵家　樵谿

낚시도구 관련 사물(20首)：等箵　舴艋　药鱼　種鱼　網　罩　罶
　　　　　　　　　　　　　　釣筒　釣車　魚梁　義鱼　射鱼　鳴根　滬　蓤　背篷　箸
　　　　　　　　　　　　　　笠　蓑衣　钓矶　鱼庵

4. 기타(23首)

雪 雲北 雲南 过雲 洞 鹿亭 石窗 石板 石 潭 泉 药 紫石
砚 太湖砚 舟 器 杖 樊榭 坞 鱼笺 印囊 鶴屏 乌龙养和

위의 분류를 보면 몇 가지 특징을 알 수 있다. 첫째는 詠物詩의
제재가 다양하다는 점이다. 皮日休는 많은 시인들이 제재로 사용하
는 사물을 이용하여 詠物詩를 창작했을 뿐만 아니라, 일반 시인들이
제재로 삼지 않은 다양한 제재를 이용하여 詠物詩를 창작하였다.
즉, 일상생활에서 보이는 사소한 사물들도 제재로 삼았을 뿐만 아니
라 세밀한 용어를 이용하여 詠物詩의 제재로 이용했다. 예를 들면,
술이나 차 및 낚시도구에서의 구체적인 사물을 제재로 삼고 있으며,
특히 일상생활에서 보이는 印囊(도장주머니)·鱼笺(편지종이)·鶴屏
(학병풍)·乌龙养和(등받이 의자) 등은 상당히 독특한 詠物詩의 제재
라고 할 수 있다. 두 번째 특징은 술이나 차 및 낚시 도구에서 보이
는 상당히 전문적인 특정한 사물을 제재로 삼아 詠物詩를 창작했다
는 점이다.[7] 이는 우선 피일휴의 박학다식한 측면에서 기인한다고
도 할 수 있다. 陸龜蒙은 스스로 「漁具詩」序에서 이러한 제재에 대
하여 "모두 『詩經』과 『書經』 및 잡다한 서적 그리고 오늘날 보고 듣
고 참고한 것으로부터 나온 것이다."[8]라고 말하여 그 전문적인 지식

---

7) 낚시와 관련된 사물을 예를 들면 药鱼(약이 되는 물고기), 種鱼(씨 물고기),
   罩(대나무로 만든 漁具), 罾(그물의 일종), 釣筒(낚시대롱), 釣車(낚시수레), 魚
   梁(고기 잡는 다리), 義魚(고기의 일종), 射魚(창으로 잡는 물고기), 鳴根(미끼
   의 일종), 滬(어부), 背篷(거룻배), 箬笠(미끼의 일종), 蓑衣(낚시할 때 입는 옷)
   등이 있다.
8) 『四庫全書』, 1332冊, 199쪽. "皆出于詩書雜傳及今之聞見可考."

의 근원을 밝히고 있다. 皮日休는 역시 이에 화답하여 「奉和漁具十五詠」을 지었다는 것은 육구몽과 마찬가지로 漁具에 대한 박학다식한 지식을 가지고 있다는 것을 의미한다고 할 수 있다. 셋째는 술이나 차 및 낚시 도구에 나타난 詠物詩가 집중적이고 組合性을 가지고 있다는 점이다. 즉, 술과 관련된 사물은 18首, 차와 관련된 사물은 10首, 낚시도구와 관련된 사물 20首 등으로 동일한 관련 제재를 모아놓고 있다. 이는 이전의 詠物詩 창작에서는 찾아 볼 수 없는 특이한 부분이다.

상술한 세 가지 특징을 종합하면 피일휴의 詠物詩 창작은 제재의 측면에서의 확대를 가져왔다고 할 수 있으며, 이는 이후 詠物詩 자체의 제재 확대에 있어서 일정한 의의가 있다고 할 수 있다.

Ⅲ. 詠物詩에 나타난 작가의 의도고찰

皮日休는 일반적으로 현실주의시가를 많이 창작한 시인이라고 하지만 그의 『松陵集』을 보면 은일취향의 시가가 더욱 많다. 여기에서는 그의 詠物詩의 내용분석을 통하여 시인이 詠物詩의 사물을 어떤 의도로 이용하고 있는 가를 고찰하고자 한다. 크게 詠物詩에 나타난 諷刺性과 詠物詩에 표현된 일상생활로 나누어 보았다.

1. 詠物詩에 나타난 諷刺性

皮日休는 일찍이 『皮子文藪』에 수록된 「正樂府」의 서문에서 "시에서의 찬미란 그것을 듣는 사람에게 충분히 공훈을 세우는데 권고가 되게 함이며, 시에서의 풍자란 그것을 듣는 사람에게 정치하는데 있어서 경계로 삼게 하기 위해서이다."9)라고 말하며, 시를 창작하는 목적은 바로 소위 '美刺說'에 근거한 讚美와 諷刺를 통한 현실성에 있음을 밝히고 있다. 이러한 현실사회에 대한 관심은 그의 詠物詩에서도 보이고 있다. 『皮子文藪』 중의 「正樂府」十篇에서는 「惜義鳥」와 「诮虛器」가 詠物詩이다. 이중에서 「惜義鳥」10)를 살펴보기로 하자.

商颜多义鸟,	商颜에는 의로운 새가 많지만,
义鸟实可嗟.	의로운 새는 정말 탄식할 만하다.
危巢半欓欓,	높은 둥지 한쪽 끝에 갇혀,
隐在栲木花.	북나무 꽃 속에 숨어 살고 있으니.
他巢若有雏,	그 둥지에 만약 큰 새가 있다면,
乳之如一家.	잘 먹고서 한 집안을 이루었을 것 같네.
他巢若遭捕,	그 둥지에서 만약 잡힌다면,
投之同一罗.	그물에 던져진 것과 같아진다네.
商人每秋贡,	상인은 가을마다 공물을 바치는데,
所贵復如何.	귀하기로 이것만한 것이 없네.
饱以稻粱滋,	곡식을 배불리 먹여 번식시키고,
饰以组繡华.	비단으로 잘 입혀 화려하게 하네.
惜哉仁义禽,	애석하도다! 어질고 의로운 새가,
委戏于宫娥.	궁녀로 보내져 희롱 당하는구나.
吾闻凤之贵,	나는 봉황이 귀하고
仁义亦足夸.	인의란 족히 훌륭한 것이라고 들었다.
所以不遭捕,	그러하니 잡히지 않으려는 이유는,

---

9) 『皮子文藪』에 수록된 「正樂府」의 서문에 "詩之美也, 聞之足以勸乎功; 詩之刺也, 聞之足以戒乎政."
10) (唐)皮日休著, 蕭滌非・鄭慶篤整理, 『皮子文藪』, 上海古籍出版社, 1981, 110쪽.

　　盖缘生不多. 대개 인생 길지 않기 때문인 것이다.

　　이 시는 '義鳥'라는 가공의 새를 통하여 통치 집단이 현명한 인재
를 중시하지 않고 오히려 노리개로 취급하는 것을 비판하고 있다.
시인은 소위 '托物寄諷'의 수법을 이용하여 직접적이지 않게 은근하
게 통치 집단의 문제점을 지적하고 있다. 즉, 시인은 우선 의도적으
로 '새'를 이용하여 인의의 상징으로 만들고는 이 인의를 알아보지
못하는 통치 집단을 비판한 것이다. 또한 겉으로는 잘 먹이고 잘 입
히는 것이 결국은 자신들의 희롱걸이로 삼기 위한 것임을 드러내어
추악한 통치 집단의 모습을 보여주고 있다. 이러한 상황을 보면 왜
시인이 서두에 직접적으로 의로운 새가 탄식할 일이라고 말했는가
를 알게 해준다.
　　『皮子文藪』 중의 「雜古詩」十六首에서는 「蚊子」와 「喜鵲」이 詠物
詩이다. 그중에서 「蚊子」11)를 보기로 하자.

　　　隐隐聚若雷,　우뢰와 같이 요란스럽게 모이더니,
　　　嘬肤不知足.　살을 물어도 만족해하지 않는구나.
　　　皇天若不平,　하늘이 이와 같이 불공평하니,
　　　微物教食肉.　모기들이 내 몸의 고기를 먹는구나.
　　　贫士無绛纱,　가난한 선비는 모기장이 없기에,
　　　忍苦卧茅屋.　고통을 참으며 초가집에 누워있다네.
　　　何事觅膏腴,　무슨 일로 여기에서 기름진 음식을 찾는가?
　　　腹無太仓粟.　배에는 관리들의 창고에 있는 곡식이 없거늘.

---

11) 같은 책, 112쪽.

이 시는 모기라는 곤충을 이용하여 교묘하게 사회에 존재하는 불공평한 측면을 풍자하고 있다. 시인은 모기가 사람의 피를 빨아 먹는데, 만족할 줄 모르고 계속해서 빨아 먹는 사실을 빌어 관리들의 수탈과 착취를 은근하게 비유하고 있다. 이어서 시인은 모기가 자신의 피를 빨아 먹는 것은 하늘이 불공평해서라고 말하고 있다. 그 이유는 모기장도 없이 사는 가난한 선비의 피를 빨아 먹는 모기에게 하는 말에서 드러나고 있다. 즉, 왜 가난하고 마른 선비에게서 피를 빨아 먹는가? 모기가 좋아하는 기름진 피는 창고에 곡식을 가득 쌓아 놓고 이를 먹는 관리들의 피부에 있지 않은가? 시인은 모기가 기름진 피부를 가진 관리의 피를 빨지 않고 자신의 피를 빨아 먹는 것이 바로 '不平'한 것이라고 부각시켜 교묘하면서도 재미있게 표현하였다. 그러므로 "이 시는 익살스러움 속에 장중함이 깃들어 있으며, 모기를 말하는 것을 빌어 작가의 통치에 대한 불만감정을 드러내었다."[12]라는 평가 역시 적절하다. 다음에는 皮日休의 『松陵集』에 전하는 시가 「太湖诗」二十首 중의 「太湖石」[13]을 보기로 하자.

> 兹山有石岸, 이 산에는 돌 언덕이 있는데,
> 抵浪如受屠. 파도에 부딪혀 부서져버렸다.
> 雪阵千萬战, 파도가 수없이 쳐대니,
> 薛巖高下刳. 이끼 가득한 암석이 높은 곳에서 떨어져 내렸다.
> 乃是天诡怪, 이리하여 천연의 기괴함을 갖게 되었는데,
> 信非人功夫. 진실로 사람의 힘으로 만들 수 없는 것이었다.

---

12) 毛毓松編著, 『鳥獸蟲魚詩大觀』, 廣西師範大學出版社, 1992, 233쪽. "此詩寓莊於諧, 借詠蚊子抒發了作者對統治的不滿之情."
13) 『四庫全書』, 1332冊, 192~193쪽.

......
通侯一以眄,　높은 이가 한 차례 보더니,
贵却骊龙珠.　귀하고 진귀한 보배로 여겼다.
厚赐以睐睎,　금은보화로 후사하고,
远去穷京都.　長安으로 멀리 보내주기도 하였다.
五侯土山下,　권세가들은 흙산 아래에서,
要尔添巖嶹.　더욱 험한 곳으로 가까이 가려하네.
赏玩若称意,　감상하다가 만약 마음에 든다면,
爵禄行斯须.　순식간에 관직과 봉록을 주네.
苟有王佐士,　진실로 왕을 보좌하는 사람들은 모두
崛起于太湖.　太湖에서 나왔는가?
试问欲西笑,　묻노니 長安 있는 서쪽을 보고 웃으려면,
得如兹石無.　이 돌을 얻어야만 되는 것이 아닌가?

　이 시는 太湖에 머물면서 쓴 유람시라고 할 수 있다. 모두 20首를
창작했는데, 그중 이 시만이 詠物詩라고 할 수 있다. 太湖에서 생산
되는 소위 太湖石은 기이한 모양으로 진상용으로 이용되었다. 시인
은 이 돌을 이용하여 통치 집단의 황당한 행위에 대하여 비판과 조
소를 보여주고 있다. 고위 관직에 있는 관리들은 이 돌의 천연적인
기괴함을 좋아하고, 마음에 들면 진상한 이에게 금은보화와 관직을
주었다. 때문에 관리들은 높은 관직을 얻고 長安에서 관직생활을 하
기 위하여 이 돌을 구하여 진상하고자 하였다. 시인은 이러한 행태
를 비유적이면서도 신랄하게 지적하고 있다. 즉, 시인은 현재 왕을
보좌하는 관리들은 모두 太湖石을 진상하여 된 것인가 하고 역설적
으로 묻고 있다. 또한 앞으로도 長安에서 높은 관직에 오르려면 이
돌이 있어야만 하는가하고 일갈을 가하고 있다.

詠物詩의 가치는 앞서 밝혀 듯이 시인의 의도가 있어야 하는 것이며, 특히 현실에 대한 관심이 드러나야만 되는 것이다. 皮日休의 詠物詩 역시 상술한 바와 같이 그런 의도를 가진 詠物詩가 있다. 그러나 사실상 이러한 詠物詩는 『皮子文藪』에 전하는 「蚊子」·「喜鵲」·「惜義鳥」·「誚虛器」와 『松陵集』에 전하는 「太湖石」 등 5首만 있을 뿐이다. 皮日休의 전체 詠物詩 121首 중에서 이렇듯 지극히 적은 수량은 역시 그의 詠物詩는 현실적인 풍자성이 중심이 되지 않는다는 것을 의미한다고 할 수 있다.

2. 詠物詩에 표현된 일상생활

皮日休의 시가의 대부분이 수록된 『松陵集』은 "陸龜蒙은, … 皮日休와 唱和하는 벗이 되었으며, 시집 十卷이 있는데 『松陵集』이라고 불렀다."[14]라는 언급을 통하여 알 수 있듯이 소위 陸龜蒙과의 唱和詩를 엮은 것이다. 이들이 唱和하던 시기에 皮日休는 비록 작은 관리를 하고 있었지만, 陸龜蒙은 이미 은거하여 은일생활을 하고 있었다. 따라서 皮日休는 陸龜蒙과의 왕래를 통하여 隱逸에 대한 관심을 가지게 되었을 것이며, 자연히 山水를 좋아하며 일상생활에서 한가함을 추구하는 생활태도를 가지게 되었다고 할 수 있다. 이러한 생활태도는 자연스럽게 그의 詠物詩 창작에도 영향을 주고 있다. 우선, 그의 시가 「公齋四咏」 중의 시가 「小桂」[15]를 보기로 하자.

---

14) 王定保著, 『唐摭言』, 『叢書集成』本, 79쪽. "陸龜蒙, … 與皮日休爲唱和之友, 有 集十卷, 號曰『松陵集』."
15) 『四庫全書』, 1332冊, 183쪽.

一子落天上, 계수나무가 하늘에서 내려와,

生此青璧枝. 이곳에서 아름다운 푸른 나뭇가지를 뻗었네.

欻从山之幽, 어느 날 문득 산 그윽한,

劚断雲根移. 구름 쌓인 곳에서 뿌리가 옮겨진 것이라네.

劲挺隐珪质, 굳세고 아름다운 품격과

盘珊缇油姿. 하늘하늘 고귀한 자태를 드러내고 있네.

葉彩碧髓融, 화사한 잎은 푸른빛으로 어우러져 있고,

花状白毫蔡. 꽃은 흰 털이 아래로 드리워진 것 같네.

棱层立翠节, 비취색 줄기는 우뚝 솟아 있고,

偃蹇樛青螭. 푸른 용 같은 가지는 구불구불 아래로 향하고 있네.

影澹雪霁後, 계수나무 그림자가 고요해지는 눈비 그친 후에는,

香泛风和时. 향기가 수시로 바람에 실려 떠다닌다네.

吾祖在月窟, 내 조상은 월궁이 있지만,

孤贞能见怡. 나의 꿋꿋한 지조에 기뻐할 것이라네.

願老君子地, 오랫동안 군자가 있는 곳에서 함께 있으니,

不敢辞喧卑. 소란스럽고 저속한 인간세계라도 떠나지 않고 싶다네.

  원래 '公斋四咏'은 小松·小桂·新竹·鹤屏 등의 4首로 이루어져 있다. 여기에서 '公斋'란 바로 皮日休가 관직생활을 하는 사무실을 말한다. 즉, 이 시들은 모두 시인이 자신의 일상생활 속에서 보고 느낀 정감을 쓴 시로 바로 개인생활의 정취를 표현한 것이다. 사무실 정원에 있는 계수나무를 보면서 시인은 다양한 상상과 묘사 그리고 계수나무의 심정을 빌어 자신의 계수나무를 좋아하는 정감을 표현하고 있다. 전설에서 말하길 계수나무는 달에서 자라는 나무이기에 시의 첫 부분을 그렇게 시작하였다. 이어서 시인은 계수나무의 굳세고 고상한 품격과 아름다운 자태를 칭찬하면서, 계수나무의 모습을 하나하나 세밀하게 묘사하고 있다. 마지막에서는 의인화의 수법을

빌어 계수나무가 꿋꿋한 지조를 지키면서 인간세계에 머물고 있음
을 말하고 있다. 이는 사실상 계수나무를 빌어 자신의 생활태도를
표현한 것이라 할 수 있다. 그러나 꿋꿋한 생활태도는 현실이나 정
치에 대한 것이 아니라 인간으로서 살아가는 생활태도라고 할 수 있
으며, 역시 자신의 일상생활에서의 고고한 마음가짐을 표현했다고
할 수 있다. 이러한 고상한 마음가짐은 "皮日休는 비록 몸이 관직에
있었지만 뜻은 도리어 은일에 있었다."[16]라고 지적하듯이 바로 세속
에 물들고 싶지 않은 시인의 隱逸적 심정을 드러내는 것이라고 할
수 있다.

다음에는 「五貺詩」五首 중 「乌龙养和」[17]를 보기로 하자.

寿木拳数尺, 신선의 나무는 구불구불하게 길게 뻗었고,
天生形状幽. 원래의 모습은 그윽했다네.
把疑伤虺节, 꽉 잡으면 살모사 마디 같은 의자가 상할까 걱정되고,
用恐破蛇瘤. 앉으면 뱀 혹 같은 의자가 부서질 까 두렵다네.
置合月观内, 둘 곳은 달에 있는 정자 안이 적합하고,
买须雲肆头. 살려면 하늘 높은 곳까지 가야 한다네.
料君携去处, 그대가 거처하는 곳으로 가지고 가려면,
烟雨太湖舟. 太湖의 안개 속에 있는 배가 좋다고 생각되네.

五貺诗는 다섯 가지의 선물로 陸龜蒙과 주고받은 선물을 말한다.
그중 乌龙养和는 등받이가 있는 의자를 말하는데, 용처럼 구불구불

---

16) 王錫九著, 『皮陸詩歌研究』, 安徽大學出版社, 2004, 117쪽. "皮氏雖然身在公斎,
　　却志存隱廬."
17) 『四庫全書』, 1332冊, 217쪽.

한 모양이기에 이렇게 불렀다. 의자란 원래 휴식을 위한 도구이기에 역시 일상생활 속의 사물이다. 이 시에서 시인은 등받이 의자의 형상과 진귀함을 묘사하면서 또 한편으로는 의자가 있을 만한 곳은 안개 낀 太湖에 떠있는 배라고 언급하고 있는데, 이는 은일생활을 하는 벗의 풍격에 적합하다고 생각했기 때문일 것이다. 벗과 화답하는 입장에서 본다면, 시인의 이러한 표현은 바로 자신 역시 벗과 같은 한가한 생활을 하고 싶다는 의도를 보여주었다고 할 수 있다.

다음에는 낚시 도구와 관련되어 지어진 시 「鲁望以轮钧相示, 缅怀高致, 因作三篇」[18]을 보기로 하자.

一线飘然下碧塘,   한 가닥 낚시 줄 나부끼듯 푸른 연못에 던져놓고는,
溪翁無语远相望.   노인은 말없이 멀리 바라볼 뿐이다.
蓑衣舊去烟披重,   오래되니 도롱이 옷은 안개 맞아 무거워지고,
箬笠新来雨打香.   댓잎으로 엮은 모자에 새로 비가 내리자 향기나
　　　　　　　　　난다.
白鸟白莲为梦寐,   흰 새와 흰 연꽃을 보니 꿈을 꾸는 듯하고,
清风清月是家乡.   맑은 바람 불고 청명한 달뜨니 고향인 듯싶다.
明朝有物充君信,   내일 물건을 보내 그대의 편지에 회답하고자,
橘酒三瓶寄夜航.   꽃잎으로 만든 술 세 병을 저녁 배편으로 보내려
　　　　　　　　　한다네.

시인은 비록 관직생활을 하고 있지만 늘 은일생활을 하는 陸龜蒙을 부러워하며 수시로 그런 은일의 심정을 드러내었다. 이 시 역시 陸龜蒙이 낚시를 하며 유유자적하는 생활을 즐기는 것을 부러워하

---

18) 같은 책, 240쪽.

며 쓴 시이다. 육구몽이 벗인 피일휴에게 자신의 낚시 도구인 轮钩를 보여주자, 피일휴는 낚시하며 한가한 생활을 보내고 있는 육구몽이 생각나 이 시를 쓰게 되었다. 낚시 자체는 일종의 취미생활이지만 은일생활을 하고 있는 육구몽에게 있어서는 일상생활이라고 할 수 있다. 이 시를 통하여 시인은 벗의 은일생활에 대한 부러움을 표현하면서 자신 역시 이러한 유유자적한 생활을 추구하고 있음을 드러내고 있다. 시인이 직접 낚시하지는 않았지만, 육구몽의 낚시하는 모습에 대한 묘사는 상당히 핍진하다. 낚싯대를 바라보는 노인의 모습이나 안개가 낀 정황 그리고 비에 젖어 풀냄새 나는 것 등이 그러하다. 또한 벗을 생각하여 술을 보내는 마음씀씀이를 통하여 이들 간의 살가운 우정도 엿볼 수 있다.

皮日休의 詠物詩 중에는 인용한 시 이외에도 낚시와 관련된 시가로 「奉和漁具」十五咏・「添漁具诗」五首 등 20首가 있다. 이러한 창작을 보면 皮日休의 낚시도구에 대한 관심과 상식을 알 수 있다. 그러므로 당연히 皮日休 역시 陸龜蒙과 마찬가지로 낚시에 대한 취미가 있으리라 생각한다. 또한 詠物詩의 창작에 있어서 이렇게 세세한 낚시 도구를 제재로 삼은 것도 특이한 일이라고 할 수 있다.

시인에게 있어서나 일반 사람들에게나 술과 차는 일상생활에서 가장 가까운 사물이라고 할 수 있다. 실제로 역대의 수많은 시인들은 신변 가까이에 존재하는 술과 차를 제재로 삼아 많은 詠物詩를 창작하였다. 皮日休 역시 예외는 아니지만, 술과 차를 어떤 의미로 생각했는가에 있어서는 차이점이 있다. 일반 시인들이 술과 차를 그대로 묘사하기보다는 의미를 기탁하고자하는 의도로 창작했다면, 피일휴는 오히려 우선적으로 술과 차 그 자체에 중심을 두어 묘사하면서 부차적으로 자신의 의도를 기탁하고 있다.

陸龜蒙의 시에 화답한 시가「奉和添酒中六咏」중에서「酒杯」[19]를 보기로 하자.

> 昔有嵇氏子,　옛날에 嵇康이라는 사람이 있었는데,
> 龙章而凤姿.　용같이 뛰어난 문장과 봉황 같은 위용을 가졌다네.
> 手挥五絃罢,　손으로 五絃을 연주하다 파하면,
> 聊復一樽持.　다시 한 잔을 마셨다네.
> 但取性澹泊,　오로지 성품이 소박하고 담박하여,
> 不知味醇醨.　진하거나 좋은 술을 가리지 않았다네.
> 兹器不復见,　이 술잔 다시 보지 못하더라도,
> 家家唯玉卮.　집집마다 옥 술잔이 있으리라.

이 시 제목의 첫머리에 있는 '奉和'는 陸龜蒙의 시에 화답했다는 의미이다. 『松陵集』이 원래 주로 陸龜蒙과 皮日休가 唱和하여 만들어진 시집인데, 두 사람이 서로 화답하여 지어진 시가임을 밝히기 위해 '奉和'라고 명기하고 있다. 이 시는 술로 이름난 嵇康을 빌어 두 가지 모습을 보여주고 있다. 하나는 진하거나 좋은 술을 가리지 않고 술 자체를 좋아하는 일상생활 속에서의 술을 마시는 모습이다. 다른 하나는 혜강처럼 세상의 명리를 떠나 은일생활을 하고 싶은 시인 자신의 심정이다. 여기에서 피일휴는 술잔 자체에 중심을 두면서 간접적으로 은일생활을 추구하는 심정을 보여주고 있다. 역대로 술과 관계된 시가는 대개 시름을 잊거나 풍류를 즐기는 것과 연관이 되어 창작되었다. 그러나 皮日休의 경우는 술을 빌어 시름을 잊고자 하는 의미를 가지고 시를 창작하지 않았으며, 오히려 인용한 시와

---

19) 같은 책, 209쪽.

같이 단순하게 술잔 자체에 중심을 두면서 한가롭게 생활하는 가운
데 술을 마시는 것에 중점을 두어 시를 창작하고 있다. 또한, 사실상
술과 관련된 시가 모두가 詠物詩라고 할 수는 없다. 그렇지만 皮日
休의 경우에는 술과 관계된 은일감정을 표현하면서도 특이하게도
술과 관련된 사물을 집중적으로 표현하고 있기에 詠物詩로 보기에
무리가 없으며, 이 부분도 특이한 측면이다. 앞 장에서 보듯 술과 관
련된 시가는 모두 13首가 있다. 술 이외에 차 역시 일상생활 속의
일반적인 사물이다. 皮日休는 차를 이용하여 10首에 달하는 詠物詩
를 창작하였다.

皮日休의 시가에서 「奉和四明山九題」는 遊覽詩에 해당한다. 그러
나 유람 중에도 시인은 특정 사물을 이용하여 詠物詩를 창작하곤 했
다. 이중에서 「石窗」20)을 감상해 보고자 한다.

窗开自真宰, 창을 열자 저절로 세상의 주재자가 되고,
四达见苍崖. 천지사방이 보이고 하늘 끝도 보이네.
苔染浑成绮, 이끼가 물들어 모두 비단이 되고,
雲漫便當纱. 구름은 흩어지자마자 모래가 되네.
棂中空吐月, 창틀 가운데로 보이는 하늘에서는 달을 토해내지만,
扉际不屌霞. 문짝 저편의 노을은 사라지지 않네.
未会通何处, 아직 어느 곳과 통하는지 알 수 없지만,
应连玉女家. 마땅히 선녀의 집으로 이어지리라.

四明山은 道家에서 말하는 소위 '洞天' 성지이다. 전설에 봉우리에
사각형의 넓은 돌이 있는데 사방이 창문과 같이 되어 있으며, 가운

20) 같은 책, 215~216쪽.

데에는 日月星辰의 빛이 비추기에 四明山이라고 불렀다고 한다. 시인은 바로 이곳에서 사방을 둘러보면서 신비함을 느끼며 이 시를 창작했다. 이 시 역시 어떤 시인의 의도는 보이지 않는다. 다만, 산을 유람하면서의 느낀 감정을 山水詩로써 표현하지 않고, 특정의 독특한 사물을 가지고 제재로 삼아 詠物詩로써 창작했다는 것은 특이하다. 또한 시 전체에서 신비한 분위기를 만들면서 인간세계가 아닌 선녀의 세계를 끌어당겨 은근하게 시인 자신의 인간세계와 멀어지려는 은일정취를 보여주고 있다.

皮日休나 일반 시인들의 詠物詩에 많이 등장하는 사물은 화훼인데, 이 역시 일상생활 속에 존재하는 것이다. 그중에서 「重題薔薇」[21]를 보기로 하자.

> 浓似猩猩初染素,　진하기는 붉은 원숭이 피로 막 흰 비단을 물들인 듯하고,
> 轻如燕燕欲凌空.　가볍기는 제비가 하늘로 치켜 올라가는 듯하네.
> 可憐细丽难胜日,　가련하게도 가냘픈 아름다움이라 햇빛을 견디지 못하여,
> 照得深红作浅红.　햇빛을 받아 선홍색이 점점 연한 홍색으로 변하네.

시인은 장미가 햇빛을 받아 진한 붉은 색에서 연한 붉은 색으로 변해가는 것을 포착하여 이 시를 지었다. 첫 연에서의 비유는 매우 신선하다. 장미의 붉은 빛을 묘사하는데 있어서 선혈로만 표현했다면 그다지 새로울 것이 없지만, 그 선혈이 하얀 비단을 막 물들였다는 표현은 그 붉은 빛을 더욱 생동감 있게 느껴지게 만든다. 또한

---

21) 같은 책, 234쪽.

하늘하늘한 부드러운 장미의 꽃잎을 제비가 갑자기 하늘로 치솟듯이 가볍게 올라가는 것으로 표현한 것 역시 꽃잎의 연하고 부드러움을 잘 표현하였다고 할 수 있다. 시인이 바라본 장미는 강렬한 태양의 빛에 점점 연한 빛으로 바뀌고 있다. 이 시에서 시인은 장미의 모습을 잘 표현했을 뿐 어떤 의미도 부여하고 있지는 않다. 이것은 바로 평소의 일상생활 속에서 장미를 바라보고 그 변화를 느꼈을 뿐이기 때문이다. 그러므로 이 시 역시 시인이 한가로움과 여유 속에서 창작 했다고 할 수 있다.

개인적인 일상생활 속에서의 詠物詩 창작은 수량에 있어서 諷刺性을 가진 영물시보다 압도적으로 많다. 皮日休의 전체 詠物詩 121首 중에서 諷刺性을 가진 詠物詩는 단지 5首에 불과하며, 나머지 116首가 모두 일상생활과 관련된 詠物詩이다. 이러한 불균형은 바로 피일휴의 영물시의 특징이 풍자성에 있지 않고, 일상생활과 관련된 부분에 있다는 증명이 된다고 할 수 있다. 아울러 일상생활과 관련된 詠物詩들이 대부분 한가함과 유유자적함을 드러내고 있기에 隱逸생활의 정취가 많이 느껴진다. 그러므로 후인 역시 "皮日休와 陸龜蒙의 일상생활의 정감과 관련된 唱和詩 중에는 물고기를 잡거나 나무를 하는 것 더불어 술과 차를 언급하는 시가 아주 많다. 왜냐 하면 이러한 내용은 바로 그들의 소탈한 강호생활의 중요한 부분으로, 더욱이 그들의 은일정취를 표현하는데 있어서 비교적 좋은 효과와 역할을 가지고 있기 때문이다."[22)]라고 평가하고 있다.

皮日休 詠物詩의 가장 전반적인 특징이 隱逸취향의 표현이라고

---

22) 『皮陸詩歌硏究』, 118쪽. "皮日休, 陸龜蒙在有關日常生活情形的唱和詩裏, 涉及漁樵酒茶的篇章很多, 因爲這些內容是他們瀟灑江湖生活的重要部分, 更對表現他們隱逸趣尙有着較好的效果和作用."

한다면, 이는 당시의 시인들이 諷刺性에 중점을 두어 詠物詩를 창작
한 것과는 다른 부분이라고 할 수 있다.23) 그러므로 피일휴의 詠物
詩의 창작을 통해서도 피일휴 전체 시가창작의 경향성을 엿볼 수 있
다고 생각한다. 결국 단순히 皮日休를 현실주의시인이라고 단정 지
을 수는 없다고 생각하며, 오히려 隱逸詩人에 가깝다고 할 수 있다.

Ⅳ. 맺는 말

皮日休의 詠物詩는 그간 주목을 받지 못한 분야이다. 그 이유는
많은 문학사에서 皮日休는 현실주의시인으로 인정하고 있기 때문이
며, 그의 詠物詩의 창작 자체에 대한 언급도 매우 드물기 때문이다.
그러나 이런 평가는 주로 그의 시문집인 『皮子文藪』에 국한된 평가
에서 기인된 것이다. 사실상 피일휴의 창작의 대부분은 陸龜蒙과 唱
和한 『松陵集』에 있다. 皮日休의 전체시가는 약 400여수인데, 『皮子
文藪』의 시가 수량은 단지 35首에 불과하다. 皮日休의 전체 시가에
서 詠物詩는 121首가 있으며 몇 가지 특징을 가지고 있다.

첫째는 皮日休라는 시인과 詠物詩창작과의 관계에 있어서 의외로
많은 121首라는 詠物詩를 창작하고 있다는 점이 기본이 되는 특징이
라고 할 수 있다. 둘째는 皮日休의 詠物詩창작에서 다양한 제재가
이용되었다는 점이다. 우선, 개인의 일상생활과 관련된 제재가 중심
이 되었다는 점이 특징적이다. 또한 술이나 차 및 漁具 등의 제재가

---

23) 杜荀鶴의 「御溝柳」나 「雪」은 바로 풍자성이 짙은 詠物詩이다. 특히 詠物詩의
창작이 많은 羅隱의 경우가 두드러진다. 그의 詠物詩「鷹」・「蜂」・「浮雲」・
「金錢花」・「小松」 등은 모두 통치 집단에 대한 풍자와 폭로의 의도로 창작된
현실주의시가이다.

상당히 전문적이며, 조합성을 가지고 창작되었다는 점도 역시 아주 새롭다. 이러한 다양하고 전문적인 제재는 바로 詠物詩의 창작에 있어서 일정 정도의 제재의 확대라는 긍정적인 측면을 가지며, 아울러 이후의 詠物詩 창작에 적지 않은 기여를 했다고 할 수 있다. 셋째는 皮日休의 詠物詩에 나타난 경향을 통하여 피일휴 전체시가의 경향성을 엿볼 수 있다는 점이다. 피일휴의 詠物詩는 당시의 기타 시인들이 諷刺의 목적으로 사물을 이용한 것과 달리 일상생활의 한가하고 유유자적한 생활정취를 표현하고 있다. 이는 바로 그의 은일취향과 관련된다. 비록 피일휴가 관직생활을 하며 은거한 것은 아니지만, 은거한 陸龜蒙과의 지속적인 唱和詩를 창작하면서 그의 은일취향을 명백하게 드러내었다. 이러한 詠物詩에 나타난 은일취향의 경향성과 극히 일부에 불과한 詠物詩에 나타난 諷刺性의 차이는 아주 선명하다. 그러므로 皮日休를 단순히 현실주의시인으로 보는 것은 무리가 된다고 생각한다. 물론 『皮子文藪』와 『松陵集』에도 일부 현실성이 있는 일반 시가나 詠物詩가 있지만, 이들은 소량에 불과하다. 특히 본고에서 고찰한 詠物詩의 창작에서 현실과 관련된 부분보다 은일생활과 관련된 시가가 압도적으로 많다는 것은 皮日休라는 시인을 단순히 현실주의시가창작의 대표적인 시인으로 간주하는 것이 무리라는 것을 알 수 있다. 그러므로 皮日休는 오히려 隱逸傾向이 짙은 시인으로 분류하는 것이 더욱 타당하다고 생각한다.

● 참고문헌 ●

(唐)皮日休, 蕭滌非·鄭慶篤整理. 『皮子文藪』. 上海古籍出版社, 1981.

毛毓松. 『鳥獸蟲魚詩大觀』. 廣西師範大學出版社, 1992.

毛水清. 『隨唐五代文學史』. 廣西人民出版社, 2003.

『四庫全書』. 文淵閣鈔本

沈松勤·胡可先·陶然. 『唐詩研究』. 浙江大學出版社, 2006.

吳庚舜·董乃斌主編. 『唐代文學史』. 人民文學出版社, 1995.

吳相洲. 『唐代歌詩與詩歌』. 北京大學出版社, 2000.

王茂福. 『皮陸詩傳』. 吉林人民出版社, 2000.

王士禎. 『帶經堂詩話』. 人民文學出版社, 1998.

王錫九. 『皮陸詩歌研究』. 安徽大學出版社, 2004.

游國恩等. 『中國文學史』. 人民文學出版社, 1992.

陸龜蒙. 宋景昌王立群點校. 『甫里先生文集』. 河南大學出版社, 1996.

李福標. 『皮陸研究』. 岳麓書社, 2004.

李定廣. 『唐末五代亂世文學研究』. 中國社會科學院出版社, 2006.

『全唐詩』. 中華書局, 1960.

田耕宇. 『唐音餘韻』. 巴蜀書社, 2001.

趙榮蔚. 『晚唐士風與詩風』. 上海古籍出版社, 2004.

陳伯海. 『唐詩論評類編』. 山東教育出版社, 1993.

_____. 『唐詩彙評』. 浙江教育出版社, 1996.

Yim, Won-bin (2010). The study of Poems on thing of Pi Ri Xiu(皮日休).

Foreign Literature Studies, 37, 339~356

陸龜蒙의 詠物詩 고찰

Ⅰ. 들어가는 말

陸龜蒙의 집안은 원래 명문의 호족이었지만 점차 쇠퇴하였기에, 陸龜蒙은 결국 몰락한 귀족집안의 자제라고 할 수 있다. 청년 시절 다른 시인들과 마찬가지로 과거를 준비하며 유가 경전 등을 수업했다. 그러나 과거에 응시하여 낙제하자 곧바로 甫里에 은거하였고, 이로써 甫里先生이라는 호를 얻게 되었다. 그 후 잠시 湖州刺史의 幕府에서 관직생활을 하다가 다시 松江에 은거하여 생을 마쳤다. 그러므로 陸龜蒙은『新唐書·隱逸傳』에 "당시에 江湖의 얽매이지 않은 사람으로 불렸으며, 天隨子나 甫里先生이라고 칭해졌다."[1]라고 알려질 정도로 은자로써 이름을 떨쳤다.

陸龜蒙의 시가창작은 상당히 많아 600여 首가 있다. 그의 시가는 皮日休와 화답형식으로 주고받은 唱和詩를 엮은『松陵集』과 시인이 후에 자신의 시가를 직접 수집하여 편집한『笠澤叢書』에 전하고 있다. 또한 南宋시대에 葉茵合이『松陵集』과『笠澤叢書』를 포함하고, 여기에 수록되지 않은 시문을 수집하여 편집한『甫里先生文集』이 있다. 그리고 淸代에 다시 정리하고 수집하여 편집한『全唐詩』에도 그의 시가가 수록되어 있다.[2] 陸龜蒙의 시가는 다양한 형식과 다양

---

1) 歐陽修·宋祁撰,『新唐書·隱逸傳』, (北京: 中華書局, 1975), 5612쪽. "時謂江湖散人, 或號天隨子甫里先生."

한 내용을 담고 있다. 그러나 그간의 문학사나 학술저서 및 논문을 보면 대부분 그의 小品文에 치중되어 있는데, 그 이유는 그의 小品文이 가지고 있는 현실성에서 비롯된 "그들의『皮子文藪』와『笠澤叢書』에 있는 小品文을 보면, 결코 세상을 망각하지 않았으며, 그야말로 혼탁한 진흙탕 속에서의 광채이며 예리한 칼끝이다."[3]라는 魯迅의 평가 때문이라고 할 수 있다. 그러나 그의 시가의 수량이 이렇게 많음에도 불구하고 시 자체에 대한 연구는 그다지 많지 않으며, 있다고 하여도 그의 시가에 보이는 현실성에 치중된 연구가 중심이 되고 있다. 따라서 그의 시가 중에서 특정 형식에 대한 연구 결과물은 당연히 더욱 적으며, 특히 주요한 논문집이나 학술서적을 찾아보면 詠物詩 자체에 대한 연구는 거의 보이지 않는다.[4] 그러나 陸龜蒙의 시가를 분류해보면 詠物詩의 창작이 의외로 상당히 많아, 166首가 있으며, 전체 시가의 약 35%에 해당한다.[5]

---

2) 皮日休와의 唱和시집인『松陵集』에는 869년에서 870년간의 시가들이 수록되어 있는데, 그중 陸龜蒙의 시가는 336首이다. 육구몽의『笠澤叢書』은 879년에 시인이 스스로 자신의 시문을 정리하여 엮었는데, 그중 시가창작은 84首이다. 후대에 편집한『甫里先生文集』은 형식에 따라 五言과 七言 그리고 雜體로 구분되는데, 그중 시가창작은 586首이다. 또한『全唐詩』에는 601首가 전하고 있다. 본고는『松陵集』과『笠澤叢書』를 구분하고, 다시『甫里先生文集』을 참고하였다.

3) 魯迅著,『魯迅全集』第四卷, (北京: 人民文學出版社, 1981), 575쪽. "看他們在『皮子文藪』和『笠澤叢書』中的小品文, 幷沒有忘記天下. 正是一榻胡涂的泥塘裏的光彩和鋒鋩."

4) 조사에 의하면 2008년 중국 黑龍江敎育學院 학보에 발표된「略論陸龜蒙的詠物詩」가 있다. 이 논문은 전체가 2페이지인 간략한 논문으로 陸龜蒙의 전체 詠物詩를 분석한 것이 아니다. 여기에서는 주로 陸龜蒙의 詠物詩가 感傷적이라는 전제 하에 소재가 된 사물이 陸龜蒙 자신을 상징하고 있는 詠物詩 몇 편을 예로 들어 설명하고 있을 뿐이다.

5) 陸龜蒙의 詠物詩를 제재별로 구분하여 나열하면 아래와 같다. 동물류 24首,

詠物詩란 사물을 빌어 시인의 의도를 드러내는 창작수법이다. 일찍이 詠物詩에 대한 이론 중에서 王士禎의 "너무 붙어있어도 안 되며, 너무 벗어나서도 안 되며, 너무 직접적 이여서도 안 되며 너무 멀어져서도 안 된다."[6]라는 언급이 가장 일반적으로 알려진 정의이다. 그러나 그 해석은 쉽지 않다. 일반적인 해석은 너무 치우치게 사물만 묘사해서도 안 되며, 또한 시인의 의도 때문에 지나치게 사물 자체와 멀어져서도 안 된다는 것이다. 이를 정리하면 결국은 사물 자체만을 묘사하는 것과 시인의 의도를 표현하는 것과의 중간적인 위치에 있어야 좋은 詠物詩의 창작이라는 의미이다. 육구몽의 많은 詠物詩들 역시 사물묘사에 치우친 것도 있고, 시인의 의도를 표현하는데 치우친 시도 있을 것이다.

陸龜蒙의 詠物詩는 수량적으로 상당히 많은 비중을 차지하므로 전체 시가를 이해하는데 중요한 도움이 되리라고 생각한다. 166首라는 상당히 많은 수량이므로 다양한 주제가 있을 수 있겠지만, 기본적인 분류를 해보면 現實에 대한 關心과 人生에 대한 感慨 그리고 隱逸生活의 情趣 등 세 가지 내용으로 구분할 수 있다.[7] 본고에서는 이러한 분류에 따라 서술하면서 우선은 詠物詩의 내용이 무엇이며

식물류 33首, 술과 관련된 시가 16首, 차와 관련된 시가 10首, 낚시와 관련된 시가 20首, 나무하는 것과 관련된 시가 10首, 기타 53首가 있다.
6) 王士禎著, 『帶經堂詩話』, (北京: 人民文學出版社, 1998), 305쪽. "不粘不脫, 不卽不離."
7) 주제별로 분류하면 다음과 같다. 동물 중에서 현실에 대한 관심은 4首, 인생에 대한 감개는 5首, 은일생활이 정취는 2首, 기타는 13首이다. 식물 중에서 현실에 대한 관심은 1首, 인생에 대한 감개는 6首, 은일생활의 정취는 9首, 기타는 17首이다. 술과 차와 낚시 그리고 땔나무 등 56首는 모두 은일생활의 정취에 해당한다. 정리하면, 현실에 대한 관심은 6首이며, 인생에 대한 감개는 12首이며, 은일생활의 정취는 69首로 전체 87首가 된다. 기타는 79首이다.

어떤 특징을 가지고 있는 가를 고찰하며, 아울러 그의 詠物詩가 陸
龜蒙의 전체 시가창작의 특징과 어떤 연관성을 가지고 있는 가를 찾
아보고자 한다.

II. 現實에 대한 關心

陸龜蒙은 널리 알려진 은일시인이지만, 현실에 대한 관심을 가지
지 않은 시인은 아니다. 그것은 科擧를 준비하면서 학습된 儒家의
현실참여정신을 가지고 있기 때문일 것이다. 그의 「復友生論文書」
에 수록된 "先生은 성품이 자유스럽고 편안하여 얽매이거나 구속되
지 않았고, 옛날 성인의 서적을 보기를 즐겨했다."[8]라는 내용을 보
면 두 가지 측면을 이해할 수 있다. 하나는 바로 은일을 추구할만한
성품을 말하는 것이고, 하나는 유교에 대한 훈독을 받은 시인이라는
점이다. 특히 "군주를 존중하고 백성을 사랑하며, 선을 숭상하고 악
을 막는다."[9]라는 언급은 그의 현실에 대한 관심을 직접적으로 지적
하고 있다. 陸龜蒙의 시가창작경향의 중심이 비록 현실성에 있지는
않지만 현실에 대한 관심을 표현한 시가가 적지 않다. 또한 일부 육
구몽의 詠物詩 역시 현실을 반영하며 현실에 대한 우려와 관심을 보
여주고 있다.

우선, 가장 대표적이며 현실성이 짙은 詠物詩인 「新沙」[10]를 보기
로 하자.

---

8) (唐)陸龜蒙撰, 宋景昌·王立群點校, 『甫里先生文集』, 「復友生論文書」, (河南:
    河南大學出版社, 1996), 235쪽. "先生性野逸無羈檢, 好讀古聖人書."
9) 朱袞, 『甫里先生文集序』, 『甫里先生文集』附錄, "尊君愛民, 崇善沮惡."
10) 앞의 책, 『甫里先生文集』, 176쪽.

渤澥聲中漲小堤,　물소리가 들리더니 작은 둑이 생겼는데,
官家知后海鷗知.　관가에서 알고 난 후에야 바다 기러기들이 아네.
蓬萊有路敎人到,　신선 사는 봉래산에 길이 있어 사람도 갈 수 있다면,
應亦年年稅紫芝.　당연히 해마다 세금으로 紫芝를 받을 것이네.

이 시는 재미있는 비유를 이용하여 백성을 착취하는 통치 집단을 비판하고 있다. 첫 연에서는 모래가 바닷물에 밀려 작은 섬과 같은 둑이 만들어졌는데, 기러기보다 먼저 관가에서 안다고 표현하고 있다. 원래는 바다에 사는 기러기가 그 둑을 먼저 알 것인데, 오히려 관가에서 먼저 알았다는 것은 바로 관리들이 항상 세금을 걷을 수 있는 곳을 찾고 있었다는 것을 의미한다. 둘째 연에서는 세금을 걷을 수 있는 곳이라면 어느 곳이든 가서 세금을 걷을 것이라는 의미로 신선이 사는 봉래산을 언급하고 있다. 신선이 사는 곳이기에 관리가 갈 수 없지만, 만약 가는 길이 있다는 봉래산에서 생산되는 紫芝를 세금으로 걷을 것이라는 것이다. 시인은 두 가지 예를 들어 관리들의 착취가 얼마나 심한 가를 표현하고 있다. 이렇게 백성들의 고통을 재미있는 비유로 표현할 수 있는 것은 바로 詠物詩의 창작수법이 가진 특징이라고 할 수 있다. 그러나 시인의 더 깊은 의도는 "모두 조소와 해학 그리고 상상의 글로써 세금이 과중함을 풍자하고 있는데, 가히 필력이 날카롭다고 할 수 있다."[11]라는 해석을 통하여 알 수 있듯이 통치 집단의 착취를 폭로하는 것과 더불어 이들에 대한 조소를 드러내고 싶었기 때문일 것이다.

다음에는 「食鱼」[12]를 보기로 하자.

---

11) 富壽蓀選注, 劉拜山·富壽蓀評解, 『千首唐人絶句』, (上海: 上海古籍出版社, 1987), 849쪽. "皆以嘲謔想像之筆, 刺徵斂之重, 可謂入木三分."

江南春旱魚無澤, 강남은 봄 가뭄에 물고기가 연못에 없더니,
岁晏未曾腥鼎鬲. 세밑이 되어도 솥에 비린내가 나지 않네.
今朝有客卖鲈鲂, 오늘 아침 객이 와서 농어와 방어를 파는데,
手提见我长于尺. 손에 잡아보니 한 척이 넘는다.
呼兒舂取红莲米, 아이 불러 红莲米를 찧어 바꾸라고 했는데,
轻重相當加十倍. 비교해보니 열 배에 상당한다.
且作吴羹助早餐, 맛있는 국을 끓여 아침으로 삼아,
饱卧晴檐曝寒背. 배불리 먹고는 처마아래에 누워 차가운 등을 쬔다.
橫戈负羽正纷纷, 창이 휘둘러지고 화살이 여기저기를 날아다니고 있으니,
只用骁雄不用文. 단지 용맹한 무사들만 중용되고 문사는 중용되지 않네.
争如晓夕讴吟样, 어찌하랴! 이와 같이 아침저녁으로 시만 읊고,
好伴沧洲白鸟群. 沧洲의 학들과 어울리고만 있으니.

이 시에서 시인은 한편으로는 한가로운 생활을 표현하고 있지만, 다른 한편으로는 자신의 이상 실현의 좌절에 대한 실의와 더불어 국가에 대한 관심을 표현하고 있다. 첫 연에서는 당시의 재난을 직접적으로 묘사하고 있다. 봄 가뭄이 세밑까지 지속된 상황이란 그 가뭄이 오래되었다는 의미이다. 당연히 많은 백성들이 고통을 받았겠지만 시인은 잠시 덮어두고 자신의 은일 생활을 묘사하고 있다. 비록 가격이 높아진 생선이지만 쌀과 교환하여 맛있는 아침을 먹고는 따사로운 햇볕을 쬐는 유유자적한 모습을 보여주고 있다. 그렇지만 시인이 나라의 상황을 잊은 것은 아니기에 창과 화살을 빌어 전쟁에

---

12) 陸龜蒙撰, 『笠澤叢書』, 254쪽. (『四庫全書』, 1083冊)

휩싸여있는 현실을 반영하고 있다. 용맹한 무사들만 중용된다는 것
은 바로 곳곳에서 전쟁이 일어났기 때문이며, 자연히 자신 같은 문
인은 중용될 수 없어 현재와 같이 은거하고 있을 뿐이라고 한탄하고
있다. 이 시를 창작한 의도는 자신이 중용되지 못한 것에 대한 개인
적인 한탄이라고 할 수도 있겠지만, 사실상 그것보다는 혼란한 사회
현실을 알면서도 어쩌지 못하는 국가에 대한 우려와 관심의 발로로
서의 한탄을 드러내는 데 중심을 두고 있다고 할 수 있다. 원래 이
시는 『笠澤叢書』에 수록된 「五歌」 중의 한 수이다. 이 시 서문의
"옛 이는 말을 노래하고 읊조렸다."[13)라는 언급은 바로 『尙書·堯典』
의 "詩言志, 歌永言"(시는 뜻을 말하는 것이며, 노래는 말을 읊조린
것이다.)을 인용한 것이기에, 그 창작은 바로 무엇인가 의도하는 바
가 있음을 말하는 것이다. 또한 「五歌」의 한 首인 「刈獲」 중 "凶年
是物卽爲灾, 百陣野鳧千穴鼠. 平明抱杖入田中, 十穗蕭條九穗空. 敢
言一歲困倉實, 不了如今朝暮春."[14) (흉년이라 세상이 재난을 맞이하
고, 들오리가 무리지어 다니고 수많은 쥐구멍이 뚫렸지요. 새벽에
지팡이 짚고 밭에 가보니, 벼이삭은 드문드문하여 열 중 아홉은 비
었습니다. 감히 곡식 창고가 실하다고 말하겠습니까? 지금 눈앞에는
먹을 곡식이 없습니다.)라는 말을 보면, 시인의 창작 의도는 단순히
개인적인 불만에 있기 보다는 오히려 국가 현실에 대한 우려와 관심
에 있다는 것을 알 수 있다.

　다음에는 「鶴媒歌」[15)의 후반부를 보기로 하자.

---

13) 앞의 책, 『笠澤叢書』, 253쪽. "古者歌詠言."(『四庫全書』, 1083冊)
14) 앞의 책, 『笠澤叢書』, 253쪽. (『四庫全書』, 1083冊)
15) 앞의 책, 『笠澤叢書』, 265쪽. (『四庫全書』, 1083冊)

而况世间有名利,	하물며 세상에서도 名利라는 것이 있으니,
外头笑语中猜忌.	겉으로는 웃으며 마음속으로는 의심하고 증오하는 구나.
君不见荒陂野鶴陷良媒,	그대는 보지 못했는가? 들판의 야생 학이 교묘한 계략에 빠짐을.
同类同声真可畏.	같은 부류와 같은 소리 내는 이들이 진실로 정말 두렵구나.

이 시의 전반부에서는 야생의 학을 잡기 위하여 가짜로 만든 학을 들판에 놓고는 야생 학을 유인하는 것을 묘사하고 있다. 멀리서 보이는 가짜 학을 동료라고 생각해 가까이 가게 되고 결국은 화살에 맞아 죽게 된다. 이러한 상황을 이용하여 현실을 풍자하고 있다. 소위 '名利'란 명분과 이익을 추구하는 과정에서 비롯된 다양한 상황을 말한다. 백성을 착취하여 이익을 추구하거나 불합리한 인재등용 등이 그러한 예라고 할 수 있겠다. '名利'를 위해 같은 부류나 같은 소리를 내는 동족끼리 서로 속이는 현실에 시인은 진실로 두렵다고 말하고 있다. 이 시는 포괄적으로 현실의 병폐를 폭로하는 시라고 할 수 있다.

육구몽의 詠物詩 중에서 이와 같이 현실을 반영하고 폭로하는 창작은 인용한 詠物詩 외에 인용등용의 부조리를 폭로하는 「白鷗詩」와 인재가 매몰되는 상황을 표현한 「五歌」 중 水鳥, 그리고 세상의 험악함을 풍자하는 「薔薇」가 있을 뿐이다. 陸龜蒙의 시가 중에서 「雜風九首」・「江湖散人歌」・「村野二首」 등의 현실주의시가가 있지만, 詠物詩의 창작을 통하여서는 현실을 반영하는데 주력하지 않았음을 알 수 있다.

Ⅲ. 人生에 대한 感慨

陸龜蒙은 자연과 벗 삼아 농사짓고 취미 생활하던 은자이지만 시 가창작을 통하여 인생에 대한 苦惱와 省察을 표현하고 있다. 이는 시인이 단순히 은거생활의 한가함만을 추구한 것이 아니라 그러는 중에서도 인생 자체에 대한 깊은 관심과 자신의 삶을 되돌아보는 철학적인 사고를 가지고 있다는 의미가 된다. 그러한 사고는 詠物詩에서도 드러나고 있다.

우선, 「和袭美木蘭後池三詠」 중 「浮萍」[16]을 보기로 하자.

晩来风约半池明,   저녁 무렵 바람이 가볍게 스쳐지나가니 연못이 반쯤 드러나고,
重叠侵沙绿闖成.   계속해서 연못가로 밀려가서는 녹색의 융단이 되었다.
不用临池更相笑,   연못가에 가서는 부평초를 비웃지 말기를,
最無根蒂是浮名.   가장 뿌리 없고 근본 없는 것은 바로 浮名이라네.

시인은 '浮名'이란 뿌리 없이 떠다니는 부평초와 다를 바 없다고 말하고 있다. 이 시는 상당히 비유적이며 은유적으로 시인의 심리를 표현하고 있다. 시인은 우선 연못에 있는 부평초가 바람을 맞아 연못가로 밀려가 쌓여 있는 모습을 표현하였다. 다음에는 가볍게 스쳐지나가는 바람에도 휩쓸려가 한 쪽으로 모여지게 된 부평초를 보고는 아무 것도 아닌 것처럼 느껴진다고 하여 비웃지 말라고 말하고 있다. 그 이유는 바로 시인이 부평초보다 더 근본 없는 것이 '浮名'

---

16) 皮日休等撰, 『松陵集』, 243쪽. (『四庫全書』本, 1332冊)

이라고 생각하기 때문이다. 이 시에는 시인의 인생에 대한 省察이 녹아들어 있으며, 한편으로는 시인의 고통을 완곡하게 表現했다고도 할 수 있다. 실제로 시인 역시 은거하기 전에는 다른 시인들과 마찬가지로 과거에 응시하며 낙제하면서 소위 '浮名'을 얻기 위하여 노력했던 고통의 시간이 있었다.

다음에는 기러기를 제재로 삼은 詠物詩인 「歸雁」[17])을 보기로 하자.

北走南征象我曹,	북쪽으로도 가고 남쪽으로도 가니 나와 같은 무리네,
天涯迢遞翼应劳.	하늘 끝 저 멀리까지 가느라 날개가 힘들 것이네.
似悲边雪音猶苦,	변경에서의 눈 내리는 소리가 슬픈듯하게 들려 오히려 고통스러웠고,
初背岳雲行未高.	처음 산을 떠나 구름 사이를 날아갔지만 뽐낼 것도 없었다네.
月岛聚栖防暗缴,	달뜨면 섬에 모여 숨은 화살을 막아내고,
风滩斜起避驚涛.	바람 불면 모래톱에서 일어나 거친 파도를 피하네.
时人不问随阳意,	사람들은 해를 따라 가는 뜻을 묻지 않고,
空拾栏边翡翠毛.	헛되이 난간에서 오고가는 비취 새의 깃털만 줍고자 하네.

이 시는 기러기를 빌어 자신의 처지와 느낌을 표현하고 있다. 사방으로 떠돌아다니는 기러기는 자신과 같은 무리라고 말하여 자신의 처지가 기러기와 다를 바 없음을 보여주었다. 이렇듯 떠돌아다녔다는 것은 바로 은거 이전에 명예를 추구하여 고통스럽게 살았다는

---

17) 앞의 책, 『甫里先生文集』, 140쪽.

것을 드러낸 것이다. 둘째 연과 셋째 연은 바로 기러기를 빌어 그 고통스런 생활의 단면을 표현하고 있다. 먼 변방까지 가느라 고통스럽고, 높이 날아도 봤지만 뽐낼 것도 없었다. 또한 화살을 피해야 했고, 거친 파도도 피해야 했다. 이러한 고난은 바로 시인이 겪었던 고난을 말하는 것이다. 명예를 추구하고 이상을 실현하기 위해 힘들게 노력했던 시인은 인정받지 못했다. 마지막 연의 '隨陽意'란 기러기가 철새로서 움직인다는 것이지만 여기에서는 시인의 이상을 가리키며, 또한 사람들이 화려한 비취 새의 깃털에만 관심을 두고 있다고 표현하여 시인을 알아주는 사람이 없음을 드러내고 있다. 그러므로 특히 마지막 연에 대하여 "능력이 있지만 펼쳐내지 못하고 세상에 知音을 없음을 탄식하고 있다."[18]라고 해석하고 있다. 결국 이 시에서 시인은 자신의 이상실현의 좌절과 자신을 알아주는 않는 현실에 대한 고민을 표현했다고 할 수 있다.

역시 기러기를 제재로 삼고 있는 시가 「雁」[19]을 보기로 하자.

南北路何长,   북의 노정이 얼마나 긴가?
中间萬弋张.   중간에는 수많은 화살이 기다리고 있다네.
不知煙雾裏,   안개 속에서
幾隻到衡阳.   몇 마리가 衡阳에 다다를지 모르겠구나.

이 시는 기러기의 노정을 통하여 인생을 살아가면서 맞이하는 갖가지 고난을 표현하고 있다. 수많은 화살이란 바로 그 고난을 의미

---

18) 趙榮蔚著, 『晚唐士風與詩風』, (上海: 上海古籍出版社, 2004), 466쪽. "嘆懷才莫展, 世無知音."
19) 앞의 책, 『甫里先生文集』, 82쪽.

한다. 연기와 안개 역시 인생여정에서의 고통을 말하고 있다. 衡阳
이란 기러기가 쉬어가는 곳을 상징한다. 즉, 인생의 노정에서 쉬어
가는 곳이란 바로 성공의 의미나 이상의 실현이라고 할 수 있다. 그
러나 그곳에 도착하는 기러기가 극소수이듯 사람이 역시 온갖 고난
을 겪어도 도달하기 쉽지 않은 곳이다. 그러므로 이 시의 의미를
"이 시는 기러기를 표현한 것이 아니며, 기러기를 빌어 세상이 어지
럽고 위기가 많음을 말하고 있는 것이다."[20]라고 설명한 것은 정확
한 해석이다.

다음에는 「島樹」[21]를 보기로 하자.

波涛漱苦盘根浅, 파도가 심해 뿌리내릴 흙이 깊지 않고,
风雨飘多着葉迟. 비바람이 거세게 불어 잎이 더디게 자란다.
迥出孤煙残照裏, 멀리 희미한 연기가 석양빛 속에서 보이는데,
鹭鸶相对立高枝. 해오라기와 백로가 서로 다투며 높은 가지에 앉
　　　　　　　　　는다.

이 시는 섬에 있는 나무를 이용하여 시인의 고난과 고고한 정신
을 함께 표현하고 있다. 현재 시인이 은거하면서 지키고 있는 고고
한 정신은 사실상 고난을 견디어낸 결과라고도 할 수 있다. 여기에
서는 그러한 고난을 파도와 비바람으로 표현하였고, 고고한 정신은
해오라기와 백로가 높은 가지에 앉아 있다는 것으로 보여주고 있다.
이렇게 비유적으로 표현하는 것은 바로 詠物詩창작의 특징이라고

---

20) 劉永濟選釋, 『唐人絶句精華』, (北京: 人民文學出版社, 1981), 257쪽. "此非詠雁,
借雁言世難多危機也."
21) 앞의 책, 『甫里先生文集』, 170쪽.

할 수 있다.

陸龜蒙은 인생을 살아가면서 느낀 다양한 상황들을 시가로 표현하였다. 이러한 상황들을 모두 詠物詩의 창작을 이용하여 표현한 것은 아니지만 의외로 많은 詠物詩가 인생에서의 고난과 성찰 그리고 인생행로에 있어서의 깨달음을 표현하고 있다. 비록 은일시인이지만 역시 인생이라는 주제를 잊을 만큼 세상을 등진 것은 아니라는 것을 알 수 있다. 농사짓고 낚시하며 고아한 은자의 모습을 보여주었지만, 역시 사람들 속에서 인간다운 삶을 살아온 시인이기에 이러한 인생의 모습을 시에 담았다고 생각된다. 인용한 시가와 유사한 내용을 담고 있는 詠物詩에는 「鳴雁行」·「夜泊咏栖鴻」·「孤雁」·「和襲美重題薔薇」·「和襲美木蘭後之三詠·重臺蓮花」·「冬柳」·「素絲」·「重憶白菊」 등이 있다.

Ⅳ. 隱逸生活의 情趣

隱逸시인으로 유명한 陸龜蒙이기에 그의 詠物詩 역시 은일정취를 표현하고 있는 내용이 가장 중심이 되고 있다. 특히 "육구몽은 강호에서 스스로 자유분방하게 생활했으며, 시의 흥취는 당연히 넘쳐흘렀다."[22]라고 평가하듯이 시인은 자연 속에서 구속되지 않은 은자의 생활을 하면서 많은 시가 창작을 하였다. 그의 詠物詩에 보이는 은일정취는 크게 두 가지 내용으로 나눌 수 있다. 우선, 일반적인 은일시인들과 마찬가지로 세속과 어울리지 못하는 고결하거나 고상한

---

22) 胡震亨著, 『唐音癸籤』, (上海: 古典文學出版社, 1957), 66쪽. "陸魯望江湖自放, 詩興宜饒."

품격을 보여주는 詠物詩가 있다. 다음에는 은일을 생활의 일부로 생
각하여 한가하고 여유 있는 일상생활속의 정취를 표현하고 있는 詠
物詩가 있다.

1. 고상하고 우아한 品格

隱者가 가진 품격이란 당연히 세속에 물들지 않고, 세속의 명리에
얽매이지 않는 정신을 가지고 있는 것을 말한다. 은자로 널리 알려
진 육구몽 역시 이런 정신을 가진 시인이다. 그의 詠物詩는 그의 품
격을 드러내고 있는데, 사물이라는 제재로 국한된 詠物詩이기에 대
개는 사물을 빌어 비유적으로 표현되고 있다.
　우선, 「白鷗」23)를 보기로 하자.

惯向溪头漾浅沙,	늘 시내에서 옅은 모래를 밟으며 오가는데,
薄烟微雨是生涯.	물가에 옅은 물안개 피어오르고 가랑비가 내린다.
时时失伴沈山影,	때때로 짝을 잃어버리고는 산 그림자 속으로 들어가고,
往往争飞杂浪花.	가끔은 훌쩍 날아 여울과 어울린다.
晚树清凉还鹡鸰,	날 저물어 나무들이 서늘해지면 새들이 돌아오고,
旧巢零落寄蒹葭.	옛 둥지가 낡아 없어지면 갈대에 깃든다.
池塘信美应难恋,	연못은 진실로 아름답지만 연모하기 어려운 것은,
针在鱼唇剑在虾.	물고기가 찌르고 새우가 찔러 놀라서라네.

---

23) 앞의 책, 『甫里先生文集』, 123쪽.

이 시는 흰 갈매기를 빌어 시인의 심정을 표현하고 있다. 은일생활의 정취란 자연과 벗 삼아 유유자적하는 평안한 심리를 표현하는 것이라고 할 수 있다. 그러므로 詠物詩로써 그러한 심리를 표현하는 것은 쉽지 않기에 시인 역시 갈매기의 행동과 상황을 빌어 자신의 은일생활을 묘사하고 있다. 갈매기가 모래를 밟으며 오가는 가운데, 연못에는 물안개가 피어오르고 가랑비가 내린다. 이는 갈매기가 자연 속에 있음을 보여준 것이다. 그러던 갈매기가 물가에 비친 산 그림자 속으로 들어가거나 날아가면서 여울과 어울리는 것 역시 평범한 자연의 모습이다. 또한 새들이 돌아오고 갈대에 깃드는 것 역시 자연의 모습이다. 여기까지는 시인이 연모하는 자연의 모습을 갈매기를 통하여 보여주었다고 할 수 있다. 시인이 추구하는 은일생활이란 바로 이러한 자연과의 동화이기 때문이다. 마지막 연에서 그 자연이 아름답지만 연모하기 어렵다는 것은 은일생활을 떠나겠다는 의미가 아니라 은일생활을 영위하기 위해서는 자신을 마음을 해하는 다양한 것들을 이겨내야 한다는 의미이다. 마음을 해하는 것은 바로 세속의 부귀영화나 명리 등을 말하는 것이다. 결국 시인은 이런 것들을 이겨냈기 때문에 은일생활을 구가하면서 고상한 품격을 유지할 수 있었던 것이다. 흰 갈매기의 흰색은 바로 그 자체로 시인의 품격과 연관된다고 할 수 있다. 이 시는 흰 갈매기를 빌어 자연과 동화되고 세속에 때 묻지 않은 자신의 모습을 드러내고 있다고 할 수 있다.

皮日休의 시가에 답하여 창작한 「和襲美木蘭後之三詠」 중 「白蓮」[24] 역시 고결한 품격을 비유적으로 표현하고 있다.

---

24) 앞의 책, 『松陵集』, 243~244쪽. (『四庫全書』本, 1332冊)

素礭多蒙別艶欺,　하얀 꽃이 다른 아름다운 꽃들에게 괴롭힘을 받
　　　　　　　　지만,
此花眞合在瑤池.　이 꽃은 진실로 신선 사는 瑤池에서 자라는 것이
　　　　　　　　라네.
还应有恨無人覚,　또한 恨이 있더라도 알아주는 사람 없으니,
月晓风清欲堕时.　달 뜬 새벽, 맑은 바람 불 때가 바로 꽃 지는 때라네.

이 시는 시인의 고결한 정신을 새하얀 연꽃으로 표현하고 있다.
첫 연에서는 흰 연꽃이 주위에 있는 화려한 꽃들에게 괴롭힘을 받고
있지만, 원래 신선 사는 곳에서 자라는 꽃이라고 하여 그 신비감과
고결함을 강조하고 있다. 여기에서의 괴롭힘이란 바로 시인이 사는
세상에서의 다양한 고통을 말하는 것이며, 신선 사는 瑤池란 바로
시인이 은거하여 자연과 벗 삼아 살고 있는 곳을 말한다고 할 수 있
다. 둘째 연에서는 사람들이 알아주지 않아 恨스럽더라도 고요하고
담담한 가운데 연꽃이 질 것이라고 하여 연꽃과 시인의 고고한 삶과
고결한 정신을 연결시키고 있다. 특히 마지막 구에 대하여 "白蓮의
神韻을 얻었다."[25]라고 극찬하고 있는데, 이는 바로 시인이 연꽃을
통하여 은일생활에서 얻은 고결한 경지를 잘 설명했다고 할 수 있다.
다음에는 「幽居有白菊一丛因而成詠呈知己」를 보기로 하자.

还是延年一種材,　새해를 맞이하며 국화를 심었는데,
即将瑤朶冒霜开.　금방 새하얀 꽃이 서리를 무릅쓰고 피어났다.
不如红艳临歌扇,　농염한 붉은 색 꽃 속에서 가무를 즐기는 것만 못
　　　　　　　　하지만,

25) 兪陛雲著,『詩境淺說續編』, (上海: 上海書店, 1984), 143쪽. "得白蓮之神韻."

欲伴黃英入酒杯.　노란 꽃과 벗하여 술잔을 들고 싶다.
陶令接羅堪岸著,　陶淵明은 울타리에서 국화를 따다 멀리 바라보았고,
梁王高屋好敲来.　梁王은 끝이 높은 모자 한쪽을 들어 멀리 바라보
　　　　　　　　　길 좋아했다.
月中若有闲田地,　달 속에 만약 한가한 밭이 있다면,
为劝嫦娥作意裁.　嫦娥에게 하얀 국화를 키우자고 권하겠네.

　시인은 하얀 국화를 보면서 은일생활의 정취를 표현하고 있다. 시
인은 하얀 국화를 통하여 자신이 고고한 은자임을 말하고 있다. 그
러므로 서리를 무릅쓰고 피어난 국화를 언급하여 고상한 자신의 모
습을 보여주고 있으며, 화려한 가무보다는 고상하게 국화를 벗 삼아
술 한 잔 하고 싶다는 심정을 드러내고 있다. 이어서 은일시인인 陶
淵明과 梁王을 빌어 자연과 일체가 되고 싶다는 심정을 보여주고 있
다. 그리고 더 나아가 달에 사는 嫦娥에게도 자신이 느낀 고상한 은
일정취를 느끼도록 국화를 심으라고 권하고 있는데, 이는 시인이 국
화를 통하여 그만큼 깊이 있는 고고한 정신세계를 체득했기 때문일
것이다.
　陸龜蒙의 詠物詩 중에서 자신의 고고한 정신을 표현할 때 대개는
고고하거나 고결한 것과 연관성이 있는 사물을 이용하고 있다. 인용
한 詠物詩를 보면 모두 흰색의 꽃들이 나오고 있는데, 흰색 자체가
가진 고결함 때문일 것이다. 또한 이러한 품격을 표현하고 있는 다
른 詠物詩에서도 흰색이 많을 뿐만 아니라 다른 제재 역시 이런 고
고한 이미지를 가지고 있다. 예를 들면,「公斋四咏」중에는 소나무
나 대나무가 있으며, 五贶诗 중에는 벼루가 그런 이미지를 보여주고
있다. 이와 유사한 詠物詩에는「奉和谏议酬先辈霜菊」·「忆白菊」·

「白芙蓉」·「白鷺」·「重忆白菊」·「袭美初植松桂偶题袭美以紫石砚见赠以诗迎之」·「襲美庭中初植松桂偶题」 등이 있다.

2. 일상생활의 情趣

陸龜蒙의 은일생활은 당시에 은일생활을 추구했던 일반 시인들과 다르다. 그의 은일생활은 바로 일상생활의 연장이라고 할 수 있다. 즉, 그는 완전히 현실세계와 격리된 은일생활을 추구한 것이 아니라 일반사람들처럼 지극히 자연스럽게 일상생활을 하면서 자신의 은일세계를 추구하였다. 陸龜蒙은 농사를 지었으며 낚시를 하였고, 어떤 때는 차밭을 일구면서 얽매이지 않는 한가한 생활을 하는 동시에 皮日休를 비롯한 시인들과 어울려 시를 창작했다. 이러한 측면에서 본다면 마치 은자 같지 않지만 은자의 생활을 하였음을 알 수 있다. 그러므로 고상하며 고고한 생활을 추구했지만 세속과 동떨어져 은둔하는 것이 아니라 벗과 사귀며 취미생활을 하면서 세속의 명리를 멀리하며 자연과 동화되는 은일생활을 구가했던 것이다. 이러한 은일생활은 그의 詠物詩에도 드러나고 있으며, 특별한 것이 아닌 신변이나 취미와 관련된 술이나 차 그리고 낚시나 나무하는 것 등을 제재로 하여 詠物詩를 창작하고 있다.

우선, 술과 관련된 詠物詩가 있다. 皮日休와의 화답한 시가인 「奉和酒中十詠」과 「添酒中六詠」이 바로 술을 제재로 삼은 詠物詩이다. 「奉和酒中十詠」에서 '奉和'란 바로 피일휴의 시가에 화답한 시가라는 의미이며, 「添酒中六詠」에서 '添'이란 육구몽의 술에 대한 느낌을 다시 더 첨가하여 표현했다는 의미이다. 사실상 「奉和酒中十詠」의 10首는 대개 술과 관련된 도구나 술과 관련된 사건을 표현하고 있으

며, 「添酒中六詠」의 6首는 이전에 술과 관련된 인물이나 사건을 묘
사하고 있다. 「奉和酒中十詠」 중 「酒樽」26)을 보기로 하자.

> 黄金即为侈,　너무 사치스럽고,
> 白石又太拙.　흰 돌은 또한 너무 투박하다.
> 斲得奇树根,　나무를 베다 기이한 나무뿌리를 얻었는데,
> 中如老蛟穴.　가운데가 마치 늙은 교룡이 사는 구멍처럼 움푹 들어
> 　　　　　　　갔다.
> 时招山下叟,　수시로 산 아래 사는 노인을 불러,
> 共酌林间月.　숲 속에서 달을 벗 삼아 함께 술 마신다.
> 尽醉两忘言,　취하여 둘 다 말을 잊어버렸는데,
> 谁能作天舌.　누가 천연의 자연스런 말을 하겠는가?

　이 시는 술잔을 제재로 지은 詠物詩이다. 술이란 자체가 일상생활
이라고 할 수 있다. 사람이 살아가면서 접하게 되는 자연스러운 삶
의 일부가 술과 연관되기 때문이다. 풍류를 위해서나 시름을 잊기
위해 술을 마실 수 있겠지만, 육구몽의 경우는 다르다. 그야말로 일
상생활처럼 술을 마시며 평화롭고 잔잔한 모습을 시가에 표현하고
있다. 술잔이 제재가 돼서인지 첫 연에서는 술잔에 대한 언급을 하
고 있다. 술잔은 너무 귀하거나 투박해서도 안 되는데, 마침 나무뿌
리가 술잔으로 이용하기에 좋았던 모양이다. 후반부는 바로 그 술잔
을 이용하여 술을 마시는 광경인데 그야말로 시골 농가의 평화스럽
고 정겨운 모습이다. 노인과 숲 속에서 달빛을 맞으며 술을 마시다
가 거나하게 취한 모습이 선하다. 이 시는 특별한 철학적인 의미를

---

26) 앞의 책, 『松陵集』, 208쪽. (『四庫全書』本, 1332冊)

가지고 있기보다는 탈속의 경지에 도달한 담담한 정취가 드러나고
있다. 이것은 바로 육구몽이라는 은일시인이 추구한 삶일 것이다.
육구몽의 詠物詩인 「奉和襲美酒中十咏」에는 酒乡·酒垆·酒城·酒
尊·酒床·酒旗·酒星·酒楼·酒泉·酒筹 등이 있으며, 「添酒中六咏」
에는 酒杯·酒枪·酒池·酒瓮·酒船·酒龙 등이 있다. 일반시인들의
詠物詩에도 동일한 주제 하에서 다양한 제재를 선택하여 詠物詩를
창작하고 있지만, 사실상 육구몽처럼 이렇게 다양하며 구체적이며
전문적으로 다양한 제재를 망라하고 있지는 않다. 이는 시인이 술에
대한 관심의 정도가 대단하다는 의미이며, 의도적으로 다양한 술과
관련된 제재를 선택했다고 할 수 있다. 비록 이 詠物詩들이 皮日休
와의 화답 형식으로 창작된 것이지만, 역시 기타 시인들과 다른 독
특한 詠物詩의 창작이라고 할 수 있다.

두 번째는 차와 관련된 詠物詩 「和茶具十詠」이 있다. 차 역시 당
연히 술과 마찬가지로 일상생활의 일부를 차지하는 제재라고 할 수
있다. 「奉和襲美茶具十詠」 중 「茶籯」27)을 보기로 하자.

金刀劈翠筠,	쇠칼로 비취색 대나무를 자르고,
织似波文斜.	물결무늬를 비스듬하게 넣어 광주리를 짰다.
製作自野老,	시골노인이 직접 만든 광주리를,
携持伴山娃.	옆에 끼고서 아름다운 산과 벗 삼는다.
昨日鬪煙粒,	어제는 구름처럼 많은 곡식을 모았는데,
今朝貯绿华.	오늘 아침에는 녹색의 찻잎을 담았다.
争歌调笑曲,	다투어 즐거운 노래 부르다가,
日暮方还家.	날 저물자 집으로 돌아왔다.

27) 앞의 책, 『松陵集』, 211쪽. (『四庫全書』本, 1332冊)

이 시는 차의 한 도구라고 할 수 있는 차를 담는 광주리를 제재로
삼았다. 우선 이런 제재를 가지고 詠物詩를 창작할 수 있다는 것이
특이하다. 그러나 육구몽의 경우 일상생활과 관련된 모든 것을 제재
로 삼았기에 어쩌면 당연할 수도 있다. 이 시는 우선 차 광주리 자
체에 대한 언급을 하고 있다. 비취색 대나무를 잘라서 물결무늬로
비스듬하게 엮어 광주리를 만들었다고 묘사하고 있다. 그리고는 그
광주리를 가지고 산을 다니며 찻잎을 따며 즐겁게 노래 부르다 집으
로 돌아온다고 표현하고 있다. 차 광주리를 제재로 삼아 시작했지
만, 역시 그 핵심은 담담하고 정겨운 시골의 일상생활의 모습이다.
陸龜蒙의 차에 대한 관심은 여러 가지 방면에서 드러나고 있다. 시
인은 직접 차밭을 가꾸며, 차를 따고 차의 등급을 구분할 정도로 전
문성을 가지고 있었다고 한다. 또한 전해지지는 않지만 차에 대한
전문서적을 썼다고도 한다. 즉, 『唐才子傳』의 "陸龜蒙은 차 마시길
좋아하여 顧渚山 아래에 차밭을 일구었다… 著書 한 권을 지어 『茶經
』과 『茶訣』을 계승하였다."[28]라는 기록을 보면 시인이 어느 정도 차
에 대한 관심이 있었는가를 알 수 있다. 「和茶具十咏」에 소개된 제
재들은 茶塢·茶人·茶筍·茶籝·茶舍·茶灶·茶焙·茶鼎·茶甌·煮
茶 등이다.

셋째는 낚시와 관련된 詠物詩로 「漁具十五首」와 「和添漁具五篇」
이 있다. 낚시가 일상생활일 수는 없으며 여가생활이자 취미생활이
라고 할 수 있다. 그러나 넓은 의미로 본다면 역시 일상생활의 연장
선 속에 있다고 할 수 있다. 陸龜蒙의 영물시 중에서 낚시와 관련된

28) (元)辛文房著, 李立朴譯注, 『唐才子傳全譯』, (貴州: 貴州人民出版社, 1994), 546
쪽. "龜蒙嗜飲茶, 置小園顧渚山下, … 著書一編, 繼茶經茶訣之後."

부분은 가장 전문적인 지식을 바탕으로 창작된 시가라고 할 수 있다. 그의 「漁具诗」 중 「网」29)을 보기로 하자.

大罟纲目繁,　큰 그물은 구멍이 숭숭한데,
空江波浪黑.　빈 강에서 일어나는 파도는 검다.
沈沈到波底,　파도 밑에 깔아 놓으니,
恰共波同色.　흡사 파도와 같은 색 같다.
牵时萬鬐入,　끌어내니 수많은 물고기가 들어있어서,
已有千钧力.　이미 아주 많은 힘이 들었다.
尚悔不横流,　가로로 흐르는 데로 두지 않은 것을 후회하며,
恐他人更得.　다른 사람들이 더 많이 잡았을까 두려워한다.

이 시는 그물을 제재로 삼아 고기 잡는 모습을 표현하고 있는데, 실제적인 묘사나 시속에 나타난 정감이 모두 시인 같지 않고 시골 어부 같다. 강가에 내린 그물과 그물에 걸린 물고기, 그리고 그 물고기를 끌어 올리는 묘사가 그렇다. 또한 자신보다 다른 사람들이 더 많이 잡았을까 걱정하는 모습은 은일생활의 잔잔한 정감이 느껴진다. 이런 시가를 보면 과연 시인은 진짜 은자인지 어부인지 모르겠다는 생각이 드는데, 이 또한 그의 은일생활의 특징이라고 할 수 있다. 사실상 陸龜蒙은 낚시에 대한 전문적인 지식을 가지고 있어서, 다양한 낚시 도구나 다양한 낚시하는 방법을 알고 있었다. 「漁具十五首」의 序文에 기록된 "원형으로 통발모양을 '가리'라고 하고, … 혹은 다양한 방법을 써서 고기를 부르거나 혹은 약을 써서 고기를 잡는데, 모두 『詩經』이나 『書經』 및 잡다한 기록에 있는 것이다."30)

---

29) 앞의 책, 『松陵集』, 199쪽. (『四庫全書』本, 1332冊)

라는 내용을 보면 그가 얼마나 체계적이며 전문적으로 낚시에 대한 관심을 가지고 있었는가를 알 수 있다. 당연히 詠物詩의 창작에서 이렇게 전문적인 제재를 이용하는 시인은 없었기에 아주 특별한 부분이라고 할 수 있다. 또한 은일생활을 하는 기타 시인들과도 다른 특이한 은일생활의 취향이라고 할 수 있다. 「渔具十五首」와 「和添渔具五篇」에 소개된 제재들은 䅉·叉鱼·射鱼·沪·种鱼·笭箵·网·罩·罱·舴艋·药鱼·钓筒·钓车·鱼梁·鸣桹와 渔庵·箬笠·背蓬·蓑衣·钓矶 등이다.

네 번째는 나무하는 것과 관련된 詠物詩인 「樵人十詠」이 있는데, 그중 「樵家」31)를 보기로 하자.

草木黄落时, 초목이 누렇게 변해 떨어질 때면,
比邻见相喜. 이웃들은 서로 즐거운 얼굴로 바라본다네.
门當清涧尽, 문 앞에 마주하던 맑은 물은 말랐고,
屋在寒雲裏. 집은 차가운 구름 속에 있네.
山棚日才下, 산에 있는 누각 옆으로 해가 지려하니,
野灶烟初起. 들판에 밥 짓는 연기가 올라가기 시작한다.
所谓顺天民, 天道를 따르는 순박한 백성들을 말하자면,
唐尧亦如此. 唐尧시대가 역시 그러했을 것이네.

이 시는 나무꾼의 집을 제재로 삼아 쓴 詠物詩이다. 역시 나무꾼의 집이 제재가 된 것 자체는 특이한 발상이다. 첫 연은 겨울이 되

---

30) 앞의 책, 『松陵集』, 「渔具十五首·序」, 199쪽. "圓而惚拴曰罩, … 其他或術以招之, 或藥而盡之, 皆出於詩書雜傳." (『四庫全書』本, 1332冊)

31) 앞의 책, 『松陵集』, 204쪽. (『四庫全書』本, 1332冊)

어가는 날씨를 말하며 나무꾼이 나무를 준비해야 하는 시기를 말하고 있다. 둘째 연은 나무꾼의 집 주위 상황을 묘사하였다. 셋째 연은 멀리에 밥 짓는 연기가 올라가는 시골의 전형적인 모습을 표현하고 있다. 역시 한 폭의 풍경화 같은 모습이며 자연스럽게 陶淵明의 "曖曖遠人村, 依依墟里煙."(가물가물 저 멀리에 있는 촌락, 하늘하늘 마을의 밥 짓는 연기.)라는 시 구절을 생각나게 한다. 마지막 연에서는 나무꾼을 순박한 백성으로 인식하며 그들이 사는 곳에서 사는 시인 자신의 순수함을 드러내고 있다. 그러므로 이 시는 시인의 자연스런 은일생활과 순박한 은일의 태도를 보여주는 시라고 할 수 있다. 「樵人十詠」의 제재는 樵叟 · 樵子 · 樵家 · 樵径 · 樵担 · 樵斧 · 樵歌 · 樵火 · 樵谿 · 樵风 등이 있다.

　　陸龜蒙의 조합성이 있는 詠物詩는 우선 그 자체가 특징이라고 할 수 있다. 또한 그 제재들 자체는 일상생활과 관련된 평범한 제재이지만, 다시 그 제재를 분석해보면 상당히 구체적이며 전문적인 제재라는 특성을 가지고 있다고 할 수 있다. 이러한 詠物詩가 皮日休와의 唱和詩이기에 皮日休에게도 똑같은 詠物詩가 있지만, 기타 시인들과는 비교할 때 아주 특이한 詠物詩의 창작이라고 할 수 있다.

V. 맺는 말

　　陸龜蒙의 詠物詩는 그의 시가 창작 중에서 중요한 부분으로 주목받지는 않았다. 그렇지만 그 수량이 陸龜蒙의 전체 시가의 3분 1에 근접한다는 것은 아주 특이한 일이라고 할 수 있다. 또한 陸龜蒙과 唱和하며 詠物詩를 창작하던 皮日休를 제외하고 당시의 기타 시인들과 비교할 때, 이렇게 많은 詠物詩를 창작한 시인은 없으므로 역시 매우 독특한 상황이라고 할 수 있다.

陸龜蒙의 詠物詩 166首를 고찰해 보면 몇 가지 특징이 있다. 첫번째 특징은 陸龜蒙은 詠物詩의 창작을 통해서도 은일생활의 정취를 표현했다는 점이다. 일반적으로 詠物詩는 사물을 빌어 시인의 의도를 표현하는 시가창작수법이므로 은일생활을 표현하기에는 그다지 적합하지 않다. 실제로 陸龜蒙은 詠物詩가 아닌 기타 山水와 관련된 시가나 佛敎나 道敎와 관련된 시가를 통하여 은일생활의 정취를 더욱 많이 표현하고 있다. 그럼에도 불구하고 陸龜蒙은 詠物詩의 창작을 이용하여서도 은일생활의 정취를 표현하고 있다. 이는 우선은 詠物詩로써 은일생활을 표현했다는 특징을 가지고 있다고 할 수 있으며, 또한 그의 詠物詩도 역시 시인의 전체 시가창작에서 보이는 은일생활의 정취를 표현하는 주요한 특징과 같은 맥락임을 확인했다고 할 수 있다. 두 번째 특징은 詠物詩에 보이는 은일생활의 정취가 일상생활과 밀접한 관련이 있다는 점이다. 그의 詠物詩의 제재를 보면 물론 새나 꽃 등의 동식물이 있지만 그것보다는 오히려 일상생활에서 흔히 볼 수 있는 제재가 더욱 많다. 즉, 陸龜蒙은 술이나 차를 비롯하여 나무를 한다든가 낚시를 하는 일상생활의 한 부분에 해당하는 것들을 제재로 삼아 詠物詩를 창작하고 있다. 이렇게 평범한 일상생활을 은일생활로 구가하면서 이런 사물들을 詠物詩의 제재로 삼아 창작한 시인은 역대로 찾아 볼 수 없다. 세 번째 특징은 陸龜蒙의 詠物詩에 나타난 인생에 대한 感慨이다. 육구몽은 詠物詩를 창작하는데 있어서 단순히 은일생활을 즐거움만을 표현하지는 않았다. 비록 은거하여 은일생활을 하지만 늘 인생에 대한 고뇌와 성찰을 하였고 어떤 삶을 추구해야 하는지를 고민했다. 이는 분명 그의 은일생활을 지속하는데 중요한 역할을 했을 것이며, 이러한 부분은 역시 다른 시인들의 詠物詩와는 다른 측면이다. 네 번째 특징은 詠物詩에 보이는 시인의 고고하고 순수한 品格이다. 이것은 詠物詩에 보이는 인생에 대한 感慨와 관련된 부분이다. 陸龜蒙은 은일생활을 하면서 늘 인생을 성찰했을 뿐만 아니라 늘 세속의 名利를 벗어나고 구속되지 않는 고결한 品格을 유지하고자 노력했다. 즉, 陸龜蒙은 단순히 일상생활과 취미생활을 하는 한가하고 담담한 詠物詩만을 창작한 것이 아니라, 세속의 名利를 벗어나고 구속되지 않는 고결한 정신면모를 보여주는 詠物詩를 창작하였으며, 이를 통하여 그의 은일생활을 더욱더 순수하고 가치 있게 만들었던 것이다. 마지막 특징은 詠物詩에 보이는 다양한 제재이다. 陸龜蒙은 일반적인 동물이나 식물 등의 제재에만 국한되지 않고 술이나 차, 낚시도구 등 일상생활에서 쉽게 볼 수 있는 제재를 이용했다. 또한 술이나 차, 낚시도구 등의 제재에 대하여 구체적이고 전문적인 지식을 동원하여 제재로 삼았다는 것도 아주 특이하다. 이러한 측면은 바로 당시는 물론이고 후대에게도 詠物詩의 제재를 확대할 뿐만 아니라 詠物詩 자체의 발전에도 지대한 영향을 주었다고 할 수 있다.

　　陸龜蒙의 詠物詩는 다량의 창작으로 그의 시가창작에 중대한 비중을 차지함을 알 수 있었다. 또한 詠物詩의 창작에 보이는 인생에 대한 感慨와 고고한 品格 그리고 일상생활의 情趣 등은 결국 모두 시인의 은일생활과 밀접한 관계가 있기에, 詠物詩의 창작을 통해서도 陸龜蒙이라는 시인의 주된 시가창작경향은 역시 隱逸이라는 측면을 증명했다고 할 수 있다.

● 참고문헌 ●

陸龜蒙, 『笠澤叢書』, (『四庫全書』, 1083冊).

皮日休等撰, 『松陵集』, (『四庫全書』, 1332冊).

魯迅, 『魯迅全集』, 北京: 人民文學出版社, 1981.

陳伯海, 『唐詩論評類編』, 山東: 山東教育出版社, 1993.

陳伯海, 『唐詩彙評』, 浙江: 浙江教育出版社, 1996.

田耕宇, 『唐音餘韻』, 成都: 巴蜀書社, 2001.

毛水淸, 『隨唐五代文學史』, 南寧: 廣西人民出版社, 2003.

李定廣, 『唐末五代亂世文學硏究』, 北京: 中國社會科學院出版社, 2006.

趙榮蔚, 『晩唐士風與詩風』, 上海: 上海古籍出版社, 2004.

(唐)陸龜蒙撰,, 宋景昌・王立群點校, 『甫里先生文集』, 河南: 河南大學出版社, 1996.

(元)辛文房著, 李立朴譯注, 『唐才子傳全譯』, 貴州: 貴州人民出版社, 1994.

李福標, 『皮陸硏究』, 長沙: 岳麓書社, 2004.

王茂福, 『皮陸詩傳』, 吉林: 吉林人民出版社, 2000.

王錫九, 『皮陸詩歌硏究』, 安徽: 安徽大學出版社, 2004.

沈松勤・胡可先・陶然, 『唐詩硏究』, 浙江: 浙江大學出版社, 2006.

富壽蓀選注, 劉拜山・富壽蓀評解, 『千首唐人絶句』, 上海: 上海古籍出版社, 1987.

劉永濟選釋, 『唐人絶句精華』, 北京: 人民文學出版社, 1981.

胡震亨, 『唐音癸簽』, 上海: 古典文學出版社, 1957.

兪陛雲, 『詩境淺說續編』, 上海: 上海書店, 1984.

楊海波, 「略論陸龜蒙的詠物詩」, 哈爾濱: 黑龍江教育學院學報, 2008.

四、

晚唐 사회문화의 다양성

唐末詩歌와 科擧文化

I. 序論

　한 시인이나 한 시대의 시를 고찰하는 데는 다양한 방법이 있다. 그 중 개인의 생활의 면면을 통하여 그의 창작을 고찰하는 것도 한 방법이라 할 수 있다. 당대의 과거제도는 수대의 과거제도를 계승하여 발전시켰는데 조정의 입장에서는 인재등용의 선발제도였고, 개인적으로는 자신의 지위향상과 정치적 이상실현의 관문 이었다. 당대의 문인사대부들에게 擧業이라는 것은 인생행로에 있어서 첫 발걸음을 딛는 중요한 시작이 되었다. 문인사대부들은 청년시절 누구나 생활의 일부로써 거업의 길을 걸었기에 이들에게 있어서 과거제도는 한 문화로써 영향을 주었다고 할 수 있다. 즉 과거제도와 연관된 다양한 부분들은 바로 과거문화를 지칭하는 것으로 이 과거문화는 문인사대부들의 생활뿐만 아니라 그들의 시가 창작에도 지대한 영향을 주었을 것이라는 전제 하에 연구해 보고자 한다. 국가의 한 제도가 시인들의 창작에 있어서 어떠한 부분들이 어떻게 영향을 주는 가를 조사하는 것은 의의가 있다고 생각한다.

　당대의 과거제도는 약간의 변화를 겪었지만 당대 전체에 있어서 큰 변화는 없었다. 唐末의 상황은 혼란의 시기로 다양한 사회적 문제가 존재하는 시기이다. 즉 과거제도가 역시 시행되고 있었지만 어느 唐代의 시기보다도 폐단이 많았던 시기이다. 이러한 특징은 唐末의 문인들에게 시가 창작에 있어서 더더욱 깊고 광범위하게 영향을

주고 있다. 특히 이 시기에 유가사상에 입각한 문인사대부들은 혼란
한 사회를 개조하고자 하는 자신의 정치이상을 펼치기 위하여 거업
의 길을 걸었지만 당시의 부패한 제도는 그들에게 실의와 비탄을 안
겨 주었다. 즉 "到中晚唐, 貴族大官僚利用其權勢, 以種種手段把持擧
選權, 抑止寒門貧士通過科擧以求得進士之階, 鬪爭甚爲激烈. 因此, 伴
隨着它的進步性, 科擧制在實行過程中也暴露出不少嚴重的弊病, 正是
這種弊病給予文學創作以消極的影響"1)(中晚唐에 이르러 귀족 관료들
은 권세를 이용하여 종종의 수단으로 과거에서의 권리를 장악하고
는 비천한 선비들이 과거를 통하여 진사가 되는 것을 억제했는데 그
투쟁이 상당히 격렬했다. 그러므로 그러한 진보성에 따라 과거제는
실행 과정 중에 있어서 엄중한 폐단이 드러났으며, 바로 이러한 폐
단은 문학창작에 소극적 영향을 주었다.)의 지적은 당말 과거제도의
폐단과 문학과의 연관성을 알게 한다. 이러한 정황아래 과거문화는
문인사대부들의 시가 창작 속에 반영되었을 것이다.

본 고에서는 과거제도가 문인사대부들에게 준 영향이 창작에서
어떻게 나타나고 있는 가를 고찰하고자 한다. 과거제도에 대한 상식
으로써 唐代科擧制度와 文學과의 관련을 고찰한 후에, 과거문화가
반영된 시가창작을 科擧文化와 詩歌創作 그리고 科擧文化와 文人創
作心理로 구분하여 살펴보고자 한다.

---

1) 『唐代科擧與文學』 傅璇琮著, 陜西人民出版社, 1986, 414쪽.

Ⅱ. 科擧制度의 轉變과 文學

唐代의 科擧制度는 실제상 前代인 隨代의 과거제도를 계승한 것이다. 즉 수대의 과거제도를 더욱 완전하게 정비하여 인재등용의 정식적인 選官제도로 자리잡게 했던 것이다. 唐初의 황제들은 정치권력을 공고히 하고 강화하기 위하여 여러 가지 정책을 실시하였는데 그 중의 하나가 바로 魏晉시기 이래의 門閥에 대한 억제였다. 그러므로 수대와 마찬가지로 과거제도를 이용하여 이들을 억제하고 또한 신흥 문인사대부들을 중용하였다. 唐代의 문인사대부 역시 자신의 지위와 자신의 정치 포부를 실현하기 위하여 과거시험에 적극적으로 참여했다. 이러한 과거제도는 기본적인 틀을 가지고 다양한 변화를 거듭하며 唐 제국 전 시기에 지속되었다.

唐代 과거는 크게 두 종류로 나뉠 수 있다. 하나는 매년 시험을 실시하는 常擧이고, 하나는 황제가 임시로 시행하는 制擧이다. 制擧는 언제 시행될 지 알 수 없었으므로 당시의 문인사대부들은 자연히 常擧에 관심을 가지고 준비를 하고 있었다.

唐代 常擧의 과거 과목에는 秀才 · 明經 · 進士 · 明法 · 明書 · 明算 등이 있다. 원래 수재과가 가장 높은 위치에 있었으나 오래 지속되지 않고 폐기되었고, 唐初에는 명경과가 수재과 다음으로 높은 위치였으나 당 후기에 이르러 진사과가 수위를 차지하게 되었다.[2] 唐代에 있어서 과거의 각 과목 중에서 문인사대부들은 주로 明經科과 進士科를 중시하였다. 이는 "士族所趨向, 唯明經, 進士二科而已."[3](문인

---

2) 『唐代科擧制度研究』吳宗國著, 遼寧大學出版社, 1997, 26~26쪽. "秀才則高于明經, 進士之上, 唯秀才科設置時間不長, 水徽初卽停廢. 明經爲僅次于秀才科的科目 … 進士科按科等來說, 又次于明經科, 但後來却成爲常科中最主要的科目."

사대부들은 추구하는 것은 오직 明經과 進士 두 과목 이였을 뿐이다.)의 기재를 통하여 짐작할 수 있다. 唐代 과거의 시험내용은 주로 對策·貼經·雜文·詩賦 등이다. 진사과는 唐初에 對策를 시험 보다가 후에 經史·貼經·雜文·詩賦 등이 첨가되었다. 즉『唐會要』"先時, 進士但試策而已, 思立以其庸淺, 秦請帖經及試雜文. 自後因以爲常式."[4](唐初에 진사과는 단지 對策만을 시험 보았는데, 劉思立이 용속하고 비천하다고 여겨 貼經과 雜文을 시험 볼 것을 주청했다. 이후에 이로써 고정된 방식이 되었다.)의 기록은 그 변화를 설명하고 있다.

　과거제도와 문학과의 연관에 있어서 가장 중요한 것은 進士科이다. 이는 진사과의 시험과목 중 詩賦가 있기 때문이다. 詩賦가 진사과 시험의 과목으로 된 것에 대하여 의견이 분분하지만 "進士試雜文先用賦, 後增以詩, 皆在玄宗時."[5](진사과는 잡문을 시험 보는데 우선 賦를 사용하였으며 후에 詩를 사용했는데, 모두 玄宗시기이다.)의 기재를 보면 盛唐시기에 시와 부가 시험과목으로 정해졌음을 알 수 있다. 다만 이후에 진사과의 詩賦과목은 어떤 시기에 폐지되고 후에는 다시 시행되고 하는 변화가 있었다. 즉 "建中二年(781)十月, … 進士先時試詩, 賦各一篇, 時務策五道, 明經策三道. 今請以箴, 論, 表, 贊代詩, 賦, 仍試策二道."[6](建中 二年 十月 … 진사과는 우선 詩와 賦 各 한 편과 時務策 五道를 시험 보았으며, 명경과는 對策 三道를 시험 보았다. 오늘날 箴, 論, 表, 贊로써 詩, 賦를 대신하며, 여전히

3)『通典』選擧三, 歷代制, (唐)杜佑撰, 王文錦等點校, 中華書局, 1988, 357쪽.
4)『唐會要』卷七十六 貢擧中 進士 (宋)王溥編撰, 1379쪽. (『叢書集成初編』卷825)
5)『登科記考』卷二十八, 別錄上, (淸)徐松撰, 趙守儼點校, 中華書局, 1984, 1125쪽.
6)『唐會要』卷七十六, 貢擧中 進士 1380쪽. (『叢書集成初編』卷825)

對策二道를 시험보기를 청구했다.)의 기록은 781년 詩賦의 시험이
폐지되었음을 시사한다. 그러나 大和 八年인 834년 "八年(834)十月,
中間或暫改更, 施卽仍舊"[7](大和 8년(834) 중간에 혹은 잠시 바뀌었지
만 여전히 예전처럼 시행했다.)를 통하여 詩賦의 시험이 다시 시행되
었음을 알 수 있다. 명경과의 시험과목은 唐初에 진사과와 마찬가지
로 對策이었지만 점점 貼經위주로 변화되었으며, 經書에 대한 암기
를 위주로 하면서 점차 경서의 대의를 이해해야 함을 중시하였다.

상술한 바와 같이 진사과는 후에 詩賦가 시험과목으로 되면서 문
장에 대한 능력이 요구되지만, 명경과는 경서를 암기만 하면 되었기
에 자연히 명경과는 진사과보다 쉬웠으며 명경과에 급제한 사람은
진사과보다 많았다. 그러므로 "三十歲明經及第, 就算是老明經了, 而
五十歲進士及第, 却還要算少進士."[8](삼십 세 명경 급제는 늦게 급제
했다고 할 수 있으며, 50세 진사급제는 도리어 아직 젊다고 할 수 있
다.)라는 언급이 있다. 그러나 문인사대부들은 이러한 두 科目 중에
서 당대 후기로 갈수록 진사과를 더욱 중시하였다. 왜냐하면 당 후
기에 있어서 진사과가 관로의 기회나 정치특권 또는 사회적 지위 등
에서 명경과보다 높은 위치에 있었기 때문이다.[9]『新唐書』"大抵衆
科之目, 進士尤爲貴, 其得人亦最爲盛焉."[10](대체상 과거 시험 과목은
진사과가 가장 귀하게 여겨졌으며, 급제한 사람은 또한 가장 성대한
대우를 받았다.)의 기재 역시 그러한 상황을 지적하고 있다.

---

7)『唐會要』卷七十六 貢擧中 進士, 1381쪽. (『叢書集成初編』卷825)
8)『唐代進士行卷與文學』程千帆著, 上海古籍出版社, 1980, 6쪽.
9)『唐代科擧制度硏究』, 206쪽. "到唐朝後期, 進士科不論是仕途出路, 政治特權還
   是社會地位, 都遠高于明經科"
10)『新唐書』卷三十四,「選擧志上」, (宋)歐陽修, 宋祁撰, 中華書局, 1975, 1166쪽.

진사과는 唐末에 이르러서도 이러한 경향은 대체적으로 변하지 않았다. "進士試詩, 賦及時務策五道, 明經策三道. … 大和八年, 禮部 復罷進士議論, 而試詩, 賦."[11](진사과는 시와 부 그리고 時務策 五道 를 시험 보았으며, 명경과는 對策 三道를 시험 보았다. 大和 8년 예부에서 진사과 議論를 재차 없애고 시와 부를 시험 보았다.)의 기재는 진사과 시험의 과목에서 시와 부의 중요성을 알게 한다. 그러므로 문인사대부는 진사시험의 시와 부에 대하여 상당한 노력을 하였으며, 진사과는 당대 문학과 긴밀한 관계가 형성되었다.

문인사대부들의 입장에서는 자신의 문학적 능력을 과거시험에 유용하게 이용할 수 있고 진사과의 시험의 한 과목 이였기에 진사과를 더욱 중시하였다. 그러나 唐末에 이르러 국가 정책상 있어서는 오히려 明經科를 중시하였다. 이는 唐末의 시대적 배경과 연관된다. 즉 당시의 내외혼란은 국가의 안위를 위태롭게 했으며, 통치계급은 이를 만회하려는 노력이 필요했다. 그러므로 진사과의 문장위주의 시험은 국가의 정치에 도움이 되지 않았고, 경서에 대한 이해를 통하여 정치에 적극 참여하려는 명경과 출신의 문인사대부들이 필요하였다. "明經正好適合適應朝廷政治的需要, 對封建統治來說, 明經是培養吏治人才的."[12](명경과는 원래 조정 정치의 수요에 부합하는 것으로서 봉건통치에 있어서 명경과는 인재를 배양하는 시험 이였던 것이다.)라는 언급과 같이 국가 정책상 정치적 인재가 필요하고 당시 詩와 賦의 浮華한 폐단을 일소하고자 하였기 때문에 명경과 시험의 經史는 더욱 중시되었던 것이다. 당 말대 황제 哀帝시의 "取士之科,

---

11) 『新唐書』 卷三十四, 「選擧志上」, 1168쪽.
12) 『唐代科擧與文學』 127쪽.

明經極重"13)(관리를 선발하는 시험에서 명경과가 극히 중시되었다.)
의 기재는 바로 명경과에 대한 필요성을 보여주고 있다.

과거중의 진사과가 문인에게 문학적 소양을 길러주었다면 당말에
이르러 주된 기류는 아니지만 일부 현실주의 시가창작은 바로 명경
과에 대한 중시로 형성되었다고도 볼 수 있다. 이는 통치집단이 필
요로 하는 것 이였고 또한 문인사대부들이 실현하고자 했던 시대변
화에 대한 욕구이기 때문이다. 결국, 문인사대부들이 중시했던 진사
과와 명경과는 과거제도중의 과목이지만 문인들의 창작에 영향을
주었다고 할 수 있다. 즉 직접적으로는 진사과의 시와 부가 문학적
소양을 길러 주었으며, 간접적으로는 명경과의 유가경전에 대한 이
해를 통하여 현실의식을 갖게 했던 것이다. 즉 그들의 정치적 이상
과 문학적 소양은 바로 과거의 주요 시험인 명경과와 진사과와 상당
한 연관을 가지고 있다고 할 수 있다.

進士科의 한 과목인 詩와 賦가 문인들의 창작에 있어서 어떠한 영
향을 주고 있는 가에 대하여 다양한 의견이 있다. 특히 당시 문인사
대부들의 시가창작은 과거중의 진사과와 깊은 관련이 있다. 즉 "唐
代詩人大都是庶族出身的擧子. 詩歌成爲他們進入仕途的捷徑. 雖然試
貼詩由于內容的陳腐和形式的呆板, 很少有什么好詩, 但以詩取士的制
度, 對于重視詩歌, 愛好詩歌的社會風尙的形成, 對于詩人們一般詩歌技
巧的培養和訓練, 對于詩歌藝術經驗的績累和硏究, 無疑起了重要的作
用"14)(唐代 시인은 대부분 庶族 출신의 擧子이다. 시가는 그들이 관
리가 되는 첩경이 되었다. 비록 貼詩로써 시험 보는 것이 내용의 진

---

13) 『全唐文』 卷九十四, 「明經科準常例送禮部勅」, 中華書局, 1982, 977쪽.
14) 『唐詩選·前言』, 中國社會科學院文學硏究所編, 人民文學出版社, 1978, 8쪽.

부합과 형식의 딱딱함으로 말미암아 좋은 시가가 매우 적지만 시로써 관리가 되는 제도는 시가를 중시하고 시가를 애호하는 사회 기풍의 형성에 있어서, 시인들이 시가 기교의 배양과 훈련에 있어서, 시가예술 경험의 경력과 연구에 있어서 의심할 바 없는 중요한 역할을 담당했다.)의 언급은 唐代에 있어서 과거문화와 문인창작과의 연관성을 명확하게 지적하고 있으며, 시가 발전 근원의 하나를 설명한다고 할 수 있다.

Ⅲ. 科擧文化와 詩歌創作

科擧는 唐代 문인사대부들에게 있어서 신분상승이나 이상 실현의 첫 관문이다. 이러한 관계 속에 과거제도는 원래의 選官제도에서 발전하여 문인사대부들에게 지대한 영향을 주었기에 科擧文化를 형성하게 되었다고 할 수 있다. 이러한 과거문화는 문인사대부들의 창작에도 역시 상당한 영향을 주고 있다. 특히 시로써 시험과목으로 삼았기에 당시 문인사대부들의 시가창작과 깊은 관련이 있다.

과거문화가 시가창작에 준 영향은 주로 제재의 제공이라 할 수 있다. 과거문화 속에서 생활한 이들은 과거에 대한 지극한 열정으로 시작하여 자연스럽게 과거문화의 각 방면을 시가창작에 반영하고 있다.

1. 科擧制度의 반영

과거제도와 연관된 용어를 사용한 시가들은 당시의 과거문화를 반영하고 있다고 할 수 있다. 문인사대부들은 시가를 창작하는 중에 의도적이든 우연이든 과거제도의 용어를 사용하고 있다. 과거제도와 연관된 용어는 과거를 나타내는 의미의 단어가 시 제목 또는 시가 중에 나타나거나, 과거 응시자에 대한 다양한 호칭 또는 과거에 응시하여 급제하거나 낙방했거나하는 의미를 지닌 단어를 포괄한다고 할 수 있다. 이러한 용어가 시어가 되었다는 것은 결국 과거문화를 반영하는 것이며, 또한 시인들이 과거문화의 영향을 받았음을 보여주는 것이다. 당대 전반에 있어서 수많은 시들이 이러한 과거용어를 시의 일부분으로 사용하였다.

당시 擧業으로 인생의 목적을 삼는 문인 사대부간에 왕래가 적지 않은데 그들 간의 왕래 중에 나타나는 송별이나 증여 또는 함께 생활하고 느끼는 감정을 표현한 시가가 적지 않다. 이러한 내용을 시에 담으면서 시인들은 쉽게 시 제목에 과거문화의 용어를 사용하고 있다.

첫째, 과거제도와 연관되어 생겨난 문인사대부에 대한 호칭이 시의 제목으로 많이 사용되었다. 예를 들어 시 제목 중에 호칭으로서 秀才·進士·先輩·同年 등이 있다. "秀才"는 唐初에 가장 권위 있는 것 시험 이였으나 오래지 않아 폐지되고, 후에 "進士爲時所尙久矣. … 其都會謂之擧場, 通稱謂之秀才."15)(진사는 당시에 오랫동안 숭상되었다 … 그들이 모여 시험 보는 장소를 擧場이라 하며, 그들을 통칭하여 秀才라 한다.)의 기록에서와 같이 수재는 진사를 높여 부른 호칭이다. 그러므로 시 제목에 있어서 진사라는 호칭을 거의 쓰지 않았으며 대부분 수재라는 호칭을 사용한 것은 당연하다.

시 제목에서 "秀才"라는 호칭이 있는 시가는 상당히 많다. 예를 들

---

15) 『唐國史補』 卷下, (唐)李肇撰, 上海古籍出版社, 1957, 55쪽.

어, 杜牧의 「懷吳中馮秀才」·「贈李秀才是上公孫子」·「湖南正初招李郢秀才」·「送劉秀才歸江陵」·「寄沈褒秀才」등이 있으며, 또한 李商隱의 「題二首後重有戲贈任秀才」·「代董秀才却扇」등, 許渾의 「凌歊台送衛秀才」·「送李暝秀才西行」·「別劉秀才」등, 羅隱의 「鍾陵見楊秀才」등이나 韋莊의 「贈薛秀才」·「送李秀才歸荊溪」등이 있다. 각 시의 제목에서 호칭된 수재들은 모두 과거시험과 관련하여 시인들과 왕래를 했던 벗이다. 시의 내용에 있어서 물론 과거시험과 연관되어 알게 된 벗과의 다양한 상황과 감정을 표현하고 있지만, 결국은 모두 과거문화의 영향 하에 창작된 시가이며 역시 과거문화의 반영이라고 할 수 있다.

杜牧의 시 「懷吳中馮秀才」를 보기로 하자.

> 長洲苑外草蕭蕭, 却算游程歲月遙.
>> 長洲苑 밖 풀에 스치는 바람 소리에, 아득히 이별할 때가 생각난다.
>
> 唯有別時今不忘, 暮煙秋雨過楓橋.
>> 이별할 때 오늘을 잊지 말자며, 저문 밤 안개비 어린 楓橋를 걸었거늘.

이 시는 吳中에서 馮秀才와 헤어지던 때를 회고하며 벗을 생각하는 각별한 정을 표현하고 있다. 근인은 이 시를 "此獨追憶昔年臨別情景, 煙雨楓橋, 宛然在目, 深情積思, 等于久要不忘之誼也"16)(이 시는 이전에 헤어지던 정경을 추억하고 있다. 안개비 자욱한 풍교가 완연하게 눈에 들어온다. 깊게 쌓인 정감은 오래도록 잊지 않으려는 우

---

16) 『詩境淺說·續編』 劉陛雲著, 上海書店, 1984, 125쪽.

의를 표현하고 있다.)라고 평하여 깊은 우정을 잘 지적하고 있다. 이
시는 과거를 통하여 알게 된 벗과의 우의가 절절하기에 "眞是絶句中
神品"[17]라는 극찬을 받았다. 비록 두목과 馮秀才와의 관계를 구체적
으로 알 수는 없지만 호칭을 통하여 이들의 왕래는 과거와 관련되어
있음을 알 수 있다.

진사라는 호칭을 시 제목에 사용한 예를 들어보자. 진사는 대부분
수재라는 호칭으로 높여 불렀기에 극히 드물다. 예를 들면, 杜牧 「池州
春送前進士蒯希逸」, 羅隱 「寄進士盧休」, 「湘中見進士喬詡」 등이 있다.

杜牧의 시 「池州春送前進士蒯希逸」를 보기로 하자.

芳草復芳草, 斷腸還斷腸.
　　　　향기 나는 풀이 우거져 있지만, 마음은 한없이 슬프
　　　　구나.
自然堪下淚, 何必更殘陽.
　　　　저절로 눈물 흐르는데 하필이면 석양 무렵이네.
楚岸千萬里, 燕鴻三兩行.
　　　　초나라는 사방 천리, 광활한 연나라에 두 세 갈래
　　　　길이 있네.
有家歸不得, 況擧別君觴.
　　　　집이 있어도 돌아가지 못하거늘, 하물며 술잔 기울
　　　　이며 그대와 헤어져야 하는 가!

17) 『唐詩滙評』, 「唐人萬首絶句選評」, 陳伯海主編, 浙江敎育出版社, 1995, 再引用,
　　2376쪽.

이 시는 두목이 池州에서 刺史를 하고 있을 때 쓴 시이다. "前進士"인 蒯希逸를 송별하는 시지만, 사실상 자신의 고민을 토로하고 있다. "前進士"란 "放榜後稱新及第進士, 關試後稱前進士"[18](과거 발표 후 新及第進士라 부르며, 關試를 거친 후에는 前進士라 부른다.)의 설명처럼 급제 후에 禮部에서 吏部로 옮겨지는 절차인 "關試"를 거친 진사를 부르는 호칭이다. 자신은 이미 급제하고 관직을 받았지만 조그만 지역에서 "有家歸不得"하는 신세를 한탄하고 있다. 즉 관직을 받기 위하여 기다려야하는 詩友를 송별하면서 자신의 답답한 심정을 이별하는 아쉬움 속에 함께 표현하고 있다. 이 시 역시 과거의 어떤 내용을 표현한 시는 아니지만 시 창작 자체는 과거문화와 연관된 것이기에 과거문화의 반영이라 할 수 있다.

선배라는 호칭 역시 과거문화의 결과로 형성된 호칭이다. "先輩"란 급제한 진사들 간에 서로를 부를 때 경칭하여 부르는 것으로 "互相推敬謂之先輩"[19](서로 간에 존경하여 선배라고 불렀다.)라는 기재를 통하여 알 수 있다. 당말의 시인들의 시가 중 "秀才"라는 용어를 쓴 시 제목 다음으로 자주 보이고 있다. 예를 들면, 杜牧「池州送孟遲先輩」·「寄盧先輩」·「春日寄許渾先輩」등, 李商隱「謝先輩防記念拙詩甚多, 異日偶有此寄」등, 許渾「送薛先輩入關」등, 溫庭筠「春日將欲東歸寄新及第苗紳先輩」등, 羅隱「贈先輩令狐補闕」등, 黃滔「和同年趙先輩觀文」등, 韋莊「寄薛先輩」등이 있다.

許渾「送薛先輩入關」의 시를 보기로 하자.

---

18) 『唐音癸籤』 卷十八 詁箋三 進士科故實, (明)胡震亨著, 上海古籍出版社, 1957, 162쪽.
19) 『唐國史補』 卷下, 55쪽.

一厄春酒送離歌, 花落敬亭芳草多.
　　　　　한 잔의 술과 이별의 노래로 그대를 송별하려는 데,
　　　　　경정산에는 꽃이 시들고 풀만 무성하구나.
欲問歸期已深醉, 只應孤夢繞關河.
　　　　　언제 돌아오느냐고 묻으려다 취해버렸으니, 단지
　　　　　꿈속에서 關河를 서성거릴 수밖에.

　이 시는 薛先輩와 헤어지면서 쓴 송별시이다. 시인은 "花落"이나 "深醉"로써 자신의 헤어지는 아쉬움을 표현하고 있다. 시 자체는 우인과의 송별시이지만 이러한 송별의 시가 창작되는 데에는 先輩라고 불리워지는 과거문화의 일면이 있기 때문이다. 선배라는 호칭은 급제한 同年간의 호칭이므로 상대를 선배라고 호칭했다면 자신 역시 이미 진사급제를 했음을 알 수 있는데, 이는 시가를 통하여 시인의 정황을 짐작할 수 있게 하는 것이다.

　"同年"이란 함께 진사시험에 급제한 사람을 가리키는 것으로 "俱捷謂之同年"[20]의 기재가 있다. 李商隱 「與同年李定言曲水閒話戲作」・「及第同歸次灞上却寄同年」・「寄惱韓同年」 등이 있으며, 黃滔 「出京別同年」・「成名後程同年」 등, 皮日休 「登第後寒食, 杏園有宴, 因寄錄事宋垂文同年」 등이 있다.

　어떤 시가들의 제목은 직접적으로 과거에 응시함을 나타내고 있다. 즉 시 제목에 赴擧라고 명시한 시가 많은데 이 역시 과거문화의 반영이다. 이러한 시 역시 대부분 송별시의 형태로 많이 보인다. 杜牧의 시 「送李群玉赴擧」를 보기로 하자

---

20) 『唐國史補』 卷下, 55쪽.

故人別來面如雪, 一榻拂雲秋影中.
　　　　　　　이별할 때 벗의 얼굴은 눈 같이 희었는데, 가을 바
　　　　　　　람에 구름 거치면 장안에 있으리라.
玉白花紅三百首, 五陵誰唱如春風?
　　　　　　　옥 같고 꽃 같은 그대의 시를 장안의 누가 좋아하
　　　　　　　여 봄바람을 맞이하게 할까?

　이 시는 청년 우인인 李群玉이 과거시험에 응시하기 위하여 장안
으로 갈 때 쓴 송별시이다. 시인은 "一榻"를 이용하여 장안을 암시하
여 과거에 응하는 벗의 행로를 교묘하게 표현했다. 또한 하반부는
당시의 과거문화를 보여주고 있다. 즉 과거에 급제하기 위하여서는
시험보기 전에 지지자를 찾아 자신의 능력을 미리 인정받는 것이 중
요한데 이러한 사회기풍을 "行卷"이라 한다. 시인은 벗이 지지자를
찾아 도움을 받기를 바라는 마음을 표현하고 있다. 또한 "春風"이란
급제한 擧子들이 시에서 자신의 기쁨을 표현할 때 즐겨 쓴 것인데
이로써 벗이 급제하기를 바라는 마음을 표현하였다. "赴擧"를 시 제
목에 쓴 시가에 「句溪夏日送盧霈秀才歸王屋山, 將欲赴擧」·「送趙十
二赴擧」 등이 있다.
　이러한 송별시는 과거문화의 상황에서 창작될 수 있는 것으로 역
시 과거문화의 한 일면이라 할 수 있다. 당말까지 계속되었던 과거
에 대한 열정으로 이러한 시가들이 적지 않게 창작되었으며, 대부분
의 사대부의 시가 중에 이렇듯 제목으로 쉽게 드러나고 있다. 즉 方
干의 「送吳彦融赴擧」, 「送王霖赴擧」, 鄭谷의 「送進士魏序赴擧」, 羅
隱의 「送章碣赴擧」, 貫休의 「送鄭準赴擧」 등으로 시인의 인생행로
중 나은처럼 유가적 사상으로 현실에 부딪혀 노력하는 시인이나, 관

휴처럼 불교에 귀의한 시인들 모두 당시의 사회생활의 한 부분을 차
지하고 있는 과거문화의 영향권을 벗어나지 못했음을 알 수 있다.

둘째, 어떤 시의 제목은 과거를 본 이후에 그 결과를 표현한 것과
관련이 있다. 즉 下第·放榜·登第·及第 등의 용어를 사용한 시 제
목을 말한다.

특히 "下第"라는 제목의 시가는 상당히 많은데 이는 대부분의 문
인사대부들이 과거에 대한 열망이 있었지만 쉽게 급제하지 못했기
때문일 것이다. 이러한 제목을 사용하여 科擧 落第로 인한 개인의
고통과 실의를 표현하였다. 허혼은 여러 차례 낙제했던 시인이기에
낙제를 시 제목으로 사용한 시가 많다. 그의 시 「下第歸朱方寄劉三
復」·「下第別楊至之」·「下第寓居崇聖寺感事」·「下第退居二首」등이
있다. 또한 羅隱 과 黃滔 역시 오랫동안 거업 생활을 겪었다. 나은의
시에 「送顧雲下第」·「下第作」·「送進士臧濆下第後歸池州」등이 있
으며, 黃滔의 시에 「送林寬下第東歸」·「下第出京」·「下第」등이 있
다. 그 외에 方干·鄭谷·韋莊 등 시인들에게도 "下第"로 제목을 삼
은 시가 있다.

"放榜"이란 시험발표를 표현한 시가를 말한다. 과거에 응시한 문
인사대부들에게는 이날이 매우 중요한 날로 당시의 느낌을 표현한
시가 많다. 예를 들면, 韋莊 「放榜日作」, 黃滔 「放榜日」, 羅隱 「第新
榜」등이 있다. 그 외에 "登第"·"及第"는 "下第"와 반대의 경우로 대
개 어렵게 얻은 관로의 출발에 대한 기쁨 또는 급제 전까지의 고통
을 주로 표현하고 있다. 예를 들면, 두목의 「及第後寄長安故人」, 이
상은 「喜舍第義叟及第上禮部魏公」, 황도 「送人明經及第東歸」·「喜
陳先輩及第」, 정곡 「送進士吳延保及第後南游」·「送太學顔明經及第
東歸」등이 있다. 이러한 시들이 과거문화의 반영이기는 하지만 낙

제의 슬픔이나 급제의 기쁨 등 감정을 표현한 작품이기에 제4장 科
擧文化와 文人創作心理에서 고찰해 보기로 한다.

셋째, 과거시험에서 시험의 제목에 따라 창작된 시가 역시 과거제
도의 반영이라 할 수 있다. 과거문화가 시가창작에 끼친 영향 중 가
장 직접적인 것이라 할 수 있다. 이러한 시가는 소위 應試詩 또는
省試詩 · 省題詩라고 한다.

開成 二年 837년 과거시험의 주관인 禮部侍郎 高鍇가 "最爲逈出,
更無其比"[21](가장 뛰어나 비할 바가 없다.)라고 극찬하며 장원으로
급제시킨 李肱의 省試詩 〈霓裳羽衣曲〉이 있다.

開元太平時, 萬國賀豊歲.

　　　開元 태평 시절, 사방에서 풍년을 축하하네.

梨園獻舊曲, 玉座流新制.

　　　梨園에서 옛 곡을 바치니, 새로운 음악이 만들어지네.

鳳管遞參差, 霞衣竟搖曳.

　　　아름다운 음악이 연주되고, 화려한 옷이 이리저리
　　　이끌리네.

宴罷水殿空, 輦餘春草細.

　　　연회가 파하니 궁전이 텅 비고, 봄풀 속에 수레만
　　　남아있구나.

蓬壺事已久, 仙樂功無替.

　　　蓬萊의 신선은 이미 옛 일이고, 仙藥도 부질없는 것
　　　이네.

詎肯聽遺音, 聖明知善繼.

---

21) 『登科記考』 卷二十一, 768쪽.

어찌 옛 음악을 들으랴, 성군의 덕이 세상에 전해졌
거늘.

이 시는 전반적으로 황제에 대한 가송을 표현하고 있다. 이러한
省試詩는 "幾乎都豪無例外地要把它納入歌功頌德的內容範疇中, 向統
治者唱贊歌, 考試者爲能被錄取, 也就迎合其好而又甚焉"22)(거의 모두
예외 없이 시가를 가공송덕의 내용범주 중으로 들어가게 했으며, 통
치자를 찬양하여 시험 보는 사람이 시험에 합격되고자 하였기에 좋
아하는 것에 비위를 맞추려 하는 것이 과도하게 되었다.)라고 지적
하는 바와 같이 그 내용이나 시가 창작의 의도에 있어서 훌륭한 작
품으로 창작되기 어려웠다. 근인 傅璇琮은 이러한 省試詩는 唐代 문
학에 있어서 소극적인 영향을 주었음을 전제로 하여 "按照對省題詩
的要求, 以及省題詩的具體創作實踐, 來比較唐代現實主義和積極浪漫
主義詩歌的發展道路, 可以說二者正好是背道而馳的, 幸好唐代的不少
作家對省題詩只當作敲門磚, 否則眞不知會給文學發展帶來多么不利的
影響"23)(省題詩의 요구 및 성제시의 구체적인 창작실천에 의거하여
唐代 현실주의와 적극 낭만주의 시가의 발전 과정을 비교하면 이 둘
은 바로 이치에 어긋난 것이라 말할 수 있으며, 다행인 것은 당대의
많은 작가들이 성제시에 대하여 단지 등용문으로 여겼을 뿐이라는
것이며 그렇지 않으면 문학 발전에 얼마나 불리한 영향을 주었을지
모를 것이다.)라고 비판을 하고 있다. 그러나 후반 "幸好唐代的不少
作家對省題詩只當作敲門磚, 否則眞不知會給文學發展帶來多么不利的

---

22) 『唐代銓選與文學』, 王勳成著, 中華書局, 2001, 324쪽.
23) 『唐代科擧與文學』 410쪽.

影響"의 언급은 결국 당대의 문인사대부들이 일반적인 창작에 있어
서는 이러한 소극적 영향을 많이 받지는 않았음을 지적하는 것이라
할 수 있다. 과거 시험의 한 시험으로서 창작된 성시시는 비록 소극
적인 영향을 주었지만 시가창작의 소양을 길러 주는 데 영향을 주었
다고 할 수 있다. 唐代의 省試詩 역시 시가 작품의 한 부분으로 존
재하므로 문인사대부들의 창작 속에서 결국 과거문화의 한 반영이
라 할 수 있으며, "詩至唐而盛, 至晩唐而工. 蓋當時以此設科而取士,
士皆爭竭其心理而爲之, 故其工."24)(시는 당에 이르러 성행했는데 만
당에 이르러 교묘해졌다. 대개 당시에 시로써 과거시험으로 하여 사
대부를 등용해서이며, 사대부들은 이를 위하여 심혈을 기울인 고로
교묘해졌다.)의 지적과 같이 긍정적인 측면도 있다.

2. 科擧文化의 內容

과거에 대한 내용을 소재로 창작한 시가들도 과거문화의 한 일면
이라 할 수 있다. 주로 시 제목에서보다는 시가의 내용 중에 科擧와
연관된 사실을 표현하고 있다. 그러므로 시가를 통하여 과거제도의
한 측면도 알 수 있다. 과거문화를 반영하는 내용을 소재로 한 것에
는 과거과목, 과거시험에 응하는 자격, 과거제도의 절차, 과거시험
의 내용, 과거보는 장소 상황, 시험 계절, 일시 등이다. 그리고 과거
급제를 위하여 지지자를 찾아다니는 行卷의 기풍이 있다.

우선 과거시험을 보는 사람의 자격과 종류 및 과정을 알아보기로
한다. 중앙에서 과거에 응하는 사람을 "擧子"라고 한다. 擧子는 크게

---

24) 『誠齋集』卷八十, 楊萬里著, 71쪽. (『文淵閣四庫全書』券1161, 臺灣 商務印書
館.)

중앙의 "學館"출신과 "鄕貢"출신이 있다. "學館"이란 중앙에 설치한 國子監 및 崇文·弘文·崇玄三館을 말하는데, 대부분 귀족자제들이 여기에서 과거를 준비하고 일정한 시험을 거쳐 과거를 볼 수 있는 자격인 擧子가 된다. "鄕貢"이란 지방의 일정한 과정을 거쳐 과거를 볼 수 있는 자격을 획득한 지방 출신의 擧子를 말한다. 결국 擧子란 "每歲仲冬, 州縣館監擧其成者送之尙書省. 而擧選不緣館學者, 謂之鄕貢, 皆懷牒自列于州縣."[25](매년 음력 11월, 州縣이나 館監에서 훌륭한 인재를 천거하여 尙書省으로 보냈다. 선발할 때 館學을 거치지 않은 자를 鄕貢이라 하며, 모두 증명된 문서를 가지고 스스로 州縣의 대열이 되었다.)의 기재와 같이 尙書省에 보내져 과거시험을 볼 수 있는 자격을 얻은 사람을 말한다.

각 지방에서 일정한 시험을 거쳐 상경한 擧子나 중앙에서 자격을 취득한 擧子들은 모두 일단 禮部에서 시행하는 秀才·明經·進士·明法·明書·明算 등의 과목 중 자신이 원하는 과목을 선택하여 시험을 본다. 예부 주관의 시험에 급제한 擧子는 吏部의 關試를 거쳐 春關을 받고 選人이 된다. "關試"란 예부에서 吏部로 옮겨지는 절차로 擧子의 이름이나 호적 등의 자료를 전달한다. 이 關試를 거친 擧子를 "前進士" 혹은 "前明經" 등으로 칭한다. "春關"이란 吏部에서 주는 신분증명서로 이것이 있어야만 選人이 될 수 있다. "選人"이란 바로 吏部에서 행하는 시험을 볼 자격이 있는 사람을 말하며, 관직을 받을 수 있는 자격이 있는 사람을 말한다.

그러나 이러한 과정을 거쳐도 바로 관직을 받는 것이 아니라 반드시 일정기간을 거쳐야 관직을 받을 수 있는데 이를 "守選"이라 한

---

25) 『新唐書』卷四十四, 1161쪽.

다. 수선기간은 시대별로 좀 다르며 정확하게 정해지지 않았다. 다만 大和 九年에 해당하는 "進士及第後, 三年任選"26)의 기재는 唐末에 진사 수선기간이 3년 이였음을 알 수 있다. 만약 일정 기간의 守選을 앞 당겨 관직을 얻고 싶은 사람은 황제가 특별히 실시하는 부정기 시험인 "制擧"를 응시하거나 吏部에서 매년 실시하는 것으로 능력 있는 우수한 인재를 미리 관직에 나가게 하는 시험인 "科目選"에 응시하여 급제하면 된다. 吏部에서 시행하는 "科目選"은 詩賦로 선발하는 博學宏詞科와 書判撥萃科가 가장 대표적이다.27)

다른 과거문화의 한 부분은 과거급제 후 열리는 연회로 일반적으로 "關宴"이라 한다. 즉 曲江에서 열린 연회에 대하여 "進士春館宴曲江亭, 在五六月間"28)(진사급제 후 봄에 곡강정에서 오 유월 즈음에 연회를 연다.)와 "曲江大會在關試后, 亦謂之'關宴'"29)(곡강대회는 關試 후에 열리는데 이를 關宴이라 한다.)라고 하는데 축하연을 말한다.

문인사대부들은 과거를 급제하기 위한 시간은 상당히 길고, 또한 급제하였다 하더라도 상당 시간의 세월이 흐르거나 재차 시험을 거쳐야 비로소 관직을 얻을 수 있었다. 이러한 기간에 시인들은 과거문화와 관련된 제재를 사용하여 시 창작을 하였다. 杜牧의 시 「及第後寄長安故人」30)을 보기로 하자.

---

26) 『冊府元龜』 卷六四一, 「貢擧部・條制三」(宋)王欽若等編, 臺灣中華書局, 1972. 7684쪽.
27) 『唐代銓選與文學』 2~3쪽.
28) 『南部新書』(宋)錢易撰, 13쪽.(『叢書集成初編』 卷2847)
29) 『唐摭言』 卷一, 述進士下篇 (五代)王定保著, 2쪽. (『叢書集成初編』 第八三冊)
30) 『樊川詩集注』・『樊川外集』, (唐)杜牧著, (清)馮集梧注, 上海古籍出版社, 1962, 368쪽.

東都放榜未花開, 三十三人走馬迴.
                낙양에서 과거발표를 했지만 아직 꽃이 핀 것은 아
                니라, 삼십 삼 인은 말 타고 돌아가네.
秦地少年多辦酒, 已將春色入關來.
                장안의 소년들이 美酒를 한껏 담가 놓았을 때, 화사
                한 봄빛이 關을 비추는구나.

　이 시는 大和二年에 東都에서 과거시험을 발표한 사실을 바탕으
로 쓰여졌다. 급제의 기쁨을 표현하기도 했지만 그 이후의 관직에
나가기 위한 절차가 남아 있음을 시사하고 있다. 이는 "大和二年, 崔
鄲侍郞東都放榜, 西都過堂, 杜牧有詩曰 …"31)(大和 二年 崔鄲侍郞은
東都에서 발표하고 西都에서 관부에 들어가는데, 두목의 시에서 말
하기를…)의 기재로 알 수 있다. 첫 연 "未花開"의 의미는 단순히 꽃
이 피지 않았다는 의미가 아니라 비록 진사 급제자를 발표했지만 다
시 반드시 吏部시험을 보아야한다는 사실을 의미하는 것으로 마지
막 구절과 호응하고 있다. 이러한 내용은 바로 과거제도의 현황을
표현하고 있는 것이다. 즉 이는 "吏部試判兩節, 授春關, 謂之關試. 始
屬吏部守選."32)(吏部에서 두 가지를 시험 보아서 春關을 주는데, 이
를 關試라 한다. 吏部에 속하여 守選이 시작된다.)라는 기재에서와
같이 급제 후에 바로 관직을 받는 것이 아니고, 吏部에서 소위 일종
의 "關試"라는 과정을 거쳐서 인정을 받고 다시 吏部소속으로 일정
정도의 "守選" 기간을 경과해야 비로소 관직을 받을 수 있음을 암시
하고 있는 것이다. "三十三人"은 당시 두목과 같이 급제한 擧子의 수

31) 『唐摭言』 卷三, 「慈恩寺題名遊賞賦詠雜記」, 26쪽. (『叢書集成新編』, 第八三冊)
32) 『唐音癸籤』 卷十八, 162쪽.

를 나타내고 있다. 『登科記考』에 "進士三十七人"의 기록과 함께 注
에 "按此則是年爲三十三人, 『登科記』作七, 誤也."33)(이 시에 의거하
면 이 해에 33인이 급제했다. 『登科記』일곱이라는 기재는 잘못된
것이다.)라고 두목의 이 시를 인용하여 잘못된 기록임을 지적하고
있다. 마지막 구절은 雙關의 수법을 이용하여 춘색으로 자신의 기쁨
과 時期를 이중적으로 표현했으며, 關을 이용하여 장안으로 가는 入
關을 표현하면서 과거의 한 절차인 關試를 의미하고 있다. 이러한
과거문화의 내용은 시인이 과거문화의 영향을 받아 창작했음과 또
한 당시의 과거와 연관된 사실을 증명하고 있다.

   이외에도 과거와 연관된 용어들을 시의 내용으로 이용한 시인들
의 시가 적지 않다. 唐彦謙의 시 「試夜題省廊桂」중 "麻衣穿穴兩京塵,
十見東堂綠桂春. …"(마의 입은 자들로 낙양과 장안에 먼지가 일고,
열 번이나 거장에서 봄날 푸른 계수나무를 보네)에서 "麻衣"나 "東
堂"은 바로 과거문화와 관련이 있다. 즉 "麻衣"란 "麻衣, 作爲應試擧
子的服裝, 自然也就成了他們的標志, 成了他們酸辛苦辣的見證"34)(마
의는 시험에 응하려는 擧子의 복장이다. 자연스럽게 그들의 특징이
되었으며 그들의 고통을 표현하는 증명이 되었다.)의 기재를 통해
거업 생활을 하는 문인사대부의 복장을 뜻하며 결국에는 擧子들을
지칭하는 말임을 알 수 있다. "東堂"이란 과거를 보는 장소를 지칭하
는 말이다. 또한 "桂春" 역시 과거와 연관된 내용으로 급제할 때는
봄이며 급제한 진사에게 계수나무 가지를 꽂는 행사를 은연중에 나
타내고 있다.

---

33) 『登科記考』卷二十, 744쪽.
34) 『唐代銓選與文學』, 12쪽.

또한 皮日休의 시 「江南書情二十韻寄秘閣韋校書貽之商洛宋先輩垂
文二同年」중 "四載加前字, 今來未改銜…"(사 년 동안 前이라는 글자
를 가지고 오늘날까지 바꾸지 못했네…) 에서 "四載加前字"는 바로
"前進士"이 기간을 지칭한다. "前進士"란 "及第後, 知聞或遇未及第時
題名處, 則爲添'前'字"[35](급제 후에 급제자에게 질문을 하거나 혹은
만나 부를 때 그들의 명칭 앞에 '前'자를 첨가한다.)를 말하는 것으
로 守選기간 동안 "前進士"로 불리 우는 것을 말하며 결국 아직 관직
을 받지 못했음을 알 수 있다. 즉 피일휴는 현재까지 4년 간 守選기
간을 지냈다는 것을 이 시를 통하여 알 수 있다. 이러한 호칭은 바
로 과거문화의 반영이라고 할 수 있다.

다음에는 鄭谷의 시 「賀進士駱用錫登第」[36]를 보기로 하자

苦辛垂二紀, 擢第却霑裳.
　　　　　신고의 나날이 몇 년인가, 급제하니 눈물이 나는구나.
春榜到春晚, 一家榮一鄕.
　　　　　봄 늦게 발표를 보니, 집안의 영광은 마을의 영광이네.
題名登塔喜, 釀飮爲花忙.
　　　　　자은사 탑에 이름 올리고, 주연에 참석하느라 총망
　　　　　하구나.
好是東歸日, 高槐蕊半黃.
　　　　　동쪽으로 돌아갈 수 있으니 좋건만, 홰나무가 반쯤 누
　　　　　렇게 되었으니 또다시 이부의 시험에 준비해야하네.

35) 『唐摭言』卷三, 「慈恩寺題名游賞賦咏雜紀」, 35쪽. 『新編叢書集成』, 第八三册)
36) 『雲臺編』卷上, (唐)鄭谷撰, 456~457쪽. (『四庫全書』, 1083册)

이 시는 벗인 駱用錫이 급제한 것을 축하하며 쓴 시이다. 첫 련에서 벗이 고된 노력 끝에 급제한 후에 오히려 눈물 흘리는 것을 묘사하고 있다. "擢第"란 바로 급제를 말한다. "春榜"은 당시 진사시험의 발표시기가 봄 이였음을 나타내고 있다. "題名登塔"은 "旣捷, 列書其姓名於慈恩寺塔, 謂之題名會"[37)](이미 급제한 후에 자은사 탑에 성명을 기재하는 데 이를 題名會라고 한다.)의 사실과 부합한다. "醵宴爲花忙"는 "次卽杏園初宴, 謂之探花宴"[38)](다음에 행원에서 먼저 연회를 여는데 이를 探花宴이라 한다.)의 "關宴"을 묘사한 것이다. 과거급제 후에 다양한 장소에서의 연회가 열렸는데 이는 "唐時, 禮部放榜之后, 醵飮于曲江, 號曰聞喜宴."[39)](당대에 예부에서 과거시험 발표한 이후에 곡강에서 주연을 열었는데 聞喜宴이라 한다.)의 기재를 통하여 알 수 있다. "關宴"이란 과거시험에 급제한 이후 여러 가지 행사 중의 하나로 "關試前后, 新及第擧子還要擧行一系列的宴集活動"[40)](關試전후에 新及第擧子는 또한 일련의 연회활동을 거행해야 했다.)라 말한다. 이러한 행사 역시 과거문화의 한 부분으로 시 창작의 제재가 됨을 알 수 있다. 아울러 당시 과거제도 자체의 상황도 알 수 있다.

다음에는 "行卷"의 사회기풍이 있다. 行卷과 연관된 창작 역시 과거문화의 내용을 말하는 것이다. 여기에서는 행권으로 사용된 창작을 다루는 것이 아니라 과거문화의 내용으로서 행권을 하는 기풍이 시인들의 창작에 한 소재로 사용된 것을 알아보고자 한다. "行卷"이란 사실상 과거를 소재로 한 시가 창작이라 할 수 있지만 독특한 과

---

37) 『唐國史補』 卷下, 56쪽.
38) 『雲麓漫鈔』 卷七, (宋)趙彦衛撰, 中華書局, 1996, 128쪽.
39) 『登科記考』 卷二十六 二燾 「通鑑長篇」, 1025쪽.
40) 『唐代銓選與文學』, 38쪽.

거문화의 일면이기에 분리하여 보았다. 행권에 대한 정의는 다음과
같다. "所謂行卷, 就是應試的擧子將自己的文學創作加以編輯, 寫成卷
軸, 在考試以前送呈當時在社會上, 政治上和文壇上有地位的人, 請求
他們向主司卽主持考試的禮部侍郎推薦, 從而增加自己及第的希望的一
種手段."41)(소위 행권이란 바로 응시하는 擧子가 자신의 시나 문장
을 편집하여 글로 써서 시험 전에 당시 사회상이나 정치상 및 문단
에 있어서 지위가 있는 사람에게 보내어 그들에게 시험관을 관장하
는 예부시랑에게 추천을 받도록 청하는 것으로 자신이 급제할 수 있
는 희망을 배가시키는 일종의 수단이다.) 그러므로 많은 문인사대부
들의 자신의 급제를 위하여 자신의 능력을 인정하는 영향력 있는 사
람을 찾아다니는 것과 연관된 시 창작이 있다.
　　杜荀鶴의 오랜 세월 거업생활을 한 唐末의 저명한 시인이다. 그의
시「下第投所知」를 보기로 하자.

　　　落第愁生曉鼓初, 地寒才薄欲何如.
　　　　　　　　낙제의 수심은 새벽 북소리와 함께 생기는구나. 출
　　　　　　　　신이 미천하고 재능이 천박하니 어찌하나.
　　　不辭更寫公卿卷, 却是難修骨肉書.
　　　　　　　　다시 행권 쓰는 것을 사양하지 않고, 고심하여 절절
　　　　　　　　한 글을 쓰리라.
　　　御苑早鶯啼暖樹, 釣鄕春水浸貧居.
　　　　　　　　궁궐의 정원에서 일찍 꾀꼬리 울 때, 봄비가 고향의
　　　　　　　　내 빈곤한 집에 내리리라.
　　　擬離門館東歸去, 又恐重來事轉疏.

41)『唐代進士行卷與文學』, 3쪽.

　　문을 나서 동쪽으로 돌아가지만 또 다시 일이 성사
　　되지 않을 까 두렵구나.

　이 시는 과거에 낙제한 후에 쓴 시로 표면상 다시금 과거에 도전
하겠다는 의지를 보여주고 있지만 그러한 일이 순조롭지 않을 까하
는 근심을 보여주고 있다. 즉 급제했을 때의 환희를 생각하며 자신
을 위로하지만, 오랜 세월 學業의 고통에 노심초사하는 심정을 드러
내고 있다. 『韻語陽秋』에서 "杜荀鶴老而未第, 求知已甚切"[42](두순학
은 나이가 들어서도 급제하지 못하여 자신의 지지자를 찾는데 매우
절박하였다.)의 기재는 시인의 오랫동안 과거에 급제하지 못한 정황
과 과거급제에 열망을 알 수 있다. 여기의 "求知"와 시 제목에 보이
는 "投所知"는 모두 "天下之士, 什什伍伍, 戴破帽, 騎蹇驢, 未到門百步,
輒下馬奉幣刺, 再拜以謁於典客者, 投其所爲之文, 名之曰求知己."[43](천
하의 사대부는 모두 헤어진 모자를 쓰고 비루한 낙타를 타고 대문의
백 걸음 전에 말에서 내려 재물과 이름을 올리고, 다시 절하며 접대
하는 자를 만나 문장을 전해 주는데 이를 "求知己"라 한다.)에서 설
명하듯 "行卷"의 상황을 말하는 것이다. 시인은 당시 擧子의 行卷 기
풍에 따라 급제하기 위하여 상당한 노력을 하였다. 이 시는 현재 비
록 낙제했지만 지지자의 도움을 받아 다시 과거시험에 응하겠다는
의지를 보여 주는 것이다. 바로 시의 내용 중 "不辭更寫公卿卷"를 말
하는 것인데 여기에서 시인의 고민을 엿 볼 수 있다.
　일반적으로 行卷은 급제 전에 하는 행위이지만 실제상 급제 전은

---

42) 『唐詩滙評』 再引用, 2918쪽.
43) 『文獻通考』 第二卷 選擧二十九, 馬瑞臨編, 武英殿聚珍版, 1986, 140쪽.

물론 급제 후에도 다시 도전을 위해서는 필요했으며 또한 "守選"기
간을 줄여 "制擧"나 "科目選"을 볼 때에도 역시 지지자의 도움이 필
요했다.[44] 그러므로 당연히 급제 전이든 후이든 심지어 관직을 받은
다음에도 승진을 위해서 필요했다.

皮日休는 咸通 八年(867년) 진사에 급제했다. 그의 시 「宏詞下第
感恩獻兵部侍郞」를 보기로 하자.

> 分明仙籍列淸虛, 自是還舟九轉疎.
>> 이미 신선의 명부에 올랐건만, 선단을 만들 능력이
>> 부족하구나.
> 畫虎已成醜類狗, 登龍才變卽爲魚.
>> 호랑이를 그렸지만 도리어 개가되고, 용이 다시 大
>> 魚로 변했구나.
> 空慙季布千金諾, 但負劉弘一紙書.
>> 季布의 천금 허락을 부끄럽게 하고, 劉弘의 서신을
>> 저버렸구나.
> 猶有報恩方寸在, 不知通塞竟何如.
>> 은혜에 대한 보답은 너무나 작고, 사방으로 막힌 처
>> 지를 어찌할 까나.

이 시는 시인이 진사 급제 이년 후에 博學宏詞科에 응시하여 낙제
했을 때의 시이다. 이 시의 전반부에는 이 시험에서 낙제한 자신을
스스로 책망하는 심정을 표현하고 있으며 후반부에는 座主의 은혜
에 보답하고자 하나 여의치 않음을 표현하고 있다. 이 시에서 보이

---

44) 『唐代科擧制度硏究』 227~229쪽.

는 제목에서 보이는 "宏詞"란 博學宏詞科를 지칭하는 것으로 이는
바로 공식적인 시험이외에 황제가 실시하는 부정기 시험이며, 진사
과나 명경과 등에 급제한 擧子가 관직을 받기 위하여 일정 기간 기
다려야 하는 守選기간을 단축하여 관직을 받게 하는 제도이다. 이
시험은 詩賦를 위주로 하기 때문에 문학적 재능을 지닌 피일휴의 입
장에서 유리했을 것이다. 또한 "仙籍"이란 신선의 명부라는 의미지
만 사실상 고대에 과거급제자를 "等仙"으로 부른 것을 이용하여 시
어로 쓴 것이다. 즉 도교에서 말하는 신선과 과거문화에서 말하는
신선을 함께 이용하여 교묘하게 묘사한 것이다. "登龍"은 "登龍門"의
의미로 역시 과거에 급제하여 명예로운 위치가 된 것을 뜻한다. 후
반부에서는 역대의 저명인을 들어 자신의 지지자와 비교하여 기대
에 부응하지 못한 부끄러움을 나타내었다. "報恩"의 대상은 과거에
급제할 수 있게 도움을 주는 사람에 대한 보답을 뜻하는 것이다. 즉
과거시험에 합격하기 위한 방편으로 지지자의 도움을 받는데, 피일
휴는 진사급제 시에 "咸通八年, 禮部侍郎鄭愚下及第"45)(咸通 8년 예
부시랑 정우의 도움아래 급제했다.)의 기재에서 알 수 있듯이 예부
시랑의 도움으로 급제했다. 이 시에서는 이후에 병부시랑이 된 자신
의 "座主"에 대하여 博學宏詞科에서 낙방하였기에 스스로 부끄러워
함을 표현하고 있다. "座主"란 과거의 考試官을 말한다. 과거시험에
급제한 후에 이들에게 감사를 표하는 것이 급제자의 일반적인 관례
이다. "進士及第放榜后應盡的禮節, 第一是過堂謁宰相, 第二是謝座主,
第三是期集. 這雖然不是官定的禮節, 可也是不能缺少的."46)(진사급제

---

45) 『唐才子傳今譯』卷八, (元)辛文房著, 李立朴譯注, 貴州人民出版社, 1994, 541쪽.
46) 『唐代貢擧制度』, 閤文儒著, 陝西人民出版社, 1989, 175쪽.

발표 후에 해야 할 예절에 첫째는 관부에 가서 재상을 알현하는 것
이고, 둘째는 좌주에 감사하는 것이며, 셋째는 연회에 참석하는 것
이다. 이것은 비록 관에서 정한 예절은 아니지만 역시 소홀히 할 수
없는 것이다.) 이 시에서 언급하는 이러한 부분은 바로 과거문화의
일부분으로 이 시가 창작된 배경을 알 수 있다.

시 제목에 과거문화를 내용으로 하는 시가 모두 단순히 과거문화
와의 관련만 있는 것은 아닐 것이다. 즉 과거문화의 내용을 담고 있
다고 하더라도 다른 내용을 위해서거나 혹은 단순한 언급이 될 수
있다. 그러나 적어도 이러한 용어가 쓰이게 된 것 자체만으로도 과
거문화가 시가창작과 연관성을 가지고 있음을 알 수 있는 것이다.

Ⅳ. 科擧文化와 文人創作心理

唐末이라는 혼란시기에 생활하던 문인사대부들의 심리는 시대적
한계를 벗어나기는 쉽지 않았다. 또한 과거제도 역시 시대적인 환경
의 영향을 받아 폐단이 드러나기 시작했다. 과거제도의 폐단이 당시
문인사대부에게 끼친 영향 역시 적지 않아 과거를 통해 자신의 이상
을 실현하려는 문인사대부들에게 기쁨과 실의를 주었지만 실제상
혼란시대이었으므로 기쁨보다는 고통이 더욱 많았다. 이러한 배경
은 당연히 이들이 창작에 영향을 주었다. 唐末 대부분 문인사대부들
은 개인의 불우를 벗어나려는 생각과 혼란한 국가에서 자신의 이상
실현을 위하여 과거급제에 대한 열망은 컸지만 급제는 다양한 폐단
으로 말미암아 더욱 어려웠다. 많은 문인사대부들은 과거에 응시하
면서 자신들이 겪은 급제의 전후상황을 시가로 표현했는데 이러한

내용을 가진 창작들은 당연히 과거문화의 반영이라 할 수 있다. 일
반 문인사대부들은 이런 제도의 폐단을 넘어 설 수 없었기에 오랜
세월 급제할 수 없었다. 그러므로 자신의 회재불우한 심정이나 자포
자기하는 심정 또는 과거의 폐단에 대한 불만을 시가창작을 통하여
자연스럽게 나타내고 있다. 과거낙제로 인한 비탄과 급제의 기쁨을
표현한 두 부분으로 나누어 보았다.

첫째, 과거 낙제의 비탄을 표현하고 있다. 낙제의 고통은 개인 감
정의 표현이지만 작품 속에 드러나는 低沉적이며 消極적인 정조는
당시 문인사대부들이 표현하였던 창작경향과 일치한다. 이는 당시
의 문인사대부들 혼란한 사회와 개인의 불우라는 것이 공통적으로
존재하며 쉽게 벗어날 수 없었기 때문이다. 국가의 불안정과 사상의
혼재 속에 과거에서의 좌절은 또 한 번 그들에게 쉽게 실의에 찬 시
가를 창작하게 하였다. 《通典》: "其進士, 大抵千人得第者百一二; 明經
倍之, 得第者十一二."[47](진사라는 것은 대저 천 명 중에 급제하는 사
람이 백에 한 둘이고, 명경은 배가 되어 급제자가 십에 한 둘 이였
다.)의 기재는 명경시와 진사시의 차이를 보여주기도 하지만 실제로
이들의 과거급제가 얼마나 어려운지를 나타낸다. 또한 과거에 응시
하는 문인사대부들이 얼마나 많은 가를 보여주기도 한다. 唐末의 시
인 중 끝까지 급제하지 못하거나 아주 어렵게 나이가 든 이후에 급
제하는 문인이 적지 않았다. 이들은 바로 낙제의 고통과 실의를 시
가를 통하여 표현하고 있다. 《唐語林》에 唐末의 정황을 기록하고 있
다. "大中, 咸通之後, 每歲試禮部者千餘人. 其間有名聲, 如何植, 李玖,
皇甫松, 李孺犀, 梁望, 毛滂, 具麻, 來鵠, 賈隨, 以文章稱; 溫庭筠, 鄭

---

47) 『通典』卷十五,「選擧」, 357쪽.

瀆, 何涓, 周鈐, 宋耕, 沈駕, 周繫, 以詞翰顯; 賈島, 平曾, 李洞, 劉得仁, 喩坦之, 張喬, 劇燕, 許琳, 陳覺, 以律詩傳; 張維, 皇甫川, 郭鄴, 劉庭輝, 以古風著; 雖然皆不中科."[48] (大中·咸通 이후에 매 년 예부시험을 치르는 사람은 천 여 명이 되었다. 그 중에 이름난 사람이 있었다. 예를 들어, 何植, 李玫, 皇甫松, 李孺犀, 梁望, 毛潯, 具庥, 來鵠, 賈隨 등은 문장으로 유명했으며, 溫庭筠, 鄭瀆, 何涓, 周鈐, 宋耕, 沈駕, 周繫등은 詞로 두드러졌으며, 賈島, 平曾, 李洞, 劉得仁, 喩坦之, 張喬, 劇燕, 許琳, 陳覺등은 律詩로 명성이 널리 전해졌으며, 張維, 皇甫川, 郭鄴, 劉庭輝등은 古詩로 저명하였다. 그러나 모두 과거에 급제하지 못했다.) 여기에 언급된 문인들은 모두 당시에 문장이나 사나 시로써 이름이 있었지만 결국 과거에는 급제하지 못했다. 자연히 이들의 실의와 고민은 창작에 드러나고 있다.

李商隱의 비록 《登科記考》卷二十一에 기재된 "進士四十人"중 여섯 번째로 開成 二年(837년)에 진사급제를 했지만 사실 거업의 길은 평탄하지 않았다. 그는 네 차례 과거를 본 후에야 급제할 수 있었기에 몇 차례 낙제의 고통을 맛 본 시인이다. 그러므로 급제 이전 과거와 연관되어 낙제의 고통을 표현한 시를 쉽게 찾을 수 있다.

그의 시 「初食笋呈座中」[49]을 보기로 하자.

嫩擇香苞初出林, 於陵論價重如金.
　　　죽림에서 막 가져온 향기롭고 부드러운 죽순은 於陵에서는 천금의 가치가 있다네.
皇都陸海應無數, 忍剪凌雲一寸心.

---

48) 『唐語林』卷二, (宋)王讜撰, 上海古籍出版社, 1978, 59~60쪽.
49) 『李義山詩集注』卷二下, 76쪽.

장안에는 죽순이 너무 많아, 구름까지 치솟는 기세
를 생각하지 못하는 구나.

이 시는 이상은이 23세 때 쓴 시이다. 시인은 장안에 흔한 죽순을
예로 들어 자신을 비롯한 인재들이 제대로 등용되지 못함을 한탄하
고 있다. 그는 이미 두 차례 낙제했었기에 자신의 이상이 좌절된 비
탄을 표현하고 있다. 이러한 비탄은 바로 과거시험에서의 낙제로 인
한 것으로 후인은 "正流露異時應擧或遭挫折之憂慮."50)(바로 應擧 혹
은 좌절을 맞은 근심을 토로하고 있다.)라고 설명하고 있다.
다른 시 「東還」을 보기로 하자.

自有仙才自不知, 十年長夢采華芝.
　　　　　　스스로 신선의 재능이 있다고 잘못 생각하여 십년
　　　　　　거업 끝에 꿈속에서 불로초를 구하려 했네.
秋風動地黃雲暮, 歸去嵩陽尋舊師.
　　　　　　가을바람 사방에 부는 황혼 무렵 嵩陽으로 돌아가
　　　　　　도사를 찾으려 하였구나.

이 시는 표면상 일생행로에 있어서 실의하여 불로장생을 구하려
는 내용을 담고 있다. 그러나 실제적으로는 "此不得志於科擧之作"51)
(이 시는 과거에서 뜻을 얻지 못하여 쓴 시이다.)의 설명으로 알 수
있듯이 낙제한 실의로 신선에 되고 싶다는 내용을 빌어 자신의 신세
를 개탄하고 있는 시이다. 즉 또한 "十年長夢"이란 바로 십 년 간의

---

50) 『李商隱詩歌集解』, 劉學鍇, 余恕誠著, 中華書局, 1988, 30쪽.
51) 『玉谿生詩集箋注』(清)馮浩箋注, 上海古籍出版社, 1979, 39쪽.

거업생활을 뜻하는 것이다. 즉 근인은 "下第東歸, 借學仙寄慨, 義山
自大和二年應擧, 至此將十年矣."[52](낙제하여 동쪽으로 돌아가는 중
신선술을 배우겠다는 것을 빌어 탄식을 기탁하고 있다. 의산은 大和
二年부터 과거에 응해서 지금까지 10년이 되었다.)라고 설명하고 있
다. 물론 이상은이 실제로 십 년 간 거업생활을 한 것은 아니지만
청년시절 네 차례 과거에 응하는 거업생활을 했던 시인에게 끼친 심
리적 영향을 짐작할 수 있다. 이상은 시가의 창작경향은 다양하며
상당히 모호한 측면이 있어 확정적으로 어떠한 정조가 주를 이룬다
고 할 수 없다. 그러나 전반적으로 혼란한 시대적 배경과 마찬가지
로 밝기보다는 어둡고 기쁘기보다는 슬픈 정조가 보이는 것은 사실
이다. 이러한 感傷적이며 低沉적인 정조는 감수성이 예민했던 청년
시절 거업에서의 좌절과 깊은 관련이 있다. 이상은은 약 오 년 간의
거업생활 후에 비로소 급제하게 된다. 그가 낙제시에 토로했던 비탄
정조는 전반적인 시가의 정조와 유사하므로 거업 생활 중 겪었던 실
의가 그의 창작경향에 영향을 주었음을 알 수 있다.

　허혼 역시 능력이 있으나 당말 혼란시기에 뜻을 펼치지 못한 시
인이다. "大和中, 許渾應進士擧又多次落第"[53](대화시기에 허혼은 진사
시험에 응했지만 여러 차례 낙제했다.)의 기재로 알 수 있듯이 그는
장기간에 걸친 과업생활 속에 자신의 낙제의 고통을 맛보았다. 그
러므로 자신의 심정을 시가를 통하여 비교적 직접적으로 표현했다.

　그의 시 「下第貽友人」을 보기로 하자.

---

52) 『李商隱詩歌集解』, 75쪽.
53) 『許渾硏究』, 李立朴著, 貴州人民出版社, 1994, 78쪽.

身在關西家洞庭, 夜寒歌若燭熒熒.

　　　몸은 동정호 저쪽 관서에 머물며, 차가운 밤 형형한 불 빛 아래에서 노래를 듣네.

人心高下月中桂, 客思往來波上萍.

　　　人心에 따라 계수나무를 꽂지만, 객의 심정은 물위에 떠다니는 부평초 같네.

馬氏識君眉最白, 阮公留我眼長靑.

　　　마씨는 그대의 눈썹이 가장 흰 것을 알고, 완공은 나에게 청청한 푸른 눈을 남겨 주었거늘.

花前失意共寥落, 莫遣東風吹酒醒.

　　　꽃 앞에서도 실의로 적막하고, 동풍이 불어와도 술에서 헤어나지 못 하네

이 시는 낙제의 고민을 표현한 시이다. 오랜 기간 과업생활은 그의 정신을 황폐하게 하였기에 자연히 회재불우의 고민과 실의의 심정을 시가로써 토로하고 있다. 45세에 비로소 급제한 시인이기에 자연히 "下第"라는 제재를 사용한 시가가 상당하다. 예로 들면, 「下第歸朱方寄劉三復」, 「下第寓居崇聖寺感事」, 「下第有懷親友」 등이 있으며, 대부분 자신의 처지에 대한 비통한 한 심정과 자신을 알아주지 않는 세상에 대한 분개한 심정을 표현하고 있다.

唐末에 허혼과 같이 여러 차례 응시했으나 쉽게 급제하지 못한 시인들은 적지 않다. 이들은 대개 청년시절의 혈기로써 지속적으로 응시했지만 낙제의 실의 속에 자신에 대한 신세를 한탄하며 시가 속에 표현하고 있다. 杜荀鶴은 과거에 있어서 삼십여 년 간 과거에 낙제했던 시인이다. 자신의 불우한 생활 속에 신세 한탄이나 고통을 토로한 시가가 적지 않다. 특히 과거생활로 말미암은 시가는 시 제

목에서도 쉽게 드러나며, 그 수량 역시 상당하다. 시인은 계속되는 낙제의 실의는 그로 하여금 자신도 모르게 「下第東歸道中作」중 "心火不銷雙鬢雪, 眼泉難濯滿衣塵."(마음의 비탄은 볼가 새하얀 수염으로 끌 수 없고, 샘같이 흐르는 눈물은 더러워진 옷을 씻을 수 없구나.)의 개탄을 토로하게 하였다. 그의 시가 중 "下第"로 제재를 한 시가 적지 않다. 예를 들면,「下第出關投鄭拾遺」,「下第東歸別友人」,「下第東歸將及故園有作」등이 있다. 曹鄴의 시 「關試前送進士姚潛下第歸南陽」를 보기로 하자

> 馬嘶殘日沒殘霞, 二月東風便到家.
>> 말도 울면서 가려하지 않고 해도 지기 싫어 노을을 남기는데, 이월 동풍 맞은 후에야 고향으로 가리라.
> 莫慕長安占春者, 明年始見故園花.
>> 장안에서 봄을 맞은 자를 부러워하지 마라. (나는) 내년이 되어서야 고향의 꽃을 볼 수 있으리라.

이 시는 낙제한 벗을 보내는 내용을 담은 시로 벗을 보내는 심정과 벗을 위로하는 마음을 교묘하게 표현하고 있다. 즉 말을 타고 가는 벗에게 가려하지 않는 말과 지기 싫어하는 해를 통하여 자신의 심정을 표현하고 있다. 이 시는 자신의 낙제에 대한 실의를 표현한 것은 아니지만 벗이 낙제에 대한 위로로써 벗의 고민을 대신 표현하고 있다. 또한 자신은 급제하여 비록 장안에서 봄을 보내지만 자신보다 먼저 고향을 봄꽃을 볼 수 있다는 것으로 벗을 위로하고 있다. 시인은 大中 四年(850년) 급제했지만 아직 關試를 거치지 않은 상태로 "二月東風便到家"로써 關試가 二月 중에 있음을 보여주고 있다.

羅隱은 唐末의 현실주의 시인으로 불의와 타협하지 않는 "骨氣"가
있는 시인이다. 즉 당말 혼란시기 과거제도의 불공정은 그의 사상과
맞지 않았으며, 거업생활에 영향을 주어 오랜 기간 과거에 급제할
수 없었고 낙제의 고통을 맛보게 하였다. 그러한 그의 생활은 "羅隱
在科場, 恃才傲物, 尤爲公卿所惡, 故六擧不第."⁵⁴⁾(나은은 과장에서 자
신의 재주를 믿고 오만하기에 공경대부들이 싫어한 고로 여섯 차례
낙제했다.)의 기재를 통하여 그가 장기간 과거에 급제하지 못했음과
그 원인을 알 수 있다. 즉 자신의 자부심과 과거의 폐단으로 말미암
은 것 이었다. 그의 시 「自遣」⁵⁵⁾을 보기로 하자.

　　　得卽高歌失卽休, 多愁多恨亦悠悠.
　　　　　　　　　득의하면 소리 높여 노래하고 실의하면 참으려니,
　　　　　　　　　수심과 분한이 얼마이든 유유자적하리라.
　　　今朝有酒今朝醉, 明日愁來明日愁.
　　　　　　　　　오늘 아침에 술이 있으면 오늘 아침 취할 것이니,
　　　　　　　　　내일 근심은 내일 근심하리라.

이 시는 표면상 자신이 신세에 대하여 유유자적하며 자포자기 하
는듯하게 표현하고 있지만 이 시는 그가 열 번째 낙제했을 때 지어
진 시임을 감안하면, 내심의 고통을 삼키는 시인의 심정을 알 수 있
다. 즉 자신의 신세에 대한 한탄을 표현한 시인 것이다. 다른 시 「題
新榜」⁵⁶⁾을 보기로 하자.

---

54) 『五代史補』卷一, (宋)陶岳撰, 647쪽. (『四庫全書』, 407冊.)
55) 『羅隱集・甲乙集』, (唐)羅隱撰, 雍文華校輯, 中華書局, 1983, 45쪽.
56) 『羅隱集・甲乙集』, 184쪽.

黃土原邊狡免肥, 犬如流電馬如飛.

　　　　황토 평원의 교활한 토끼는 살찌고, 개는 번개같이
　　　　빨라 말이 나는 듯하다.

灞陵老將無功業, 猶憶當時夜獵歸.

　　　　패릉의 장수는 공이 없어 옛 날 사냥하고 돌아가는
　　　　밤을 생각할 뿐이다.

　이 시는 능력 있는 자가 대우를 받지 못한다는 비유를 통하여 자신의 회재불우의 심정을 은근하게 표현하고 있다. 즉 후인은 이 시의 하반부에 대하여 "隱不得志於擧場, 故善作侘傺之言…, 皆激昂悲壯."[57](나은은 과거에서 뜻을 얻지 못하여 실의에 찬 언사를 잘 썼다 … 모두 격앙하며 비장하다.)라고 평하고 있다. 이 시는 결국 과거의 폐단으로 자신이 "不得志"함을 표현하고 있는 것이다. 과거제도의 폐단에 대한 "封建的科擧制度從來就不可能是絕對公正的, 卽使在初, 盛唐, 懷才不遇, 落魄抑塞的人也有的是. 何況時至晚唐, 這一制度早已是積弊叢生, 腐朽不堪, 被它埋沒的人材就更是不計其數."[58](봉건시대의 과거제도는 늘 절대적으로 공정하지 않았다. 初・盛唐시기에 회재불우하며 실의에 찬 사람들이 적지 않았다. 하물며 晚唐에 이르러서야, 이 제도는 일찍이 폐단이 적지 않고 부패가 심하여 이로 말미암아 매몰된 인재가 헤아릴 수 없었다.)의 지적은 唐末의 문인사대부들에게 거업의 길이 얼마나 어려운 가를 보여준다. 이러한 과거로 인한 문인사대부들의 심정은 자연히 고통스러울 수밖에 없는 것이다.

---

57)『載酒園詩話又編』, (淸)賀裳撰, 384쪽. (『淸詩話續編』本)
58)『李商隱傳』, 董乃斌著, 陝西人民出版社, 1985, 33쪽.

둘째, 과거 급제의 기쁨을 표현하고 있다. 과거와 연관된 당말 시인의 창작은 절대다수가 고통을 토로한 시이다. 그러나 일부 문인들의 쉽게 급제하거나 혹은 오래 세월 끝에 급제하였기에 그 기쁨을 표현한 시가가 적지 않다. 이 역시 과거문화의 한 측면이다.

杜牧은 당말의 저명 시인들 중 과거를 순탄하게 통과한 인물이다. 그는 26세에 과거에 급제하였고 곧바로 "制擧"에 응하여 통과했다. 그러나 그 역시 과거라는 관문을 통과하기까지는 많은 노력을 필요했기에 급제 후에 기쁨을 시로 표현하고 있다.

그의 시 「重登科」[59]를 보기로 하자.

> 星漢離宮月出輪, 滿街含笑綺羅春.
> > 은하수 저편에는 별과 달이 빛나고, 아름다운 봄날 거리마다 웃음꽃 피네.
> 花前每被靑娥問, 何事重來只一人?
> > 꽃 앞에 서니 여신은 어찌하여 또다시 혼자 왔느냐고 묻네.

이 시는 급제 후의 기쁨을 표현하고 있다. 제목으로 보아 첫 진사급제를 뜻하는 것이 아니라 진사급제 후 "制擧"에 급제했을 때의 기쁨임을 알 수 있다. "春"이나 "花"은 일반적으로 급제를 뜻하는 시어로 많이 쓰이는데 이는 발표한 시기나 기쁨의 심리로 표현하기 좋기 때문이다. 특히 첫 두 련은 자신의 심리를 상당히 적나라하게 표현하고 있다.

李商隱은 네 차례의 낙제 끝에 급제한 시인이기에 급제의 기쁨은

---

59) 『樊川詩集注』・「樊川別集」, 337~338쪽.

적지 않았을 것이다. 開成 二年 급제 후에 쓴 시「及第東歸次灞上却
寄同年」60)을 보기로 하자.

　　芳桂當年各一枝, 行期未分壓春期.
　　　　　　젊어서 향기로운 계수나무 가지를 각각 꽂았지만,
　　　　　　봄날이 끝나 감을 생각하지 못했구나.
　　江魚朔雁長相憶, 秦樹嵩雲自不知.
　　　　　　물고기와 기러기는 오랫동안 서로 기억하리마는,
　　　　　　나무와 높은 하늘의 구름이 멀리 떨어진 듯 서로
　　　　　　소식을 알지 못하겠구나.
　　下苑經過勞想像, 東門送餞又差池.
　　　　　　곡강의 추억을 생각하겠지만, 동문에서의 송별은
　　　　　　예상하지 못했었네.
　　灞陵柳色無離恨, 莫枉長條贈所思.
　　　　　　패릉 봄날의 버들 색에 이별이 한스럽지 않으니, 버
　　　　　　드나무 꺾어 이별의 슬픔을 표할 것 없네.

　이 시의 전체적인 내용은 급제한 후에 "同年"인 벗과 헤어지는 정
황을 묘사하고 있다. 그러나 곳곳에 자신의 급제에 대한 기쁨을 표
현하고 있다. 즉 첫 련의 "芳桂"란 자신의 급제를 표현할 뿐만 아니
라 향기로움으로 자신의 기쁜 심정을 나타내고 있다. 또한 말련에
대한 "以及第故無離恨"61)의 평과 같이 원래 이별이란 아쉽지만 실제
로 함께 급제하여 이별하는 것이니 슬플 것이 없음을 표현하고 있

---

60) 『李義山詩集注』, (唐)李商隱撰, (淸)朱鶴齡注, 上海古籍出版社, 1994, 56쪽.
　　(『四庫唐人文集叢刊』影印本)
61) 『玉谿生詩集箋注』, 81쪽.

다. 즉 시인은 교묘하게 자신의 기쁨을 표현하고 있다.

許渾은 장기간 급제하지 못했기에 급제의 기쁨을 표현한 시가 적지 않다. 45세가 되어야 진사급제하면서 쓴 시「及第後春情」는 바로 봄날 같은 자신의 심정을 표현하고 있다.

> 世間得意是春風, 散誕經過觸處通.
>> 세상에서 득의하니 봄바람이 분 듯하고, 자유자재
>> 하니 지나는 곳마다 모두 통 하네
> 細搖柳臉牽長帶, 慢憾桃株舞碎紅.
>> 하늘거리는 버들잎은 길게 늘어져 있고, 성긴 복숭
>> 아 그루터기에는 잎새가 어지러이 떨어져 있네.
> 也從吹幌警殘夢, 何處飄香別故叢.
>> 장막에 부는 바람이 선잠을 깨웠거늘, 어느 곳에서
>> 향기가 날라 와 고향을 떠나게 하였는가.
> 猶以西都各下客, 今年一月始相逢.
>> 장안에서 각자 식객이 될 테니, 올해 정월 서로 다
>> 시 만나리라.

이 시는 급제 후에 자신의 기쁜 마음을 표시하고 있다. 孟郊가 급제한 후에 지은「登科後」중 "春風得意馬蹄疾, 一日看盡長安花"(춘풍에 득의하니 말이 뛰면서 즐거워하고, 장안에서 하루종일 물리도록 꽃구경하네.)은 바로 과거급제의 기쁨을 솔직하게 표현했다. 이 시에서는 "春風"을 이용하여 맹교의 시가에 보이는 기쁨에 대한 적나라한 표현을 간접적으로 묘사했다. 겨울 같은 오랜 거업생활을 청산하고 "得意"한 시인에게 봄에 하는 과거시험의 발표는 더더욱 기쁨을 만끽하게 하였다.

피일휴 역시 낙제의 경험이 있었기에 급제했을 때의 기쁨을 토로
한 시가 있다. 그의 시「登第後寒食, 杏園有宴, 因寄錄事宋垂文同年」
를 보기로 하자.

雨洗淸明萬象新, 滿城車馬簇紅筵.
　　　　비 온 후 청명이라 온 세상이 새롭고, 성 안 수레들
　　　　은 모두 붉게 덮여 있구나.
恩榮雖得陪高會, 科禁惟憂犯列仙.
　　　　황제의 덕택에 연회에 참석했지만, 예절을 생각하
　　　　니 급제한 것이 두렵구나.
當醉不知開花日, 正貧那似看花年.
　　　　취하여서는 꽃피는 때 몰랐지만, 곤궁하여도 꽃보
　　　　는 때를 알 듯 하구나.
縱來恐被靑娥笑, 未納春風一宴錢.
　　　　태만하여 선녀의 비웃음 살까 두렵고, 춘풍이 연회
　　　　석상에 불지 않을 까 두렵구나.

이 시는 시인이 함통 8년 진사에 급제한 후에 쓴 시이다. 시인은
과거 발표 후 宋垂文에게 보내는 형식을 이용하여 과거급제 후의 연
회 상황이나 득의한 기쁨을 표현하고 있으며, 한편으로는 급제했지
만 예절을 차려 조심하는 정황을 묘사하고 있다. 이 시는 과거문화
와 연관된 용어들이 많이 사용되었다. 예를 들면, "杏園"이란 급제한
진사들이 향연을 하는 곳을 말하며, "錄事"란 곡강의 연회에서 장원
을 한 사람이 술을 따라주는 일을 말하며, "同年"이란 과거시험에서
함께 급제한 사람을 가리킨다. 또한 "科禁"이란 연회에서의 예의를
말하며, "列仙"이란 급제한 진사를 말하며, "看花"란 급제한 진사들이

長安에서 꽃을 구경하는 행사를 말한다. 다른 급제자의 기쁨처럼 시인 역시 "春風"을 이용하여 득의한 자신의 기쁨을 기탁했다.

Ⅴ. 結論

과거제도라는 것은 봉건사회에서 인재등용제도이지만 전체 唐代에 있어서 문인사대부들이 자신의 지위를 향상시키거나 정치적 이상을 실현하는데 통과하지 않을 수 없었던 관문이다. 그러므로 대부분 문인사대부들은 젊은 시절 모두 거업생활을 겪게 되었고, 이러한 생활 중에 자연스럽게 과거와 연관된 시를 창작하게 되었던 것이다. 과거제도가 문인들의 시 창작에 준 영향을 과거문화의 반영이라는 측면과 문인 창작심리로 나누어 고찰해 보았다.

시에 반영된 과거제도와 연관된 다양한 용어들을 통하여 당말의 문인사대부들이 젊은 시절 과거에의 응시가 하나의 생활처럼 되었음을 알 수 있었다. 또한 당말이라는 시대적 환경 속에 문인사대부들은 개인적인 능력의 한계보다는 과거제도의 폐단으로 말미암아 순탄한 거업생활을 하지 못하고 실의와 고민 속에 거업생활을 하게 되었음을 알 수 있다. 그러므로 문인들의 시가 창작은 자연히 자신의 불우한 처경과 실의를 많이 표현하였다.

이러한 과거문화의 시 창작에의 영향은 당말의 기본적인 창작경향과 일맥상통함을 알 수 있다. "시가창작의 주요경향은 개인 정감을 표현하는 것으로 변화되었다. 시야가 내향적이며 미세하게 인민의 고통이나 사회문제에 착안하였으며 주로 모순적이며 복잡한 내심세계에 착안하여 개인생활정취를 표현했다."[62]에서 지적하는 당

말의 시가창작경향은 문인사대부들이 순탄하지 못한 거업생활 속에
주로 개인생활의 감수를 표현하는 창작경향과 일맥상통한다.

후대 학자들은 시가 창작에 보이는 과거문화의 반영에 대하여 긍
정적인 평가와 부정적인 평가를 내리고 있다. 그러나 기본적으로 시
인들의 창작 속에 상당히 많은 부분이 과거문화를 반영하고 있다는
점은 중시해야할 것이다. 특히 당말이라는 정치적 혼란과 사상적 혼
재 그리고 멸망으로 치닫는 상황 속에 여전히 과거에 정열을 기울려
야하는 당시 문인사대부들은 종종의 폐단으로 말미암아 당대의 어
느 시기보다 더욱 실의를 맛보게 된다. 이러한 실의와 좌절은 시인
자신의 창작경향을 형성하게 하였다. 당말의 시인들은 일부 유가적
입세사상의 훈독아래 혼란한 사회를 개조하고자 하는 심정으로 현
실반영의 의의를 지닌 시가들을 창작했지만 그러한 이상실현조차도
첫 관문인 과거급제에서 좌절을 맞으면서 변화가 보이기 시작한다.
그러한 변화는 바로 消極적이며 低沉적인 혹은 綺艶을 추구하거나
개인의 심리적 안위를 추구하는 창작경향을 형성하게 하였다고 할
수 있다. 즉 唐末에 있어서 "晚唐之詩, 惟是氣象萎苶, 情致都絶.63)(晚
唐의 시가는 오직 기상이 시름하는 듯하고 情致가 모두 단절되었
다.)의 창작경향은 다양한 원인을 가지고 있는데, 그 중의 한 부분은
바로 과업생활에서의 좌절에서 시작한다고 할 수 있다. 과거문화의
반영에 있어서 擧業생활과 연관하여 표현된 시가들은 대부분 개인
생활에 대한 창작이며 개인의 심리변화의 표현이다. 기쁨보다는 실

---

62) 『隨唐五代文學思想史』 羅宗强著, 348쪽. "詩歌創作的主要傾向是轉向寫個人情
    思. 視野內向, 很少着眼于生民疾苦, 社會瘡痍, 而主要着眼于表現矛盾複雜的內
    心世界, 表現個人生活情趣."
63) 『詩源辯體』 卷三十二, (明)許學夷撰, 明崇禎五年, 6冊, 7~8쪽.

의가 많은 시인들은 점차 사회에 대한 인식보다는 개인적인 感傷을
많이 표현했던 것이다. 결국 과거문화는 시가창작에 있어서 다양한
내용을 제공하여 唐末 문학의 창작을 풍부하게 하였으며, 또한 문인
들의 심리에 영향을 주어 唐末의 독특한 창작경향에 형성하는데 영
향을 주었다고 할 수 있다.

● 參考文獻 ●

『唐代科擧與文學』傅璇琮著, 陝西人民出版社, 1986.

『唐代科擧制度硏究』吳宗國著, 遼寧大學出版社, 1997.

『中國考試制度史』, 謝青, 湯德用等著, 黃山書社, 1995.

『通典』(唐)杜佑撰, 王文錦等點校, 中華書局, 1988.

『文淵閣四庫全書』臺灣 商務印書館, 1983.

『叢書集成初編』, 中華書局, 1985.

『新編叢書集成』, 臺北新文豊出版公司, 1984.

『唐會要』(宋)王溥編撰, 『叢書集成初編』本.

『登科記考』(淸)徐頌撰, 中華書局, 1984.

『唐代進士行卷與文學』程千帆著, 上海古籍出版社, 1980.

『新唐書』(宋)歐陽修, 宋祁撰, 中華書局, 1975.

『唐國史補』(唐)李肇撰, 上海古籍出版社, 1957.

『唐音癸籤』(明)胡震亨著, 上海古籍出版社, 1957.

『唐代銓選與文學』, 王勳成著, 中華書局, 2001.

『唐摭言』(五代)王定保著, 『新編叢書集成』本.

『唐詩滙評』陳伯海主編, 浙江敎育出版社, 1995.

『唐代貢擧制度』, 閻文儒著, 陝西人民出版社, 1989.

『唐語林』(宋)王讜撰, 上海古籍出版社, 1978.

『李商隱詩歌集解』, 劉學鍇, 余恕誠著, 中華書局, 1988.

晚唐 樂府詩의 내용고찰

Ⅰ. 들어가는 말

樂府詩는 漢代에 樂府라는 관청에서 채집한 여러 지방의 민가와 그 관청에서 작곡하여 조정의 행사 때 불렀던 노래들의 가사를 말한다. 후대에 가면서 많은 문인들이 이런 樂府詩를 흉내 내거나 새로운 樂府詩를 창작했는데, 이 역시 樂府詩라고 불리어지고 있다. 그러나 "樂府라는 이 개념은 역시 상당히 모호한 것이다."[1]라고 지적하듯이 樂府詩를 한 마디로 정의하기는 쉽지 않다. 일반적으로는 樂府詩의 특징을 古詩와 비교하여 음악이 배합되어있는가와 현실을 반영하는 사회성 및 口語가 사용된 통속성을 가지고 있는 가로 정의하고 있다.[2] 이것은 바로 漢代 樂府詩의 특징이다. 그러나 漢代이후의 樂府詩는 같은 시기의 古詩와 구별이 쉽지 않게 되었다. 그 이유는 漢代이후 魏晉南北朝나 唐代의 시인들이 악부시를 모방하거나 악부시의 제목을 그대로 이용하여 시를 지었기 때문이다. 그러므로 원래 漢代 악부의 특징을 가진 악부시를 구별하기는 어렵게 되었고, 결국은 후대로 가면서 악부시의 정의를 내리는데 있어서 그 범주가 커지게 되었다고 할 수 있다. 이러한 측면은 樂府를 정의하면서 시

---

1) 蕭滌非著, 『樂府詩詞論藪』, 齊魯書社, 1985, 3쪽. "對於樂府這一槪念, 一般還是相當模糊的."
2) 앞의 책, 『樂府詩詞論藪』, 14쪽.

대에 따라 그 특징을 구별하여, '歌詩'·'樂府'·'新樂府'·'詞'·'曲' 등
으로 부르고 있다는 것을 통해서도 알 수 있다.3) 즉 魏晉南北朝 및
唐代에 소위 '古題樂府'가 창작되면서 음악의 배합을 명확하게 알 수
없게 되었고, 또한 唐代 중엽에는 아예 음악이 배합되지 않은 새롭
게 만들어진 新樂府의 창작이 있었기 때문에 순수한 악부시를 구별
해 내기 힘들게 되었다. 이렇듯 樂府詩의 정의나 명칭이 모호하지
만, 이를 다시 생각해보면 오히려 樂府의 변화와 발전이라고 할 수
있다. 실제로 唐代에 이르러서도 樂府詩는 近體詩와 더불어 많은 창
작이 있었으며, 唐代 중엽에 시작된 新樂府의 창작은 오히려 樂府詩
의 발전이라고도 할 수 있다.

그러나 특이하게도 晚唐에 이르러서는 樂府詩에 대한 언급을 찾
아보기 어려우며, 이에 대한 연구 성과물 역시 보이지 않는다. 羅根
澤도 『樂府文學史』에서 唐代의 樂府詩에 대하여 "樂府는 隨唐에 다
시 모방시기가 되었고, 말기에는 더더욱 모방에서 분화로 이르게 되
었으며, 분화에서 쇠락으로 나아가게 되었다."4)라고 말하면서 唐代
의 樂府詩 자체를 폄하하는 동시에 晚唐의 樂府詩는 쇠락의 길로 나
아갔다고 지적하였다. 또한 그의 『樂府文學史』에는 시대에 따라 樂
府詩의 작가와 그 창작을 언급하고 있는데, 唐代 중엽의 新樂府까지

3) 漢代에는 樂府에 음악이 들어있는 시를 '歌詩'라고 했으며, 이를 위진남북조에
   는 '樂府'라고 불렀다. 또한 위진남북조 문인들이 악부의 옛 이름을 빌어 음악
   을 배합하거나 혹은 배합하지 않은 시를 창작했는데, 이 역시 '樂府'라고 불렀
   다. 이후 唐代에 새롭게 악부시를 모방한 것을 新樂府라고 불렀으며, 宋代에
   는 詞나 曲의 별칭으로 불렀다. (章培恒, 駱玉明主編, 『中國文學史』, 復旦大學
   出版社, 1996, 223쪽.)
4) 羅根澤著, 『樂府文學史』, 東方出版社, 1996, 241쪽. "樂府至隨唐又爲模倣時期,
   末期更有模倣至於分化, 由分化至衰落."

만 소개하고 있으며 唐代 말기의 樂府詩는 소개조차 하고 있지 않다. 이러한 언급 때문에 아마도 晚唐의 악부시에 대한 관심과 연구가 없었을 것이다.

그러나 사실상 악부시의 창작은 唐代 말기에도 적지 않게 보이고 있다. 예를 들면,『全唐詩』의 권17부터 권29까지에는 樂府라는 제목으로 약 230여명의 작가 1200여수의 樂府詩가 '鼓吹曲辭'·'橫吹曲辭'·'相和歌辭'·'舞曲歌辭'·'琴曲歌辭'·'雜曲歌辭'·'雜曲謠辭' 등의 일곱 항목으로 나뉘어져 수록되어 있다. 그중에는 晚唐에 활동한 악부시의 작가와 작품이 적지 않으며, 李商隱·陸龜蒙·皮日休·杜荀鶴·羅隱·齊己·貫休·溫庭筠·聶夷中 등의 악부시 100여 首가 수록되어 있다. 또한『樂府詩集』에도『全唐詩』에서 구분한 일곱 항목에 수록된 晚唐의 樂府詩가 수록되어 있을 뿐만 아니라, 그 외에도 첨가된 樂府詩와 '新樂府辭'가 분류되어 있다. 그러므로 樂府詩의 양은 당연히 더욱 많아질 것이며, 실제로 '新樂府辭'에 수록된 晚唐 악부시 작가의 樂府詩 80여 首가 있다. 이렇게 수량만을 보더라도 이에 대한 직접적인 소개나 연구가 없다는 것은 아쉬운 일이며 연구할 가치가 있다고 생각한다.[5]

현재로는 순수한 樂府詩의 창작을 확인할 방법이 없기에, 본고에서는 樂府詩의 변화와 발전이라는 시각으로 음악의 배합여부와 상관없이 宋代 郭茂倩이 편찬한『樂府詩集』에 수록된 樂府詩를 연구의 대상으로 삼았다.[6] 晚唐의 樂府詩를 고찰하는데 있어서 내용과

---

5) 樂府詩 중에서 소위 현실성을 가지고 있는 樂府詩는 일반 시가로 편입되어 언급되고 있다. 그러나 晚唐의 樂府詩에 대한 직접적이거나 전반적인 소개나 연구는 찾아보기 어렵다.
6) 樂府詩의 여부를 알 수 있는 방법 중에서 음악의 배합은 확인할 수 없으며,

형식의 분석 및 예술적인 특징에 대한 고찰이 필요하겠지만, 그 대상이 적지 않기에 본고에서는 실제적으로 어떤 樂府詩가 얼마나 어떤 시인들에 의하여 창작되었는가를 간단히 살펴보면서, 어떤 양상의 내용을 가지고 있는 가를 중점적으로 고찰하고자 한다.

Ⅱ. 樂府詩의 內容分析

晩唐의 樂府詩 역시 다른 시기의 樂府詩와 마찬가지로 그 내용이 상당히 다양하다. 그러므로 그 면모를 한 눈에 확인하기 위하여 이 시기에 악부시를 창작한 시인과 그 시인들의 악부시를 내용별로 구분하여 보았다.

우선, 『樂府詩集』에 근거하여 晩唐에 활동한 주요한 시인들의 樂府詩 214首를 도표로 정리하면 다음과 같다.

구어의 통속성 역시 모호하다. 다만 완전하지는 않지만 시가의 제목을 통하여 악부시의 가능성을 알 수 있다. 즉, 歌·行·吟·謠·曲 등으로 된 제목의 시가가 樂府詩일 가능성이 많다. 실제로 『樂府詩集』이나 『全唐詩』에 樂府로 수록에 된 시가 역시 이러한 제목이 가장 많다.

〈표 1〉

	鼓吹曲辭	橫吹曲辭	相和歌辭	淸商曲辭	舞曲歌辭	琴曲歌辭	雜曲歌辭	近代曲辭	雜歌謠辭	新樂府辭	합계
杜牧						1	2				3
李商隱			2				1	2	3	4	12
陸龜蒙			10	4			4		1	7	26
皮日休										19	19
杜荀鶴										2	2
羅隱	1	1	2							1	5
溫庭筠		1	2	7	1		2	9	4	33	59
聶夷中		1	5	1			6			2	15
許渾										1	1
齊己	1		5	1			5	4			16
貫休	3	7	6	1	1		15			20	53
司空圖						1					1
韋莊							2				2
합계	5	10	32	14	2	2	37	15	8	89	214

위의 〈표 1〉을 보면 晚唐의 가장 대표적인 시인인 杜牧이나 李商隱보다는 오히려 溫庭筠(59首)·貫休(53首)·陸龜蒙(26首)·皮日休(19首)·齊己(16首)·聶夷中(15首) 등의 시인들의 악부시 창작이 많다. 그중에서도 원래 詞의 창작으로 저명한 溫庭筠의 樂府詩의 창작이 가장 많으며, 또한 詩僧인 貫休와 齊己의 樂府詩의 창작이 많다는 것을 알 수 있다. 소위 貴族樂府로 지칭되는 郊廟歌辭와 燕射歌辭에는 晚唐의 시인들의 樂府詩가 존재하지 않기에 도표에 넣지 않았다. 또한 도표에 언급한 시인 외에도 晚唐에 활약한 다른 시인들의 樂府詩가 수록되어 있지만 여기에서는 주요한 시인들의 악부시만 소개했다.

다음으로, 『樂府詩集』에 수록된 시인들의 樂府詩 내용을 분석해 보면 크게 社會問題에 대한 諷刺나 暴露, 남녀 간의 情感, 삶의 苦難, 邊塞의 戰爭과 風光, 그리고 기타로 분류할 수 있는데 이를 정리하면 아래와 같다.

<표 2>

	社會問題에 대한 諷刺나 暴露	남녀 간의 情感	삶의 苦難	邊塞의 戰爭과 風光	기타	합계
杜牧					3	3
李商隱	1	9	1		1	12
陸龜蒙	5	14	1		6	26
皮日休	10				9	19
杜荀鶴				2		2
羅隱		2	3			5
溫庭筠	7	36	1	4	11	59
聶夷中	3	6	4	1	1	15
許渾				1		1
齊己	6	2	2		6	16
貫休	13	3	5	29	3	53
司空圖		1				1
韋莊		1			1	2
합계	45	72	19	37	41	214

위의 <표 2>의 분류 중에서 기타에 해당하는 분류는 상술한 네 가지 내용이외의 내용을 말한다. 예를 들면, 杜牧의 「別鶴」은 신선과 관련된 내용이며, 「少年行」2首는 소년의 기개를 표현했으며, 李商隱의 「湖中曲」은 행락을 읊은 시이다. 陸龜蒙의 「江南曲」중 첫 수를 제외한 5首는 모두 한가하게 낚시를 하는 등 여가를 보내는 내용이

며, 皮日休의 「補九夏歌」9首는 周禮에 관한 내용이다. 또한 溫庭筠의 「陽春曲」은 봄의 모습을 묘사한 것이며, 「公無渡河」는 황하의 장관을 묘사했으며, 「罩魚歌」와 「蓮浦謠」는 어부의 생활과 포구의 모습을 묘사했고, 「水仙謠」는 신선의 세계를 묘사하였고, 「東峯歌」는 산의 모습을 묘사했다. 그리고 齊己의 「升天行」은 求仙의 내용이며, 「採蓮曲」은 연꽃을 따는 여인을 묘사했으며, 「巫山曲」는 회고시이다. 貫休의 「臨高臺」는 벗의 소식을 묻는 내용이며, 「蒿里行」은 죽음을 애도하는 내용이다.

아래에 악부시의 내용을 크게 社會問題에 대한 諷刺나 暴露, 남녀간의 情感, 삶의 苦難, 邊塞의 戰爭과 風光 등으로 분류하여 구체적으로 살펴보겠다.

1. 社會問題에 대한 諷刺나 暴露

社會問題에 대한 諷刺나 暴露란 소위 시가의 현실성을 가리키는 것이다. 현실을 반영하는데 있어서 諷刺나 暴露가 구분될 수도 있겠지만, 어떤 경우는 諷刺적인 수법을 통하여 현실의 불합리한 모습을 暴露하기도 한다. 羅根澤은 『樂府文學史』에서 漢代의 악부시의 내용을 구분하면서 "평민의 악부시는 사회문제를 많이 노래하고 있다."[7]라고 정의하고 있으며, 또한 "兩漢의 樂府는 詩經 중의 國風의 現實主義精神을 계승하여 강렬한 社會性과 批判性을 보여주었는데, 이러한 특색은 樂府詩와 일반 시가와의 가장 큰 구별이다."[8]라는 견

---

7) 앞의 책, 『樂府文學史』, 63쪽. "平民所作, 多歌詠社會問題."
8) 鍾優民著, 『新樂府詩派研究』, 遼寧大學出版社, 1997, 29쪽. "兩漢樂府繼承詩經
   國風的現實主義精神,顯示出强烈的社會性和批判性, 這種特色是它和一般詩作的

해도 있다. 이러한 언급들은 樂府詩의 주요한 부분이 역시 현실사회
와 관련된 현실적인 의의임을 지적한 것이라고 할 수 있다. 특히 唐
代에 만들어진 새로운 악부인 新樂府가 비록 음악을 배합하지는 않
았지만, 역시 악부시의 현실주의전통을 계승한 것은 이미 공인된 사
실이다. 또한 비록 郭茂倩의『樂府詩集』의 新樂府辭에 수록된 樂府
詩가 모두 현실적인 의의를 가지고 있는 것은 아니지만, 그 해제에
서 "當時의 일을 諷刺하며 드러내지 않은 것이 없다."[9]라고 정의하
고 있는 것을 통해서도 樂府詩와 현실성과의 관계를 알 수 있다.

陸龜蒙의 樂府詩는 전체 26首이며, 그중 현실적인 의의를 가진 시
가는 5首이다. 양적으로는 많지 않지만 풍자적인 수법을 이용하여
통치 집단의 추악한 행위를 폭로하였다. 그의 「築城曲」其二는 『樂
府詩集』의 雜曲歌辭에 수록되어 있다.

莫叹築城劳,　성을 쌓는 것이 힘들다고 탄식하지 말아라,
将军要却敌.　장군이 적을 물리치려는 것이니.
城高功亦高,　성이 높을수록 공 역시 높아지는 것일 뿐,
尔命何劳惜.　너희들의 목숨을 어찌 가련타고 생각하랴!

이 시는 성을 쌓는 것을 통하여 통치 집단의 후안무치한 태도를
풍자하고 있다. 성을 쌓는 것은 당연히 적을 물리치기 위한 것이지
만, 장군은 오직 자신의 공훈만을 생각할 뿐이며, 심지어는 백성들
의 생명조차도 중시하지 않고 있다. 시인은 이러한 장군의 태도를
통하여 통치 집단의 행위를 폭로하고 있는 것이다. 그러므로 후인

　　最大區別."
9) (宋)郭茂倩,『樂府詩集』, 中華書局, 1979, 1262쪽. "莫非諷興當時之事."

역시 그러한 측면에 대하여 "성을 쌓는 것은 단지 장군이 공을 세우기 위한 것인데, 어떻게 이들이 백성들의 생명을 가엽게 생각하겠는가 라며 더욱 명확하게 풍자하고 있다."[10]라고 잘 지적하고 있다. 陸龜蒙의 현실성을 가진 악부시에서「江南曲」其一는 인재를 매몰시키는 불합리한 사회를 폭로하고 있으며,「陌上桑」과「婕妤怨」은 모두 통치 집단의 추악성을 諷刺하며 드러내고 있다.

陸龜蒙과 절친한 벗으로 이름난 皮日休는 晩唐에 있어서 현실에 가장 많은 관심을 가졌던 시인이라고 할 수 있다. 특히 그의「正樂府」十篇은 현실사회의 불합리한 측면을 諷刺로써 폭로하고 있다. 그러므로 그는 스스로「正樂府」十篇의 서문에서 "詩는 諷刺하는 것이다. 이를 들으면 정치하는데 있어서 경계하는 것으로 삼기에 충분하다."[11]라고 하여 그 현실주의 시가창작의 사회적 기능을 지적하였던 것이다.『樂府詩集』의 新樂府辭에 수록된「橡媼嘆」을 보기로 하자.

秋深橡子熟,　가을이 깊어지자 상수리 익어 가고.
散落榛蕪岡.　풀 무성한 언덕에 산산이 떨어졌다네.
傴傴黃髮媼,　허리 굽고 머리 센 할머니는,
拾之踐晨霜.　서리 밟으며 상수리를 줍네.
移時始盈掬,　옮길 때 한 주먹 가득히 쥐지만,
盡日方满筐.　하루 종일 해야 한 광주리 찬다네.
幾曝復幾蒸,　여러 번 말리고 찌어서,
用作三冬粮.　한 겨울 양식으로 사용하네.

10) 劉永濟選釋,『唐人絶句精華』, 人民文學出版社, 1981, 257쪽. "更明譏築城只爲將軍立功, 何惜民命."
11) (唐)皮日休著, 蕭滌非, 鄭慶篤整理,『皮子文藪』, 上海古籍出版社, 1981, 107쪽. "詩之刺也, 聞之足以戒乎政."

山前有熟稻,　산 앞 들판의 벼가 익어서,

紫穗襲人香.　자색 벼 수실에서는 향기가 나네.

細获又精舂,　세세히 거두고 또 정성 들여 찧는데,

粒粒如玉珰.　알알이 마치 옥 귀걸이 같네.

持之纳於官,　곡식 들고 관가에 바치면,

私室無仓箱.　집안에는 창고와 상자가 필요 없다네.

如何一石馀,　어찌하여 한 석이 넘는데,

只作五斗量.　단지 다섯 말로 헤아리는가.

狡吏不畏刑,　교활한 관리는 형벌을 두려워하지 않고,

贪官不避赃.　탐관오리는 뇌물 받길 피하질 않네.

农时作私债,　농사지을 때 사채를 썼거늘,

农毕归官仓.　농사가 끝나자 관가의 창고로 들어가네.

自冬及於春,　겨울부터 봄까지,

橡实诳饥肠.　상수리 열매가 굶주린 창자를 속이네.

吾闻田成子,　나는 田成子가

诈仁猶自王.　거짓 인의로 스스로 왕이 되었다는 것을 들었네.

吁嗟逢橡媪,　아! 상수리 줍는 할머니를 만날 때마다,

不觉涙霑裳.　눈물이 옷을 적시는 것을 느끼지 못했다네.

　이 시는 상수리를 주워 겨울의 양식으로 삼는 불쌍한 할머니를 빌어 통치 집단의 착취를 폭로하고 있다. 새벽에 상수리를 줍는 상황, 허리 굽고 머리 센 할머니, 하루 종일 주어야 겨우 한 광주리, 한 겨울의 양식인 상수리 등의 표현은 모두 단순히 할머니의 고통만을 표현한 것이 아니라 일반 백성의 고통을 대신 표현하고 있는 것이다. 옥 귀걸이와 같은 귀중한 쌀 한 톨까지도 모두 관가에 바치고 자신은 먹을 수 없는 상황, 한 석의 쌀을 다섯 말로 셈하는 착취, 뇌물을 받아 축재하는 관리 등은 모두 통치 집단에 대한 폭로이다. 특

히 지금은 민심을 사기 위해 의도적으로 백성에게 잘했던 田成子조
차도 없다는 비유는 백성들을 생각하지 않는 통치 집단에 대한 야유
에 가깝다. 마지막 연에서는 눈물이 흘러 자신의 옷을 적시는 것조
차 느낄 수 없다고 하여 시인의 처연한 심정을 잘 묘사하고 있다.
皮日休의 「正樂府」 十篇은 모두 이렇듯 통치 집단의 착취를 폭로함
으로써 현실사회의 단면을 반영하고 있기에 강렬한 현실성을 가지
고 있다.

聶夷中에 대한 평가 중에 "마침 험난한 때를 만나 진퇴유곡이 되
었다. 재능이 충분했지만 운이 나빴고, 큰 뜻을 품었으나 결국 이루
지 못하여 함축적이며 諷刺적이 되었는데 역시 그럴 만했다. 古樂府
의 창작에 특히 잘 맞았으며, 경계하고 살피는 글은 정치에 도움이
되었다."[12]라는 내용이 있다. 이 평가는 그가 옛 악부에 능했을 뿐
만 아니라 諷刺의 작법을 이용하여 옛 악부시의 현실주의전통을 계
승하고 있음을 지적한 것이다. 그의 몇몇 시가는 강렬한 현실적인
의의를 가지고 있으며, 이런 현실성은 樂府詩의 창작에서도 드러나
고 있다. 『樂府詩集』의 新樂府辭에 수록된 그의 樂府詩 「公子行」의
其二를 보기로 하자.

花树出墙头, 꽃나무는 담장 꼭대기에 보이는데,
花裏谁家楼. 꽃 속에는 뉘 집 누각이 있는가?
一行书不读, 한 행의 글도 읽지 않았건만,
身封萬户侯. 몸은 萬戶의 제후에 봉해지네.
美人楼上歌, 미인이 누각에서 노래하는데,
不是古凉州. 옛 凉州의 노래가 아니네.

---

12) 앞의 책, 『唐才子傳全譯』, 564쪽. "適值險阻, 進退維谷, 才足而命屯, 有志卒爽,
含蓄諷刺, 亦有謂焉. 古樂府尤得體, 皆警省之辭, 裨補政治."

이 시의 첫 연은 담장으로 보이는 꽃나무와 그 꽃나무 속에 있는
누각을 묘사하고 있는데, 사실상 시인은 화려한 누각을 빌어 귀족들
의 향락을 드러내고 있는 것이다. 귀족들의 향락을 드러내고자 하는
의도는 마지막 연에서도 보이고 있다. 누각에서 노래하는 미인에 대
한 언급 자체가 물론 향락을 의미하지만, 여기에는 교묘한 측면이
있다. 즉, 미인이 노래하는 것이 옛날 涼州의 노래가 아니라 새로운
涼州의 노래라고 말하여 현재의 향락을 위해 새로운 涼州의 노래가
만들어졌음을 의미하는데, 이는 바로 그 향락이 끝이 없이 이어졌음
을 암시하는 것이다. 둘째 연에서는 이러한 향락에 대한 질책과 더
불어 노력하지도 않고 귀족이라는 이유로 높은 관직을 받는 세태를
신랄하게 풍자하고 있다. 사실상 귀족들의 향락도 불만이겠지만 뜻
을 이루지 못한 사대부들에게 관직에 있어서의 불합리성은 참을 수
없는 일이었을 것이다. 그의 악부시『大垂手』는 궁전에서의 사치와
향락을 폭로하고 있다.

貫休는 齊己와 더불어 晚唐의 詩僧으로 이름 난 시인이다. 詩僧이
란 승려의 신분이면서 시를 창작하는 시인을 말한다. 『唐才子傳』에
전하는 "일관되게 곧은 기세는 천하에 짝을 찾을 수 없다 … 붓을
들어 강렬하고 예리한 기운을 펼쳐냈으며, 樂府와 古詩 및 律詩에
있어서 當時에 가장 뛰어났다."[13]라는 평가는 그의 곧은 기질과 강
렬한 창작정신 그리고 樂府創作에 있어서의 탁월함을 알게 한다. 역
시 그는 이러한 평가에 부합하듯 현실을 풍자하는 樂府詩를 창작하

---

13) (元)辛文房原著, 李立朴譯註, 『唐才子傳全譯』, 貴州人民出版社, 1994, 670쪽.
"一條直氣, 海內無雙 … 筆吐猛銳之氣, 樂府古律, 當時所宗."

고 있다. 『樂府詩集』의 雜曲歌辭에 수록된 그의 樂府詩인「少年行」
其一을 보기로 하자.

> 锦衣鲜华手擘鹘,　비단 옷을 아름다운 꽃으로 치장하고 손에는 매를
> 　　　　　　　　　높이 들고서,
> 闲行气貌多轻忽.　하는 일 없이 가는 모습이 얼마나 경박하고 한심
> 　　　　　　　　　한가.
> 稼穡艰难总不知,　씨 뿌리고 거두는 것 모두가 어려운 지도 모를 뿐
> 　　　　　　　　　만 아니라,
> 五帝三皇是何物.　三皇五帝가 무엇인지도 모르네.

　이 시는 우선 화려한 치장에 경박하며 한심한 행동거지를 하는
귀족들을 직접적으로 비웃고 있다. 후반부에서는 이렇듯 화려한 모
습의 귀족들이 일반 백성들의 고생스런 농사생활을 전혀 알지 못하
는 것과 이들이 학문에도 힘쓰지 않아 자신의 전설속의 조상도 알지
못하는 한심한 작태를 풍자하고 있다. 『全唐詩』에서는 이 樂府詩를
창작하게 된 배경을 "貫休가 蜀에 갔는데, 王建이 그를 환대하였다.
어느 날 근래의 시를 암송해달라고 했는데, 귀족 친척들이 모두 와
서 앉아있었다. 貫休는 이들을 풍자하고자 公子行을 지었다."14)라고
설명하고 있다. 이 내용과 시가의 내용을 관련시켜 본다면 貫休의
귀족집단에 대한 부정적인 시각을 알 수 있는데, 그 이유는 빈번하
게 전쟁이 일어나고 있는 시기에 귀족들의 안일한 태도를 보고는 불
만이 생겼기 때문일 것이다. 그러나 더욱 중요한 것은 특히 농사일

---

14) 『全唐詩』, 中華書局, 1960, 9305쪽. "休入蜀, 王建遇之甚厚. 日召令誦近詩, 一
　　時貴戚皆坐, 休欲諷之, 乃稱公子行."

을 모른다는 지적으로 일반백성들의 삶을 알지 못하고 화려한 생활
만을 하는 것을 풍자적으로 비판했다는 점일 것이다. 그러므로 근인
역시 그의 樂府詩에 대하여 "世風을 지적하여 바로잡고자 했으며,
惡行을 꾸짖었다."[15]라고 하여 그 현실적 의의를 강조하고 있다. 이
렇게 현실 문제를 풍자하며 폭로하고 있는 현실성을 가진 악부시 중
에는 『樂府詩集』의 相和歌辭에 수록된 「苦寒行」·「善哉行」·「上留
田行」, 淸商曲辭에 수록된 「陽春曲」, 琴曲歌辭에 수록된 「白雪曲」,
雜曲歌辭에 수록된 「少年行」3首와 「行路難」5首가 있다.

현실사회의 다양한 문제를 諷刺하고 暴露하는 현실주의시가는 漢
代의 악부시가 가진 전통이지만, 晚唐의 많은 樂府詩가 가진 현실성
을 보면 이러한 현실주의시가전통이 唐 중엽까지만 계승된 것이 아
니라 晚唐까지 전승되고 있음을 알 수 있다. 또한 소위 漢代의 악부
시에서 민간악부에 해당하는 相和歌辭와 雜曲歌辭가 가장 寶庫이며
가장 현실적인 의의를 가지고 있는데, 晚唐에서도 역시 이 相和歌辭
와 雜曲歌辭에 현실성을 가진 樂府詩가 가장 많음을 알 수 있다. 그
리고 악부의 현실주의정신을 계승하여 만들어진 新樂府를 주로 수
록한 新樂府辭에도 그 현실적인 의의를 가진 樂府詩가 많음을 알 수
있다.[16] 이러한 세 가지 분류 항목에서 현실적인 의의를 가진 시가
가 많다는 것은 晚唐의 악부시가 이전의 악부시의 현실주의시가전
통을 잘 계승하고 있다는 증거라고 할 수 있다. 비록 新樂府가 순수
한 악부시인가 하는 문제가 있지만, 新樂府에 대하여 "廣義의 新樂

---

15) 毛水淸著, 『隋唐五代文學史』, 廣西人民出版社, 2003, 773쪽. "針砭世風, 斥責惡
   行."
16) 전체 45首의 현실적 의의를 가진 樂府詩 중에서 相和歌辭는 12首, 雜曲歌辭는
   13首, 新樂府辭는 17首이다. 기타의 분류 중에는 3首가 있다.

府는 唐代歌行의 발전과정 중에서, 舊題樂府에서 파생된 新題이거나
혹은 內容과 形式에 있어서 漢魏의 古樂府를 본받아 '行'·'怨'·'詞'·
'曲'등을 위주로 한 新題歌詩를 가리킨다."17)라는 해석은 바로 『樂府
詩集』에 수록된 新樂府가 '廣義의 新樂府'라는 설명이 되며 당연히
樂府詩의 한 부분임을 인정하고 있는 것이다. 新樂府의 현실주의전
통은 결국 漢代 악부의 현실주의시가창작의 전통을 계승한 것이라
고 할 수 있다.

晚唐에 현실적 의의를 지닌 樂府詩가 적지 않게 창작된 이유는 멀
리는 漢代의 相和歌辭나 雜曲歌辭가 지닌 樂府民歌의 현실주의시가
전통을 계승한 것이며, 가깝게는 新樂府의 樂府精神의 계승에 대한
영향이며, 아울러 晚唐 사회혼란에 대한 시인들의 현실에 대한 관심
이라고 할 수 있다.

2. 남녀 간의 情感

羅根澤은 『樂府文學史』에서 漢代의 악부시를 구분하여 평민의 악
부시는 사회문제를 많이 노래하고 있다는 정의와 더불어 "文人의 악
부시는 남녀 간의 정감을 많이 노래하고 있다."18)라고 정의하고 있
다. 이런 정의는 전통적인 樂府詩의 두 축 중의 하나는 현실주의시
가창작이며, 다른 하나는 남녀 간의 정감이 주된 주제가 되고 있음
을 말하고 있는 것이다.19) 晚唐에 이르러도 남녀 간의 정감과 관련

17) 葛曉音著, 『詩國高潮與盛唐文化』, 北京大學出版社, 1998, 194쪽. "廣義的新樂府
指在唐代歌行發展過程中, 從舊題樂府中派生的新題, 或在內容上和形式上取法
漢魏古樂府, 以'行', '怨', '詞', '曲'爲主的新題歌詩."
18) 앞의 책. 『樂府文學史』, 63쪽. "文人所作, 多歌詠男女風情."
19) 漢代이후에는 현실성 가진 樂府詩든 남녀 간의 정감을 표현하고 있는 樂府詩

된 악부시가 많이 창작되었지만 그 세부적인 내용은 더욱 다양하다. 즉, 남녀 간의 정감에서 비롯된 이별의 哀怨과 그리움이 있을 뿐만 아니라 남녀 간의 정감과 관련된 향락과 艶情도 있다.

陸龜蒙의 악부시 「孤獨怨」은 『樂府詩集』의 新樂府辭에 수록되어 있다.

> 前回边使至, 전에는 변방의 使者가 와서,
> 闻道交河战. 交河에서의 전투에 대하여 들을 수 있었네.
> 坐想鼓鞞声, 이에 군대 악기인 鼓鞞의 소리를 생각하니,
> 寸心攒百箭. 수많은 화살을 가슴에 맞은 듯 아프네.

이 시는 제목에서 알 수 있듯이 怨望을 표현하고 있다. 그 원망은 이별 때문이며, 그 이별은 남편 혹은 사랑하는 사람이 전쟁터로 갔기에 발생한 것이다. 여인은 늘 전쟁터의 소식이 궁금했지만, 막상 변방의 使者가 와서 그 정황을 들으니 오히려 그리움과 걱정이 합쳐져 어쩔 줄 모르게 된다. 그러므로 마지막 구에서 자신의 아픈 가슴을 마치 수많은 화살을 맞은듯하다고 표현하였다. 이러한 부분은 비록 문인의 악부시이지만 상당히 民歌적이여서 소박하면서도 절절한 여인의 심리를 엿볼 수 있다. 이와 유사한 내용을 가진 그의 악부시에는 「子夜四時歌4수」·「別離曲」·「鳴雁行」·「挾瑟歌」 등등 13首가 있다.

聶夷中의 樂府詩 「雜怨」其三은 앞에서 인용한 樂府詩와 달리 수자리와 상관없는 일반인의 이별을 표현하고 있다.

든 모두 문인의 손에 의해 다양하게 창작되었다고 할 수 있다.

君淚濡罗巾,　낭군님의 눈물은 비단 수건을 적셨고,
妾淚滴路尘.　계집의 눈물은 길 먼지 속에 떨어졌어요.
罗巾今在手,　비단 수건은 지금 내 손에 있어,
日得随妾身.　매일 계집의 몸에 가까이 있답니다.
路尘如因飞,　길 먼지가 만일 날아갈 수 있다면,
得上君车轮.　낭군님의 수레바퀴에 붙을 수 있겠지요.

　이 시는『樂府詩集』의 相和歌辭에 수록되어 있다. 전체적으로 낭군을 그리워하는 절절한 심정을 잘 드러내고 있다. 이 시는 일반적인 남녀 간의 이별과 그리움을 표현하기에 수자리를 떠난 남편을 그리워하는 내용과는 상관이 없다. 이 시에 보이는 구상과 표현은 상당히 신선하다. 우선, 이별할 때 낭군이 눈물로 적신 비단 수건을 자신이 간직하고 있기에 늘 낭군이 가까이 있다는 생각이 든다는 표현이 독특하다. 또한 낭군이 자신과 함께 있을 수 있는 것은 아니지만, 자신의 눈물이 떨어져 있는 그 길가의 먼지가 바람에 날려 낭군의 수레바퀴에 붙는다면 그 역시 낭군과 함께 있는 것과 다를 바 없다고 생각하는데 이 역시 특이하고 신선하다. 민간에서 출발한 악부시는 이렇게 聶夷中의 손에 의하여 민간적인 요소가 엿보이면서도 신선하고 우아한 악부시로 재창조되었으며, 이 악부시 역시 이러한 표현수법으로 말미암아 낭군을 그리워하는 아내의 심정을 더욱 잘 전달하고 있다. 그 외에『樂府詩集』의 清商曲辭에 수록된「烏夜啼」나 雜曲歌辭에 수록된「古別離」과「起夜半」도 역시 이별의 슬픔과 哀怨을 노래하고 있다.

　溫庭筠은 원래 시인으로 명성을 떨치기 보다는 오히려 詞의 대가로 이름을 날린 사람이지만, 그의 시가 창작 역시 높은 평가를 받고 있다. 특히, 『樂府詩集』에 수록된 樂府詩의 창작은 晚唐의 시인들의 악부시 창작 중에서 가장 많은 수량인 59首인데, 이러한 수량의 의미는 생각할 가치가 있다. 즉, 그가 詞의 창작에 뛰어났기에 詞와 거의 유사한 樂府詩의 창작이 수월했을 것이다. 또한 기녀와 어울리며 창작했던 향락적이며 염정적인 詞의 내용이 樂府詩에도 영향을 주었을 것이며, 동시에 詞든 樂府詩는 음악과 관련이 많기 때문에 음악에 정통한 그가 詞를 창작하고 악부시를 창작하는 것은 크게 어렵지 않았을 것이다. 그러므로 『舊唐書』에서도 "현악기와 관악기의 음을 잘 따랐고, 艶情적인 말을 가까이했다."[20]라고 그의 향락적인 측면과 음악에 정통한 측면을 지적하고 있다.

溫庭筠의 樂府詩인 「楊柳枝」의 8首 中 其八은 『樂府詩集』의 近代曲辭에 수록되어 있다.

> 织锦机边莺语频,　비단 짜는 베틀 옆에 꾀꼬리소리 수시로 들리니,
> 停梭垂淚忆征人.　실 짜는 북을 멈추고 눈물 흘리며 수자리 간 남편을 그리워한다.
> 塞门三月猶蕭索,　변방은 3월이라도 쓸쓸하고 쌀쌀할 것을 생각하느라,
> 纵有垂杨未觉春.　설사 수양버들을 보더라도 봄이 왔음을 알지 못하네.

이 시는 수자리 간 남편을 그리워하는 내용을 표현하고 있다. 남편을 그리워하는 마음은 늘 가지고 있었겠지만 비단을 짜고 있기에 잠깐 잊을 수 있었다. 그런데 꾀꼬리소리가 그녀에게 남편을 생각하도록 만들고 있다. 이는 꾀꼬리소리라는 사물의 '景'이 남편을 그리

---

20) 『舊唐書』, 中華書局, 1975, 5079쪽. "能逐弦吹之音, 爲側艶之詞."

워하는 여자의 '情'을 일깨워 준 것이며, 소위 情景交融의 경계를 만들어 낸 것이다. 이러한 수법을 통하여 시가가 창작되었기에, 역시 溫庭筠의 樂府詩가 가진 높은 수준을 짐작할 수 있다. 후반부는 봄날에 아름답게 자라는 수양버들을 보아도 남편 생각에 봄을 느끼지 못한다는 표현으로 남편에 대한 그리움을 교묘하게 잘 드러내었다. 후인 역시 "수자리하는 남자에 대한 그리움에 고통스러우니 이것이 슬픔의 눈물을 흘리게 되는 까닭이다."[21]라고 하여 그 여인의 심정을 드러내고 있다.

溫庭筠의 남녀 간의 정감을 표현한 樂府詩는 사실상 세분할 필요가 있다. 우선, 인용한 주제처럼 이별의 哀怨이나 그리움을 표현하고 있는 악부시는 「江南曲」·「西州曲」·「蘭塘辭」·「織錦詞」 등등 13首가 있다. 또한 애정과 관련되지만 향락이나 艶情의 느낌이 농후한 시가에는 「雍臺歌」·「堂堂」·「常林歡」·「張靜婉採蓮曲」·「蘇小小」·「邯鄲郭公辭」 등등 23首가 있다. 특히 향락적이며 艶情적인 樂府詩는 이전의 樂府詩에서 볼 수 없는 것으로 특징적인 부분이라고 할 수 있다. 예를 들면, 공자와 기녀라는 신분이 다른 남녀주인공의 애정을 표현하고 있는 「張靜婉採蓮曲」의 전반부를 보면 "난초향기 나는 좋은 기름은 머리카락에서 떨어지고 아름다운 얼굴은 새봄과 같고, 제비모양 비녀는 목덜미에 끌리는데 구름 속에 던져진듯하다. 성 서쪽의 버드나무는 해질 녘에 아름답고, 문 앞의 개울물은 아주 맑다. 麒麟公子는 아침의 손님이라 말 타고 의관을 차리고는 봄 길을 건넌다."(蘭膏墜髮紅玉春, 燕釵拖頸拋盤雲. 城西楊柳向嬌晩, 門前溝水波潾潾. 麒麟公子朝天客, 珮馬瑠瑠度春陌.)라고 묘사하고 있다.

21) 앞의 책, 『唐人絶句精華』, 245쪽. "征人之情苦矣, 此所以思之垂淚也."

이 시에 대한 "말이 妖艶의 극치에 이르렀다."[22]라는 평가를 통해서도 알 수 있듯이, 이 시는 수자리를 떠난 남편을 그리워하는 哀怨이나 남자와의 이별을 슬퍼하는 정감을 표현한 樂府詩와는 다르다. 이러한 부분은 晚唐 樂府詩에서 비록 溫庭筠의 樂府詩에서만 보이지만 분명 이전의 樂府詩와는 다른 독특한 측면이라고 할 수 있다.

남녀 간의 情感을 표현한 악부시의 창작은 晚唐 악부시 중에서 가장 많은 72首를 차지하고 있다. 이는 이전의 악부시가 주로 남녀 간의 이별이나 그리움을 주제로 한 것이 대부분이었다면, 晚唐에는 이러한 내용을 포함하는 동시에 溫庭筠의 악부시에 보이듯이 남녀 간의 향락적이며 艶情적인 내용의 악부시도 적지 않았기 때문이다. 특히, 溫庭筠의 악부시에 보이는 향락적이며 艶情적인 내용은 이전의 樂府詩와 다른 晚唐 樂府詩의 특징이라고 할 수 있다.

3. 삶의 苦難

인간은 살아가면서 많은 喜怒哀樂을 겪게 되며, 시인은 그러한 다양한 삶의 모습을 시가로써 표현한다. 그런데 晚唐의 樂府詩의 창작을 보면, 대부분 득의하거나 행복한 모습보다는 삶의 苦難과 그러한 삶에서 비롯된 失意를 주로 표현하고 있다.

聶夷中의 악부시 「短歌行」은 자신의 삶 속에의 근심을 토로하고 있다.

　　八月木陰薄，　8월에는 나무그늘 엷어지고,
　　十葉三墮枝．　열에 셋의 나뭇잎이 떨어진다네.

---

22) (明)陸時雍輯, 『唐詩鏡』, "語極妖艶之致." (陳伯海主編, 『唐詩彙評』, 浙江敎育出版社, 1996, 2612쪽, 재인용)

人生过五十,　인생에서 50을 지나면,
亦已同此时.　역시 이와 같을 것이네.
朝出东郭门,　아침에 동쪽 성곽 문을 나갔을 때는,
嘉树鬱参差.　아름다운 나무들이 울창하고 번성했었네.
暮出西郭门,　저녁에 서쪽 성곽 문을 나갔을 때는,
原草已離披.　원래 풀이 이미 옷을 벗었다네.
南邻好臺榭,　남쪽의 이웃과 정자에 올라 즐기고,
北邻善歌吹.　북쪽의 이웃과 노래하며 어울린다.
荣华忽消歇,　부귀영화가 홀연히 소멸되니,
四顾令人悲.　사방을 둘러봐도 슬플 뿐이네.
生死與荣辱,　생사와 영욕은
四者乃常期.　모두 일정한 기한이 있다네.
古人耻其名,　옛 사람은 그 이름이
没世無人知.　세상에 알려지지 않아 알아주는 사람이 없는 것을 부
　　　　　　끄러워했다네.
無言鬢似霜,　귀밑머리 서리 같다고 말하지 말아라,
勿谓髮如丝.　머리카락 백발이 되었다고 말하지 말아라.
耆年無一善,　늙어도 해놓은 일 없으니,
何殊食乳兒.　우유 먹는 아이와 어찌 다를 바 있겠는가?

　이 시는 『樂府詩集』의 相和歌辭에 수록되어 있다. 시인은 대자연 속에서 무성했던 녹음이 점점 소멸되어 가는 것을 빌어 점점 나이가 들고 늙어가는 것을 비유하였다. 또한 아침과 저녁이 다르게 변화하며, 이웃들과 즐겁게 지내던 시절이 홀연히 소멸되니 슬픔만 남았다고 탄식하고 있다. 또한 生死와 榮辱 모두 일정한 기한이 있는 것이기에 인간이 영원히 生死를 초월하거나 한없이 부귀영화를 누릴 수는 없다고 말하고 있다. 그러므로 인간은 살아 있을 때 이름을 날려

야 하는데 자신은 그렇지 못하면서 단지 늙어갈 뿐이며 성취를 쌓아
놓지 못한 것에 대한 부끄러움을 드러내었다. 결국, 여기에서는 여
러 상황을 인생과 비교하면서 세월의 빠름과 남겨놓은 성취 없이 늙
어버린 자신을 돌아보면서 자신의 삶에 대한 후회를 표현하고 있다.
시인의 일부 다른 악부시 역시 이런 내용을 가지고 있다. 예를 들면,
『樂府詩集』의 雜曲歌辭에 수록된 「行路難」과 「飮酒樂」은 역시 인생
행로에 대한 근심을 토로하고 있으며, 橫吹曲辭에 수록된 「長安道」
는 名利를 쫓는 고통을 표현하고 있다.

다음에는 앞서 인용한 聶夷中의 樂府詩와 동일한 제목인 陸龜蒙
의 樂府詩 「短歌行」을 보기로 하자.

> 爪牙在身上,　손톱과 이빨이 몸에 있는 맹수라도,
> 陷阱猶可制.　함정에 빠지면 제어할 수 있다네.
> 爪牙在胸中,　손톱과 이빨을 가슴 속에 품은 음험한 사람은,
> 劍戟無所畏.　칼이든 창이든 두려워하는 바가 없다네.
> 人言畏猛虎,　사람들이 호랑이가 두렵다고 하지만,
> 誰是撩头毙.　누가 호랑이 잡아 죽이려하겠는가.
> 只见古来心,　단지 옛날부터 사람의 마음은,
> 姦雄暗相噬.　음험하여 암암리 서로 물어뜯었다네.

이 시에서는 세상을 살아가는 동안에 사람들과 접촉하면서 느낀
것을 표현한 것으로, 人心이 얼마나 무서운 것인가를 나타내고 있
다. 이는 바로 인간이 살아가면서 어쩔 수 없이 겪게 되는 것으로
결국은 삶의 한 모습이라고 할 수 있다. 여기에서의 날카로운 손톱
과 이빨은 바로 맹수를 가리키는데 이 맹수를 함정에 가두거나 접촉
하지 않으면 아무런 문제가 되지 않는다. 그러나 사람은 만나지 않

을 수 없으며 만나다보면 맹수보다 더 무섭게 암암리에 서로가 물어 뜯기에 인간의 삶이란 것이 결코 쉬운 것이 아님을 말하고 있다.

齊己의 樂府詩 「行路難」2首 중 첫 번째를 보기로 하자.

行路难,	가는 길 어렵구나,
君好看.	그대는 잘 보아라.
驚波不在黤黮间,	성난 파도는 어두운 곳에서도 드러나지만,
小人心裏藏崩湍.	小人의 마음은 빠르게 흐르는 급류 속에도 감출 수 있다네.
七盘九折寒崷崒,	일곱 번 돌고 아홉 번 굽어진 차가운 높은 산에서,
翻车倒盖猶堪出.	수레가 넘어지고 뚜껑이 뒤집어져도 오히려 감당할 수 있네.
未似是非屑舌危,	마치 입술과 혀가 위험하지 않은듯하지만,
暗中潜毁平人骨.	암중에 사람에게 해를 입힌다네.
君不见楚靈均,	초나라 굴원이
千古沉冤湘水滨.	湘水의 물속에 천년 동안 억울하게 잠겨있음을 그대는 보지 못했는가!
又不见李太白,	또한 이태백이
一朝却作江南客.	하루아침에 강남의 객이 되어버린 것을 보지 못했는가?

이 시는 『樂府詩集』의 雜曲歌辭에 수록되어 있다. 여기에서는 살아가면서 겪게 되는 사람의 마음이 얼마나 간교하고 험악한 가를 보여주고 있다. 성난 파도나 높은 산은 모두 위험한 길이지만 눈에 보이는 것이다. 그러나 사람의 마음은 급류 속에서도 감출 수 있고, 또한 사람의 입술과 혀는 위험하지 않아 보이지만 화의 근원은 바로 이것이며, 이것은 사람을 해칠 수 있는 것이다. 그러므로 그러한 예

로써 초나라 屈原이 참소를 당하여 결국 죽게 된 것과 李白이 비방을 받아 강남으로 쫓겨 가게 된 사실을 들고 있다. 이 樂府詩는 소인배의 마음과 비방하는 말이 한 사람의 인생에 얼마나 해를 줄 수 있는 가를 보여주고 있다. 그러므로 후인도 "齊己 역시 '行路難'으로 인심의 험악함을 비유했다. 또한 楚나라 굴원과 李太白의 예를 들었는데, 이들은 모두 소인배에 의해 해를 입어 희생되었다."[23]라는 해석을 하고 있다.

　인간의 苦難한 삶을 표현하고 있는 樂府詩는 자연스럽게 개인적인 내용이 주를 이루고 있다. 여기에서의 삶은 바로 자신의 삶이기 때문이다. 특히 晚唐이라는 혼란한 정황은 이 시기의 많은 시인들에게 고통을 안겨주었으며, 자신의 뜻을 펼치지 못한 시인이 많았다. 이러한 시인 개개인이 가진 실의는 어느 시대보다 심했을 것이며, 이들의 심정은 樂府詩와 더불어 일반 시가에도 많이 토로되고 있다.

4. 邊塞의 戰爭과 風光

　邊塞를 소재로 창작된 樂府詩는 漢代나 魏晉南北朝시기에 이미 많이 창작되었으며, 그 구체적인 내용은 주로 邊塞지역에서의 전쟁이나 풍광에 대한 묘사 그리고 병사들의 고통 등이라고 할 수 있다. 唐代에 이르러서도 이러한 내용을 표현한 시가나 樂府詩가 적지 않았으며, 특히 盛唐시기에는 邊塞詩派의 활약으로 양적으로나 질적으로 邊塞와 관련된 시가나 樂府詩가 성행하였다. 그러나 晚唐에 있어서는 近體詩든 樂府詩든 邊塞와 관련된 시가가 많지 않으며, 邊塞詩

---

23) 薛天緯著,『唐代歌行論』, 人民文學出版社, 2006, 422쪽. "齊己也以'行路難'喩指人心之險惡, 幷且擧出楚靈均李太白爲例, 他門都是小人潛毁的犧牲品."

에 대한 연구 역시 상당히 드물다. 그렇지만 앞의 도표에서 보듯이
변새의 전쟁과 풍광을 묘사하고 있는 晚唐의 樂府詩는 37首로 전체
악부시 중에서는 적지 않은 수량을 차지하고 있다. 이런 樂府詩의
중심 내용은 전쟁의 모습과 변새의 풍광에 대한 묘사이며, 이와 더
불어 병사들의 고통도 일부 묘사되어 있다.

杜荀鶴의 樂府詩인 「塞上」은 전쟁과 관련된 邊塞詩로, 『樂府詩集』
의 新樂府辭에 수록되어 있다.

> 草白河冰合,　눈 내려 하얗게 된 풀은 하천의 얼음과 엉켰는데,
> 蕃戎出掠频.　오랑캐 나타나 빈번하게 약탈하네.
> 戍楼三號火,　변방의 누대에 수시로 봉화가 피어나니,
> 探骑一条尘.　한 줄기 먼지를 일으키며 말달려 적을 살피네.
> 战士风霜老,　전사는 風霜에 시달려 늙는데,
> 将军雨露新.　장군은 새로이 조정으로부터 제후를 수여받네.
> 封侯不由此,　제후에 봉해지는 것이 이렇게 되는 것이 아니거늘,
> 何以慰征人.　무엇으로 병사를 위로할 수 있으랴?

이 시는 변새지역의 정황과 빈번한 전쟁 그리고 논공행상의 불합
리를 폭로하고 있다. 첫 연에서는 변새의 황량한 겨울에도 수시로
침략을 일삼는 오랑캐를 표현하여 변방에서의 고통을 보여주고 있
다. 둘째 연에서는 그러한 침략으로 말미암은 계속되는 전쟁의 정황
을 묘사하고 있다. 셋째 연에서는 이런 전쟁의 와중에 전사들만 고
생하고 장군들은 오히려 제후로 봉해지는 불공정한 측면을 폭로하
고 있다. 마지막 연에서는 병사들의 고통을 동정하고 있다. 이 시는
전쟁과 관련된 樂府詩지만 아울러 병사와 장군을 대비시키며 그 불
공정을 폭로하는 악부시의 현실주의적 전통도 보여주고 있다.

『樂府詩集』에 전하는 聶夷中의 樂府詩는 15首이지만, 『全唐詩』에 수록된 그의 시가 30여 首에 불과하다는 점을 고려하면 晩唐의 어느 시인보다도 많은 樂府詩를 창작했다고 할 수 있다. 그의 樂府詩「胡無人行」은 邊塞에서의 전쟁과 관련된 내용을 담고 있다.

男兒徇大义,　남아란 큰 뜻을 위해 몸을 바치고,
立节不沽名.　절조를 세워 명예를 얻어야 하네.
腰间悬陆離,　허리에 장검을 차고,
大歌胡無行.　크게 胡無行을 노래한다.
不读战国书,　戰國시대 책사들의 설법을 읽지 않았고,
不览黄石经.　장량의 兵書 역시 보지 않았다.
醉卧咸阳楼,　咸陽樓에 취하여 누워,
梦入受降城.　꿈속에서 투항하는 적을 맞이하는 성에 들어간다.
更愿生羽儀,　더더욱 날개 생기면,
飞身入青冥.　몸을 날려 푸른 하늘로 들어가길 희망한다.
请携天子剑,　천자의 칼을 갖길 청하여서는,
斫下旄头星.　오랑캐별을 잘라버리리라.
自然胡無人,　저절로 오랑캐가 없어지면,
虽有無战争.　전쟁도 없어지리라.
悠哉典属国,　아 슬프다! 오랑캐를 관리하던 蘇武가
驱羊老一生.　양을 몰며 일생을 보내다니.

이 시는 『樂府詩集』의 相和歌辭에 수록되어 있다. 시인은 이 시에서 전쟁에 대한 혐오와 더불어 잦은 오랑캐의 침략에 대항하여 그들을 물리쳐 없애고자하는 희망사항을 표현하고 있다. 그러므로 날개가 생기면 하늘에 올라 천자의 검을 빌어 오랑캐를 물리쳐 전쟁을 없애겠다는 호방한 애국심을 토로하고 있다. 특히 마지막 연에서는

漢나라 蘇武같은 훌륭한 장수가 오랑캐에 잡혀 큰일을 하지 못하고
양이나 몰며 일생을 보낸 것을 애통해하고 있는데, 사실상 이 부분
의 내용은 첫 연과 연관된 것으로 蘇武처럼 전쟁의 희생양이 되어
포부를 펼치지 못하는 일이 발생하지 않기를 바라는 심정을 표현한
것이다. 결국, 전체적으로는 역시 "이러한 形象은 群衆, 특히 이민족
의 침략으로 고통을 받던 군중의 환영과 기대를 받았던 것이다."[24)
라는 男兒의 형상에 대한 지적과 같이 오랑캐의 침략으로 인한 전쟁
을 반대하는 시인의 심정을 보여주었다고 할 수 있다.

貫休는 晩唐의 저명한 詩僧이다. 그는 전국을 유랑하며 많은 시인
들과 왕래했으며 많은 경험을 가지고 있었는데, 특이하게도 전쟁과
관련된 많은 樂府詩를 창작하였다. 예를 들면,『樂府詩集』의 鼓吹曲
辭에 수록된「戰城南」2首, 橫吹曲辭에 수록된「入塞曲」3首와「出塞
曲」3首, 相和歌辭에 수록된「胡無人行」, 新樂府辭에 수록된「塞上曲」
9首와「塞下曲」11首가 있다. 이는 그의 전체 樂府詩 53首 中 29首에
해당하며 다른 내용의 樂府詩에 비하여 가장 많은 비중을 차지하고
있다.『樂府詩集』의 鼓吹曲辭에 수록된「戰城南」의 두 수 중 첫 번
째를 보기로 하자.

萬里桑乾傍,　萬里에 걸친 桑乾河 물가,
茫茫古蕃壤.　망망한 그곳은 예부터 오랑캐 땅 이였네.
将军貌憔悴,　장군은 초췌한 얼굴로,
抚剑悲年长.　칼을 어루만지며 해마다 늙어 감을 슬퍼하네.
胡兵尚陵逼,　오랑캐 병사가 자주 언덕 넘어 핍박하지만,

久住亦非强.　오래도록 주둔하고 있어도 더 강력해지지는 않네.
邯鄲少年輩,　邯鄲의 소년들은,
个个有伎俩,　모두 다 기량이 있다네.
拖枪半夜去,　창을 들고 한밤중에 나아가지만,
雪片大如掌.　눈송이 너무 커 손바닥만 하네.

이 시는 변방의 모습과 더불어 끊이지 않는 전쟁 그리고 전쟁의 고통을 묘사하고 있다. 우선, 첫 연에서는 강가의 광활한 오랑캐 땅을 묘사하고 있다. 둘째 연에서는 초췌한 얼굴로 돌아가지도 못하고 세월을 보내며 슬퍼하는 장수의 모습을 그리고 있다. 셋째 연은 여전히 빈번한 오랑캐의 침략이 있건만 이에 대항하는 군대는 더 강해지지 않았다고 말하는데, 이는 바로 이들 군대에 대한 지원이 없음을 말하는 것이다. 넷째 연과 마지막 연은 혈기 있고 능력 있는 邯鄲의 소년들이 변방을 지키고자 하지만 한밤중에 전쟁을 할 만큼 변방에서의 전쟁은 고통스럽고, 손바닥만한 큰 눈이 내릴 정도로 척박한 환경에서 제대로 전쟁을 할 수 없는 상황을 묘사하고 있다. 여기에서는 초췌한 장수의 형상과 지원을 제대로 받지 못하는 고통스런 전쟁 그리고 비록 새로운 젊은 병사들이 왔지만 척박한 환경에 전쟁을 제대로 할 수 없는 모습을 묘사하고 있는데, 이는 사실상 전쟁 자체에 대한 불만을 드러낸 것이라 할 수 있다.

변새의 전쟁과 풍광을 표현한 樂府詩는 唐代에 성행한 邊塞詩와는 크게 다를 바가 없다. 사실상, 唐代의 시인들의 시가 중에서 소위 邊塞詩라고 칭하는 시가들은 상당수가 「塞上」·「塞上曲」·「塞下曲」·「出塞曲」 등 악부의 옛 제목을 사용하고 있으며, 역시 대부분 『樂府詩集』에 수록되어 있다. 예를 들면, 「塞上」을 제목으로 창작한 시인

에는 高適·王建·鮑溶 등등 14명이 있으며,「塞上曲」을 제목으로
창작한 시인에는 李白·王昌齡 등등 9명이 있다. 또한 인용한 시인
들 이외에 다른 晚唐의 시인들도 邊塞의 전쟁과 풍광을 묘사한 樂府
詩를 창작하고 있다. 예를 들면, 溫庭筠의「退水謠」·「塞寒行」·「臺
城曉朝曲」·「故城曲」등은『樂府詩集』의 新樂府辭에 전하며, 許渾
의「塞下曲」은『樂府詩集』의 新樂府辭에 전한다. 그리고 皮日休의
「正樂府十篇」중에서는「卒妻怨」이 邊塞에서의 전쟁과 관련된 내용
이다.

Ⅲ. 맺는 말

晚唐이라는 시기에서 樂府詩의 창작이 전체 시단의 중심이 되는
것은 아니다. 그렇지만 樂府詩의 전통이 지속적으로 계승 되어 왔으
며, 각 시기에 한 축을 형성해 왔다는 문학사적인 측면을 고려하여
晚唐에도 그러한 계승이 있으리라고 생각하였다. 본고에서는 이러
한 가설에서 실제적으로 어떤 樂府詩가 얼마나 어떤 시인들에 의하
여 창작되었으며, 또한 주로 어떤 내용적인 양상을 가지고 있는 가
를『樂府詩集』에 근거하여 살펴보았다. 晚唐에 창작된 樂府詩가 비
록 완전히 순수한 樂府詩라고 할 수는 없겠지만, 기본적으로『樂府
詩集』에 수록된 시가를 樂府詩로 인정하는 것은 이견이 없으리라
생각된다. 즉,『樂府詩集』에 전하는 晚唐의 樂府詩 214首는 적지 않
은 분량이며, 이 자체로도 漢代이후 樂府詩의 계승과 변화가 결코
唐 중엽에서 그친 것이 아니라 晚唐까지 이어졌음을 알 수 있게 한
다. 그러므로『樂府詩集』에 수록된 晚唐의 주요한 시인들의 樂府詩

와 그 내용을 분석한 결과를 정리하면 다음과 같은 몇 가지 결론을 내릴 수 있다.

우선, 晩唐에 樂府詩를 창작한 시인들을 보면 다음과 같다. 첫째, 晩唐의 가장 대표적인 시인인 杜牧이나 李商隱보다는 오히려 溫庭筠(59首)·貫休(53首)·陸龜蒙(26首)·皮日休(19首)·齊己(16首)·聶夷中(15首) 등의 시인들의 악부시 창작이 많았음을 알 수 있었다. 이는 盛唐이나 中唐시기에는 시단을 대표하는 李白이나 杜甫 및 白居易 등이 樂府詩를 적지 않게 창작했다는 점과 비교하여 특별한 부분이라고 할 수 있다. 둘째, 詞의 창작으로 저명한 溫庭筠의 樂府詩의 창작이 가장 많다는 것도 특징인데, 이는 그가 詞의 창작에 뛰어나 음악에 정통하고 여인과의 왕래가 많은 풍류객이었기 때문일 것이다. 따라서 이에 근거하여 詞와 樂府詩의 관계를 더 상세히 고찰해보는 것도 의의가 있으리라 생각하지만 이는 차후로 미루고자 한다. 셋째, 詩僧인 貫休와 齊己의 樂府詩의 창작이 많다는 것도 특징이라고 할 수 있다. 마지막으로는 聶夷中의 경우이다. 섭이중이 창작한 15首의 樂府詩는 그의 전체 시가 30首의 절반에 해당하므로 비율적으로 본다면 가장 많은 악부시를 창작했다고 할 수 있으며, 현실사회문제나 남녀 간의 정감 그리고 인간의 삶 등 다양한 내용을 창작하였기에 전통 樂府詩에 가장 근접하게 악부시를 창작한 시인이라고 할 수 있다.

다음으로 樂府詩의 내용분석을 정리하면 다음과 같은 결론을 얻을 수 있다. 우선, 그 내용에 있어서 남녀 간의 情感을 표현한 악부시(72首), 社會問題에 대한 諷刺나 暴露를 표현한 악부시(45首), 邊塞 지역의 戰爭과 風光을 묘사한 악부시(37首), 삶의 苦難을 표현한 악부시(19首)가 전체 樂府詩의 주요 내용이 되고 있는데, 이러한 내용

은 바로 전통 樂府詩가 가지고 있는 내용과 유사하므로 晚唐시기에
도 이전처럼 전통 樂府詩가 쇠퇴하지 않고 여전히 계승되고 있음을
확인했다고 할 수 있다. 또한 이렇게 유사하게 계승될 수 있었던 것
은 역시 漢代라는 시대적 배경과 晚唐의 시대적 배경이 유사하다는
점에서 그 이유를 찾을 수 있겠다. 즉, 漢代에서 악부시 창작이 대부
분 東漢의 혼란기에 성행했다는 점을 고려하면, 晚唐이라는 사회혼
란기에 이르러서도 東漢의 악부시와 유사한 내용의 악부시가 많이
창작되었다는 것을 이해할 수 있다. 둘째, 晚唐에 창작된 전체 樂府
詩 중에서 소위 民間樂府에 해당하는 相和歌辭와 雜曲歌辭 그리고
唐代에 만들어진 新樂府辭에 분류된 樂府詩가 가장 현실적인 의의
를 가지고 있다는 점에서 역시 옛 樂府의 현실주의시가전통을 충실
하게 계승하고 있다는 것을 알 수 있다. 즉, 사회현실과 관련된 악부
시 45首 중에서 相和歌辭에 12首, 雜曲歌辭에 13首 그리고 新樂府辭
17首가 있어 42首가 여기에 해당한다. 셋째, 일부에 불과하지만 晚
唐의 악부시가 가진 새로운 측면이라면 溫庭筠의 남녀 간의 정감을
표현한 樂府詩에 보이는 향락이나 艶情이라고 할 수 있다. 일반인의
애정과는 달리 주로 기녀와의 애정을 표현하였다는 향락적인 측면
과 이전 樂府詩가 민가적인 요소를 가지고 질박한 표현이 주가 되었
던 것에 비하여 화려하면서도 艶情적인 묘사는 이전의 樂府詩와는
다른 점이라고 할 수 있다.

　결국, 晚唐의 樂府詩는 단절이나 쇠퇴가 아니라 여전히 전통 樂府
詩의 면모를 유지하고 계승하고 있으며, 동시에 변화를 주면서 후대
樂府詩 창작에 가교역할을 하고 있다고 할 수 있다.

● 參考文獻 ●

(宋)郭茂倩, 『樂府詩集』, 中華書局, 1979.

羅根澤, 『樂府文學史』, 東方出版社, 1996.

章培恒, 駱玉明, 『中國文學史』, 復旦大學出版社, 1996.

蕭滌非, 『樂府詩詞論藪』, 齊魯書社, 1985.

『全唐詩』, 中華書局, 1960.

薛天緯, 『唐代歌行論』, 人民文學出版社, 2006.

鍾優民, 『新樂府詩派研究』, 遼寧大學出版社, 1997.

李春祥主編, 『樂府詩鑒賞辭典』, 中州古籍出版社, 1990.

吳相洲, 『唐代歌詩與詩歌』, 北京大學出版社, 2000.

葛曉音, 『詩國高潮與盛唐文化』, 北京大學出版社, 1998.

毛水淸, 『隨唐五代文學史』, 廣西人民出版社, 2003.

(元)辛文房, 李立朴譯註, 『唐才子傳全譯』, 貴州人民出版社, 1994.

劉永濟, 『唐人絶句精華』, 人民文學出版社, 1981.

陳伯海, 『唐詩彙評』, 浙江教育出版社, 1996.

王茂福, 『皮陸詩傳』, 吉林人民出版社, 2000.

田耕宇, 『唐音餘韻』, 巴蜀書社, 2001.

李定廣, 『唐末五代亂世文學研究』, 中國社會科學院出版社, 2006.

趙榮蔚, 『晚唐士風與詩風』, 上海古籍出版社, 2004.

『松陵集』중의 皮日休 詩歌研究

Ⅰ. 序論

唐代말기에 활동했던 皮日休(834?~881?)는 이 시기의 저명한 시인
이다. 그의 시가는 『皮子文藪』와 『松陵集』에 수록되어 있다. 『皮子
文藪』는 급제이전에 시인이 직접 편찬한 시문집이며, 『松陵集』은
咸通八年(867년) 급제이후에 陸龜蒙을 비롯한 詩友들과 같이 왕래하
며 和答한 시가를 엮은 시문집이다. 역대로 魯迅이 皮日休의 小品文
에 대하여 "결코 세상을 망각하지 않았다. 바로 어지러운 진흙탕 속
에서의 광채이며 날카로운 칼끝이다."[1]라는 평가를 함에 따라 皮日
休의 문장이 중시되었는데, 이로 인하여 현실성을 띤 시가도 함께
주목받았다. 특히, 『皮子文藪』에 수록된 시가 중에서 「正樂府」十篇
이 그러한 현실성이 두드러지기에 연구자들이 집중적으로 관심을
가졌다. 이러한 반면에, 소위 급제이후에 창작했던 『松陵集』의 시가
에 대해서는 그 존재조차 생소하다. 그 이유는 『皮子文藪』에 대하여
"그의 思想性과 藝術性이 풍부한 詩文은 절대다수가 이 시문집에 집
중되어 있다."[2]라는 평가와 『松陵集』에 대하여 "대다수가 평범하며
있으나 없으나 상관없는 교제를 위해 和答하는 창작이다."[3]라는 평

---

1) 魯迅著, 『魯迅全集』第四卷, 「小品文的危機」, 人民文學出版社, 1981, 575쪽. "并
   沒有忘記天下. 正是一榻胡涂的泥塘裏的光彩和鋒鋩."
2) 吳庚舜, 董乃斌主編, 『中國文學史』, 人民文學出版社, 1995, 462쪽. "他的富于思
   想性和藝術性的詩文, 絕對多數都集中在這個集子里."

가에서 찾을 수 있으며, 또한 이러한 평가가 거의 공인된 평가로 인식되어왔기 때문일 것이다. 필자는 몇 가지 측면에서 『松陵集』에 수록된 시가에 대한 연구가 필요하다고 생각한다. 우선, 皮日休의 현존하는 전체 시가 약 420여수 중에서 『皮子文藪』에 수록된 시가는 겨우 35首에 지나지 않으며,[4] 나머지 시가 380여수 중 약 320여수의 시가가 『松陵集』[5]에 전하고 있기 때문이다. 즉, 皮日休라는 시인의 시가를 연구하는데 있어서 대다수를 차지하는 시가를 소홀히 할 수는 없다고 생각한다. 둘째, 비록 대다수가 唱和詩이지만 급제라는 신분의 변화와 더불어서 시인의 새로운 관심이 시가에 표현되었을 가능성이 있다는 시각이다. 특히 다량의 시가가 창작되었기에 새로운 시가의 내용이나 창작경향상의 변화가 있을 수 있다고 생각하며, 그 내용이나 변화를 고찰하는 것은 의미가 있다고 생각한다. 셋째, 비록 『松陵集』에 대한 평가가 일반적으로 부정적이지만 긍정

---

3) 앞의 책, 『中國文學史』, 464쪽. "大多數是平庸的, 可有可無的應酬唱和之作."

4) 皮日休의 시가는 『皮子文藪』와 『松陵集』에 전해진다. 후에 『皮子文藪』를 제외하고 『松陵集』에 전해지지 않는 기타 시가와 『松陵集』의 시가를 엮어 『全唐詩』를 엮었는데 380여首가 수록되어 있다. 또한 『全唐詩補編』 등에 최근에 발굴된 9首의 시가가 있다. 결국, 『全唐詩』의 380여首와 최근 발굴 시가 9首 그리고 『皮子文藪』의 35首를 합하면 皮日休의 전체 시가는 약 420여首라고 할 수 있다.

5) 『松陵集』은 皮日休가 蘇州에서 蘇州刺史 崔璞의 軍事判官라는 낮은 관직을 받은 후, 隱逸을 동경하며 陸龜蒙을 중심으로 여러 시인들과 唱和한 시가를 엮은 시문집이다. 『松陵集』序에 근거하면 시가 658首, 서문 19편이 실려있다. 수록된 시가에서 두 시인이 아닌 기타 10인의 32首를 제외한 626首가 모두 皮日休와 陸龜蒙의 시가이다. 이를 정리해보면, 皮日休의 시가는 약 320여수이다. (皮日休가 아닌 다른 시인과 화답한 시가가 있고, 또한 한 편의 시를 이어서 창작한 시가와 문답시가 등이 있기에 정확한 수량을 파악하기 어렵다. 만약 이러한 시가까지 포함한다면 皮日休의 시가는 329首이며, 이중 唱和詩는 298首이다.)

적인 평가도 있다. 예를 들어, 王夫之는 "皮日休와 陸龜蒙의 松陵唱
和詩는 아주 큰 새로움이 있으며, 심혈을 기울여 교묘하고 훌륭한
구절이 있으니 진실로 가려질 수 없는 것이다."[6]라고 평가하고 있
다. 이러한 이유로『松陵集』에 수록된 시가를 다각도로 연구할 가
치가 있다고 생각한다.

그러므로 본 고는『松陵集』에 수록된 皮日休의 시가가 가진 특징
을 은일 시풍을 가진 시가, 기이하고 신비한 낭만적인 표현이 보이는
시가, 그리고 현실의식이 내포된 시가로 나누어 고찰해보고자 한다.

Ⅱ. 『松陵集』중의 隱逸 詩風

皮日休를 隱逸詩人이라고 한다면 무리가 있을 것이다. 그러나 그
의 시가에 나타난 閑寂이나 高雅하며 淸麗한 隱逸 시풍을 보면, 적
어도 隱逸에 대한 관심이 적지 않았음을 알 수 있다. 그러므로 노신
역시 이들의 小品文이 가진 현실주의정신을 강조하기 위한 방편으
로 언급하기는 했지만, "皮日休와 陸龜蒙은 스스로 隱士로 여겼고,
다른 사람들 역시 그들을 隱士라고 불렀다."[7]라고 한 것은 皮日休가
어쨌든 은사의 풍모가 있었음을 말하고 있는 것이다.

그의 시가에서 은일 시풍을 가진 시가는 당시의 다른 시인들과
마찬가지로 隱逸生活을 추구하거나 동경하며, 또는 隱逸生活에서
느끼는 閑寂과 高雅 등이 표현되고 있다. 그러나 皮日休의 은일 시

---

6) (淸)王夫之評選, 張國星校點,『古詩評選』, 文化藝術出版社, 1997, 156쪽. "皮陸
   松陵唱和詩突突自別, 巧心佳句, 誠不可掩."
7) 앞의 책,『魯迅全集』, 575쪽. "皮日休和陸龜蒙自以爲隱士, 別人也稱之爲隱士"

풍은 다른 시인의 은일 시풍과는 약간 다른 점이 있다. 우선, 일반적인 隱逸詩가 직접 은일 생활하는 가운데 空寂이나 靜謐한 境界를 추구하는 것에 반하여 皮日休의 隱逸시가에는 완전히 세속과 떨어져 은거하면서 표현한 은일 시풍이 아니라, 일상생활이나 蘇州刺史 崔璞의 軍事判官의 관직생활을 하면서 閑寂이나 高雅함을 찾고 있다는 점이다. 또 다른 皮日休의 은일 시풍의 특이한 점은 고요한 境界를 통한 隱逸생활의 묘사보다는 신비한 신화나 전설 그리고 종교적인 측면에서 신비한 내용이나 특이한 사물을 언급하거나 기이한 시어를 사용한다는 점이다. 마지막으로는 佛道에 대한 관심을 표현하면서 隱逸을 추구한다는 것이다. 이러한 점은 사실 일반 시인들의 은일 시풍과 크게 다를 것은 없지만, 그간의 연구에서 皮日休와 佛道와의 관련성이 그다지 부각되지 않았기에 언급할 필요가 있다고 생각한다.

우선, 그의 시가 「奉題屋壁」 其一[8]은 일상생활 속의 한적함을 보여주면서 隱逸생활에 대한 동경을 표현하고 있다.

一方瀟灑地,　맑은 깨끗한 한쪽 편에,
之子獨深居.　벗이 홀로 머물고 있네.
繞屋親栽竹,　집 주위에서 친히 대나무 심고,
堆牀手寫書.　책상에서 직접 글을 쓰네.
高風翔砌鳥,　바람 몰아치니 섬돌 위 새가 날고,
暴雨失池魚.　폭우에 연못 넘쳐 물고기가 달아나네.
暗識歸山計,　산으로 돌아갈 생각을 마음 속에 새겨두고,
村邊買鹿車.　촌락 근처에서 조그만 수레를 사려네.

---

8) 皮日休等撰, 『松陵集』, 221쪽. (『四庫全書』本, 1332冊)

　이 시는 벗인 陸龜蒙의 한적한 은일 생활을 표현하면서, 자신 역시 은일 생활을 하고 싶은 심정을 은근하게 보여주고 있다. 앞 세 연은 모두 陸龜蒙의 은일 생활을 묘사하고 있다. 한적한 곳에서 머물면서 직접 나무 심고 글 쓰고 하는 모습은 마치 陶淵明의 田園생활과 상당히 흡사하다. 비바람 속에 자연으로 돌아가는 새와 물고기를 관조하는 모습 역시 여유 있는 마음을 엿볼 수 있다. 이러한 벗의 은일 생활을 부러워하며 皮日休 역시 벗과 더불어 은일 생활을 구가하고 싶기에 작은 수레를 산다고 하여 은근하게 은일 생활에 대한 동경을 드러내고 있다. 「奉題屋壁」은 연작시로 모두 10수가 있다. 이 시가들은 모두 陸龜蒙의 일상생활 즉 주로 농사를 지으며 은일 생활을 구가하는 것을 묘사하면서 이에 대한 동경을 드러내고 있다. 皮日休 자신은 관직생활을 하기에 직접 농사를 짓거나 은거하지는 못했지만, "전체 唐末 五代의 隱逸者 중에서 가장 저명하고 가장 전형적이며 후세에 가장 큰 영향을 끼친 시인으로 陸龜蒙만한 사람이 없다."[9]라는 지적에서 알 수 있듯이 진정한 隱士라고 할 수 있는 벗 陸龜蒙의 은일 생활을 묘사함으로써 대리만족을 느끼고 있다고 할 수 있다.

　역시, 일상생활 속에서 은일 생활의 閑寂을 추구하는 시 「夏景沖澹偶然作」其一[10]을 보기로 하자.

　一室無喧事事幽,　집무실도 조용하고 일하면서도 그윽하니,
　還如貞白在高樓.　나는 높은 망루에 있는 貞白도사와 다를 바 없다네.

---

9) 李定廣著, 『唐末五代亂世文學研究』, 中國社會科學出版社, 2006, 49쪽. "整個唐末五代隱逸者中最著名, 最典型, 對後世影響最大的莫過於陸龜蒙了."
10) 앞의 책, 『松陵集』, 241쪽. (『四庫全書』本, 1332冊)

天台畵得千回看, 천태산 그림을 수천 번 바라보고,
湖目芳來百度游. 연꽃 향기를 수백 번 음미하네.
無限世機吟處息, 무한한 세속의 욕심은 시 읊으며 덜어내고,
幾多身計釣前休. 많은 생계의 일은 낚시질하며 잊는다네.
他年謁帝言何事, 다른 어느 해에 황제를 뵈며 무슨 말을 하랴,
請贈劉伶作醉侯. 劉伶에게 술의 제후라는 칭호를 내리시라고 청해
          야겠네.

이 시는 시인이 관직 생활하는 가운데에서도 은일 생활을 하는 것처럼 한적한 심리를 가지고 있음을 표현하고 있다. 비록 관리의 신분으로 업무를 하지만 자신의 마음은 늘 隱者인 貞白도사와 같으며, 이러한 마음은 仙境으로 불리는 천태산과 연꽃의 향기를 빌어 표현되고 있다. 세 번째 연에서는 시를 읊고 낚시질하는 여가생활로써 세속에 대한 욕심과 생활에 대한 걱정을 잊고 있음을 보여주고 있다. 마지막 연에서는 결국 竹林七賢의 한 사람인 劉伶을 언급하면서 은근하게 은거하고 싶다는 심정을 드러내고 있다. 이 시는 결국 陶淵明이 "오래도록 새장 속에 있다가, 다시 자연으로 돌아왔네.(久在樊籠裏, 復得返自然.)"[11]라고 말한 것처럼 자신도 궁극적으로는 '樊籠'에서 벗어나 '返自然'하고 싶은 심정을 표현했다고 할 수 있다.

이렇듯 단순한 일상생활의 신변잡사를 언급하면서도 한적한 은일 생활이나 이에 대한 추구를 표현하고 있는 시에는 「春夕酒醒」·「雇步訪魯望不遇」·「奉和魯望看壓新醅」·「吳中言情寄魯望」·「臨頓宅將有歸於之日, 魯望以詩見旣, 因抒懷酬之」 등이 있다.

다음에는 신선이나 전설 등 신비하고 특이한 내용과 사물을 묘사

11) 陶淵明著, 逯欽立校注, 『陶淵明集』, 中華書局, 1995, 40쪽.

하면서 은일 생활에 대한 동경을 표현하고 있는 시가를 보기로 하
자. 그 예로는 「寄題羅浮軒轅先生小居」[12]가 있다.

亂峰四百三十二,	어지러이 펼쳐진 432개의 봉우리,
欲問徵君何處尋.	어디에 隱士가 있는지 묻고싶네.
紅翠數聲瑤室響,	산새 지저귀는 소리 아름다운 방에 들리고,
眞檀一炷石樓深.	香木의 향내는 돌 누각에 그윽하네.
山都遣負沽來酒,	원숭이를 보내어 술 받아오게 하는데,
樵客容看化後金.	나무꾼은 황금으로 변하는 것을 직접 보네.
從此謁師知不遠,	이로써 은사가 멀지 않은 곳에 있음을 고하는 것이니,
求官先有葛洪心.	관직을 구하기 전에 葛洪의 마음을 가지려네.

　이 시는 軒轅先生의 특이한 은일 생활을 묘사하면서 이를 따르고
싶다는 심정을 표현하고 있다. '羅浮'는 도교의 성지이며, 이곳에서
은일 생활을 하는 軒轅先生은 바로 도사이다. 또한 마지막에 언급된
葛洪 역시 이곳에서 은거했던 도사이다. 이 시에는 '紅翠'・'瑤室' 등
으로 사물을 특이한 이름으로 표현하고, '山都'의 신기한 행위나 '化
後金'의 신비한 술법 등으로 시가 전체의 분위기를 특이하게 만들고
있다. 그러나 시인이 표현하고 싶은 것은 '葛洪心'이기에 결국은 隱
逸에 대한 추구를 드러내고 있음을 알 수 있다.
　「奉和魯望四明山九題」의 9首 중 「樊榭」[13] 역시 기이한 내용을 묘
사하면서 隱逸에 대한 관심을 드러내고 있다.

---

12) 앞의 책, 『松陵集』, 241쪽. (『四庫全書』本, 1332册)
13) 앞의 책, 『松陵集』, 215쪽. (『四庫全書』本, 1332册)

主人成列仙,　주인은 신선이 되었지만,
故榭獨依然.　오래된 정자는 여전히 홀로 서있네.
石洞闃人笑,　石洞의 메아리소리 더욱 커졌고,
松聲驚鹿眠.　소나무 소리는 사슴의 단잠을 깨우네.
井香爲大藥,　우물 향기는 바로 丹藥이요,
鶴語是靈篇.　학의 울음소리는 바로 신선의 책이라네.
欲買重棲隱,　다시 은거하고 싶은 마음을 사고 싶지만,
雲峰不售錢.　구름 낀 봉우리는 돈으로 살 수 없다네.

「奉和魯望四明山九題」는 陸龜蒙과의 연작 和答詩인데, 대부분 특정한 사물을 이용하여 시인의 심리를 담고 있다. 이 시는 그중 여섯째로 '樊榭'라는 기이한 정자를 소재로 삼았다. 첫 연의 내용은 바로 이 정자의 주인이 신선이 되었다는 전설을 말하고 있는데, 이는 마지막 연과 연관을 둔 의도적인 언급이다. 즉, 마지막 연에서는 물건을 사고 판다는 내용으로 재미있고도 교묘하게 은거하고 싶은 심정을 드러내고 있다. 이 시가에 보이는 특이한 내용이나 표현은 두 번째 연과 세 번째 연에서 볼 수 있다. 나팔처럼 석동의 메아리 소리가 크게 들린다는 것이나 소나무 소리가 사슴의 잠을 깨운다는 표현이 특이하다. 또한 '井香'으로 도가의 丹藥을 지칭하거나 '鶴語'로 신선의 책으로 표현한 것 역시 특이하다. 이러한 경향을 가진 시가에는 「奉和魯望早春雪中作吳體見寄」·「初夏卽事寄魯望」·「陳先輩故居」 등이 있다.

다음에는 佛敎와 道敎와 관련된 시가를 살펴보기로 한다. 皮日休의 『松陵集』에는 불교나 도교와 관련된 시가가 적지 않으며, 역시 이러한 시가들은 대부분 隱逸과 연관 지을 수 있다. 『皮子文藪』에 나타난 시가 풍격을 보면 皮日休는 마치 불교나 도교와는 거리감이

있어 보인다. 그러나 『松陵集』에 수록된 시가를 살펴보면 상당히
많은 부분이 불교나 도교와 관련되어 있다.14) 특히 石園詩話에서 지
적한 "皮日休는 僧이나 鶴을 對句로 만들기를 좋아했다."15)라는 평
가가 직접적으로 불교나 도교를 언급하는 것은 아니지만, "皮日休는
'僧'와 '鶴'을 반복적으로 사용했다 … 바로 불교가 그의 이 시기 은
일 생활에 대한 심각한 영향을 주었음을 잘 설명하였다 … 皮日休
와 陸龜蒙은 시가 중에서 '鶴'·'雲'·'松'·'杉'·'龍' 등의 사물로써 道
家의 생활과 격조를 비유하였다."16)라는 분석을 참고하면 佛道와 皮
日休의 隱逸과의 관계를 짐작할 수 있다. 그러므로 이 부분을 더 나
아가 생각하면 '僧'은 佛敎요, '鶴'은 道敎와 연관지을 수 있다.

불교와 관련된 시가로 「題支山南峰僧」17)을 보기로 하자.

雲侵壞衲重隈肩,　구름이 헤진 가사에 들어와 다시 굽은 어깨를 덮
　　　　　　　　　는데,
不下南峯不記年.　南峯을 내려가지 않아 지금이 어느 해인지 기억하
　　　　　　　　　지 못하네.
池裏群魚曾受戒,　연못의 물고기들은 일찍이 戒를 받는 듯하고,
林間孤鶴欲參禪.　숲의 외로운 학은 參禪을 하는 듯하네.

---

14) 佛敎와 道敎가 관련된 시가는 '上人'·'寺'·'精舍'·'道士'·'處士' 등 제목으로
　　만 보아도 약 53수에 이른다. 만약 내용적으로 불교와 도교와 관련된 시가를
　　찾는다면 당연히 더욱 많을 것이다.
15) 余成敎撰, 『石園詩話』, "襲美好以僧, 鶴爲對仗" (郭紹虞編, 『淸詩話續編』, 上海
　　古籍出版社, 1983, 1777쪽.)
16) 王錫九著, 『皮陸詩歌硏究』, 安徽大學出版社, 2004, 103~105쪽. "皮日休反復用
　　'僧', '鶴' … 正好說明了佛敎對他在這一時期隱逸生活的深刻影響 … 皮日休, 陸
　　龜蒙都曾在詩中以'鶴', '雲', '松', '杉', '龍'之類的事物, 來比擬道家的生活和格調."
17) 앞의 책, 『松陵集』, 254쪽. (『四庫全書』本, 1332冊)

鷄頭竹上開危徑,   닭은 머리 들고 대나무에 위태롭게 오르고,
鴨脚花中摘廢泉.   오리는 꽃밭의 폐허가 된 우물을 들추네.
無限吳都堪賞事,   吳땅에는 감상할 것이 무한하지만,
何如來此看師眠.   어떻게 이곳에 와서 스님의 숙면을 보는 것만 하
                겠는가.

　　시인은 支山의 南峯에 사는 스님과의 왕래를 바탕으로 이 시를 창
작했다. 첫 연에서는 그윽한 山寺를 묘사하면서 그곳에서 오래도록
머문 스님을 묘사하였다. 둘째 연은 山寺의 분위기가 물고기와 학에
게도 불교적인 영향을 주었음을 말하고 있다. 셋째 연에서는 닭과
오리를 통하여 山寺의 한적한 여유를 표현하고 있다. 넷째 연에서는
자신이 살고 있는 吳땅은 풍요롭게 번화하여 좋기는 하지만 스님이
살고 있는 이곳이 더욱 좋다고 표현하고 있다. 皮日休가 불교에 심
취하지는 않았기에 이 시에서의 내용은 역시 불교에 대한 귀의의 욕
구보다는 은일 생활에 대한 추구를 보여주었다고 할 수 있다.
　　皮日休는 기본적으로 隱逸을 동경하고 추구했기에 자연스럽게 道
家와 관련된 시가가 많다. 그의 대표적인 연작시『太湖詩』중「入林
屋洞」[18]은 道家적인 색채가 농후한 시이다. 후반부의 일부를 보기
로 하자.

　　……

玄籙乏仙骨,   道家書에 기재된 仙骨이 아니기에,
靑文無絳名.   신선의 서적에 나의 이름이 없다네.
雖然入陰宮,   비록 도가성지인 林屋洞에 들어가도,

---

18) 앞의 책,『松陵集』, 2쪽. (『四庫全書』本, 1332冊)

不得朝上淸.　신선의 경지를 얻을 수는 없다네.
對彼神仙窟,　이 신선의 동굴을 대하면서,
自厭濁俗形.　스스로 용속한 자신에 염증을 느끼네.
却憎造物者,　오히려 조물주가
遣我騎文星.　나에게 文才를 준 것이 한스럽네.

　이 시는 太湖에 있는 道家성지인 林屋洞에 와서 느낀 심정을 표현
한 시이다. 시인이 비록 급제를 했지만 관직다운 관직을 받지 못하
고 이곳에 왔기에 자신의 생활에 대한 환멸을 느끼고 있었다. 그러
므로 더욱 隱逸에 대한 관심을 드러내게 되었는데, 이 시는 바로 그
러한 심정을 잘 표현하고 있다. 시인이 실제로 신선이 되고 싶은 것
은 아닐 것이기에 이 시에서 말하는 신선에 대한 염원은 바로 隱逸
에 대한 동경을 표현했다고 할 수 있다. 특히 '玄籙'·'靑文'·'陰宮'·
'上淸' 등 도교와 관련된 용어가 많이 나오기에 도가에 대한 시인의
관심이 어느 정도인 가를 충분히 추측할 수 있다.
　『松陵集』에 수록된 皮日休의 시가에는 다양한 내용이 있다. 그러
나 蘇雪林이 『唐詩槪論』에서 "處士文學은 두 사람(皮日休와 陸龜蒙)
에 이르러서 크게 성공한 단계에 도달했다고 할 수 있다."[19]라고 지
적했듯이 역시 가장 중요하며 양적으로도 가장 많은 부분을 차지하
는 것은 은일 시풍의 시가일 것이다.[20] 다만, 隱逸을 추구하면서도

---

19) 蘇雪林著, 『唐詩槪論』, 上海書店, 1992, 187쪽. "處士文學至二人總算到了大成
　　的地步."
20) 『松陵集』에 수록된 皮日休의 시가 320여 首중에서 陸龜蒙과의 唱和詩 290여
　　首는 대부분이 은일 시풍을 가지고 있다. 또한, 詠物詩 80여 首중에는 직접적
　　으로 사물을 묘사하는데 중점을 둔 시도 있지만 역시 은일 심정을 표현하는
　　시가도 적지 않다. 唱和詩와 詠物詩 자체에도 은일 시풍의 시가가 섞여 있고,

기타 시인과 다른 점은 일상생활 속에서의 은일 추구가 하나요, 특이한 내용이나 표현을 통하여 은일 심리를 보여주고 있다는 것이 또 다른 하나일 것이다. 또한 종합적인 측면에서 기타 시인과 다른 점은 순수하게 隱逸 자체를 즐기거나 실제로 은거하면서 은일 심리를 표현한 것이 아니라는 점이다. 그러므로 皮日休를 단순히 은일 시인이라고 말할 수는 없을 것이며, 隱逸에 대한 관심을 가지고 이를 추구하며 동경했던 시인이라고 평가하는 것이 더욱 명확하리라고 생각한다.

또 다른 측면에서 皮日休의 은일 시풍을 엿 볼 수 있는데, 바로 그의 隱逸에 대한 관심은 이미 『皮子文藪』에도 적지 않게 나타나고 있다는 점이다. 『皮子文藪』중 雜古詩에 편입된 시가를 보면, 「鹿門夏日」·「閑夜酒醒」·「秋江曉望」·「西塞山泊漁家」 등은 모두 은일 시풍을 가지고 있는 시가이다. 그중 「閑夜酒醒」"깨어나니 산 위에 뜬 달은 높은데, 베개 하나 벤 채 수많은 책 속에 있었네. 술에 갈증 느껴 어지러이 차 생각만 나는데, 시동을 불러도 대답하지 않네.(醒來山月高, 孤枕群書裏. 酒渴漫思茶, 山童呼不起)"[21]의 시풍과 내용을 보면 직접적으로 은일 생활을 하고 있기에, 『松陵集』에 보이는 은일 시풍의 시가보다 은일 시풍이 더욱 농후함을 알 수 있다. 이러한 시풍의 형성은 皮日休의 생애에서 학문을 닦기 위해 급제 이전에 鹿門山에 은거했던 경력이 있기 때문에 가능하였던 것이며, 이로써 皮日休의 은일 시풍의 근원은 사실상 『皮子文藪』에 있었던 것임을 알

唱和詩 내부에도 隱逸과 관련 없는 시가가 있기에 정확한 수량은 파악하기 어렵지만 거의 200여 首의 시가가 隱逸과 관련이 있다.

21) (唐)皮日休著, 蕭滌非·鄭慶篤整理,『皮子文藪』, 上海古籍出版社, 1981, 114쪽.

수 있다. 결국,『皮子文藪』에 나타난 시가들이 물론 현실주의시가가
중심이 되고 있지만,『松陵集』을 포함하여 皮日休의 전체 시가를 판
단한다면 皮日休는 현실주의시인이기 보다는 오히려 隱逸을 추구하
는 시인이라고 규정지을 수 있을 것이다.

Ⅲ. 『松陵集』에 나타난 浪漫的인 表現

皮日休의『松陵集』에 수록된 시가의 내용이 비록 은일 시풍이 중
심이 되고 있지만, 그 외에도 다양한 소재가 있으며 역시 다양한 특
징을 가지고 있다. 다양한 소재란 佛道의 종교적인 소재와 더불어
다양한 사물들이 해당한다. 이러한 소재들이 형성하고 있는 皮日休
시가의 특징은 바로 신화전설이 바탕이 되는 신비함이나 기괴한 표
현으로 형성된 기이함, 그리고 특이한 詩語를 선택하는 기특함이라
고 할 수 있다. 이러한 특징은 바로 楚辭와 유사한 낭만적인 창작수
법이라고 할 수 있다. 이러한 창작수법은 사실상 앞에서 언급한 은
일 시풍 중에서 기이하거나 신비한 내용으로써 隱逸에 대한 관심을
표명하는 것과 중복되는 측면도 있지만, 여기에 국한되지 않고 佛道
와 관련된 시가와 詠物詩의 창작 등에서 광범위하게 보이고 있다.

皮日休의 낭만적인 수법의 창작은 그의 대표작인 연작시「太湖詩」
에서 그 면모를 찾아 볼 수 있다.「太湖詩」는 870년 皮日休가 蘇州
刺史 崔璞의 軍事判官이라는 관직생활을 하는 중에 太湖에 놀러가
洞庭山을 유람하면서 쓴 시들로 모두 20수가 있다. 이 시가들은 표
면상으로는 유람하며 쓴 시이지만 그 내용을 보면 매우 다양하며,
창작수법상 기이한 표현이나 신비한 신화전설들이 많이 인용되고

있다. 먼저「太湖詩」중「初入太湖」[22]의 일부분을 보기로 하자.

西風乍獵獵,   서풍이 갑자기 불어오니,
驚波罷涵碧.   놀란 파도가 푸른 빛내며 잔잔하던 호수를 덮네.
倏忽雷陣吼,   돌연한 파도소리가 울부짖는 듯하더니,
須臾玉崖圻.   순식간에 파도가 갈라지네.
樹動爲蜃尾,   나무가 움직여 蛟龍의 꼬리가 되고,
山浮似鼈脊.   산이 떠다니니 거대한 자라의 등과 같네.
落照射鴻溶,   석양이 거세게 출렁이는 파도를 쏘는 듯 비추고,
清輝蕩抛破.   맑은 광채는 뒤덮인 파도를 쓸어버리는 듯하네.

이 시는 갑자기 불어온 바람에 변화된 太湖의 모습을 묘사하고
있다. 첫 연에서는 놀란 파도가 호수를 덮는다는 특이한 표현이 보
이고, 둘째 연에서는 '吼'와 '圻'을 이용하여 교묘하면서도 기이한 분
위기를 만들어내고 있다. 셋째 연에서는 성난 파도가 진탕하는 호수
에 비쳐진 나무와 산이 움직이는 모습을 전설에 등장하는 蛟龍과 거
대한 자라를 이용하여 역시 교묘하게 묘사하고 있으며, 넷째 연에서
는 '射'와 '蕩'자가 평범하지 않고 특이하다. 단순히 바람이 몰아친
호수의 모습이지만 그 변화는 시인의 손에 의하여 아주 낭만적으로
표현되었다. 특히 파도가 진탕하는 호수에 비쳐진 나무와 산을 용과
자라로 비유한 것은 그야말로 신선하며 풍부한 상상력이 돋보인다.
이렇듯 구상 자체나 시어의 선택 그리고 전설을 이용한 창작방법은
시인의 시가창작에 있어서의 낭만적인 특징이라고 하기에 손색이
없다. 그러므로 후인 역시 이「太湖詩」에 대하여 "시 짓는 재능이 트

---

22) 앞의 책, 『松陵集』, 187쪽. (『四庫全書』本, 1332冊)

이고 광활하여 기이하고 아름다운 구절이 많다."23)나 "描寫가 매우
奇特하다."24)라고 그 기이한 측면을 지적했다. 이와 유사한 풍격을
가진 시가에는 「吳中苦雨因書一百韻寄魯望」·「紫石硯」·「新酷」·「病
孔雀」·「汝院」 등이 있다.

다음에는 「天竺寺八月十五日夜桂子」25)을 보기로 하자.

　　玉顆珊珊下月輪,　　맑고 아름다운 옥구슬이 달에서 떨어져,
　　殿前拾得露華新.　　궁전 앞에서 주웠는데 이슬처럼 영롱하네.
　　至今不會天中事,　　지금까지도 하늘의 일을 깨닫지 못한다면,
　　應是嫦娥擲與人.　　嫦娥는 인간세상으로 내던져 져야만 하네.

이 시에서 시인이 나타내고자하는 의도는 불분명하지만, 달에서
사는 嫦娥의 전설에 바탕을 둔 것을 보면 불로장생이나 신선과 관련
된 시가임을 추측할 수 있다. 이 시는 달에 계수나무가 있다는 전설
과 더불어 중추절이 되면 天竺寺에 달의 계수나무 씨가 떨어진다는
전설을 들어 신비하고 기이한 분위기를 만들고 있다.

『松陵集』에는 약 80여 首의 詠物詩가 있다. 皮日休는 사물을 통하
여 일상생활 속에서 느낄 수 있는 한가함을 표현하기도 하였고, 혹
은 시인의 심리를 기탁하기도 하였다. 그러나 이런 내용과 상관없이
표현수법에 있어서 기이함이나 신비함을 가진 낭만적인 창작은 역
시 詠物詩에서도 쉽게 찾아 볼 수 있다. 이는 皮日休의 詠物詩가 가

23) 胡震亨著,『唐音癸籤』, 古典文學出版社, 1957, 66쪽. "才筆橫開, 富有奇艷可矣."
24) 앞의 책,『石園詩話』, "描寫更奇特也." (郭紹虞編,『清詩話續編』, 上海古籍出版
　　社, 1983, 1777쪽.)
25) 앞의 책,『松陵集』, 255쪽. (『四庫全書』本, 1332冊)

지고 있는 또 다른 특징이라고도 할 수 있을 것이다.

우선, 「奉和魯望四明山九題」에 보이는 9首의 詠物詩는 모두 신기하고 특이한 내용을 담고 있다. 그 중 「過雲」26)을 보기로 하자.

粉洞二十里,　雲霧가 이십 리에 펼쳐져 있는데,
當中幽客行.　그 속에 隱士가 지나가네.
片時迷鹿迹,　잠깐사이에 사슴의 종족이 묘연해지고,
寸步隔人聲.　조금만 걸어도 사람소리와 멀어지네.
以杖探虛翠,　지팡이로 허공 속에 있는 길을 찾고,
將襟惹薄明.　옷소매로 구름을 흩어지게 하여 빛을 만들어보네.
經時未過得,　한참동안 헤어나지 못하니,
恐是入層城.　아마도 신선 사는 곳으로 들어간 듯 하네.

이 시는 陸龜蒙의 「四明山九題」에 대한 和答으로 지은 시이다. 우선, 구름으로 제재를 삼은 이 시는 제목 자체가 독특하다. 陸龜蒙은 「四明山詩序」에서 "山中의 구름이 二十里에 걸쳐 끊어지지 않고 이어져 있는데, 백성들은 구름의 남쪽과 북쪽에 거주하며 늘 왕래하니 이를 '過雲'이라고 하였다."27)라고 '過雲'을 설명하였다. 산 속에 펼쳐진 雲霧 속에 사는 주민들을 상상하면 자연히 신비감이 생기지 않을 수 없다. 시인은 雲霧 속을 지나가는 隱士를 빌어 신기한 형상을 만들고 있다. 즉, 한 치 앞을 볼 수 없기에 사슴의 모습이나 사람소리가 순식간에 사라지는 것, 지팡이로 길을 찾는 모습, 옷소매로 운무

---

26) 앞의 책, 『松陵集』, 215쪽. (『四庫全書』本, 1332冊)
27) 陸龜蒙著, 宋景昌王立群點校, 『甫里先生文集』, 河南大學出版社, 1996, 71쪽. "山中有雲不絶者二十里, 民皆家雲之南北, 每相從, 謂過雲."

를 흩트려 미약한 빛을 찾는 모습 등등이 그러하다. 마지막 연에서는 '層城'을 이용하여 결국 운무를 벗어나지 못함을 교묘하게 신선이 사는 곳에 간 것처럼 표현하고 있다. 이 '層城'이란 바로 신화 속에 나오는 곤륜산에 있는 성으로 신선이 사는 곳을 지칭한다. 또한 이 시가 도교적인 색채로 신비함을 불러일으키는 것은 바로 이 시의 큰 제목인 '四明山'이 바로 道教의 성지이기 때문일 것이다.

다음에는 「公齋四咏」에 수록된 4首의 詠物詩 중에서 「小桂」28)를 보기로 하자.

一子落天上,　씨앗 하나가 하늘에서 떨어져,
生此靑璧枝.　여기에 청록색 계수나무가지가 자랐네.
欻從山之幽,　홀연히 깊은 산 속 구름이 생기는 곳으로부터
劚斷雲根移.　베어서 옮겨 심은 계수나무라네.
勁挺隱圭質,　굳세고 빼어나니 옥과 같이 아름다운 품성과
盤珊緹油姿.　하늘거리는 붉은 색 천 같은 고귀한 자태를 가졌네.
葉彩碧髓融,　잎사귀 색은 윤기 나는 碧綠색이고,
花狀白毫蕤.　꽃은 하얀 곰팡이가 드리워져 있는 모습이네.
稜層立翠節,　높은 곳까지 뻗은 비취색 가지가
偃蹇樛靑螭.　아래로 향해 굽은 모습은 뿔 없는 청룡 같네.
影澹雪霽後,　그림자가 고요한 것은 눈이 갠 이후라 그렇고,
香泛風和時.　향기가 떠다니는 것은 바람과 어우러질 때이네.
吾祖在月竁,　내 조부는 月宮에 계시면서
孤貞能見怡.　고고하게 지조를 지킴을 좋아하시네.
願老君子地,　군자가 계신 곳에서는
不敢辭喧卑.　소란스럽고 미미한 관청을 언급하지 않을 것이네.

---

28) 앞의 책,『松陵集』, 183쪽. (『四庫全書』本, 1332冊)

   큰 제목인 '公齋四咏'이란 관청의 집무실에 있는 네 가지 사물인 소나무·계수나무·대나무·학을 가리킨다. 시인은 일상생활에서 보이는 이들에 대하여 각각이 가지고 있는 품성과 자태를 묘사하였다. 비록 집무실에 있는 사물이지만 시인은 아주 독특한 시각과 시어를 운용하여 기이한 분위기를 만들고 있다. 첫 연에서는 달과 계수나무의 전설을 언급하고 있다. 이 계수나무의 씨가 세상에 내려와 계수나무가 생겼다고 말하고 있다. 이러한 특이한 전설을 바탕으로 하기에 계수나무에 대한 묘사 역시 평범하지 않다. 둘째 연의 구름이 생기는 곳에서 계수나무를 옮겨 심었다는 구상, 셋째 연에 보이는 '隱圭'나 '緹油'같은 독특한 시어, 넷째 연에 보이는 꽃의 형상에 대한 묘사와 '融'·'蒸'같은 특이한 단어의 이용, 다섯째 연에서는 가지의 모습을 전설상의 '靑螭'를 이용하여 특이하게 묘사하였다. 여섯째 연에서는 그다지 특이하지는 않지만 계수나무의 그림자와 향기를 자연의 천기와 결합하여 교묘하게 표현하였다. 마지막 두 연에서는 조부나 군자를 빌어 시인의 은일을 추구하는 심정을 표현하고 있는데, 역시 단순한 표현이 아니라 '月竁'이나 '喧卑'로 특이하게 표현하였다.

   皮日休의 시가가 가진 기이함과 신비함은 시가에 보이는 구상과 더불어 특이하고 기이한 신화전설 및 시어의 운용으로 형성되었다고 할 수 있다. 이러한 특징에 대하여 胡應麟은 『詩藪』에서 "(시어의) 구사가 新奇하다."29)라고 표현하여 그 특이하면서도 기이한 특징을 긍정적으로 평가하였다. 또한 許學夷는 『詩源辯體』에서 "괴이하여 혐오스럽고, 기이하여 추하다."30)라고 부정적인 시각으로 평가

29) 胡應麟撰, 『詩藪』, 上海古籍出版社, 1979, 85쪽. "馳騖新奇"

하였지만, 여기에서 언급된 '怪'와 '奇'는 오히려 皮日休의 시가가 가지는 낭만적인 특징을 잘 지적했다고 할 수 있다.

　이러한 기이하고 신비한 색채가 농후한 시를 창작하게 된 것은 두 가지 측면에서 생각해 볼 수 있다. 첫째는 사물을 묘사하는데 있어서의 기이함이다. 즉 사물을 묘사하는 가운데 기이한 구상과 특이한 시어를 사용하여 전체 시가의 분위기를 신비하게 만드는 방법이다. 「太湖詩」가 이에 해당한다. 둘째는 皮日休와 道敎와의 관계가 가장 중요하게 작용되었으리라고 생각한다. 이는 皮日休가 직접적으로 도교를 심취하거나 신봉한 것은 아니더라도 그의 시가의 곳곳에 도교에 대한 관심을 드러내고 있음을 통하여 알 수 있다. 예를 들면, 「寒日書齋卽事」중 其一'將近道齋先衣褐'이나 其二'皮褐親裁學道家'는 직접적으로 도가에 대한 관심을 드러낸 것이다. 또한 시가 중에 '仙'자가 많이 쓰이며, '崑閬'·'層城'·'洞庭' 등 신선이 사는 곳을 뜻하는 용어 및 '林屋洞'·'羅浮山'·'四明山' 등 도교성지를 지칭하는 지명이 수없이 나타나고 있기에 그 관심의 정도를 알 수 있다.

Ⅳ.『松陵集』에 보이는 現實意識

　『松陵集』에 수록된 시가 중에서 현실에 대한 관심을 반영하는 시가는 분명 주류는 아니다. 그러나 이미『皮子文藪』를 통하여 현실에 대한 깊은 관심을 보여주었던 시인임을 고려하면, 『松陵集』의 시가가 무조건적으로 현실에 대한 관심을 가지지 않았다고 보기는 어려울 것이다. 비록 많은 시가가 현실에 대한 관심을 보이는 것은 아니

---

30) 許學夷著, 『詩源辯體』, 人民文學出版社, 1987, 297쪽. "怪惡奇醜"

지만, 『松陵集』에도 현실에 대한 관심을 드러내거나, 백성을 생각하는 시가가 존재하고 있다. 이러한 시가는 『皮子文藪』의 현실주의시가처럼 직접적으로 폭로하고 비판하기보다는 여행 중에 보고 느낀 것이나 은일 심리를 드러내는 중에, 그리고 詠物詩나 詠史懷古詩 등에서 보이고 있다.

太湖를 유람하면서 쓴 「太湖詩」 20首 중 「練瀆」·「包山祠」·「太湖石」 등에는 현실에 대한 관심과 우려 및 백성에 대한 동정심이 드러나고 있다.

먼저, 「練瀆」[31]의 일부를 보기로 하자.

吳王厭得國,　吳나라 왕은 나라를 얻은 것에 만족해하며,
所玩終不足.　끝없는 향락에 빠졌네.
一上姑蘇臺,　한 차례 姑蘇臺에 올라서는,
猶自嫌局促.　오히려 스스로 협소하다고 싫어하네.
……
波展鄭姐醉,　호수 궁전에서는 鄭姐과 취하고,
蟾閣西施宿.　달 궁전에서는 西施와 잠자리하네.
幾轉含煙舟,　구름 머금은 배는 계속 떠 있고,
一唱來雲曲.　노래 부르니 구름 속 음악 같네.
不知闌楯上,　모르는 사이에 난간에서는,
夜有越人鏃.　밤을 틈타 온 越나라 병사들의 화살이 박혔네.
君王掩面死,　왕은 얼굴을 감싸며 죽었고,
嬪御不敢哭.　궁녀들은 감히 울지도 못하네.
……

31) 앞의 책, 『松陵集』, 190~191쪽. (『四庫全書』本, 1332冊)

吳王 夫差는 향락에 빠져 결국 나라를 망하게 했다. 皮日休는 太湖를 유람할 때 이 부차를 생각하며 이 시를 지었다. 그러므로 이 시의 이 부분은 단순한 유람을 묘사하거나 隱逸에 대한 관심을 드러낸 것도 아니다. 전편에 걸쳐 吳王의 향락과 그 말로가 어떻게 전개되었는가를 보여주고 있다. 첫 연에서는 향락이 끝이 없음을 직접적으로 나타내고 있다. 아래 내용에서는 '鄭妲'과 '西施'를 이용하여 여색에 빠진 모습과 배를 타고 연회를 하는 향락에 빠진 모습을 묘사하였으며, 이어서 그 결과로 越王 勾踐이 침입하고 군왕이 죽음을 당하는 모습을 표현하고 있다. 이러한 시가창작의 의도는 당연히 국가의 안위에 대한 우려에서 나온 것으로 역시 국가에 대한 관심의 발로라고 할 것이다. 『松陵集』에 보이는 隱逸과 관련된 대부분의 시가를 보면 마치 皮日休가 활동하던 시기가 평화스런 시기처럼 보인다. 그러나 사실상 곧이어 발생한 黃巢의 난으로 알 수 있듯이 唐의 국운은 이미 쇠퇴하고 있었다. 또한 거의 동시대에 활동했던 杜牧이나 李商隱의 시가에 亡國에 대한 우려가 보이듯이, 皮日休 역시 국가에 대한 우려로써 이런 시가를 창작했다고 할 수 있다.

「太湖詩」중「太湖石」[32]은 불합리한 현실을 풍자하고 있다. 그중 끝 부분을 보기로 하자.

......
五侯土山下,　귀족들은 흙산 아래에서,
要爾添巖齬.　들쭉날쭉한 암석을 가져오라고 하네.
賞玩若稱意,　감상하다가 마음에 들면,

---

32) 앞의 책,『松陵集』, 193쪽. (『四庫全書』本, 1332冊)

爵祿行斯須.　관직과 俸祿이 순식간에 내려지네.

苟有王佐士,　진실로 왕을 보좌하는 선비들이,

崛起於太湖.　太湖 지역에서 나왔는가,

試問欲西笑,　묻노니 長安있는 서쪽에서 웃고 싶으면,

得如玆石無?　太湖石을 얻어야만 되는 것이 아닌가?

　太湖石이란 太湖에서 생산되는 庭園을 꾸미는데 쓰는 아름다운 돌이다. 특이한 太湖石을 귀족들에게 진상하는데, 만약 귀족들의 마음에 들면 진상한 사람은 관직과 봉록을 받을 수 있었다. 시인은 이러한 사실을 바탕으로 인재보다 돌을 중시하는 통치집단을 은근하게 풍자하며 개탄하였다. 특히 마지막 두 연에서 왕을 보좌하는 선비들은 太湖지역에서 나왔다면, 이들은 모두 太湖石을 진상하여 왕을 보좌하게 되었는가하고 교묘하게 조소하고 있다.

　「太湖詩」중 다른 시가 「包山祠」[33])의 후반부를 보기로 하자.

……

出廟未半日,　사당을 나선 지 반나절도 되지 않아,

隔雲逢澹光.　멀리 구름에는 천천히 빛이 보이네.

嵸嵸雨點少,　높디높은 산봉우리에 비가 잦아들어,

漸收雨林槍.　점차 장화를 벗어도 될 듯 하네.

……

我願作一疏,　나는 비가 적어지길 원하여,

奏之于穹蒼.　하늘에 상소를 올린 것이라네.

留神千萬祀,　사당의 신이 천년 만년 머물러,

---

33) 앞의 책, 『松陵集』, 192쪽. (『四庫全書』本, 1332冊)

永福吳封疆. 吳지역의 백성에게 영원한 복을 내려주길 기원하네.

皮日休는 「太湖詩」의 서문에서 "장마로 근심거리가 되었다"[34]라는 내용을 언급하고 있다. 이 시는 바로 이러한 사실로 고통을 겪는 백성들에 대한 동정심을 표현하고 있다. 상반부에서는 장마를 멈추게 해달라는 제사를 하자, 하늘이 응답하여 비가 멈추었다고 표현하였다. 하반부에서는 하늘의 신이 오래도록 백성들을 보살펴주길 바라는 기원을 하고 있다. 비록 하늘에 제사지내고 응답하는 비현실적인 내용이 보이기는 하지만, 마지막 연의 기원은 시인의 백성들을 생각하는 마음을 알 수 있기에 현실적 의의가 있다고 할 수 있다.

『松陵集』에 수록된 시가 중에서 또 다른 내용을 담고 있는 시가에 적지 않은 詠史懷古詩가 있다. 이러한 내용의 시가가 역시 주류는 아니지만 皮日休 시가의 새로운 측면을 엿볼 수 있다. 시인은 소주에서 작은 관직을 했지만 마음에 들지 않았기에 여러 곳을 유람하며 수시로 자신의 隱逸에 대한 관심을 표현하였다. 그러한 가운데 역사적인 명승지를 돌아보면서 쓴 시가가 보이고 있다. 詠史懷古詩가 가진 특징은 바로 諷刺나 회고로써 의도하는 바를 드러내는 것인데, 皮日休 역시 이러한 방법으로 현실에 대한 관심을 보여주고 있다.

皮日休의 「館娃宮懷古五絶」[35]는 모두 앞서 인용한 「練瀆」과 같은 내용을 가지고 있다. 그중 其一을 보기로 하자.

---

34) 앞의 책, 『松陵集』, 187쪽. "霖雨之爲患" (『四庫全書』本, 1332冊)
35) 앞의 책, 『松陵集』, 244쪽. (『四庫全書』本, 1332冊)

綺閣飄香下太湖,　화려한 누각에 향기 날리며 太湖를 지나는데,
亂兵侵曉上姑蘇.　적병은 새벽에 姑蘇臺에 쳐들어왔네.
越王大有堪羞處,　越王에게 부끄러움을 감내해야 할 것이 있다면,
只把西施賺得吳.　단지 西施로써 吳나라를 얻은 것뿐이라네.

　시인은 소주에 있는 吳나라 궁전인 館娃宮을 둘러보면서 흥망성
쇠의 역사를 회고하였다. 館娃宮은 吳王 夫差가 西施를 위해 지은
궁전이다. 越王은 吳王에게 패한 후 시종으로 전락하여 치욕을 당했
지만 결국은 승리하게 된다. 이 시에서는 吳王이 만들어낸 망국이
무엇 때문인가를 들어 풍자하고 있다. 첫 구의 내용은 吳王의 太湖
에서의 향락을 말하고 있으며, 둘째 구에서는 越王이 쳐들어 온 것
을 표현하고 있다. 마지막 연에서는 越王이 吳王을 향락에 빠지게
하기 위하여 미인계를 이용한 것에 대하여 비꼬고 있다. 이 시에서
비록 越王 구천의 방법에 대하여 비꼬고는 있지만, 이 시의 핵심은
吳王의 향락으로 만들어진 망국에 중심이 실려있다. 그러므로 이 시
의 창작의도는 국가에 대한 관심에서 비롯된 것이라 할 수 있다.
　다음에는 「泰伯廟」[36)를 보기로 하자.

一廟爭祀兩讓君,　왕위를 양보한 두 군자에게 제사지내며,
幾千年後轉淸芬.　먼 후대에도 고상한 덕행이 전해지길 바랬네.
當時盡解稱高義,　당시에 양보했던 고결한 의로움을
誰敢敎他莽卓聞?　누가 감히 王莽과 董卓에게 전하랴?

---

36) 앞의 책, 『松陵集』, 234쪽. (『四庫全書』本, 1332冊)

'泰伯'은 옛 周나라의 古公亶父의 장자로 왕위를 물려받을 수 있는
인물인데, 부왕이 현명한 동생인 季歷에게 왕위를 주려하자 왕위를
양보하였다. 첫 연의 내용은 바로 그것으로 泰伯의 다른 동생과 함
께 왕위를 양보한 것을 묘사하면서, 이것이 후대에 고상한 덕행이
되었음을 나타내고 있다. 둘째 연은 주나라 시기에는 이러한 덕행이
고상하고 의로운 행위였겠지만, 그 후에 오히려 王莽이 왕위를 찬탈
하고 董卓이 왕위를 찬탈하려는 일이 발생한 것을 이용하여 교묘하
게 조소하면서 현실에 대한 견책을 하고 있다. 그런데 이 시는 상당
히 묘한 시가라고 할 수 있다. 그 이유는 비록 이 시를 통하여 국운을
걱정하고 있지만, 사실상 皮日休는 후에 황소가 반란을 일으키자 반
란에 가담했다는 사실 때문이다. 皮日休의 黃巢起義에 대한 가담에
대하여 自意다 他意다 하는 분분한 견해가 있기에 여기에서 언급할
필요는 없지만, 이 시를 본다면 自意일 가능성은 적다고 생각된다.

　皮日休의『松陵集』에 보이는 현실의식은 역시 역대 현실주의시인
들의 시가처럼 직접적으로 현실을 폭로하거나 비평하고 있지는 않
다. 그 양상을 보면 대개는 국가와 백성에 대한 관심에서 시작하여
우려하며 걱정하고 그리고 개탄하는 형태를 띄고 있다. 그러나 이러
한 형태 역시 분명히 현실의식에서 비롯된 것이며, 아마도『皮子文
藪』중에 보이는 현실에 대한 참여의식이 남아 있기 때문에 가능했
을 것이라는 생각이 든다. 또한 이러한 내용의 시가로써『松陵集』
이 단순히 隱逸을 위주로만 창작된 것은 아니라는 증거가 된다고 할
수 있다.

Ⅴ. 結論

　皮日休와 陸龜蒙의 唱和詩가 수록된 『松陵集』은 단순히 표면상 이들의 시가가 한가한 和答일 뿐이라는 그간의 평가로 말미암아 연구가 미미했다. 그러나 필자는 『松陵集』에 수록된 皮日休의 시가 320여수가 그의 전체 시가의 대부분을 차지하기에 분명 새로운 특징과 연구할 가치가 있다고 생각했다.

　우선, 『松陵集』에 나타난 隱逸에 대한 관심은 皮日休의 시풍을 파악하는데 중요한 부분이다. 일반적으로 알려진 바대로 皮日休의 은일 시풍의 시가가 많은 것은 사실이다. 그러나 세부적으로 고찰해보면, 그 양상에는 특징적인 부분이 있다. 첫째는 皮日休가 일상생활을 하면서 은일 생활에 대한 동경과 추구로써 은일 시풍의 시가를 창작했다는 점이다. 둘째는 은일 시풍의 시가를 창작하는데 있어서 기이하고 특이한 신화전설 등의 내용이나 독특한 표현을 이용했다는 점이다. 또한 은일 시풍의 시가와 관련하여 생각할 부분은 皮日休가 급제한 이후에 갑자기 창작경향이 바뀐 것은 아니라는 점이다. 『皮子文藪』에 수록된 시가 중 雜古詩로 분류된 몇 편의 시가에 이미 은일 시풍의 경향을 보여주고 있기 때문이다.

　낭만적인 표현이 많이 보이고 있다는 것 역시 皮日休 시가의 새로운 특징인데, 이는 시인의 창작능력과 관계가 된다. 皮日休는 기이하고 신비한 내용이나 특이한 표현을 통하여 자신의 시가에 상상력을 바탕으로 하는 낭만성을 갖게 하였다. 이러한 특징을 가질 수 있는 것은 우선 시인이 독특한 구상에 능하고 특이한 시어의 활용에 뛰어나기 때문이라고 할 수 있으며, 다른 하나는 시인이 도교에 대한 관심이 지대했기 때문일 것이다. 즉, "皮日休와 陸龜蒙은 모두 道

敎를 숭모하였다. 또한 修行이나 도교적 제사방법, 服食 및 誦經 그리고 丹藥 등 道家적인 實踐을 했다."³⁷⁾라는 지적에서 알 수 있듯이, 皮日休는 도교에 대하여 상당히 많은 관심을 가졌다.

皮日休의 현실의식이 반영된 시가를 보면, 확실히 기타 시인의 시가처럼 폭로나 비판이 아니다. 그러나 국가에 대한 우려나 백성에 대한 관심이 시가에 그대로 드러나고 있기에, 그를 현실의식을 가진 시인이라고 할 수 있다. 이러한 현실의식은 『皮子文藪』에 더욱 농후하므로 이와 연관시키면 皮日休의 현실의식은 연장선상에 있음을 알 수 있다.

『松陵集』에 보이는 이러한 세 가지 특징을 정리하면, 크게 두 가지 결론을 내릴 수 있다. 우선, 皮日休의 『皮子文藪』와 『松陵集』에 수록된 시가에 '現實'과 '隱逸'의 창작경향이 모두 보이고 있기에, 흔히 말하듯이 皮日休의 전기와 후기 시가의 차이점을 '現實'과 '隱逸'이라고 양분하는 것은 타당치 않다고 생각한다. 또한 단순히 역대의 평가처럼 皮日休를 현실주의시인이라고 단정하는 것도 무리가 있다고 생각하며, 만약 『皮子文藪』나 『松陵集』에 모두 보이는 은일 시풍의 시가를 생각하고 그 양을 생각한다면, 오히려 隱逸을 추구했던 시인이라는 평가가 합당하다고 생각한다. 둘째, 특이하고 기이한 내용이나 표현은 낭만적인 상상력에서 비롯된 것인데, 이는 결국 시인의 창작능력을 말하는 것으로 앞서 인용한 王夫之가 말한 '巧心佳句'의 평가를 받을만하다는 것이다.

정리하면, 『松陵集』에 수록된 皮日休 시가는 사상적이나 예술적

---

37) 賈晉華著, 『唐代集會總集與詩人群研究』, 北京大學出版社, 2001, 168쪽 "皮日休和陸龜蒙皆心慕道教, 幷修行齋法, 服食誦經丹藥等道家實踐."

으로 가치가 있으며, 또한 皮日休 시가의 전체 면모를 이해하는데
중요한 자료라는 결론을 내릴 수 있다.

● 참고문헌 ●

皮日休等撰, 『松陵集』(『四庫全書』本).

余成敎撰, 『石園詩話』 郭紹虞編, 『淸詩話續編』, 上海古籍出版社, 1983.

胡震亨著, 『唐音癸籤』, 古典文學出版社, 1959.

胡應麟, 『詩藪』, 上海古籍出版社, 1979.

李定廣著, 『唐末五代亂世文學硏究』, 中國社會科學出版社, 2006.

(唐)皮日休著, 蕭滌非·鄭慶篤整理, 『皮子文藪』, 上海古籍出版社, 1981.

陸龜蒙著, 宋景昌王立群點校, 『甫里先生文集』, 河南大學出版社, 1996.

吳庚舜·董乃斌主編, 『唐代文學史』, 人民文學出版社, 1995.

王茂福著, 『皮陸詩傳』, 吉林人民出版社, 2000.

賈晉華著, 『唐代集會總集與詩人群硏究』, 北京大學出版社, 2001.

沈松勤·胡可先·陶然著, 『唐詩硏究』, 浙江大學出版社, 2006.

王錫九著, 『皮陸詩歌硏究』, 安徽大學出版社, 2004.

陳伯海主編, 『唐詩彙評』, 浙江敎育出版社, 1996.

田耕宇著, 『唐音餘韻』, 巴蜀書社, 2001.

魯迅著, 『魯迅全集』, 人民文學出版社, 1981.

晩唐詩人 聶夷中의 詩歌研究

I. 들어가는 말

唐代의 晩唐(836~907)이라는 시기에서는 소위 杜牧(803~852)과 李商隱(813~858)을 가장 대표적인 시인이라고 평가하고 있다. 그러나 사실상 이들이 활동한 시기는 晩唐시기 중에서 초기에 해당한다. 즉, 당이 멸망하는 907년까지는 약 50여년이 남아있으며, 이 시기에도 역시 수많은 시인들이 많은 시가를 창작하였다. 그러한 시인들 중에서 聶夷中(約837~884)이 대표적인 시인은 아니지만 詩壇의 한 지위를 차지하고 있는 것은 사실이다. 섭이중은 晩唐 가운데 에서도 가장 혼란한 시기에 활동했던 시인이라고 할 수 있다. 이 시기에 대하여 《資治通鑑》에서는 "懿宗이래로부터 사치가 나날이 심해지고 병사를 모집하는 것을 멈추지 않았으며 조세를 거두는 것은 더욱 급박해졌다. … 百姓들은 유랑하다 굶어 주었지만 하소연할 곳도 없어 무리지어 도적이 되었고 봉기가 일어난 이유가 여기에 있다."[1]라고 적고 있으며, 《新唐書》에서는 "懿宗과 僖宗이래로 王道가 나날이 그 순서를 잃었으며 부패한 관리가 조정을 막으니 현인은 달아나 숨었다."[2]라고 기재하고 있다. 실제로 咸通 元年인 860년 浙東지방에서 농

---

1) (宋)司馬光撰, 《資治通鑑》, 中華書局, 1956, 8174쪽. "自懿宗以來, 奢侈日甚, 用兵不息, 賦斂愈急. … 百姓流殍, 無所控訴, 相聚爲盜, 所在蜂起."
2) (後晉)劉等撰, 《新唐書》, 中華書局, 1975, 5390쪽. "懿, 僖以來, 王道日失厥序,

민기의가 일어난 이후, 875년에는 결국 黃巢 농민기의가 일어났다.

《唐才子傳》에 전하는 "咸通十二年(871) 禮部侍郎인 高湜의 도움으로 進士가 되었다."3)라는 내용은 섭이중이 대략 34세에 급제했음을 알게 하며, 또 다른 측면으로는 섭이중이 바로 晚唐에서도 가장 혼란한 시기에 활동했음을 보여주고 있다. 이 시기에 활동했던 주요 시인으로는 皮日休·陸龜蒙·聶夷中·杜荀鶴·羅隱·司空圖 등이 있다. 그중에서 문학사나 기타 연구 자료를 참고하면 皮日休와 陸龜蒙이 비교적 주목을 받고 있지만, 聶夷中의 경우에도 늘 생략되지 않고 언급되고 있다. 그러나 聶夷中의 전체 시가에 대한 연구는 없으며, 소위 현실성이 짙은 일부 시가만 소개되어 있을 뿐이다. 본고에서는 그의 현존하는 전체 시가 37首4)를 연구의 대상으로 삼아 그의 전체 시가가 어떤 내용을 가지고 있으며, 또한 어떤 특징을 가지고 있는 가를 살펴보고자 한다.

腐尹塞朝, 賢人遁避."

3) (元)辛文房原著, 李立朴譯註, 《唐才子傳全譯》, 貴州人民出版社, 1994, 564쪽. "咸通十二年禮部侍郎高湜下進士."

4) 《全唐詩》에 전하는 聶夷中의 시가는 37首이며, 이중에 다른 시인과 중복되는 시가 10首(傅璇琮主編, 《全唐詩重出誤收考》, 陝西人民敎育出版社, 1996, 472~473쪽.)가 있다. 명확하게 聶夷中의 시가라는 확인은 되지 않았지만 아니라는 증거도 없으며, 후에 편찬한 《聶夷中詩·杜荀鶴詩》((唐)聶夷中等著, 中華書局, 1959.)에서도 《全唐詩》를 따라 그대로 수록하고 있기에 37首를 연구의 대상의 삼았다.

Ⅱ. 聶夷中 시가의 내용고찰

우선, 섭이중의 시가 37首를 내용별과 유형별로 정리하면 아래와 같다.

	愛情	現實	人生	기타	합계
古詩(五言)		8	10	3	21
樂府詩(五言)	6	4	5		15
律詩(七言)			1		1
합계	6	12	16	3	37

이 표를 참고하여 보면, 聶夷中의 시가는 그 내용에 있어서 크게 애정과 현실 그리고 인생과 관련되어 있음을 알 수 있다. 또한 유형에 있어서는 七言의 律詩 1首를 제외한 전체 시가가 모두 五言이며, 특히 古詩와 樂府詩5)에 치중되어 있음을 알 수 있다.

1. 愛情과 관련된 시가

愛情과 관련된 내용이란 단순히 사랑이라는 의미에 국한되지 않고, 사랑이라는 것과 관련된 심리적 변화를 포함한다. 섭이중의 시가 중에서 애정과 관련된 시가는 「雜怨」3首와 「古別離」·「烏夜啼」·「起夜來」 등으로 모두 6首가 있다. 그 구체적인 내용을 살펴보면 모두 행복한 사랑보다는 이별에 대한 그리움이나 고통을 표현하고 있다.

우선, 「雜怨」의 첫 번째 시가를 보기로 하자.

---

5) 古詩와 樂府詩는 唐代에 이르러 구분이 쉽지 않게 되었으므로 郭茂倩의 《樂府詩集》에 수록된 시가만을 樂府詩로 구분하였다.

生在綺羅下,　부잣집에 태어났으니,
豈識漁陽道?　어찌 漁陽 길 알리오?
良人自戍來,　남편이 스스로 수자리 떠났지만,
夜夜夢中到.　밤마다 꿈속에 보인다오.
漁陽萬里遠,　漁陽은 만리 길 먼 곳이지만,
近於中門限.　집안의 문지방보다 가깝다네.
中門踰有時,　집안의 문지방은 가끔 넘어가지만,
漁陽常在眼.　漁陽은 늘 눈앞에 있거든요.

　이 시에는 수자리를 떠난 남편을 그리워하는 심정이 그대로 드러나 있다. 첫 연에서는 자신이 부잣집의 여인임을 표현하고 있다. 둘째 연에서는 '自'자를 이용하여 끌려 간 것이 아니라 어떤 목적을 위하여 떠났음을 알게 한다. 이는 첫째 연의 부잣집 딸이라는 것과 연결되고 있다. 그러나 이별에 따른 그리움은 貧賤과 관계없기에 밤마다 남편이 꿈속에 보인다고 표현하였다. 셋째 연과 넷째 연에서는 남편이 비록 먼 곳에 있지만 매일 꿈속에서 만나고 동시에 늘 생각하고 있기에 아주 가까운 문지방보다 더 가깝다고 표현하여 남편을 생각하는 심정을 교묘하게 표현하였다.

　聶夷中의 시가 「烏夜啼」는 직접적으로 여인의 '恨'을 표현하고 있다.

衆鳥各歸枝,　뭇 새들은 각각 돌아갈 가지가 있는데,
烏烏爾不棲.　구구하고 우는 너는 깃들 곳이 없나보다.
還應知妾恨,　아마도 이 계집의 한스러움을 알아,
故向綠窓啼.　그래서 내가 있는 창문 향해 우는가보다.

　이 시는 돌아갈 둥지가 없는 새를 빌어 남자를 그리워하는 한스러움을 표현하고 있다. 둥지로 돌아가지 못하고 울고 있는 새의 처량한 울음소리는 여인으로 하여금 떠난 남자를 생각하게 만들었고, 또한 여인은 새가 자신의 창문을 향해 우는 것이라고 말하여 자신의 슬픔을 알아준다고 생각하였다. 사실상 첫 연의 둥지로 돌아가지 못하는 새는 아직 돌아오지 않은 남자를 생각하는 의도가 있으며, 새가 자신의 창문을 향해 우는 것이라고 말한 것은 남자가 자신의 곁으로 왔으면 하는 심정을 표현했다고 할 수 있다. 그러나 이것은 여인의 희망일 뿐이며 남자는 아직 돌아오지 않았기에 스스로 한스럽다고 말하고 있는 것이다.

聶夷中의 愛情과 관련된 시가에 나타난 것은 모두 여인의 안타까운 심정이다. 남자를 보낸 여인의 그리움과 슬픔이 주된 정조가 되고 있다. 이는 漢代 樂府詩의 애정과 관련된 시가와 많이 유사하며, 실제로 聶夷中의 애정과 관련된 시가도 모두 《樂府詩集》에 수록된 樂府詩이다. 이러한 측면으로 섭이중이 여인의 심리를 표현하는데 있어서는 樂府詩라는 형식을 애호했음을 알 수 있으며, 또한 시인의 여인의 심리에 대한 이해와 감수성을 엿볼 수 있다. 그리고 晚唐의 시가에서 溫庭筠의 시가처럼 '艷情'으로 흐르지 않은 것도 주의할 부분이다.

2. 現實과 관련된 시가

聶夷中의 시가에서는 소위 현실적인 의의를 가진 작품이 가장 많은 주목을 받고 있다. 그 이유는 사회의 단면을 날카롭게 폭로하며 풍자하고 있기 때문이다. 이러한 측면은 "古樂府는 아주 알맞아 모두 경계하고 살피는 말들이며 정치를 보충하고 도와준다."[6]와 "(唐代) 말기에 五言古詩로 창작한 자에 … 聶夷中의 시는 특히 敎化와 관련되어 있다."7)라는 평가를 통해서도 알 수 있다. 이 두 평가는 섭이중의 시가가 가진 현실성과 더불어 형식에 있어서도 五言古詩와 樂府詩를 이용했다고 언급하고 있는데, 실제로 앞의 도표를 보면 현실과 관련된 시가가 이런 형식에 치중되어 있음을 알 수 있다.

이러한 현실적 의의를 가진 시가를 보면, 「燕臺」2首·「公子行」2首·「公子家」·「大垂行」·「過比干墓」·「詠田家」·「田家」2首·「古興」·「聞人說海北事有感」·「胡無人行」 등 모두 13首가 있다. 이러한 시가를 다시 구체적인 내용에 따라 분류하면 다음과 같다. 우선, 백성들에 대한 통치 집단의 착취를 폭로하고 있는 시가에 「詠田家」와 「田家」2首가 있다. 둘째, 통치 집단의 정치적인 부패를 폭로하고 있는 시가는 「過比干墓」와 「燕臺」2首이다. 셋째, 귀족집단의 사치나 백성에 대한 관심을 두지 않는 것을 비판하는 시가에 「公子行」2首와 「公子家」그리고 「大垂行」이 있다. 넷째, 백성들의 고통을 동정하는 시가에는 「古興」·「聞人說海北事有感」·「胡無人行」 등이 있다.

통치 집단의 착취를 표현하고 있는 「田家」는 聶夷中의 시가에서 가장 현실성이 농후한 시가라고 할 수 있다. 그중 첫 수를 보기로 하자.

父耕原上田,　아버지는 들판의 밭을 갈고,
子劚山下荒.　아들은 산 아래 황무지를 개간한다.
六月禾未秀,　유월이라 벼가 아직 익지 않았는데,
官家已修倉.　관가에서는 이미 창고를 수리했다네.

---

6) 앞의 책, 《唐才子傳全譯》, 564쪽. "古樂府尤得體, 皆警省之辭, 裨補政治."
7) 胡震亨著, 《唐音癸籤》, 古典文學出版社, 1959. 65쪽. "晚季以五言古詩鳴者, … 夷中語尤關敎化."

　이 시의 첫 연은 농사짓는 부자의 상황을 묘사하고 있다. 그러나 사실상 아버지가 가는 땅은 거친 땅이고, 아들은 황무지를 개간하고 있는 것으로 단순히 농사짓는 것도 아니다. 그런데 둘째 연에서는 농사가 끝나지도 않았는데 미리 창고를 수리하고 있다는 내용인데, 이는 늘 행해지는 관리들의 착취에 대한 조소이다. 직접적으로 참담한 묘사를 하지 않고 은근하게 풍자를 통하여 통치 집단의 착취를 폭로하고 있지만 그 정황은 눈에 선하다. 후인 역시 "이 시는 착취자가 백성들의 수고를 알지 못하면서, 단지 백성들이 힘들여 얻은 열매를 탈취하는 것만 아는 것을 풍자하고 있다."[8]라고 이 시의 깊은 의미를 잘 해석하고 있다. 특히 《唐才子傳》에서 "대부분 풍속을 걱정하고 時世를 근심하는 작품이며, 농사짓고 거두는 艱難을 불쌍히 여겼다."[9]라고 평가하고 있는 것은 바로 이러한 시가에 대한 설명일 것이다.

　다음에는 귀족집단의 사치를 풍자하고 있는 시가 「公子行」의 첫 수를 살펴보기로 하자.

> 漢代多豪族,　漢代의 많은 호족들은
> 恩深益驕逸.　은혜가 깊어 갈수록 교만해 졌네.
> 走馬踏殺人,　말 타고 가면서 사람을 밟아 죽여도
> 街吏不敢詰.　거리의 관리가 감히 힐난하지 못하네.
> 紅樓宴青春,　기생집에 봄 잔치가 열렸는데,
> 數里望雲蔚.　먼 곳에서도 그 성대한 모습 보인다네.

---

8) 劉永濟選釋, 《唐人絶句精華》, 人民文學出版社, 1981. 253쪽. "此詩刺剝削者不知人民勞苦, 但知奪取人民辛勤之果實也."
9) 앞의 책, 《唐才子傳全譯》, 564쪽. "多傷俗慨時之作, 哀稼穡之艱難."

金缸焰勝畫,	금 항아리의 등불은 낮보다 밝아,
不畏落暉疾.	해 지는 것도 두렵지 않다네.
美人盡如月,	미인들은 모두 달같이 아름다우니,
南威莫能匹.	南之威와 비할 바 없으리라.
芙蓉自天來,	芙蓉이 하늘에서 내려오고,
不向水中出.	물속에서 나오지 않네.
飛瓊奏雲和,	飛瓊이 악기를 연주하고,
碧簫吹鳳質.	옥으로 만든 피리가 기묘한 소리를 내네.
唯恨魯陽死,	오로지 魯陽이 죽어,
無人駐白日.	해를 지지 않게 할 이가 없는 것을 한스러워하네.

　시인은 이 시를 통하여 귀족집단의 사치를 폭로하고 있다. 첫 연에서는 漢代를 이용하여 唐代를 비유하면서 호족들이 황제의 은혜를 입어 교만해졌다고 표현하고 있다. 둘째 연에서는 백성들의 생명을 중시하지 않는 만행과 관리들도 제어하지 못하는 현실을 풍자하고 있다. 셋째 연부터 마지막 연까지는 모두 이들의 사치가 극에 이르렀음을 묘사하고 있다. 홍루의 봄 잔치는 성대하여 먼 곳에서도 보인다는 표현, 금 항아리로 만든 화려한 등불은 낮보다 밝아 해 지는 것이 두렵지 않다는 표현, 그리고 선녀나 다름없는 아름다운 미인들과의 향락에 대한 표현 등이 그러하다. 특히 여섯 째 연에서 물에서 나와야 할 芙蓉이 하늘에서 나온다는 역설적인 표현은 바로 통치 집단에 대한 조소라고 할 수 있다. 또한 마지막 연에서는 魯陽을 빌어 이들의 향락이 끝이 없음을 풍자하였다.

　聶夷中의 현실주의시가는 다양한 내용으로 풍자와 폭로를 겸하고 있다. 그의 시가가 이러한 현실성을 가질 수 있었던 것은 역시 혼란한 시대에 활동하며 자신의 재능을 펼치기 어려웠던 삶과 관련 있을

것이다. 그러므로 《唐才子傳》에서도 "험난한 시대를 만나 進退維谷
이 되었다. 재능은 충분하나 운이 좋지 않았고, 뜻이 있었지만 결국
이루어지지 않았다. 함축적으로 풍자하면서 역시 말하는 바를 말하
였다."10)라고 기록하고 있다. 또한 그의 시가에 대한 "모두 三百篇의
뜻이다"11)나 "바로 國風의 의미이다."12)라는 평가는 섭이중의 시가
가 《詩經》의 현실주의시가전통을 계승하고 있음을 보여주는 것이다.

3. 人生과 관련된 시가

聶夷中의 생애를 살펴보면 역시 평탄하지 않음을 알 수 있다. 그
의 생애에 대하여 《唐才子傳》에서는 "咸通十二年(871) 禮部侍郎인 高
湜의 도움으로 進士가 되었다 … 이때에는 조정이 전쟁에 힘쓰느라
관리를 줄 겨를이 없었고, 섭이중은 장안에서 오래 머물렀는데, 옷
은 헤어졌으며 양식은 비싸 구슬과 같았다."13)라고 기록하고 있다.
여기에서 섭이중이 비교적 늦은 약 34세의 나이로 급제했지만, 혼란
한 시대로 말미암아 급제 이후에도 고통스런 생활을 하였음을 알 수
있다. 이에 따른 그의 험난한 생활은 그의 시가에서 쉽게 찾아 볼
수 있다. 특히 「秋夕」의 내용은 바로 급제 이전에 고통 받던 생활에
대한 표현이며, 「長安道」와 「住京寄同志」는 급제한 이후의 고통을
표현하고 있다.

---

10) 앞의 책,《唐才子傳全譯》, 564쪽. "適値險阻, 進退維谷, 才足而命屯, 有志卒爽,
含蓄諷刺, 亦有謂焉."
11) (宋)孫光憲著,《北夢瑣言》, 上海古籍出版社, 1981, 10쪽. "合三百篇之旨也."
12) 앞의 책,《唐才子傳全譯》, 564쪽. "正國風之義也."
13) 앞의 책,《唐才子傳全譯》, 564쪽. "咸通十二年禮部侍郎高湜下進士 … 時兵革
多務, 不暇銓注, 夷中滯長安久, 皂裘已弊, 黃粮如珠."

우선, 급제한 이후의 고통을 표현하고 있는 시가 「住京寄同志」를 보기로 하자

在京如在道,	長安에 있어도 길가에 있듯이,
日日先雞起.	매일 닭보다 먼저 일어나네.
不離十二街,	열 두 갈래 길을 벗어나지 않으며,
日行一百里.	하루에 백리를 가네.
役役大塊上,	땅에서 부지런히 일하는 것은,
周朝復秦市.	周나라 때나 秦나라 때나 다 있었네.
貴賤與賢愚,	貴賤과 賢愚는,
古今同一軌.	고금에도 똑같이 한결 같았다네.
白兔落天西,	흰 토끼(달)는 하늘 서쪽으로 떨어지고,
赤鴉飛海底.	붉은 오리(해)는 바다 밑을 나네.
一日復一日,	하루 가고 또 하루 가도,
日日無終始.	매일 시작과 끝이 없다네.
自嫌性如石,	스스로 성격이 돌과 같음을 혐오하며,
不達榮辱理.	榮辱의 이치를 깨닫지 못하네.
試問九十翁,	시험 삼아 구십 노인에게 물으니,
吾今尙如此.	나는 오늘도 늘 그 모양이라고 하네.

이 시는 급제 이후에도 혼란한 정치로 관직을 받지 못해 권문세가를 찾아다니며 관직을 구하는 자신의 모습을 표현하고 있다. 그러한 생활 속에서의 고통은 곳곳에 드러나고 있다. 첫 연과 둘째 연에서는 바로 자신의 처지가 매일 새벽에 일어나는 닭과 다를 바 없으며, 그렇게 부지런하게 장안 곳곳을 돌아다니고 있다고 표현하였다. 이렇게 돌아다니는 것은 바로 관직을 얻기 위해서이다. 이러한 생활 자체가 구차하지만 더욱 처량한 것은 이런 생활이 자신에게 맞지 않

는 것이라는 점이다. 셋째 연과 넷째 연에서는 이런 고통은 먼 옛날
에도 있었고, 貴賤과 賢愚가 전도되는 정황이 옛날이나 지금이나 다
있었기에 자신의 처지도 이럴 수밖에 없다고 자위하고 있다. 그러나
다섯째 연과 여섯 째 연에서는 다시 해와 달이 지고 뜨듯이 자신의
고통스런 생활을 계속하고 있음을 말하고 있다. 마지막 두 연에서는
이런 고통의 원인이 자신의 고집스런 성격 때문이며, 따라서 세상과
영합하는데 부족하다고 스스로 말하며 한탄하고 있다. 시인은 이 시
를 통하여 관직을 얻기 위해 권문세가를 찾아다녀야 하는 구차한 생
활과 더불어 그러한 행위가 자신의 성격과 맞지 않는다는 것을 토로
하면서 인생에서의 고난을 표현하고 있다.

인생과 관련된 시가 「贈農」은 직접적인 인생의 단면을 묘사한 것
이 아니라 살아가면서 느낀 교훈을 표현하고 있다.

勸爾勤耕田,　　너에게 권하니 열심히 농사지으면,
盈爾倉中粟.　　너의 창고에 곡식이 차리라.
勸爾無伐桑,　　너에게 권하니 뽕나무를 베면,
減爾身上服.　　너의 몸에 입은 옷이 가벼워지리라.
淸霜一委地,　　맑은 서리 땅에 내리면,
萬草色不綠.　　수많은 풀은 녹색을 잃는다네.
狂風一飄林,　　광풍이 숲에 불어오면,
萬葉不著木.　　수많은 잎은 나무에 붙어있지 못한다네.
靑春如不耕,　　젊어서 농사짓지 않으면서,
何以自拘束.　　어찌 스스로 구속하는가!

이 시는 시인이 인생을 살면서 느낀 것을 표현하고 있다. 첫 연과
둘째 연에서는 열심히 농사짓고 뽕나무를 베면 衣食을 걱정하지 않

아도 된다는 표현으로 노력해야 됨을 권면하고 있다. 셋째 연과 넷째 연에서는 서리와 광풍을 빌어 시기를 놓치면 뜻을 얻을 수 없다고 말하고 있다. 마지막 연은 앞에서의 내용에 대한 결론으로 젊은 시절에 노력해야만 뜻을 얻을 수 있다고 말하고 있다. 이 시는 시인 자신의 인생을 말하고 있는 것으로 노력하지 않았던 자신의 인생을 후회하는 의미가 숨겨져 있으며, 동시에 인생을 어떻게 살아가야 하는 가를 제시하는 교훈적인 의의를 가지고 있다. 섭이중의 다른 시가인「客有追歎後時者作詩勉之」역시 인용한 시가와 유사한 내용으로 꾸준한 노력만이 뜻을 이루게 한다고 표현하고 있다.

聶夷中의 시가 중에는 인생과 관련된 내용이 가장 많은데, 불우한 생애와 혼란한 시대를 관련시키면 이러한 내용의 시가가 많을 수밖에 없음을 이해할 수 있다. 불우한 삶을 살았던 시인에게 인생과 관련된 시가는 저절로 희열이나 행복보다는 주로 한탄이나 탄식이 중심이 되며 感傷적인 低沈의 정조를 띄고 있다. 즉, 인생과 관련된 시가 중에서 「行路難」을 제외하고 「勸酒」2首·「飲酒樂」·「長安道」·「朝發鄴北經古城」·「哭劉駕博士」·「秋夕」·「雜興」·「空城雀」·「客有追歎後時者作詩勉之」·「送友人歸江南」 등은 모두 이러한 低沈의 정조를 보이고 있다.

聶夷中의 시가내용을 고찰해보면 人生과 관련된 시가가 가장 많으며, 다음이 현실과 관련된 시가이고, 그 다음이 愛情과 관련된 시가이다. 이중에서 인생과 관련된 시가는 晚唐의 시기에 활동했던 대부분의 시인들이 가장 많은 창작을 남기고 있는 일반적인 내용이며, 애정과 관련된 시가 역시 어떤 사상적인 의의가 있는 것은 아니다. 그러므로 섭이중의 시가에서 가장 중요한 부분은 현실과 관련된 내용이며, 이러한 내용의 시가에 대하여 "그 시가는 직접적으로 《詩經》

과 漢代 樂府의 現實주의 傳統을 계승하였으며, 그 의미는 대부분 권고하고 풍자하는 것이다."14)라고 평가하고 있는 것을 보면 섭이중의 시가 중에서 현실과 관련된 시가가 《詩經》과 古樂府의 현실주의 시가전통을 계승하고 있음을 알 수 있다. 따라서 섭이중의 시가 내용을 고찰한 결과 다양한 내용을 담고 있지만, 역시 현실성이 농후한 시가가 가장 많이 주목받을 만한 것임을 확인할 수 있다.

상술한 내용들의 시가 외에 기타로 분류된 3首의 내용은 이렇다. 「題賈氏林泉」와 「訪崇陽道士不遇」은 은일에 대한 부러움과 은일의 심정을 토로하고 있으며, 「游子行」은 아들을 생각하는 어머니의 마음을 표현하고 있다.

Ⅲ. 聶夷中 시가의 특징

聶夷中의 시가가 많지 않음에도 다양한 내용을 가지고 있듯이 그 특징 역시 다양하다. 그런 특징은 표현수법상의 특징에 해당하는 속되고 질박한 언어나 표현, 기발한 構想을 통한 교묘한 표현이 있다. 또한 풍격상의 특징에 해당하는 感傷적인 정조와 시가의 형태적 특징에 해당하는 시가 형태와 樂府詩로 나눌 수 있다.

---

14) 趙營蔚著, 《晚唐士風與詩風》, 上海古籍出版社, 2004, 431쪽. "其詩直承 《詩經》, 漢樂府現實傳統, 意多勸諷."

1. 표현수법상의 특징

(1) 속되고 질박한 언어나 표현

《北夢瑣言》에서는 聶夷中의 시가인 「公子家」·「田家」2首·「詠田家」 등을 예로 들면서 "소위 언어가 속되나 의미가 심원하며, 모두 三百篇의 뜻을 가지고 있다."[15]라고 평가하고 있다. 여기에 인용된 시가가 모두 소위 현실주의시가이기에 이 평가는 섭이중의 시가가 《詩經》의 현실주의시가전통을 가지고 있다는 측면에 중점을 두고 있다. 그러나 '言近意遠'에서의 '言近'이 가진 효과가 '意遠'에 영향을 주었다고 할 수 있는데, 이것은 바로 현실을 반영하는 측면뿐만 아니라 언어에 있어서도 질박한 《詩經》의 언어를 계승하고 있음을 지적한 것이라고 할 수 있다. 그러므로 "늘 質朴하고 속된 언어로써 명확하고 자연스러움에 힘써 세상을 풍자하고 사악함을 미워하는 사상 감정을 아주 잘 표현했다."[16]라는 평가가 있는 것이다. 내용의 분류상 현실과 관련된 시가가 모두 이렇듯 속되고 질박한 언어를 사용한 것은 아니지만 적지 않은 수량을 차지하고 있는 것도 사실이다. 또한 섭이중의 시가를 보면 언어뿐만 아니라 표현도 속되고 질박하다. 즉, 「公子家」·「田家」2首·「詠田家」·「古興」 등에 속되고 질박한 언어나 표현들이 보인다.

먼저, 「詠田家」의 전반부를 살펴보기로 하자.

---

15) 앞의 책, 《北夢瑣言》, 10쪽. "所謂言近意遠, 合三百篇之旨也."
16) 吳庚舜·董乃斌主編, 《唐代文學史》, 人民文學出版社, 1995, 481쪽. "常出之以 質朴淺近的語言, 務求明白自然, 更好地表達刺世疾邪的思想感情."

二月賣新絲, 二月에 이미 새 실을 팔기로 하고,
五月糶新谷. 五月에 벌써 새 곡식을 판다네.
醫得眼前瘡, 눈앞의 종기는 치료되겠지만
剜却心頭肉. 심장에 있는 살을 도려낸 듯하네.

　이 시에서는 二月에 겨우 양잠을 시작하여 아직 실을 짜지도 않
았는데 싼 가격으로 팔아야 하고, 五月에 아직 싹이 트지도 않았는
데 새 곡식을 염가로 팔아야 되는 농민들의 고통을 표현하고 있다.
이렇게 싼 가격으로 팔아야만 하는 이유는 바로 두 번째 연을 통하
여 알 수 있다. 눈앞의 종기란 실제 종기가 아니라 농민에게 닥친
생계로 당장 먹을 것이 없기에 일단 연명하기 위해 나중에 싼 값으
로 새 실과 새 곡식을 팔기로 미리 약속한 것을 말한다. 그러기에
심장의 살을 도려낸 듯이 고통스러운 것이다. 이 시에 보이는 '二月'
과 '三月' 및 '新絲'와 '新谷' 그리고 '眼前瘡'와 '心頭肉' 등은 모두 고상
한 詩語나 표현이라고 말하기는 어려우며, 모두 평범하며 농민이 그
대로 사용하는 속된 언어나 표현들이라고 할 수 있다. 《資治通鑑》에
서 이 시를 인용하면서 "언어가 비록 천하고 속되지만 농가의 정황
을 자세하게 설명하였다."[17]라는 평가를 하고 있는데, 이를 통하여
서도 그 언어의 속됨과 질박함을 알 수 있다. 또한 이러한 평가를
통해서 이런 속된 언어가 오히려 농민의 상황을 曲盡하게 표현하는
데 큰 효과를 거두었다는 것도 알 수 있다.
　위에 인용한 시가 외에도 「公子家」"花下一禾生, 去之爲惡草."(꽃
아래 자란 벼이삭, 악초라 여기며 뽑아버리네.)에서의 '一禾生'이나

---

17) (宋)司馬光撰,《資治通鑑》, 中華書局, 1956, 9032쪽. "語雖鄙俚, 曲盡田家之情
　　狀."

'去', 「田家」其一 "父耕原上田, 子劚山下荒."(아버지는 들판의 밭을 갈
고, 아들은 산 아래 황무지를 개간한다.)에서의 '父耕'이나 '子劚',
「田家」其二 "鋤田當日午, 汗滴禾下土. 誰念盤中餐, 粒粒皆辛苦."(그날
한낮까지 밭을 매느라 땀이 벼 아래의 땅에 떨어지네. 누가 소반의
밥알 모두가 고통으로 만들어졌음을 생각하랴.)의 '鋤田'나 '汗滴' 그
리고 '辛苦', 「古興」 "片玉一塵輕, 粒粟山丘重. 唐虞貴民食, 只是勸播
種."(조각난 옥의 작은 일부분은 중요한 것이 아니겠지만, 한 톨 곡
식은 산중에서 소중하다네. 唐虞는 백성의 먹는 것을 중시했기에 오
로지 힘써 씨 뿌리도록 했다네)의 '粒粟'·'民食'·'播種' 등이 평범한
언어나 표현에 해당한다.

일반적으로 속되고 질박한 언어나 표현이 보이는 시가는 앞에서
인용한 현실과 관련된 시가가 많이 있지만, 애정이나 인생과 관련된
시가 역시 상당수가 그러한 언어나 표현을 사용하고 있다. 예를 들
면, 애정과 관련된 시가는 대개 민간의 여인이 남편을 그리워하고
생각하는 내용이어서 전체 시가 6首 모두가 대개 속되고 질박한 언
어나 표현을 많이 사용하고 있다. 또한 인생과 관련된 시가 중에서
「勸酒」其一·「飮酒樂」·「長安道」·「短歌」·「住京寄同志」·「古興」
등도 역시 언어와 표현이 평범하고 질박하다.

우선, 愛情과 관련된 시가에서 「古別離」를 보기로 하자.

欲別牽郎衣,　낭군의 옷을 끌며 이별할 때,
問郎游何處.　낭군은 어느 곳으로 가시나요 하고 물었지요.
不恨歸日遲,　돌아오는 날이 더디더라도,
莫向臨邛去.　원망하지 않으려니 바람은 피지 마세요.

전반부는 이별의 정황이다. 특히 둘째 구에서의 표현은 재미있는
데, 어디로 가시냐고 물었다는 것은 낭군이 가는 곳을 정확하게 알
려주지 않았다는 의미이다. 즉, 앞에 인용한 시가와는 달리 남편이
기보다는 연인일 가능성이 많다. 그 이유는 후반부에서도 보인다.
여인이 원하는 것은 늦게 와도 좋지만 나를 잊지 말아달라는 것이
며, 늦어도 좋으니 다른 여자를 사랑하지 않았으면 하는 마음을 직
접적으로 표현하고 있기 때문이다. 이 시에서는 곳곳에 소박한 표현
들이 보이는데, 특히 '牽郞衣'는 심지어 천박하게까지 느껴지며 '游何
處'나 '歸日遲'도 역시 평범하며 질박한 표현이다.

애정과 관련된 시가 중에서 이렇게 질박한 표현이 보이는 부분을
찾아보면 아래와 같다. 「雜怨」其一 중 "良人自戍來, 夜夜夢中到."(남
편이 스스로 수자리 떠났지만, 밤마다 꿈속에 보인다오.)에서의 '夜
夜'나 '夢中到'가 소박한 표현이다. 「雜怨」其二 중 "君淚濡羅巾, 妾淚
滴路塵."(당신의 눈물은 비단 수건을 적셨고, 제 눈물은 길에 떨어져
먼지가 되었지요.)에서는 '君淚'와 '妾淚'가 너무 의도적으로 중복되
어 고상하지 못하며, '濡羅巾'와 '滴路塵'의 표현 역시 너무 일반적이
며 평범하다. 「烏夜啼」 중 "衆鳥各歸枝, 烏烏爾不棲."(뭇 새들은 각
각 돌아갈 가지가 있는데, 구구하고 우는 너는 깃들 곳이 없나보다.)
에서는 '爾不棲'가 口語적인 표현으로 소박하다. 「起夜來」 중 "念遠
心如燒, 不覺中夜起."(오래도록 생각하느라 마음은 불과 같아 모르는
사이에 한밤중에 깨었네.)에서의 '心如燒'나 '中夜起'는 평범하고 일반
적인 표현이다. 「雜怨」其三 중의 "良人昨日去, 明月又不圓."(남편이
어제 간 듯한데, 달은 또 둥글지 않네요.)에서는 '昨日去'나 '又不圓'
가 평범한 일상적인 표현이다.

다음에는 인생과 관련된 시가 「長安道」를 통하여 그 속되며 질박

한 특징을 살펴보기로 하자.

> 此地無駐馬,　이 땅에는 말이 머무는 곳이 없건만,
> 夜中猶走輪.　밤중에 오히려 수레바퀴자국이 있네.
> 所以路傍草,　그래서 길 변의 풀에 있는 먼지가
> 少於衣上塵.　옷에 묻은 먼지보다 적다네.

　이 시는 名利를 위해 長安의 권문세가를 찾아다니는 정황을 표현하고 있다. 첫 연은 밤중에 생긴 바퀴자국이라고 묘사하여 몰래 행동하는 모습을 표현했고, 둘째 연에서는 여기저기 많은 곳을 찾아다녔기에 길가의 풀보다 옷에 묻은 먼지가 많다고 표현했다. 이 시는 시인이 과거에 급제한 이후 관직을 받지 못하고 권문세가를 찾아다녔던 자신에 대한 시가일 수도 있으며, 동시에 자신과 유사한 처지에 있는 사람들이 명리를 추구하는 것을 풍자했다고도 할 수 있다. 이 시에 보이는 속되고 질박한 언어나 표현에는 우선 口語式의 표현을 그대로 쓴 '此地'나 '所以'가 있으며, 또한 '路傍草'나 '衣上塵'도 꾸밈없이 있는 그대로의 표현이다.

　인생과 관련된 시가 중에서 「勸酒」 其一 중의 "白日無定影, 淸江無定波. 人無百年壽, 百年復如何?"(태양은 정해진 그림자가 없고, 맑은 강물은 정해진 파도가 없다네. 사람은 백년 살지 못하며, 백년 산들 또 어찌하겠는가?)에서는 '無定影'과 '無定波'가 기교 없는 중복으로 평범하며, '百年壽' 역시 그 표현이 지극히 일반적이다. 또한 「飮酒樂」 중의 "一飮解百結, 再飮破百憂."(한번 마시면 백 가지 맺힌 것이 풀어지고, 두 번 마시면 백 가지 근심이 없어진다.)에서는 '一飮'과 '再飮' 그리고 '百結'과 '百憂' 등이 아주 평범하며 일상적인 용어라고 할 수 있다. 또한「贈農」중의 "勸爾勤耕田, 盈爾倉中粟. 勸爾無伐桑, 減爾身上服."(너에게 권하니 열심히 농사지으면, 너의 창고가 곡식이 차리라. 너에게 권하니 뽕나무를 베면, 너의 몸에 입은 옷이 가벼워지리라.)에서는 우선 '爾'의 너무 중복되어 평범하며, '勤耕田'·'倉中粟'·'無伐桑'·'身上服' 등도 모두 지극히 질박한 표현들이다. 그리고「短歌」중의 "八月木陰薄, 十葉三墮枝. 人生過五十, 亦已同此时."(음력 8월이 되면 나무 그림자 엷어지고, 열 나무 중에 세 나무는 나뭇잎을 떨어뜨리네. 인생 50세를 지나가면, 역시 이미 이와 같을 때가 될 것이네.)에서는 '十葉'나 '三墮' 그리고 '過五十'과 '同此时' 등이 口語적이며 아주 일상적인 표현이다.「住京寄同志」중의 "在京如在道, 日日先雞起. 不離十二街, 日行一百里."(長安에 있어도 길가에 있듯이, 매일 닭보다 먼저 일어나네. 12갈래 길을 벗어나지 않으며, 하루에 백리를 가네.)에서는 '在道'나 '先雞起'가 질박한 표현이며, '十二街'나 '一百里' 등의 숫자가 역시 단순하고 평범하다.

  속되고 질박한 언어나 표현은 대개 일반인이 그대로 쓰는 꾸밈없는 언어나 표현으로 口語식의 형태가 많다. 또한 이러한 부분은「田家」其二에 대하여 "의미는 다했지만 여운이 없다."[18]라는 평가를 보아서도 알 수 있듯이 어떤 측면에서는 단점이라고 할 수 있다. 그러나 우아하거나 고상한 주제가 아니며 또한 시인 자신의 고고한 이상이나 철학을 표현하는 것이 아니라면 오히려 '意盡'이 중요할 수 있다. 그러므로 앞에 인용한「詠田家」에 대하여 '曲盡'하다고 평가한 것을 보면, 시인이 전달하고자 한 의도는 충분히 효과를 거두고 있

---

18) (明)陸時雍輯,《唐詩鏡》 "意盡而無餘韻也." (陳伯海主編,《唐詩彙評》, 浙江敎育出版社, 1996, 2764쪽, 재인용.)

다고 할 수 있기에 이러한 부분은 섭이중 시가의 한 특징이라고 할
수 있다.

(2) 기발한 構想을 통한 교묘한 표현

교묘한 표현이란 시인이 기발한 구상을 통하여 자신이 말하고 싶
은 내용을 효과적으로 표현하는 것을 말한다. 우선, 「雜怨」其二는
기발하고 교묘한 구상을 잘 이용하고 있다.

> 君淚濡羅巾,　당신의 눈물은 비단 수건을 적셨고,
> 妾淚滴路塵.　제 눈물은 길에 떨어져 먼지가 되었지요.
> 羅巾今在手,　비단 수건은 지금 제 손에 있어,
> 日得隨妾身.　매일 저의 몸에 간직하고 있지요.
> 路塵如因風,　길의 먼지는 마치 바람을 타고,
> 得上君車輪.　당신의 수레바퀴에 붙겠지요.

이 시에서는 비단 수건과 길의 먼지가 남녀를 연결하는 매개체가
되고 있다. 남자의 눈물을 적신 비단 수건은 여인에게 소중한 것이
라 늘 간직하고 다니지만, 자신의 마음을 상징하는 자신의 눈물은
남자에게 전달할 방법이 없다. 그런데 시인은 여인의 눈물이 떨어진
길의 먼지가 바람에 날려 남자의 수레바퀴에 붙는다고 하여 여인의
마음을 전달하고 있다. 이렇듯 바람을 이용하여 여인의 마음을 멀리
있는 남자에게 전달하는 기발한 생각은 이 시의 주제를 더욱 효과적
으로 극대화하고 있다.

섭이중의 시가 「飮酒樂」 중의 일부분 역시 기발한 구상이 돋보인다.

一飮解百結,　한번 마시면 백 가지 맺힌 것이 풀어지고,
再飮破百憂.　두 번 마시면 백 가지 근심이 없어진다.
白髮欺貧賤,　백발은 빈천함을 업신여기지만,
不入醉人頭.　취한 사람의 머리에는 들어가지 않는다.
我願東海水,　나는 동해의 물이 모두
盡向杯中流.　술잔으로 흘러 들어가길 원하노라.

　이 시는 술을 마시는 즐거움을 표현하기보다는 술을 빌어 근심을 털어버리려는 내용의 시가이다. 여기에서는 둘째 연과 마지막 연이 교묘하고 기발한 구상이다. 백발은 근심을 말하며 일반적으로 빈천한 사람들이 근심이 많다. 그러나 취한 사람은 그 순간 근심이 없으므로 취한 사람에게는 백발이 들어가지 못한다고 표현하였다. 역시 생각하기 쉽지 않은 기발한 구상이다. 마지막 연 역시 앞 연과 이어져서 자신이 근심을 벗어나고자 동해의 바닷물을 전부 다 마시고 싶다는 표현이다. 이러한 것이 비록 심한 과장이지만 그 구상은 아주 교묘하며, 한편으로는 시인이 그만큼 근심이 많다는 의미도 된다. 이러한 구상은 이 시의 의미를 전달하는데 있어서 아주 효과적이다.
　名利를 추구하는 시가 《長安道》 역시 전체 내용이 한 틀로 만들어져 있으며, 특히 마지막 연은 교묘한 지적이다.

此地無駐馬,　이 땅에는 말이 머무는 곳이 없건만,
夜中猶走輪.　밤중에 오히려 수레바퀴자국이 있네.
所以路傍草,　그래서 길 변의 풀에 있는 먼지가
少於衣上塵.　옷에 묻은 먼지보다 적다네.

　長安에는 말이 머무는 곳이 없는데 밤중에 수레가 많이 다녔다는

표현도 名利를 추구하는 사람들이 떳떳하지 못함을 교묘하게 묘사한 것이다. 특히 옷에 묻은 먼지가 길 가의 풀에 묻은 먼지보다 많다고 비꼬면서 떳떳하지 못한 행위가 빈번함을 지적한 표현 역시 재미있으면서 기발하다.

　기발한 구상을 통한 교묘한 표현은 시인의 의도를 강조하는데 중요한 부분이다. 섭이중은 자신의 의도를 표현하기 위하여 기발한 착상을 잘 이용했으며, 이를 통하여 의도의 전달뿐만 아니라 그 전달에 있어서의 효과도 극대화시켰던 것이다. 그러므로 이러한 시가들은 의미가 명확하게 전달되면서 독자들에게 깊이 있는 감명을 주고 있다고 할 수 있다.

2. 풍격상의 특징

　풍격상의 특징이란 섭이중 시가 중에 보이는 感傷적인 정조를 말한다. 晩唐의 시가에 대하여 "그 음은 쇠하고 꺾였다."[19]라고 하는 이유는 혼란한 시대적인 배경과 개인적인 불우에서 기인한다고 할 수 있다. 그러나 모든 시인들이 다 이러한 기풍을 가진 것은 아니며 일부 시인들이 오히려 '艶情'적인 특징을 가진 시가를 창작하고 있는 것도 공인된 사실이다. 다만, 섭이중의 시가를 보면 의도적으로 세상을 멀리하거나 퇴폐적인 풍격의 시가가 보이지 않으며 '艶情'적이지도 않다. 《載酒園詩話》에 섭이중의 시가는 "예부터 곧고 슬픈 기운을 가지고 있다."[20]라고 기재되어 있듯이 곧으면서도 슬픈 기운을

---

19) (淸)葉燮撰, 《原詩》. "其音衰颯." ((淸)王夫之等撰, 《淸詩話》, 上海古籍出版社, 1963. 605쪽.)
20) (淸)賀裳撰, 《載酒園詩話》, "聶夷中詩, 有古直悲凉之氣." (郭紹虞編選, 《淸詩話

가지고 있다. 여기에서 곧다는 것은 바로 현실을 바로잡고자하는 부분에 있어서의 곧음이며, 슬픈 기운이란 그의 시가가 感傷적이며 低沈의 정조를 가지고 있다는 의미이다.

우선, 그의 시가 「詠田家」를 보기로 하자.

　　二月賣新絲,　二月에 이미 새 실을 팔기로 하고,
　　五月糶新谷.　五月에 벌써 새 곡식을 판다네.
　　醫得眼前瘡,　눈앞의 종기는 치료되겠지만
　　剜却心頭肉.　심장에 있는 살을 도려낸 듯하네.
　　我願君王心,　나는 임금님의 마음이
　　化作光明燭.　밝은 등불이 되어
　　不照綺羅筵,　화려한 연회를 비추지 말고
　　只照逃亡屋.　도망간 가난한 집만 비추기를 원한다네.

아직 실을 짜지도 않았는데 미리 팔아야 하고, 아직 곡식이 익지도 않았는데 미리 팔아야하는 것은 지금의 생계를 이어갈 수 없기 때문이다. 그러므로 눈앞의 종기를 치료한다고 비유적으로 표현했다. 이러한 정황 속에서 농민이 어찌 슬프지 않을 수 있겠으며, 이를 보는 시인 역시 어찌 슬프지 않을 수 있겠는가? 후반부는 이러한 상황에 따라서 시인은 임금님께서 제발 불쌍한 백성을 살펴달라고 願望하고 있다. 이 願望은 현실이 그렇지 못한 것을 말하고 있기에 역시 시인의 심정은 구슬플 수밖에 없는 것이다. 그러므로 후인 역시 이 시에 대하여 "지극히 침통하다."[21]라고 말하고 있다.

續編》, 上海古籍出版社, 1999, 218쪽.)
21) 앞의 책, 《唐人絶句精華》, 253쪽. "尤爲沈痛."

다음에는 愛情과 관련된 시가 중에서 「烏夜啼」를 보기로 하자

> 衆鳥各歸枝,　뭇 새들 모두 각각 돌아갈 나뭇가지가 있건만,
> 烏烏爾不棲.　구구하고 우는 너는 깃들 곳이 없나보다.
> 還應知妾恨,　아마도 이 계집의 한을 알아서인지,
> 故向綠窓啼.　나 있는 녹색 창문을 향해 우는구나.

돌아갈 곳이 없는 까마귀는 슬프며, 남자를 그리워하는 여인의 마음 역시 슬프다. 시인은 이러한 까마귀가 여인의 마음을 이해해서인지 아니면 동정해서인지 여인이 있는 창문을 향해 운다고 표현했다. 그러나 슬픈 까마귀는 여인에게 '恨'을 더욱 깊이 느끼게 만들고 있다. 이 시의 전체적인 정조는 역시 感傷적이며 凄然하다. 이렇듯 애정과 관련된 시가들은 모두 여인의 입장에서 남자를 그리워하는 심정을 표현하고 있기에 슬프며 低沈의 특징을 가지고 있다.

다음에는 「送友人歸江南」을 보기로 하자.

> 皇州五更鼓,　皇州에서의 한밤중에 북소리 들리는데,
> 月落西南維.　달은 서남쪽으로 기우네.
> 此時有行客,　이때 나그네 있어
> 別我孤舟歸.　나와 이별하고 외로운 배로 돌아오네.
> 上國身無主,　나라에 몸을 기댈 주인 없고,
> 下第誠可悲.　낙제에 진실로 슬프네.

이 시는 벗과의 送別을 읊고 있으며, 그 이별 자체는 즐거운 일이 아니다. 또한 마지막 연에서는 자신의 신세를 돌아보며 탄식하고 있다. 벗과의 이별과 불우한 신세는 시인에게 무한한 슬픔을 가져다주

고 있기에, 이 시 역시 感傷적이라고 할 수 있다. 섭이중의 시가 중에서 인생과 관련된 시가인 「飮酒樂」에 "一飮解百結, 再飮破百憂." (한번 마시면 백 가지 맺힌 것이 풀어지고, 두 번 마시면 백 가지 근심이 없어진다.)라고 토로하고 있는데, 이것은 결국 맺힌 것과 근심이 많았다는 의미이다. 실제로 그의 시가 중에서 인생과 관련된 시가는 대부분이 즐거움을 표현하기 보다는 슬픔과 感慨를 표현하고 있다.

섭이중의 시가에 나타난 感傷적인 정조는 물론 聶夷中 시가만의 특징은 아니다. 그러나 唐末의 시단에서 艶情의 주제가 부각되고 隱逸을 읊은 시가가 많았음에도 이러한 풍격의 시가가 거의 없으면서 感想적인 정조를 가지고 있다는 것은 섭이중 시가의 특징이라고 할 만하다. 또한 聶夷中 시가에 보이는 다양한 내용과 상관없이 두루 感傷적인 정조를 표현하고 있다는 점 역시 그의 시가가 가진 특징으로 간주할 수 있다. 실제로 그의 시가 중에서 壯志를 표현하고 있는 「行路難」과 호방한 기풍을 드러내는 「胡無人行」의 2首를 제외하고는 모두 感傷적인 정조를 가지고 있다.

3. 시가 형태상의 특징

聶夷中 시가를 분석해보면 단 1首를 제외한 모든 시가 五言이며, 15首의 樂府詩와 21首의 五言古詩가 있다. 이러한 측면은 일단 聶夷中 시가의 형태상의 특징이라고 할 수 있다.

비록 본고에서도 《樂府詩集》에 樂府詩로 수록된 섭이중의 시가를 樂府詩로 구분하였지만, 이는 樂府詩가 古詩와의 구분이 어렵기 때문에 부득이한 선택이었다. 기본적으로 樂府詩의 특징인 음악의 배합문제는 알 수가 없으며, 樂府詩와 古詩와의 구별 역시 완벽하게 확정지을 수는 없다. 그러나 樂府詩가 근체격률을 따르고 있다면 이는 樂府詩가 아니라는 결론을 지을 수 있다. 聶夷中의 시가의 경우 《樂府詩集》에 수록된 樂府詩의 형태가 近體詩의 五言絶句나 七言律詩와 유사한 시가가 많기에 이를 확인하고자 하였다.[22]

《樂府詩集》에 수록된 樂府詩 15首를 분석하면 다음과 같다. 우선, 형태상으로 보았을 때 「雜怨」其二·「大垂手」·「公子行」其二 등은 모두 6句의 형태이며, 「短歌」가 20句이므로 近體詩에 부합되지 않았다. 이 4首는 古詩 혹은 樂府詩의 가능성이 있다고 할 수 있다. 둘째, 近體詩의 五言絶句와 같은 형태를 가진 5首의 樂府詩들을 분석한 결과 모두 古詩임이 확인되었다. 즉, 「田家」는 平仄이 근체격률에 부합되지 않았으며, 「雜怨」其三과 「長安道」는 黏이 일치되지 않았고, 「烏夜啼」와 「古別離」는 모두 押韻이 근체격률에 맞지 않았다. 셋째, 近體詩의 五言律詩와 같은 형태를 가진 6首의 악부시들을 분석한 결과 역시 모두 古詩임이 확인되었다. 즉, 「雜怨」其一·「行路難」·「空城雀」 등 3首는 압운이 근체격률에 맞지 않았으며, 「胡無人行」과 「公子行」其一은 黏이 근체격률에 부합되지 않았고, 「起夜來」는 對가 근체격률에 부합되지 않았다.

이로써 《樂府詩集》에 수록된 聶夷中의 시가 15首는 모두 근체시의 격률에 맞지 않음을 알 수 있었다. 결국, 현재로는 해결할 수 없는 음악의 배합문제를 제외한다면, 聶夷中의 樂府詩는 近體詩가 아니므로 古詩 혹은 樂府詩일 것이며, 또한 樂府의 옛 제목을 빌렸기에 樂府詩의 가능성이 많다는 결론을 내릴 수 있다.

---

22) 近體格律은 王力의 《漢語詩律學》(上海敎育出版社, 1978.)에 근거하였다.

Ⅳ. 맺는 말

聶夷中은 37首에 불과한 적은 수량의 시가를 창작했지만, 그 시가들은 다양한 내용과 다양한 특징을 가지고 있다. 聶夷中 시가의 다양한 내용 중에 개인적인 人生과 관련된 시가가 수량 상 가장 많지만, 역시 대부분의 시인들이 창작했던 일반적인 주제라고 할 수 있다. 또한 愛情과 관련된 내용이 비록 晩唐의 시풍과는 다르지만 어떤 사상적인 의의가 있는 것이 아니며, 단지 시인이 여인의 심리를 잘 이해했다고 할 수 있다. 그러므로 聶夷中의 시가 내용에 있어서는 역시 혼란한 시기를 잊지 않은 현실성 짙은 시가들이 중요한 창작이라고 할 수 있으며, 이는 詩經이나 樂府詩의 현실주의시가전통을 잘 계승한 결과라고 할 수 있다.

聶夷中 시가의 구체적인 특징은 크게 네 가지로 나눌 수 있다. 우선, 속되고 질박한 언어나 표현이다. 이러한 언어나 표현이 자칫하면 단점이 될 수 있겠지만 섭이중은 자신의 의도를 직접적으로 전달하기 위한 방법으로써 잘 운용하였다고 할 수 있다. 특히 현실을 반영하는데 많이 운용되었지만, 애정이나 인생과 관련된 내용을 표현하는 데에서도 적지 않게 활용되고 있어, 이러한 언어나 표현은 전반적인 특징이라고 할 수 있다. 둘째, 섭이중은 자신의 의도를 전달하는 효과를 극대화하기 위해 기발한 구상을 통하여 교묘한 표현을 만들어 냈다. 이런 교묘한 표현은 시인의 의도를 명확하게 전달할 뿐만 아니라 깊은 감명을 주고 있다. 셋째, 섭이중의 전체 시가는 대부분 感傷적인 情調로 현실을 반영하고, 여인의 심리를 이해했으며 인생을 노래하였다. 이는 晩唐이라는 시단에서 성행했던 艶情적인 기풍이나 隱逸적인 기풍과는 다르다고 할 수 있다. 넷째는 시가의

형태적인 부분으로 우선은 七言의 시가 단 1首만 있으며 나머지는 모두 五言詩라는 점이 특징이며, 近體詩가 1首밖에 없으며 모두 古詩와 樂府詩라는 것도 역시 특징이라고 할 수 있다. 아울러 《樂府詩集》에 수록된 樂府詩에 대한 近體格律을 분석한 결과 모두 近體詩와 상관없는 古詩의 형태이며, 여기에 옛 樂府詩의 제목을 사용했기에 《樂府詩集》에 수록된 섭이중의 樂府詩는 진정한 樂府詩일 가능성이 많다는 것을 확인했다.

결국, 聶夷中의 시가는 많지 않지만 현실성이 짙은 내용을 비롯하여 다양한 내용을 표현하고 있으며, 언어나 표현의 질박함과 기발한 구상에 따른 기묘한 표현 그리고 풍격에 있어서의 感傷적인 정조와 형태에 있어서 五言古詩 및 五言樂府詩 창작에 치중되었다는 점 등의 다양한 특징을 가지고 있기에 晚唐 詩壇에서 결코 홀시할 수 없는 시인이라고 할 수 있다.

● 참고문헌 ●

《全唐詩》, 中華書局, 1960.

(唐)聶夷中等著, 《聶夷中詩 · 杜荀鶴詩》, 中華書局, 1959.

(淸)王夫之等撰, 《淸詩話》, 上海古籍出版社, 1963.

郭紹虞編選, 《淸詩話續編》, 上海古籍出版社, 1999.

胡震亨著, 《唐音癸籤》, 古典文學出版社, 1959.

(宋)孫光憲著, 《北夢瑣言》, 上海古籍出版社, 1981.

王力著, 《漢語詩律學》, 上海敎育出版社, 1978.

劉永濟選釋, 《唐人絶句精華》, 人民文學出版社, 1981.

李定廣著, 《唐末五代亂世文學研究》, 中國社會科學出版社, 2006.

吳庚舜 · 董乃斌主編, 《唐代文學史》, 人民文學出版社, 1995.

毛水淸著, 《隋唐五代文學史》, 廣西人民出版社, 2003.

王茂福著, 《皮陸詩傳》, 吉林人民出版社, 2000.

沈松勤 · 胡可先 · 陶然著, 《唐詩研究》, 浙江大學出版社, 2006.

陳伯海主編, 《唐詩彙評》, 浙江敎育出版社, 1996.

田耕宇著, 《唐音餘韻》, 巴蜀書社, 2001.

趙營蔚著, 《晚唐士風與詩風》, 上海古籍出版社, 2004.

저자

임원빈(任元彬)

1984년 한국외국어대학교 중국어과에 입학했고, 졸업 후에 동 대학원에서 중국 고전시가를
전공하며 석사 학위를 취득했다. 중국 상하이(上海) 푸단대학(復旦大學) 고전문학 박사과정에
입학해 1998년 박사 학위를 취득했다. 2011년 2월부터 7월까지 중국 베이징대학(北京大學)
중문과에서 연구학자로 연구 활동을 했다. 박사 학위논문은『唐宋之際文學與思想政局硏究』
이다. 저서로는『현대중국어 실용문』,『중국어 어휘활용 100%』,『中國古典 詩世界』,『古代
韓中詩僧의 詩歌 探究』,『唐末詩人的心理世界』등이 있으며, 편저로는『중국문학사료학(中
國文學史料學)』이 있고, 역서로는『그 상상력의 비밀3』,『그 상상력의 비밀4』,『육구몽 시선
(陸龜蒙詩選)』,『임포 시선(林逋詩選)』등 10여 편이 있다. 논문으로는「唐末詩歌에 나타난
文人心理」,「宋初 詩歌 중의 淑世精神」,「佛教(禪宗)文化와 唐末의 詩歌」,「詩僧 齊己의 風
騷旨格과 詩創作」,「松陵集 중의 皮日休 詩歌硏究」,「陸龜蒙 시가에 나타난 현실성」,「唐末
溫庭筠의 詠史懷古詩」,「古代 韓中詩僧의 시가 비교연구」,「林逋 시가의 내용 고찰」등 50여
편이 있다. 현재도 中國唐末詩歌와 韓中比較文學 등을 중점적으로 연구하고 있다. 중국 관련
학회지인 중국학연구의 편집위원과 중국연구의 초빙연구원으로 활동하고 있으며, 한국외국어
대학교, 평택대학교, 숙명여자대학교, 국민대학교, 숭실대학교 등에 출강했다. 현재는 한국외
국어대학교 중국연구소 학술연구교수이다.

晚唐 詩歌와 社會文化

초판 인쇄   2015년 3월 20일
초판 발행   2015년 3월 30일

저   자| 임원빈
펴 낸 이| 하운근
펴 낸 곳| 學古房

주   소| 서울시 은평구 대조동 213-5 우편번호 122-843
전   화| (02)353-9907   편집부(02)353-9908
팩   스| (02)386-8308
홈페이지| http://hakgobang.co.kr/
전자우편| hakgobang@naver.com,   hakgobang@chol.com
등록번호| 제311-1994-000001호

ISBN   978-89-6071-477-9 39820

값 : 20,000원

이 도서의 국립중앙도서관 출판시도서목록(CIP)은 서지정보유통지원시스템 홈페이지
(http://seoji.nl.go.kr)와 국가자료공동목록시스템(http://www.nl.go.kr/kolisnet)에서 이용하
실 수 있습니다.(CIP제어번호: CIP2015007269)